W0240519

LE DERNIER HIVER

Jean-Luc Marcastel

LE DERNIER HIVER

hachette

Image de couverture :
mondaymonday.fr.

© Hachette Livre, 2011.

Hachette Livre, 43, quai de Grenelle, 75015 Paris.

Pour toi, Stéphanie, ma belle, ma princesse,
qui m'as fait découvrir
la femme derrière l'icône,
l'humaine derrière l'idole,
et le vrai sens du mot « amour ».
Ce livre est le tien.

Pour toi, Louis, bien sûr, mon petit Galoup,
J'espère que ce récit, un jour, te parlera,
et qu'au-delà de la forêt,
toi aussi, tu trouveras ton rêve.

Pour toi, Tonton,
le vrai Théo, mon grand frère
par le cœur et presque par le sang,
qui jamais ne m'as failli.
Chevalier tu étais,
chevalier tu restes.

Pour Cécile et Aurélia,
les marraines de ce livre,
pour leur patience, leur gentillesse
et leur passion.
Je souhaite à tous les auteurs
deux bonnes fées comme vous.

Pour Pauline Alphen,
talentueuse sœur de plume,
qui as présidé à cette merveilleuse rencontre.
Si vous tenez ce livre entre vos mains,
c'est avant tout grâce à elle.

Pour toi, Maman, qui, la première,
voici bien des années,
quand ma plume balbutiait encore,
avais lu la première mouture de ce livre
et l'avais aimé.
Tu n'as jamais cessé d'y croire,
et tu avais raison.

Aurillac, France.
Mardi 2 juillet 2035,
14 h 30
– 31 °C

Je ne sais pour qui j'écris ces mots : personne ne les lira. Peut-être ne puis-je tout simplement pas m'arrêter. Une manière comme une autre de tenir le coup, de résister à l'Hiver.

Voyons... par où commencer ?

La fin du monde, le monde d'avant, celui du Jour...

Personne ici ne sait exactement comment c'est arrivé.

Certains affirment que toutes les saletés qu'on a rejetées dans l'atmosphère ont fini par obscurcir le ciel, que les courants marins se sont modifiés et que le climat s'est détraqué. Pour d'autres, le seul responsable, c'est ce « nouveau corps astral » venu d'on ne sait où, ce « voile de poussière cosmique » – les restes d'une planète pulvérisée peut-être – qui s'est interposé entre le Soleil et la Terre...

Moi, je ne sais pas. Quelle importance, après tout ? On n'y peut rien ou c'est trop tard.

Je n'avais que dix ans quand c'est arrivé, mais je m'en souviens encore, comme si c'était hier.

Je me souviens quand les médias ont annoncé qu'un phénomène curieux allait masquer le Soleil, que le jour se transformerait en crépuscule, pour quelques heures.

Tout le monde était excité, les gens surveillaient leur montre, attendaient l'heure du spectacle.

Fanie, Théo et moi, on est entrés dans le donjon du château. On est montés tout en haut, même si c'était interdit, pour mieux voir. Le gardien y était aussi, le nez en l'air.

Le ciel est devenu rouge, lentement, sans qu'on s'en rende compte au début, et plus sombre aussi, comme le crépuscule juste avant la nuit...

Comme du sang.

On a trouvé ça drôle la première heure, puis on s'est lassés. Le gardien nous a fait redescendre.

Quand on est rentrés chez nous, ça ne nous amusait plus du tout. C'était même plutôt sinistre.

La nuit est venue. Le lendemain, quand le soleil s'est levé, le ciel était toujours rouge. Il l'est resté le jour suivant. Et le jour suivant...

Les gens ont commencé à s'inquiéter. Les astrophysiciens, à la télé, expliquèrent qu'ils s'étaient trompés, qu'il n'y aurait plus de jour véritable, pas avant dix ans, cent, mille peut-être, ou davantage. Il y eut des émeutes dans les grandes villes... Des émeutes ! Comme si tout casser pouvait changer quelque chose.

Ce n'était que le début.

La température commença de baisser. Il fit froid, de plus en plus froid, et la neige se mit à tomber, sans discontinuer. Bientôt, les villes, les campagnes furent recouvertes d'un épais manteau blanc qui ne cessa de s'épaissir. Sur les côtes, la mer et l'océan gelèrent, trois mois la première année, cinq la deuxième... puis tout le temps.

Terminées, les vacances à la plage. Les stations balnéaires n'attiraient plus personne. Comme tout le monde se déplaçait à présent en raquettes ou à skis, en motoneige pour les plus nantis, même les fondus de sports d'hiver furent vite écœurés.

S'il y a une chose qu'on a apprise depuis huit ans, c'est que la neige, comme tout le reste, c'est fun quand on a le choix.

Et la neige, on l'a vite rendue par les yeux. Elle avalait tout : les routes, les forêts, les champs...

Beaucoup d'animaux migrèrent ou disparurent purement et simplement. Ne demeurèrent bientôt plus que certains spécimens plus résistants, plus féroces ou plus aptes à la survie que les autres.

Les premiers temps de panique passés, on s'organisa. On adapta besoins et modes de vie. L'humanité avait traversé d'autres épreuves. C'était sans compter sur les pins. Ces saletés de pins...

Personne ne sait vraiment où et quand commença l'invasion, ni dans quel recoin du monde se trouve la souche mère, mais en moins de cinq ans, ils avaient colonisé la plupart des terres.

Au début, on en parlait à peine, de cette forêt qui avançait toujours, dévorait les pays les uns après les autres, les recouvrait, chaque jour un peu plus, de sa marée d'aiguilles et de sève. Mais comme elle s'appropriait les terres, elle investit également tous les médias de la planète. Jamais, de mémoire d'homme, on n'avait vu plante pousser plus vite. Même le bambou, à côté, faisait figure de lambin.

À la fin, on ne parlait plus que de ça, surtout quand on découvrit leur secret.

Les pins... les pins mangeaient les gens.

Aux abords des forêts, on découvrit des cadavres d'animaux, exsangues, desséchés, comme des momies. Puis des dépouilles de chasseurs, de promeneurs, de familles entières...

Alors on comprit.

Ces pins ne se nourrissaient pas seulement de lumière ou d'eau, non. Ceux-là étaient différents. Il leur fallait quelque chose de plus consistant, de plus riche. La neige ne contenant pas de sels minéraux et les rayons solaires se faisant trop faibles, ils s'étaient adaptés. Ils avaient appris à améliorer leur quotidien.

Il suffisait de passer sous leurs branches, d'effleurer leurs aiguilles et qu'ils sentent la chaleur de votre corps pour que jaillissent de leurs troncs de longs lassos coriaces se terminant en pointes creuses, en harpons. En un rien de temps, ils vous épinglaient, vous inoculaient leur venin paralysant et vous vidaient de votre sang.

Une forêt carnivore. La « Malesève ».

On savait que les gouvernements, le nôtre et ceux des autres pays, luttaient contre son avancée à coups de bombes incendiaires, de défoliants suractivés, de bulldozers monstrueux... Rien n'y faisait. Chaque jour, la Malesève gagnait du terrain, recouvrait tout, à part les lits des rivières et les banquises. Devant elle, tout s'effondrait, la civilisation se délitait. Transports, moyens de communication... Le dernier assaut porté contre un monde déjà ébranlé : celui des hommes.

Je me souviens encore du jour (oui, on appelle encore « jour » le crépuscule qui l'a remplacé, les habitudes ont la vie dure) où la Malesève est arrivée à moins de trente kilomètres d'Aurillac.

Théo, Fanie, Léa et moi avons pris nos motoneiges pour aller la voir.

On est restés deux heures à fixer ce mur végétal, cette vague noire, énorme, agitée de lents mouvements même en l'absence de vent. Une fois les moteurs de nos engins coupés, on entendait le craquement des troncs en train de pousser, des branches comme autant de bras prêts à tout écraser, le murmure des arbres, ce chant affamé, sinistre...

Léa s'est serrée contre moi. Elle tremblait. Je l'ai enlacée ; ça l'a un peu apaisée. Juste un peu.

C'était l'une des dernières journées que nous devions passer ensemble, mais nous l'ignorions tous les deux.

Trois semaines plus tard, les premiers pins s'élevaient au-dessus de la crête qui domine Aurillac, colonisaient les pentes du puy Courny et entouraient la ville...

Alors commença le combat, le combat contre la Malesève, contre les pins, pour les maintenir à distance, hors les murs.

Au début, comme nous étions sur la ligne de front, les militaires nous aidèrent aux lance-flammes, avec des avions, des hélicoptères, des chars, enfin, tout ce qu'ils pouvaient utiliser. La ville subsista, bulle d'humanité perdue au coeur de la forêt. La Malesève avançait toujours, les militaires s'en allèrent. Nous n'étions plus le front, nous étions en territoire conquis, déjà.

Ils nous conseillèrent de les suivre, nous dirent qu'il fallait évacuer la ville. Certains les écoutèrent et partirent vers l'océan.

Les parents de Léa choisirent d'obéir. Ils l'emmenèrent avec eux, ainsi que Laure, sa soeur. Ils s'enfuirent vers l'ouest, encore épargné, pour y trouver refuge, dans l'espoir qu'on arrêterait la Malesève avant qu'elle n'arrive à la côte.

Je me rappelle encore ses yeux, quand nous nous sommes dit adieu, le goût de ses larmes sur mes lèvres, sa voix quand elle murmura ces mots que nous avions déjà échangés des milliers de fois, mais jamais avec cette force, cette intensité-là...

Les derniers que j'ai entendus de sa bouche, avant que le train blindé ne les emporte, elle et sa famille.

J'ai reçu plusieurs lettres d'elle, puis le courrier cessa de nous parvenir. Elle me disait qu'ils s'étaient installés à Bergerac, pas très loin de Bordeaux, et que, pour l'instant, tout allait bien. Elle était confiante, elle pensait à moi tous les jours, comme elle savait que je pensais à elle. La Malesève n'avait pas encore atteint la ville.

Certains scientifiques, paraît-il, avaient étudié ce que d'aucuns nommaient à présent les « pins vampires ». Ils avaient découvert qu'ils étaient tous reliés, que leurs branches inférieures se replantaient dans le sol pour engendrer d'autres pins, encore et encore... De cette découverte capitale, ils avaient déduit qu'il devait exister une sorte de « Magma Mater », une souche originelle d'où rayonnaient toutes les autres, quelque part au plus profond des forêts.

Mieux encore, comme les pins ne formaient qu'un, il suffirait peut-être d'en empoisonner un ou de leur inoculer une maladie pour contaminer et détruire tous les autres.

Je ne sais pas s'ils avaient raison, tous ces gens très savants, ni s'ils ont mis leur hypothèse à l'épreuve. Si c'est le cas, ils s'étaient trompés, dans les grandes largeurs.

La Malesève engloutit aussi Bergerac, progressa jusqu'à Bordeaux, puis s'étendit jusqu'à la banquise Atlantique.

C'était il y a deux mois. Depuis, je ne vis plus qu'à moitié. Le combat continue, tous les jours, à la tronçonneuse pour ceux qui ont encore de l'essence, à la hache, à la machette, à la scie... Comme les autres, je vais œuvrer, trois heures sur le front, tel est le prix à payer pour résister face à la poussée de la Malesève.

Léa...

Je voudrais partir, aller la chercher, j'en crève de ne pas bouger, de ne rien faire. Je tiens en me disant que Bergerac est plus grand qu'Aurillac, plus près d'une ville importante aussi, que Léa, Laure et leurs parents sont certainement partis à Bordeaux, qu'ils y seront en sécurité.

Et puis, comment faire pour la rejoindre ?

Il n'y a plus de transports routiers, plus de trains et encore moins d'avions. Les radios, les télés ne fonctionnent plus, ou alors par intermittence, pour ceux qui ont encore des groupes électrogènes. De toute manière, il ne reste presque plus personne pour émettre, les portables, les chaînes de télé, les émissions de radio, c'est terminé tout ça. Les pins ont eu raison de ce que le Crépuscule avait épargné.

La société, les nations, les lois s'effritent tous les jours un peu plus. Le gouvernement ne dirige plus rien du tout. À la capitale, dans les autres villes, grandes ou petites, c'est le chaos et le règne de l'égoïsme.

Aux dernières nouvelles (qui datent d'il y a deux mois, sur l'ultime radio encore en marche, celle de la gendarmerie), les militaires, incapables de régler quoi que ce soit, se repliaient sur leurs bases et s'y claquemuraient.

On parle de bandes armées, plus ou moins conséquentes, qui se seraient constituées et se livreraient au meurtre et au pillage.

On se cramponne aux vestiges de l'ancien monde, on essaie de vivre « comme avant », mais c'est difficile quand on est obligé de se chauffer au bois parce qu'il n'y a plus d'électricité et que le seul bois disponible est, lui aussi, un prédateur...

Si bizarre que ça puisse paraître, ici, dans notre petit coin de nulle part, perdu au pied des montagnes, la mairie, les écoles fonctionnent encore, tant bien que mal, la police municipale aussi, qui maintient un semblant d'ordre... Ça ne durera pas éternellement. On fait semblant, on essaie de vivre comme si le monde n'avait pas changé, on lutte le plus longtemps possible. Mais les mauvais penchants de l'homme se réveillent, encouragés par le désordre ambiant.

Chaque jour, la Malesève lance de nouvelles pousses vers la ville, avec l'obstination aveugle des plantes.

Et pour ne rien arranger, dans les sous-bois où l'ombre ne se dissipe jamais, des bêtes vivent encore, des bêtes comme jamais on n'en avait vu avant le Crépuscule, des bêtes... des choses qui se sont adaptées à cet enfer végétal et sont devenues aussi terribles que lui.

Elles guettent, elles observent, elles attendent. Parfois, la nuit, elles sortent, et des gens disparaissent...

Des rumeurs courent en ville, des histoires folles, sur ces choses, ces monstres, ces enfants d'un monde qui ne nous appartient plus.

On dirait que les ombres de nos pires cauchemars se sont coagulées, là-bas, dans la Malesève. Elle a cristallisé toutes nos peurs, comme au Moyen Âge, et nous les renvoie.

Elle nous entoure, nous étouffe. Elle nous tue.

Que va-t-il advenir d'Aurillac, de nous, de l'humanité ?

L'homme a-t-il fait son temps ? Et nous, avons-nous fait le nôtre ?

Léa, où es-tu ?

CHAPITRE 1

« Léa. »

Il posa son stylo et leva le nez de son carnet. Son regard se déplaça vers la fenêtre qui perçait le mur à sa gauche. Il aurait dû fermer les volets isolants, mais on rationnait l'utilisation du groupe électrogène, et l'huile des lampes coûtait cher.

Rouge… La lumière qui filtrait par le double vitrage était définitivement rouge, un rouge profond, comme du sang caillé.

Il était deux heures de l'après-midi.

Ça ne l'étonnait même plus. Il finissait par se dire qu'il ne pouvait plus imaginer un jour sans ce crépuscule éternel. Il en venait même à se demander si le bleu du ciel avait jamais existé.

« Plus jamais de jour. »

Du monde d'« avant », il ne gardait qu'un vague souvenir, une ombre qui s'estompait à mesure que passaient les mois, les années.

Léa…

Il se leva, fit deux pas et vint se poster devant la fenêtre de la petite chambre. Son regard étrange, d'un brun tirant sur le vert, chaud en surface, mais de plus en plus froid, glacé, presque effrayant à mesure qu'on s'y plongeait, balaya la ville.

D'ici, au quatrième étage, il avait une vue imprenable sur la vallée. Sous le ciel écarlate, Aurillac étalait ses toits recouverts de linceuls blancs, frileusement serrés les uns contre les autres.

Dans les rues immaculées, à raquettes, à skis ou en traîneaux tirés par des huskys ou des malamutes, les seuls chiens qui avaient survécus à l'Hiver, quelques silhouettes déambulaient, passant d'un commerce déménagé au deuxième étage des immeubles, au-dessus du niveau de la neige, à un autre.

Ce spectacle le lassa vite. Il le contemplait tous les jours, avec le même intérêt froid qu'un entomologiste aurait porté au comportement d'une colonie de fourmis. Ses yeux dépassèrent le *no man's land* fragile qui entourait la ville, pour buter enfin sur la vague immobile et noire de la Malesève.

À cinq cents mètres à peine, le monde des hommes s'achevait.

Là-bas, patients et vigilants, agitant leurs branches en un chuchotement gourmand, les pins attendaient le moment où les humains baisseraient la garde pour mieux les recouvrir de leur ombre, les étreindre, de leurs bras d'écorce et d'aiguilles, les étouffer…

La fin était là. Dans quelques semaines, quelques mois tout au plus, les dernières centrales cesseraient de fonctionner. L'homme retournerait plusieurs siècles, plusieurs millénaires en arrière. Peut-être même disparaîtrait-il.

Il l'acceptait, avec une objectivité glacée, une absence d'émotion qui le caractérisait. Un psychiatre, une espèce de charlatan que son père l'avait obligé à consulter après la mort de sa mère, dix années plus tôt, avant le Crépuscule, avait parlé d'un autisme d'un genre inhabituel.

Foutaises ! Il n'était pas autiste. Il était seulement doté d'une clairvoyance qui faisait défaut à la plupart des gens. Il n'y avait que trois personnes capables de faire tomber ce mur qu'il dressait autour de lui, mais une seule avait su le toucher, l'apprivoiser, lui faire sentir et ressentir… Et elle était partie, emportant avec elle les restes de son humanité.

Auprès d'elle, il pouvait se laisser aller. Auprès d'elle, sa carapace de logique se fissurait, ruisselait comme la neige à la flamme pour le libérer enfin.

« Léa, où es-tu ? »

Tournant le dos à la fenêtre, il porta sur sa propre chambre l'attention clinique qu'il avait accordée au-dehors. Petite, cossue, quelques posters accrochés aux murs, des affiches de films surtout, récupérées au cinéma avant qu'il ne ferme. Les plus récentes avaient au moins trois ans. Dans un coin, un lit étroit, un édredon boursouflé ; dans l'autre, une petite cheminée où quelques braises diffusaient encore une douce chaleur…

Au-dessus, posé sur son socle tel un serpent assoupi mais toujours vigilant, une longue lame recourbée à la ligne orientale : son sabre, celui que lui avait offert son maître quand il pratiquait encore le kendo au club, avant qu'il ne ferme, trois ans plus tôt…

Comme beaucoup d'autres avant lui, il s'était longtemps passionné pour l'Orient en général, le Japon en particulier, sa culture, ou l'image qu'il s'en faisait, les samouraïs, le bushido, le zen. Il espérait alors trouver, dans la philosophie qui accompagnait l'art du sabre, une réponse à ses propres interrogations.

Il s'était trompé. Ni l'épée ni le zen ne l'avaient comblé.

Une chambre de jeune homme comme toutes les autres, avec son cortège de questions sans réponse…

Le miroir plaqué sur la porte lui renvoya un instant son image : un grand gars aux épaules puissantes, sans lourdeur, aux traits énergiques sous une coupe de cheveux très approximative dont pas un peigne n'était parvenu à discipliner les épis. Et puis il y avait ses yeux, ses yeux dont personne ne soutenait le regard très longtemps, pas même lui. Noir était son habit, de la tête aux pieds, invariablement, lubie vestimentaire qui lui avait valu le surnom de « Corbeau ». Ce sobriquet, on le lui avait tout d'abord collé par moquerie, mais il avait tellement joué des poings, sans jamais baisser la tête, que la dérision s'était peu à peu teintée de respect. Aujourd'hui, rares étaient les personnes à connaître et employer son véritable prénom.

Attirés presque malgré eux, ses yeux glissèrent vers la photo trônant sur la commode, près de la tête de lit, entre trois livres. Les couleurs commençaient à se faner, et il redoutait le jour où elles disparaîtraient complètement. Il en avait bien une copie, sur sa clef USB, mais sans électricité ni encre, il ne risquait pas d'en faire un nouveau tirage. Il en chérissait donc d'autant plus ce vieux souvenir.

Appuyé contre un des créneaux du château, sur le papier glacé, en rang, sous un ciel bleu cobalt, tout son petit monde lui souriait.

Fanie d'abord, encore toute gamine, leur petit elfe brun aux reflets roux, avec son minois d'écureuil et son sourire espiègle. La suivante, cette belle adolescente au visage d'ange, aux longs cheveux noirs, aux grands yeux sombres d'Espagnole, au sourire désarmant et canaille, c'était Léa. Si belle, si radieuse dans son bonheur, quand ils étaient encore réunis… La regarder lui faisait trop mal. Ses yeux, fuyant sa douleur, se posèrent sur le grand échalas à nuque rase, aux allures de gentleman, au regard clair comme ce ciel qu'il ne verrait plus. Théo, son frère aîné.

Que pouvait-il bien faire maintenant, lui le soldat, celui qui avait embrassé la carrière des armes, selon l'inflexible volonté paternelle, malgré son goût pour l'histoire et la sociologie ?

Depuis deux mois, depuis que les communications avaient été coupées, Corbeau restait sans nouvelles. Il craignait de ne jamais le revoir.

« Où êtes-vous ? Que faites-vous, tous les deux ? »

Il reçut une partie de la réponse de manière inattendue. Des pas montant l'escalier, trois coups ébranlant sa porte.

Il se figea, son regard se tourna vers le sabre accroché au mur.

À cette heure-là, son père se trouvait certainement sur le « front », à trancher les nouveaux surgeons que la Malesève avait poussés hors de la neige la nuit précédente, à la faveur des ténèbres.

Fanie possédait un double de la clef de la maison, mais son pas était bien plus léger…

Sur ses gardes, il s'approcha de la porte, abattit sa main sur la poignée, tira… et manqua tomber à la renverse devant le visage souriant du grand gaillard en gabardine kaki, un énorme sac sur l'épaule et, aux pieds, des rangers alourdis de neige, qui claironna, tout le bonheur du monde dans ses yeux azur :

— Salut, frangin !

Le « frangin » en question, la première surprise passée, se jeta dans les bras du grand militaire qui, lâchant son paquetage, l'étreignit sans fausse gêne.

Le plus âgé des deux souffla enfin, repoussant son cadet pour mieux le regarder.

— T'as rasé tes trois poils de bique, Johan ? T'as raison, c'était pas beau.

Johan fit mine de le frapper. Théo esquiva en éclatant de rire avant de demander, en désignant le lit :

— Ça t'embête si je m'assois ?

Johan, devinant la lassitude sur les traits tirés de son aîné, s'empressa de lui céder le passage.

— Bien sûr que non, vas-y.

Alors que Théo se laissait tomber sur le matelas, il saisit la chaise du bureau, la retourna et s'y installa à califourchon, les bras croisés sur le dossier.

— Papa est là ?

— Il est au « bois ». Il devrait revenir dans deux ou trois heures.

Alors même qu'il répondait, Johan étudiait le visage de son frère, remarquant les stigmates de la fatigue, des épreuves. Théo était de cinq ans son aîné, mais ce qu'il avait vu et traversé l'avait vieilli prématurément. Il paraissait dix ans de plus. Seul son regard, clair et limpide, avait conservé sa candeur, même si l'azur qui était le sien s'était un rien obscurci.

Johan lui laissa le temps d'observer la chambre, de se réapproprier sa propre demeure, avant de poser la question qui lui brûlait la langue :

— Comment es-tu rentré ?

Théo demeura un instant silencieux, ses doux yeux bleus, ceux d'un gosse qui en aurait vu de rudes, posés sur lui.

— Oh ! Il y a pas grand-chose à raconter, finit-il par lâcher, ni rien de vraiment passionnant.

— Dis toujours.

Théo hocha la tête, comme s'il s'était résolu à un exercice douloureux.

— Je suppose que, même ici, vous avez eu des nouvelles…

— Plus depuis deux mois, et ce n'était déjà pas rassurant.

— C'est pire maintenant, assena Théo, les yeux plantés dans les siens. Depuis que la Malesève est arrivée jusqu'à la banquise, les choses se sont encore gâtées. C'est le bazar total.

Johan se doutait de la suite.

— Dans l'armée aussi ?

Théo opina du bonnet, avec une sobriété tragique.

— Ça devait arriver, c'était juste une question de temps. On recevait des ordres contradictoires depuis des semaines, ou plus d'ordres du tout, et puis un jour ça a craqué. Un de nos gradés a dit qu'il prenait le commandement et qu'il allait se débrouiller pour assurer notre survie. Lui et ses partisans se sont rués sur les réserves de matériel, sur l'armurerie, et comme d'autres ne l'entendaient pas de cette oreille et voulaient rester fidèles au gouvernement, ça a dégénéré. C'est là que j'ai décidé de partir, de tout laisser tomber pour revenir.

Il ajouta pour se justifier :

— Je pouvais pas te laisser affronter ça tout seul.

Alors même qu'il prononçait ces mots, Johan devina, malgré l'apparente sérénité de son aîné, le tourment qui avait dû être le sien. Théo le pur, le preux qui jamais ne reniait sa parole. Théo avait brisé son serment, celui de servir son pays.

Johan tendit la main et serra celle de son frère. Mais déjà, pour éviter les effusions, Théo poursuivait, d'un ton plus léger, presque badin :

— Alors moi aussi j'ai fait mon marché. J'ai piqué une motoneige et j'ai foncé à l'aérodrome. Il restait encore un hélico en état de marche. Une chance que j'aie appris à piloter. Je savais bien que ça me servirait un jour.

— Tu as un hélico ? Où est-il ?

Théo devina-t-il l'excitation contenue dans sa voix ? En comprit-il la raison ? Toujours est-il qu'il prit les devants aussitôt.

— Planté dans la neige à l'entrée nord de la ville, à sec, plus une goutte, j'ai cru ne pas y arriver. Il ne redécollera pas. C'est déjà un miracle qu'il ait volé jusqu'ici. Le froid déglingue tout, et pour trouver le carburant, tu peux toujours te brosser.

Devant la mine déconfite de son cadet, il leva un sourcil.

— Toi, tu as une expression que je te connais pas. Dis-moi, ce serait pas de l'inquiétude ? Corbeau ? Le grand Corbeau, inquiet ! Ce serait bien la première fois.

Le soldat avait beau pratiquer son frère depuis l'enfance, les cheminements du cerveau de Johan demeuraient tout aussi impénétrables que son regard. La carapace se fissurait, saignait. Ce dernier ouvrit enfin la bouche, pour murmurer, d'une voix sourde, pleine d'une détresse terrible :

— J'ai peur, Théo… J'ai peur pour Léa. Elle est partie avec ses parents quand ils ont suivi les militaires, à Bergerac. On s'écrivait, mais depuis que les trains ne passent plus… Voilà deux mois que je suis sans nouvelles. Peut-être qu'elle est morte, peut-être…

Il se tut un instant et son regard s'échappa vers la fenêtre, le Crépuscule, comme pour y trouver la force de continuer.

— Je pensais que là-bas, l'armée les protégerait, mais maintenant…

Théo ouvrit la bouche pour parler, mais Johan ne lui en laissa pas le temps.

— Tous les jours je me lève, je pose les yeux sur cette photo, je vois Léa qui me sourit, et je l'imagine en train de crever de froid, enlevée par des dégénérés ou vidée de son sang par une de ces saletés de pins.

Il leva sur son frère des yeux hantés d'une peur atroce, pas pour lui, mais pour celle qu'il aimait.

— Le jour, j'essaie de ne pas trop y penser, je fais n'importe quoi pour m'occuper l'esprit. Mais la nuit… la nuit, je ne peux pas arrêter, c'est un défilé d'horreurs. Je l'ai… je l'ai vue mourir des milliers de fois, de manières plus horribles les unes que les autres, si tu savais. Je voudrais arrêter, je ne voudrais plus penser mais… (Il ajouta d'une voix qui était presque une plainte :) Tu te rends compte, moi… moi, Corbeau, celui que rien n'atteint, jamais, je suis incapable de discipliner mes pensées, d'être logique, de réfléchir calmement. Quand il s'agit d'elle, je…

La main de Théo se posa sur son bras.

— Tu as le droit d'être humain.

Son regard clair, dont les épreuves et la mort d'un monde n'étaient pas parvenues à chasser la candeur, l'apaisa un peu.

— Si c'est ça être humain, je te jure que des fois je préférerais ne pas l'être.

— Et la plupart du temps tu y parviens très bien, l'assura Théo avec un curieux sourire. C'est ton armure. Mais si tu ne l'étais pas, pourquoi tu penserais tellement à Léa ? Pourquoi tu voudrais tant la revoir ?

Son cadet leva sur lui un regard à nouveau plus distant, mais où luisait encore un zeste de détresse, de cette humanité qu'avait réveillée en lui l'évocation de Léa.

— Tu as toujours su mettre le doigt où ça fait mal, hein, grand frère ?

Théo haussa les épaules et écarta les mains, tout d'innocence soudain.

— Faut bien que je vérifie de temps en temps si Corbeau n'a pas totalement bouffé Johan. (Il ajouta, après un instant :) Je ne veux pas te perdre.

L'émotion serrait la gorge du grand soldat, mais Johan n'écoutait déjà plus.

— Il y a des soirs où je crois l'entendre m'appeler au secours, murmurait-il comme pour lui-même, ressassant son cauchemar telle une litanie. Hier, c'était plus fort encore que d'habitude, ça m'a presque rendu fou. Je me suis levé, j'ai enfilé mes vêtements et je te jure que j'étais prêt à descendre et à enfourcher ma motoneige…

— Pour quoi faire ?

— Aller la chercher.

— En pleine nuit, sans préparation, sans même avoir pris des réserves, sans armes ?

— J'ai mon sabre, s'entêta Johan – et son expression, à cet instant, rappela à Théo celle du gosse qu'il avait été, avant que leur mère ne meure, avant qu'il n'invente Corbeau.

— Arrête tes idioties, tempéra-t-il d'une voix raisonnable, celle du militaire. T'as pas idée de ce qui se trimballe, là-bas, dehors, dans ces bois maudits. J'en ai pas vu beaucoup, mais suffisamment pour en faire des cauchemars toute ma vie.

— C'est à ce point ?

Théo soupira, et, à son tour, lança un regard vers le crépuscule, comme pour le prendre à témoin, ou l'accuser.

— Pire. Je sais pas ce qui se trame là-dessous. Personne ne le sait vraiment. Certains scientifiques prétendent que le voile qui masque le Soleil émet des radiations. Les pins les avalent, comme des éponges, et les concentrent, alors ce qui vit dans la Malesève en subit les effets et… change.

— Change ?

Un sourire qui était presque une grimace étira les lèvres de Théo dont les yeux demeuraient obstinément fixés sur le ciel couleur de sang.

— Pas en mieux, tu peux me croire.

Il demeurait évasif, mais on devinait bien, au fond de ses yeux, les restes de quelques souvenirs effroyables. Ce qu'il omettait de dire en devenait plus effrayant encore.

Son cadet s'entêta pourtant.

— Peu importe, j'irai.

Théo lui saisit les bras.

— Faudra d'abord que tu me passes sur le corps. Sers-toi un peu de ta tête ! s'emporta-t-il. Si tu pars tout seul et mal préparé, mal équipé, tu auras pas parcouru trente kilomètres avant de te faire tuer par des pillards, bouffer par les pins ou par une des horreurs qui rôdent là-dessous.

Il ajouta après un instant, plus calme, et d'autant plus inquiétant :

— Quoique le plus probable, c'est qu'on te retrouve congelé à côté de ton engin.

— Ça me regarde.

— Ça *nous* regarde, rectifia aussitôt Théo. Je suis ton frère, et le plus vieux, donc je suis responsable de toi. Et puis, qu'est-ce qui te prouve que Léa a besoin d'aide ? Peut-être que tout va bien à Bergerac et à Bordeaux.

— Tu crois vraiment que je vais gober ça ?

Théo eut un sourire de dérision.

— Non... Mais c'est pas une raison pour foncer tête baissée.

Il y eut un silence. Et Théo, avec un pincement au cœur, prit soudain conscience que Johan le fixait à présent avec les yeux de Corbeau, ces yeux vides et froids où on pouvait se perdre.

— Je ne renoncerai pas, articula le garçon en noir.

— Ça, je le sais, soupira l'aîné. Mais je te laisserai pas faire une idiotie sur un coup de tête. On en rediscutera en temps voulu, d'accord ?

— Y a quoi dans ton gros sac ?

Une fois de plus surpris par la capacité de son frère de sauter d'un sujet à l'autre sans transition aucune, Théo répondit à la volée :

— Ce que j'ai pu prendre d'utile avant de quitter l'armée.

— Utile pour quoi ?

— Pour ce que tu as en tête.

— Quel genre ?

Un lueur complice, comme celle d'un gosse qui en prépare une bonne, étincela un instant dans les prunelles de Théo.

— Le genre sérieux.

Un étrange sourire anima les lèvres de Johan, sans atteindre ses yeux.

— Frangin…

— Hmm ?

— Tu es génial.

Théo écarta les bras, paumes en l'air.

— Et c'est maintenant que tu t'en rends compte ?

— Je suis content que tu sois rentré.

Le grand militaire fit des yeux le tour de la pièce, pour enfin revenir à son cadet et hocher la tête, comme il aurait acquiescé à une vérité essentielle.

— Moi aussi… moi aussi je suis content.

À l'entendre, il paraissait encore avoir du mal à y croire. Johan s'était levé et enfilait déjà une épaisse tenue polaire, noire évidemment.

— Tu viens ?

— Où ça ? demanda Théo comme si on venait de le tirer de quelque rêverie.

— Je dois retrouver Fanie et les autres à la taverne, c'est confortable et bien chauffé.

Théo haussa un sourcil, à sa manière « spockienne », comme disait souvent leur père en référence à une vieille série qu'il avait fait connaître à ses enfants, et où Théo avait pêché cette mimique.

— Fanie ? Notre Fanie ?

Théo n'avait qu'une envie : dormir en attendant le retour de leur père. Mais la perspective de revoir leurs anciens amis et l'elfe brun qui était pour eux comme une petite sœur, de se retrouver « en famille », malgré ce monde qui se délitait, emporta sa décision. Alors que Johan refermait les épais volets calfeutrés de la fenêtre et saisissait l'unique moyen d'éclairage de la pièce, une lampe à huile, Théo se leva à son tour et demanda néanmoins, prudent :

— On y boit quoi, dans ta taverne ?

— Tu verras bien.

Sans un mot de plus, Johan sortit de la chambre et disparut dans l'escalier.

Demeuré seul dans la pénombre, le grand soldat au regard de gosse inspira l'odeur de la maison, du foyer, celle de ces murs et des êtres qui la peuplaient, l'odeur des siens. Il murmura, pour lui seul :

— Mon Dieu, que c'est bon de rentrer…

Sa voix, s'élevant dans l'obscurité familière, endait à ses propres oreilles une étrange sonorité qu'il ne lui connaissait pas. Celui qui était parti n'était jamais tout à fait revenu, il en prenait conscience maintenant. Mais il pouvait au moins poser les armes, quelques heures durant, et faire une trêve avec ses fantômes, avant de reprendre le combat.

À pas lents, il rejoignit Johan qui l'attendait sur le palier. Quelques instants plus tard, après avoir enfilé leurs raquettes dans le sas d'entrée, ils passaient la seconde porte du réduit, celle qui donnait sur l'extérieur, et sortaient dans le crépuscule.

Le froid se referma sur eux, avec la brutalité d'une mâchoire.

CHAPITRE 2

Le plafond était haut, mouluré sur le pourtour. Les tables, les banquettes au velours râpé, rouge profond, comme le Crépuscule, s'alignaient d'une pièce à l'autre, dans la clarté vacillante des lampes à huile et des cheminées cossues qui croquaient en sourdine leur ration de pin, une des rares denrées dont on ne manquait pas. D'un appartement bourgeois du centre-ville, on avait improvisé une taverne. Le bar originel, deux étages plus bas, sous le niveau de la neige, servait à présent de cave et de réserve, de distillerie aussi. On accédait à l'établissement par une grande porte-fenêtre qui donnait auparavant sur un balcon.

Dans le vestibule, les deux garçons s'étaient débarrassés de leurs raquettes et les avaient suspendues à côté des autres aux crochets saillants des murs de bois, avant de pousser le second battant ouvrant sur l'intérieur.

Les cris, les rires, les chansons paillardes entonnées par certains plus en voix que d'autres, les relents de sueur ou d'alcool, la fumée les assaillirent aussitôt dans la chaleur épaisse, animale, dégagée par tous les corps pressés là.

Suffoquant, ils s'empressèrent d'ouvrir leur parka.

Au bar, une foule bruyante et gesticulante parlait haut et gras, entre deux lampées d'un élixir que Théo devinait brutal, un genre d'antigel, en plus foudroyant. Dans la salle, sur les banquettes, les conversations demeuraient plus feutrées. Un îlot de banalité, rassurant, dans un monde en voie d'effritement.

Pourtant, Théo devinait la nervosité sous-jacente de l'assemblée, telle une eau noire suintant à travers la glace. Des altercations éclataient que le patron, inquiet lui aussi, calmait en braillant plus fort encore.

Le froid du dehors s'était glissé dans les cœurs, les refermant, les aigrissant, transformant peu à peu les uns et les autres en bêtes sauvages uniquement préoccupées de leur propre survie et de celle des leurs.

Le Crépuscule, la Malesève, dont on prenait bien garde de ne pas prononcer le nom, habitaient chaque regard.

Aucun billet ne circulait au-dessus du comptoir. Il y avait belle lurette que les euros servaient à caler les meubles ou allumer le feu. Comme dans les campagnes autrefois, on était revenu au troc, celui des biens ou des services. La municipalité avait aussi mis en place un système de tickets de rationnement, gagnés contre des heures de travail communautaire, échangeables dans toute la ville.

Le système D, en attendant que le gouvernement, les militaires ou d'autres reprennent les choses en main. On espérait encore, envers et contre tout, qu'on reviendrait en arrière, que quelqu'un, Dieu peut-être, repousserait la Malesève, rendrait ce monde aux hommes… Mais l'illusion se fissurait chaque jour un peu plus, le désespoir s'installait.

Et le désespoir, Théo le savait, éclatait souvent dans la violence.

— Entrez ou sortez, mais fermez cette satanée porte !

Théo mit une seconde ou deux à comprendre que c'était à eux que s'adressait le tenancier, un grand gars sec aux allures de croque-mort, dont le visage lui semblait vaguement familier.

Johan rabattit le panneau de bois, les enfermant dans la chaleur lourde et odorante de la taverne.

Le patron – Jeff, se souvint Théo – ajouta aussitôt, sur un ton plus amène :

— Corbeau ! Comment va ?

Celui-ci se contenta d'un geste de la main qui pouvait vouloir dire tout et n'importe quoi.

Mais le salut du tenancier ne passa pas inaperçu pour tout le monde. Du fond de la salle s'éleva une voix de baryton qui couvrit un instant toutes les autres :

— Corbeau ?

D'une sorte d'alcôve, entre trois banquettes, une silhouette se dressa, si haute et si large qu'elle paraissait presque atteindre le plafond. Dans un visage puissant, tout en angles, des yeux bruns s'écarquillèrent.

— C'est Corbeau, et… et Théo !

Le jeune colosse qui avait prononcé ces mots à l'adresse des autres occupants de la tablée paraissait ne pas y croire.

— Théo ?

Le grand militaire n'eut pas le temps de comprendre ce qui lui arrivait. Dans un cri de joie étouffé, une fine et svelte silhouette surmontée d'un long panache sombre aux reflets de feu se jeta sur lui et se suspendit à son cou. Par pur réflexe, il soutint la jeune fille alors qu'elle le serrait dans ses bras, ses jambes battant le vide, son petit visage de fée brunette pressé contre sa poitrine.

— Pas possible… J'arrive pas à y croire. (Se tournant vers Johan, elle ajouta, sur un ton de reproche :) Pourquoi tu nous as rien dit ?

Johan se défendit :

— Tu le connais, il ne prévient jamais à l'avance. Je n'ai su qu'il était là qu'au moment où il est entré dans ma chambre.

Fanie ne l'écoutait déjà plus, pelotonnée contre le torse du nouveau venu à l'allure martiale, qui lui rendait son étreinte avec un sourire attendri et une émotion qu'il s'efforçait de dissimuler.

— Grand frère, je suis tellement contente que tu sois revenu.

« Grand frère ». L'expression n'était pas usurpée, bien qu'il n'y ait eu, entre Fanie et les deux garçons, aucun lien de sang. Fille invisible de parents qui avaient toujours désiré un fils, elle s'était trouvé, auprès d'eux, une famille de substitution.

Dans les premiers temps, petite fille, quand elle leur « phagocytait les baskets », ils l'avaient surnommée « Pot de Colle ». Ils avaient tenté de la repousser. Mais la brunette, caparaçonnée pour parer aux sales tours de la vie, ne s'en laissait remontrer par personne. À force de persévérance, elle avait su forcer le respect et gagner l'affection des deux frères.

Théo se souvenait encore du jour où trois voyous les avaient pris à partie, Johan et lui, à la sortie de l'école. Ils s'étaient défendus, bien sûr, mais le troisième lascar en avait profité pour les rouer de coups en traître… avant qu'un petit missile à longue tignasse brune fonce sur lui et se ventouse à son dos comme un chat en colère, pour le griffer, le boxer jusqu'à ce qu'il demande grâce.

« On est copains, maintenant », avait alors affirmé Fanie, la toison en bataille, hérissée comme un opossum, après que les trois malfaisants eurent décampé sans demander leur reste.

Oui, ils étaient devenus copains, et bien au-delà – inséparables. Depuis, ils ne s'étaient pour ainsi dire jamais quittés, jusqu'à ce que Théo parte pour l'armée.

Quand le soldat posa enfin la jeune fille à terre, elle sécha ses yeux d'un brusque revers de manche, pour cacher tant bien que mal son émotion. Enfin, elle se tourna vers Johan et s'approcha pour l'embrasser à son tour sur la joue, avec sobriété. La réserve maladroite qu'elle mettait dans ce baiser, et que Johan, comme à son habitude, ne remarqua même pas, n'échappa pas à Théo. Il savait depuis longtemps que Fanie nourrissait pour son frère un amour plus profond et douloureux que la simple amitié… Mais il y avait Corbeau, et il y avait Léa.

Théo avait espéré que, après son départ, elle ait trouvé son prince charmant, celui qui chasserait Johan de sa tête et lui donnerait l'amour qu'elle méritait.

Au seul regard qu'elle glissa vers son frère, il sut que rien n'avait changé, et son cœur saigna.

Déjà, enfouissant soigneusement ses blessures sous la braise joueuse de ses grands yeux à l'arc eurasien, la petite fée aux allures de princesse chinoise les tirait tous deux par la main.

— Venez.

Il se laissa entraîner, soulagé, lui aussi, de remettre le masque.

Les autres les attendaient de pied ferme.

Rodolphe, le géant de la bande, qui les avait aperçus le premier, les accueillit, un grand sourire sur son visage franc taillé à la serpe.

— Bon sang, ça fait plaisir de te revoir !

Théo saisit la main que lui tendait le colosse et retint une grimace quand ce dernier, ému, lui broya les doigts.

— Ben tu vois, faut jamais désespérer.

Enfin, il se tourna vers un tout jeune couple qui venait de se lever et le dévisageait comme un miraculé.

— Sarah, Khalid.

Il les fixa tous les deux, elle, grande et belle, avec ses allures de danseuse, ses immenses yeux rêveurs et ses cheveux blonds vénitiens, lui, petit, nerveux, brun et basané en diable, aux yeux noirs, vifs et perspicaces.

Ces deux-là, la fille de Juifs ashkénazes, l'enfant choyée d'une riche famille, et lui, le petit Arabe de Canteloube, un quartier d'Aurillac, lui dont les frères fréquentaient régulièrement le tribunal pour des délits minables, s'étaient trouvés à la maternelle, dès le premier regard. Malgré la pression de leurs familles, de leur entourage, de la société en règle générale, ils avaient tenu bon et jamais ne s'étaient séparés.

Il les embrassa tous les deux avec tendresse.

— Vous me faites chaud au cœur. Chaque fois que je vous vois, je me dis que l'humanité n'est pas tout à fait foutue.

Ils sourirent, heureux de le voir.

Observateur, Théo remarqua le petit carnet posé sur la table, devant son ami, et y devina, tracé au stylo d'une main vive et talentueuse, les traits de Sarah.

— Toujours aussi doué, à ce que je vois.

Khalid affecta une expression de fausse modestie.

— C'est Allah et monsieur Bic qu'il faut remercier... (Il ajouta après un instant de réflexion :) Et surtout Sarah : sans elle, mon modeste talent se perdrait comme l'eau dans le sable.

Sa belle compagne lui dédia un merveilleux sourire.

— Flatteur, accusa-t-elle pour la forme, avec la voix de celle qui sait la profondeur des sentiments de l'autre.

Au moins une chose qui n'avait pas changé.

Ils s'assirent. Rodolphe, qui revenait du comptoir, fendant la foule comme l'étrave d'un glacier une banquise humaine, posa devant les frères deux tasses que Khalid s'empressa de remplir, à la manière touarègue, en faisant mousser le breuvage frémissant.

L'arôme du liquide aux curieux reflets verts, lourd et puissant, intrigua Théo.

— Qu'est-ce que tu me sers, Khalid ?

— Le thé. Je sais que tu es amateur. Goûte celui-là, c'est pas du Mariage Frères, mais tu m'en diras des nouvelles.

Théo s'empara précautionneusement de la tasse pour en humer le parfum. La vapeur à l'odeur fumée, un rien piquante, colonisa ses sinus. Enfin, devant les regards attentifs des autres occupants de la table, il avala la première gorgée.

C'était fort, puissant, poivré, amer aussi, à lui tirer des larmes, mais surtout brûlant. Il avala sans ciller et y revint. La deuxième gorgée lui parut moins râpeuse, la troisième presque agréable.

— Alors ? demanda Khalid, un bras passé autour de la taille de Sarah.

— C'est sûrement le breuvage le plus infect que j'aie jamais bu, mais je suppose qu'on s'y fait. (Il trempa une fois de plus les lèvres et rectifia :) Je finirai peut-être même par trouver que c'est bon si ça m'a pas empoisonné avant. Maintenant que j'ai passé le test, je peux savoir ce que vous me faites avaler ?

Khalid répondit, l'œil espiègle :

— Du thé de pin vampire.

— Tu plaisantes, j'espère !

— Pas du tout. C'est la spécialité de la maison. Et attends : tu n'as pas encore goûté la bière de pin, l'alcool de pin, le…

Théo le coupa dans sa litanie :

— C'est pas vrai ! Vous le mettez à toutes les sauces ? !

Sa réflexion ne fit que les rembrunir.

— En même temps, c'est pas comme si on avait le choix…

Fanie souriait, mais seulement par politesse : ses yeux demeuraient sombres et soucieux.

Théo la comprenait. Il avait, comme à son habitude, mis les pieds dans le plat.

À l'armée, où les réserves et la grande ville proche de la caserne lui avaient permis une vie à peu près normale jusqu'aux tout derniers jours, il n'avait pas encore été confronté au quotidien des lieux plus isolés, en état de siège, comme Aurillac.

Ici, la nourriture manquait. Il fallait arracher sa pitance à la Malesève. La plupart des espèces végétales avaient disparu. Le pin s'invitait partout, dans les boissons, les assiettes... On finissait par ne plus sentir que son goût fort et acide.

— Et pour la viande, comment vous faites ?

Rodolphe répondit le premier :

— Y a encore deux mois, les trains passaient, mais c'est fini maintenant. Les avions larguent des containers toutes les trois semaines environ pour nous ravitailler. Mais on est rationnés. On mange pas tous les jours à notre faim.

Sarah, qui était jusqu'à présent demeurée silencieuse, ajouta, son beau visage triste marqué par une sourde angoisse qu'elle s'efforçait de dissimuler :

— Ça fait presque un mois que le dernier avion est passé. Depuis, plus rien. Les gens commencent à manquer de tout. On partage, on s'entraide, pour l'instant, mais si ça continue...

Inutile de terminer sa phrase, ses grands yeux parlaient pour elle : si ça continuait, ce serait chacun pour soi. Si ça continuait, le cauchemar commencerait.

Khalid enchaîna, pour briser la chape de silence qui s'était abattue sur eux :

— C'est pour ça que la municipalité a appelé tous les chasseurs à se manifester et à se présenter à la mairie.

Théo haussa un sourcil.

— Les chasseurs ?

Khalid écarta les bras.

— Hé ! Comment tu veux qu'on fasse ? Si on veut de la viande, maintenant, faut aller la chercher… dans les bois.

— Mais ils vont se faire massacrer ! Ils n'ont pas la moindre idée de ce qu'il y a là-dedans.

Khalid le fixa, soudain grave.

— La faim donne des ressources qu'on ne se soupçonne pas, mon ami.

— Il y aura des pertes.

Khalid balaya l'argument d'un geste.

— Qu'est-ce que tu veux, si on n'y va pas, on crèvera tous de faim un jour ou l'autre, alors faudra s'y faire, devenir plus forts… plus forts que ce qui se trouve là-dedans.

« Plus fort », c'était le maître mot. « Plus fort, plus dur, plus impitoyable ». Le monde, comme toujours, façonnait à son image les plantes, les bêtes et les hommes qui l'habitaient, et malheur aux faibles qui ne pouvaient affronter cet environnement.

— Mon grand-père, y faisait des babouches, commença Khalid, sentencieux, et mon grand-père, y disait toujours…

— … *Si tu veux des babouches, tanne d'abord la chèvre !* scanda en chœur toute la tablée, avant de partir dans un grand éclat de rire, dissipant brièvement la sourde angoisse qui les minait.

— Ah ! Je vous dis plus rien, vous m'agacez !

Un nouveau rire les secoua, et retroussait même les lèvres de Khalid, quand la porte d'entrée s'ouvrit à la volée et claqua contre le mur pour cracher un nabot en parka rouge, un bonnet ridicule planté de guingois sur la tête, qui hurla à la cantonade, essoufflé :

— La radio… Celle de la gendarmerie… Ils ont reçu… ils ont reçu un message !

Aussitôt, toutes les conversations, les engueulades, tous les rires, les cris se turent, aussi brusquement que si un doigt avait pressé un interrupteur. D'un seul mouvement, les têtes pivotèrent vers l'intrus. Une cinquantaine de paires d'yeux se rivèrent sur lui et ne le quittèrent plus. Intimidé par le silence et la brusque attention dont il faisait l'objet, le nouvel arrivant saisit son bonnet et l'arracha pour le serrer contre son torse. Le patron, comprenant qu'il avait besoin d'un remontant, le héla au comptoir et lui servit un petit verre d'élixir à la couleur vénéneuse.

Le petit homme l'avala d'un coup, toussa une bonne dizaine de fois à s'en arracher les bronches, le visage aussi rouge qu'une pivoine, les yeux en passe de lui sortir de la tête. Reposant son verre sur le zinc, il récita, d'une traite, de crainte que le courage ne vienne à lui manquer :

— Le gouvernement a démissionné. Le président s'est tiré. Y a plus personne là-haut. On est tout seuls. Tout seuls.

« On est tout seuls. »

La crainte, l'angoisse contenue dans ces derniers mots, celle d'un gamin soudain orphelin, perdu dans un monde qu'il ne reconnaissait pas, un monde hostile, immense, peuplé de choses redoutables, innommables, se plaqua sur chaque visage.

On est seuls…

Dans le silence écrasant qui avait englouti la salle, Rodolphe, le premier, prit la parole, un simple murmure, comme s'il n'avait osé plus :

— Ça devait arriver un jour ou l'autre, on s'en doutait, mais…

Sarah gémit :

— Cette fois, c'est la fin…

Puis la salle explosa, en cris de rage, de détresse, de dépit, en pleurs aussi pour certains, en débats acharnés, querelleurs pour ceux qui exorcisaient leur crainte par l'agressivité. Même autour de la tablée, on s'apostrophait, on se prenait à partie. Le silence de son frère alarma Théo.

Il se tourna vers lui, redoutant ce qu'il allait découvrir.

Déjà marmoréens, les traits du garçon tout de noir vêtu se durcirent un peu plus, se firent totalement inexpressifs, et ses yeux… Ce fut un sifflement qui filtra de ses lèvres, comme la vapeur s'échappant d'un récipient sous pression sur le point d'exploser.

— J'y vais. Maintenant.

Il se dressa d'un coup, enjamba sa chaise et fit volte-face pour se diriger vers l'entrée. Fanie réagit aussitôt.

— Johan ! Johan ! Qu'est-ce que… (Elle se tourna vers Théo.) Qu'est-ce qui lui prend ?

« Devine ! » fut le seul mot qu'il eut le temps d'articuler.

Johan, dans sa hâte de quitter la taverne, fendait la foule en droite ligne, sans se préoccuper de ceux qu'il bousculait.

Il ouvrait déjà la porte donnant sur le sas quand son épaule rencontra celle d'un des habitués qui venait de claquer sa nourriture d'une semaine pour un nombre conséquent de « jus d'pin », le breuvage dont un seul verre avait failli terrasser le messager.

— Dis donc, p'tit merdeux, tu pourrais pas dire pardon ?

Sa grande pogne molle s'abattit sur l'épaule de Johan qui, pas contrariant, lâcha aussitôt un « pardon » syndical. L'autre ne l'entendait pas de cette oreille et resserra sa prise.

— Hé, p'tit con, je te parle !

Il y eut un mouvement trop vif, trop rapide pour être suivi. Le pochard s'envola, passa la porte du sas et s'écrasa dans un déluge de raquettes, de bâtons et de skis. Théo, qui avait entendu le vacarme et se doutait de son origine, s'éjecta de son siège. Fanie sur les talons, il se fraya un chemin dans la foule compacte qui se rassemblait pour assister à l'altercation, écartant les uns et les autres sans ménagement, dans un concert de protestations embrouillées. La crainte, en lui, supplantait à cet instant tout autre sentiment, non pour Johan, il le savait de taille à venir à bout d'un simple poivrot, mais il redoutait ce dont il était capable… ce dont Corbeau était capable quand on se mettait en travers de sa route.

Arrivé derrière un dernier rang de curieux, il cria à l'intention de son frère :

— Johan ! Ça suffit maintenant, laisse-le !

Un dernier coup d'épaule, et il fut à côté de son cadet qui, immobile, les jambes légèrement fléchies, en position de combat, fixait d'un œil glacé l'ivrogne qui pataugeait en vain pour tenter de se redresser dans l'incroyable enchevêtrement de raquettes et de bâtons jonchant à présent le sas.

Le visage de Johan n'était qu'une sentence, ses yeux, ceux d'un rapace, patients et meurtriers. Sans plus se préoccuper de celui qui postillonnait des jurons sans suite, Théo posa la main sur l'épaule de son frère.

— T'as fait ton coup d'éclat. Tout le monde te regarde. Ça y est, t'es content ?

Lentement, très lentement, Johan se désintéressa de sa victime et posa le regard sur lui.

Théo frissonna. Là, derrière ces pupilles réduites à de simples têtes d'épingles, Corbeau le détaillait, froid, calculateur, le soupesait, évaluait, peut-être, la menace qu'il représentait et échafaudait des solutions.

Il réprima un mouvement de recul, devant ce visage familier devenu étranger, devant cet autre qui se tapissait dans le crâne de son frère.

Il se préparait à tout quand Fanie, forçant le passage entre deux panses rebondies, vint s'interposer entre eux, se collant à Johan et l'entourant de ses bras, comme pour le retenir.

— Johan, qu'est-ce qui te prend ? Qu'est-ce que tu fais ? C'est Théo ! Théo, tu entends ? Arrête !

Il y avait une telle détresse dans la voix de la jeune fille que Théo en eut le cœur brisé.

Était-ce le contact du corps de Fanie ? Son intonation ? Les larmes qui perlaient entre ses cils ? Les yeux fixes et inexpressifs de Johan perdirent de leur acuité.

— Pas vous... pas vous deux. Fais pas ça. Je t'en prie. Je vous aime tous les deux. Je veux pas... Je peux pas. Arrêtez. Tout est en train de foutre le camp et moi... moi je n'ai que vous...

Tel un somnambule, Johan leva les bras et, lentement, les referma autour des épaules de la jolie brunette. Il la serra contre lui, avec une infinie tendresse, et baissa à son tour les paupières, voilant son regard insoutenable alors que palpitait contre lui, sous sa poitrine menue, le petit cœur batailleur de la jeune fille. Peu à peu, ses traits se détendirent, retrouvèrent une humanité qui les avait désertés.

Il murmura, caressant d'une main la soie sombre de la longue chevelure de son amie :

— Pleure pas, Fanie, pleure pas. Ça va, c'est fini... (Il ajouta, après un long silence :) C'est fini.

Quand il rouvrit les yeux et s'écarta de Fanie, Corbeau était parti.

Retenant un soupir de soulagement, Théo posa une main sur sa nuque et l'attira vers lui pour chuchoter :

— On va la chercher, ta Léa, mais faut qu'on se prépare ou on n'arrivera qu'à se faire tuer pour rien.

Johan demeura un instant immobile.

— Pardon, murmura-t-il.

— C'est rien, ça va. On est frères, on va pas faire une histoire à chaque fois qu'on s'écorche un peu. Allez, venez.

Fanie se tourna vers les badauds qui les entouraient pour leur lancer avec un air de défi, petit dragon à la crinière de feu :

— Qu'est-ce que vous avez à nous reluquer comme ça ? Vous avez pas autre chose à faire ? Le spectacle est terminé pour aujourd'hui, merci de votre attention et on se passera d'applaudissements.

Les uns et les autres, conscients qu'il était temps de se faire discrets, retournèrent à leurs conversations, non sans leur jeter des regards en coin.

— M'a... m'a balancé par terre, c'te p'tite saleté, gargouilla une voix incertaine depuis le tas de raquettes.

Mal en prit à son propriétaire. Fanie n'avait pas terminé de passer sa grogne.

— Et toi, la ramène pas, vieux sac à vin ! C'est de ta faute, tout ça ! Ramasse tes bras et tes jambes, rends-toi un peu utile et range ce bazar !

C'était dit avec une telle mauvaise foi, un tel aplomb, que Théo et Johan ne purent se retenir de sourire.

Un bras autour des épaules de la jeune fille, Johan l'entraîna vers la table de leurs amis, dans le sillage de son frère.

Derrière eux, la rumeur houleuse des conversations avait déjà repris. L'incident était oublié. Les bagarres, ici, on avait l'habitude. Alors une de plus, une de moins... Aujourd'hui, la peur aidant, ce ne serait pas la dernière.

CHAPITRE 3

Les trois compagnons retrouvèrent leur banquette, sous les regards interdits de leurs amis. Personne ne fit de remarque ni de sermon. On attendit qu'un des membres du trio prenne la parole. Bien sûr, ce fut Théo :

— Incident terminé.

En grand défenseur de la paix, il avait toujours eu le chic pour clore les débats, sans éclats de voix, avec une autorité naturelle.

— Bon, on va faire simple. Mon frère veut aller chercher Léa, et comme je sais qu'il ne changera pas d'avis…

Il se tourna un instant vers Johan ; ce dernier se contenta d'un bref hochement de tête.

— Léa ? À Bergerac ?

Khalid paraissait ne pas y croire. Il lança à l'intention de Johan :

— T'es devenu dingue ?

Le jeune homme se contenta de relever la tête et de fixer sur lui son regard insoutenable.

— Si c'était Sarah qui se trouvait là-bas, tu ferais quoi, Khalid ?

Le petit Marocain soutint son regard, tenta de plisser les yeux, renonça et se tourna vers celle qu'il aimait. Enfin, il lâcha :

— Ça va, oublie.

Rodolphe, lui, s'entêta.

— C'est de la folie ! Entre les pillards, le froid, la Malesève et les… enfin, les trucs qui s'y baladent maintenant, tu y arriveras jamais. Toutes les routes ont disparu, ces saletés de pins sont partout, ils poussent plus vite qu'il faut de temps pour le dire et sucent le sang de tout ce qui les approche. Y a que les lits des rivières et des fleuves gelés qu'ils ont pas colonisés. Et d'abord, comment tu iras ? À skis ? Tout seul ?

Johan, muré dans sa détermination, gardait la tête baissée. Tous les regards convergèrent donc vers Théo.

— Avec nos motoneiges.

Rodolphe haussa un sourcil.

— « Nos » ?

— À moi et Johan, je pars avec lui. (Devançant les questions, le militaire leva la main.) Tu as tout à fait raison, il n'y arrivera pas seul. Je l'accompagne.

— Un, deux… ça ne fait pas une grande différence.

— Au contraire. Quand il y en a un qui dort, l'autre monte la garde, ou peut le soigner s'il se blesse ou tombe malade, le tirer d'un piège. C'est la différence entre la vie et la mort.

— Tu n'es pas obligé.

Ce filet de voix monta de sa gauche – où Johan se tenait droit, raide, comme saisi par la glace –, celle de l'autre, de Corbeau.

— Quoi ?

— Tu n'es pas obligé, Théo. C'est pas parce que tu es mon frère que tu dois m'accompagner.

Un sourire doux et sarcastique à la fois étira les lèvres de Théo.

— Tu me connais si mal que ça ?

Johan secoua la tête, puis murmura :

— T'es vraiment trop con. (Saisissant son frère par la main, il le serra contre lui pour lui souffler à l'oreille :) Merci.

— Nous serons trois. J'ai une motoneige, moi aussi, et du carburant, je viens avec vous.

Théo pivota comme si on l'avait giflé et fixa Fanie.

— C'est hors de question !

La réplique ne se fit pas attendre, le minois buté de la jeune fille se figeant aussitôt en masque de colère et de détermination.

— Essaie de m'en empêcher !

— Je ferai mieux qu'essayer, ma petite, je te renverrai chez toi, à la manière forte s'il le faut.

— Je reviendrai.

Théo soupira, exaspéré.

— Alors je recommencerai, et pour bien faire je t'attacherai à ton lit ou à ton fauteuil, dans ta chambre, et t'y resteras jusqu'à ce que tes parents te trouvent et te détachent, comme ça au moins je serai sûr que tu nous colleras pas.

Fanie le fixait de ses grands yeux de princesse orientale, statuette d'indignation et de détresse. Elle murmura, d'une voix étranglée :

— Pourquoi tu fais ça, Théo ? Pourquoi ? Tu sais… tu sais que…

Cherchant un soutien, elle porta son regard vers Johan. Ce dernier conserva les yeux baissés vers sa tasse où le thé brutal finissait de refroidir.

— Théo a raison, Fanie. Tu ne peux pas nous accompagner.

Elle les dévisagea tour à tour, avec une incrédulité douloureuse.

— Alors c'est ça, hein ? On laisse la mousmé au port pour partir à l'aventure. On sait jamais, c'est fragile, ces petites choses, ça pourrait se casser un ongle ou un cheveu.

Tout juste avait-elle prononcé ces mots que Théo la reprenait, sans pitié :

— Bon, écoute, Fanie. Je voulais pas te faire de la peine, mais puisqu'il faut en arriver là, tant pis. Oui, c'est trop dangereux pour une fille. Si tu nous accompagnes, au mieux tu nous retarderas, au pire tu nous feras courir un danger inutile. J'ai pas envie de passer mon temps à secourir une gamine capricieuse. T'aurais été un mec, peut-être qu'on aurait accepté que tu viennes, mais là, tu vois, même avec la meilleure volonté du monde, c'est pas possible. T'es pas taillée pour l'aventure.

Il savait être impitoyable, Théo, et cruel aussi. Il connaissait celle à qui il s'attaquait, la connaissait très bien. Il frappait là où ça faisait mal.

Son regard clair, soudain froid et distant, ne s'anima d'aucune pitié ni regret devant l'expression d'enfant trahie de la jeune fille, même quand les larmes embuèrent ses yeux.

— T'es vraiment… t'es vraiment qu'un salaud. (Elle en tremblait de rage contenue.) Et toi, tu vaux pas mieux, ajouta-t-elle à l'intention de Johan avant de se lever et de filer vers l'entrée.

À peine avait-elle quitté la table que le plus jeune des frères se retournait.

— Fanie, ne…

Théo le saisit par l'épaule et l'obligea à lui faire face.

— Laisse-la partir.

— Mais elle… C'est Fanie…

— Justement.

Une fois encore, le ton était sans appel. Même Corbeau n'aurait pu, cette fois, lui tenir tête.

Solidarité féminine ou simple empathie ? Sarah ne le laissa pas s'en tirer à si bon compte.

— Si je te connaissais pas, Théo, je sais pas ce que je ferais. Tu t'es vraiment conduit comme une belle ordure. Tu sais ce qu'elle vit avec ses parents et ce que vous représentez pour elle. C'était vraiment nécessaire de la torturer comme ça ?

— Oui. Et crois-moi ou pas, ça m'est égal. À moi aussi, ça m'a fait mal.

Il ajouta après un instant, d'une voix enrouée :

— Tu peux pas imaginer à quel point.

Sarah, avec cette perspicacité propre aux filles quand il s'agit de lire à cœur ouvert dans les pensées des garçons, n'insista pas.

— Je croyais que tu ne mentais jamais, Chevalier.

Khalid s'y mettait aussi. « Chevalier », c'était le surnom qu'on avait donné à Théo, à l'école. Le Chevalier, droit, preux, sans reproche, à l'image de ces héros de légendes qu'il rêvait d'égaler et dont il suivait le code.

— Pour elle, je mentirais à la terre entière, murmura-t-il pour seule réponse dans un filet de voix.

Tous comprirent que le sujet était clos.

Khalid avait, de toute manière, autre chose en tête. Mal à l'aise, il lançait des regards en direction de Sarah, semblait hésiter à prendre la parole.

La belle blonde le devança :

— Vas-y, dis-le.

— Moi aussi je peux avoir une motoneige et vous accompagner.

C'était sorti tout à trac, comme il aurait craché un noyau coincé dans sa gorge. Johan objecta aussitôt :

— On ne peut pas te demander ça, Khalid. Je ne veux pas vous séparer, toi et Sarah, pour retrouver Léa. S'il t'arrivait quelque chose, je ne me le pardonnerais pas.

Curieusement, ce fut la jeune fille qui répondit, serrant la main de celui qu'elle aimait dans la sienne :

— Léa était notre amie aussi, comme vous l'êtes tous les deux. Je sais pas ce que nous réserve l'avenir, mais je n'ai pas envie de penser que bientôt ce sera chacun pour soi. Je ne me sens pas particulièrement courageuse, mais si je pouvais, je vous accompagnerais. Je n'ai aucune envie que Khalid s'en aille, mais je comprendrai s'il le fait… (Elle insista, ses yeux plongeant dans ceux du jeune Maghrébin :) Je comprendrai.

Ils échangèrent un regard qui aurait réchauffé le cœur du plus insensible des hommes.

Rodolphe, qui suivait jusqu'à présent la conversation dans un silence attentif, comme s'il n'attendait que cette opportunité, intervint aussitôt :

— Khalid n'a qu'à me passer sa motoneige.

Il en souriait d'une oreille à l'autre, dans sa joie d'être de ce voyage pour l'enfer.

Khalid moucha son espoir à peine né.

— Rêve pas, Rodolphe. La motoneige dont je parle, y a qu'à la condition expresse que ce soit moi qui la pilote qu'on me la prêtera, et puis je veux pas être vexant, mais pour tracter un morceau comme toi, elle va consommer à mort. T'arriveras jamais à Bergerac, et je te parle même pas du retour. Non, faut que ce soit moi qui la conduise, y a pas d'autre choix…

Se détournant d'un Rodolphe dépité, il s'adressa aux deux frères :

— Je vous promets rien, je vais réfléchir. C'est pas que je vous aime pas mais…

Il était gêné, s'emmêlait dans les mots, se raccrochait à Sarah qui se serrait contre lui.

Théo abrégea son calvaire.

— Tu nous dois rien, Khalid. Tu as la meilleure des raisons de pas venir. Je te mentirai pas, un de plus, ça serait pas du luxe, mais j'ai vraiment aucune envie de rentrer ici pour annoncer à Sarah que tu es mort, et réunir un couple pour en détruire un autre, ça n'a aucun sens. Fais comme tu veux. Si tu viens, prends un traîneau, tout ce que tu peux embarquer de carburant, un duvet, une tente, des provisions, une gamelle, un briquet, une trousse de secours, ce que tu as comme médocs de première urgence… Les armes et les cartouches, je les fournirai, mais si tu en apportes aussi, on crachera pas dessus. Rendez-vous devant chez nous après-demain, à trois heures du matin. Si le temps se maintient, nous partirons aussitôt. Après, ce sera trop tard.

Il lança un regard à l'horloge accrochée au mur.

— Notre père a dû rentrer, faut qu'on y aille avant qu'il soit plus en état de me reconnaître.

Théo avait lancé ces mots sur le ton de la plaisanterie, mais personne ne fut dupe. Tous connaissaient la relation passionnelle et destructrice que le père des deux garçons entretenait avec la bouteille depuis la mort de sa femme, dix ans plus tôt. Avec l'arrivée de la Malesève, les choses avaient empiré.

— On y va, Johan ?

Son cadet hocha simplement la tête et se leva.

Avant de partir, ils échangèrent une accolade avec les deux autres garçons et une bise avec Sarah qui murmura à l'oreille de Johan :

— Tu nous la ramèneras, j'en suis sûre.

Cette certitude, le jeune homme était loin de la partager, mais il sourit néanmoins, du mieux qu'il put.

Rodolphe les laissa partir sur un « Revenez, les gars ! » enroué, qui sonnait comme un adieu.

Après un rapide passage dans le sas où ils enfilèrent leurs parkas et chaussèrent leurs raquettes, les deux frères se retrouvèrent dehors. Le froid les saisit, passant à travers leur écharpe polaire pour s'engouffrer dans leur gorge, leur poitrine, et y planter ses milliers de petites aiguilles.

Là, une fois franchie la fenêtre convertie en porte d'entrée, encadrée de ses sœurs calfeutrées, Théo, alors que son souffle se muait en des myriades d'éclats de cristal, balaya du regard ce qui l'entourait, comme pour graver cette image au plus profond de lui.

Comme s'il ne devait jamais revenir.

Il traversa la grande étendue de neige circulaire et nue où se trouvait autrefois un joli petit square. Seules émergeaient de la neige les cimes d'un séquoia et de quelques autres arbres morts. Le reste, la fontaine, les promenades, le salon de thé, tout avait disparu, avalé par le blanc uniforme qui recouvrait le monde.

Autour s'élevaient les maisons du centre-ville, aux façades desquelles pendaient, comme autant de larmes pétrifiées, de gigantesques stalactites de glace. Toute proche, la cloche de l'église Notre-Dame-aux-Neiges, qui n'avait jamais si bien porté son nom, martela dix-sept heures.

Dans la lumière sanguine qui baignait la petite cité, se croisaient des anonymes aux visages masqués, en raquettes ou à skis, en traîneau pour les plus fortunés, tractés par plusieurs huskys aux yeux bleus.

« En voilà au moins que le changement de climat doit réjouir », se dit Théo alors qu'un attelage passait devant eux.

Il chercha du regard la silhouette de Fanie, en vain, bien sûr. Il avait espéré… Qu'aurait-il fait, de toute façon ?

Le cœur serré, il songea qu'il ne reverrait peut-être jamais leur petite sœur d'adoption, que jamais il ne pourrait lui demander pardon, et son cœur saigna.

Alors qu'il ruminait ces funestes pensées, ses yeux sautèrent d'un toit à l'autre, montèrent, encore et encore, suivant le flanc de la colline, jusqu'à ce que les maisons s'espacent, puis disparaissent sur un liseré de neige précaire, avant de venir buter sur l'avant-garde des pins.

La Malesève était là, dominant la crête, alignant en ordre de bataille les légions bavardes et immobiles de ses soldats, géants hirsutes aux mille aiguilles dressant dans le crépuscule mourant leurs sinistres silhouettes.

Elle attendait… Elle *l*'attendait.

Un instant, alors qu'il fixait, hypnotisé, cette vague de noirceur et de voracité végétale, dont les cimes se lançaient à l'assaut du crépuscule, vint le hanter un sombre pressentiment…

— Tu viens ?

Ignorant l'appel de Johan, il demeura immobile quelques secondes de plus, le temps de défier une dernière fois la Malesève du regard.

« Tu ne m'auras pas », jura-t-il en silence avant de se retourner vers son frère et de lui emboîter le pas.

Ils s'engagèrent dans la petite rue en pente qui menait à leur demeure et, leurs bâtons à la main, commencèrent l'ascension.

Déjà, la grande hémorragie du ciel agonisait en nuit. Dans quelques minutes, les ténèbres, compactes, brutales, qu'aucune étoile n'égayait de sa lumière, enseveliraient la ville. La température chuterait.

La place et les rues se vidaient de leurs ultimes promeneurs, abandonnant la cité à l'obscurité et à la rumeur des pins. La nuit leur appartenait. À eux et aux créatures qui prospéraient sous leurs branches.

Après des millénaires d'hégémonie sans partage, l'homme réapprenait la peur.

CHAPITRE 4

— Il va venir.

Théo ne comptait plus le nombre de fois où il avait répété ces mêmes mots en moins de deux heures, face à un Johan de plus en plus pressant. Il n'y avait personne, dans la rue rendue aux ténèbres que ne venait déflorer la lumière d'aucun réverbère depuis que la dernière ligne à haute tension avait été coupée. Il aurait pourtant juré avoir entendu, dans ce silence brutal, le spectre d'un son, celui, mécanique, d'un moteur en marche.

Peut-être avait-il rêvé ? Ou bien prenait-il ses désirs pour des réalités ? Un de plus, comme il l'avait affirmé aux autres, ça ne serait pas du luxe.

Alors qu'une pellicule de givre se formait sur ses traits, autour de sa bouche, et que sa peau commençait à le picoter, il referma la porte, repoussant une fois encore le froid assassin de la nuit, et se tourna vers l'intérieur.

À la lueur de l'unique lampe à huile, les deux motoneiges, noires et luisantes, tels des fauves ramassés, prêts à bondir, s'alignaient dans l'ancien salon transformé en garage quelques années plus tôt, quand la neige avait fini d'engloutir les deux étages inférieurs.

Simple lubie ou véritable clairvoyance, leur père avait fait l'acquisition de ces engins pendant la grande folie qui avait suivi le début du Crépuscule et les bouleversements climatiques. Il les avait abondamment utilisés, au début, plus par ostentation que par véritable nécessité. La mode des scooters des neiges avait succédé à celle des 4 × 4. La coupure des voies maritimes et la pénurie de carburant avaient mis un point final à ces parades puériles.

Les rares à posséder encore un peu d'essence la stockaient en secret, de peur qu'on ne découvre leur fortune liquide et qu'on ne la réquisitionne.

La leur se trouvait dans les deux jerricans de fer qui reposaient sur les traîneaux attelés aux motoneiges. Cinquante litres chacun, plus les cinquante autres déjà dans les réservoirs des deux engins. Largement de quoi faire l'aller-retour d'ici à Bergerac, à en croire la brochure du constructeur. Théo, en homme avisé qui, par expérience, savait le peu de confiance qu'on pouvait accorder à ce genre de documentation, en avait rajouté un troisième, le dernier de la maison, au cas où.

Si leur père avait soupçonné leur projet ne serait-ce qu'un instant, nul doute qu'il y aurait mis son veto. Les deux garçons s'étaient donc préparés dans la plus grande discrétion. Fort heureusement pour eux, le « vieux » ne mettait plus les pieds dans cette pièce, ou alors très rarement, et le sommeil lourd et profond dans lequel il sombrait, une fois sa ration d'alcool de pin avalée, leur avait laissé tout loisir de faire leurs préparatifs sans être dérangés.

Les retrouvailles familiales s'étaient en tout point révélées fidèles à ce que les deux frères avaient imaginé. Leur père, heureux et soulagé de retrouver son fils aîné, s'était pourtant montré distant, avare d'effusions. À peine s'était-il fendu d'un « Ah ben ça, si j'm'attendais ! T'es revenu, toi ? », suivi aussitôt d'un « T'es bien con ! T'aurais mieux fait de rester où tu étais ! »

« Moi aussi je suis content de te revoir, Papa », avait plaisanté Théo, d'une voix plus voilée qu'il ne l'aurait souhaité.

Leur père s'était alors tourné vers Johan pour ordonner.

« Johan, va nous chercher une bouteille de jus dans la réserve, faut qu'on fête ça. »

Avec lui, depuis la mort de leur mère, il y avait toujours quelque chose à fêter et, comme d'habitude, Théo, pas plus que Johan, ne partageant son goût pour la bouteille, il avait bu seul. Trois quarts d'heure et un litre plus tard, il ronflait sur sa chaise, après avoir balbutié :

« Ah, on formait une famille avant… Si vot' mère nous avait pas laissés tomber, ça s'rait pas comme ça maintenant. »

À l'entendre, leur mère avait délibérément attrapé le cancer et entraîné, par quelque obscure relation de cause à effet, l'avènement du Crépuscule. Le vieux mélangeait tout, reportait ses péchés sur le dos de l'absente, en premier celui de traiter ses fils comme des étrangers, eux, les enfants de celle qui était partie.

Quelque part, tout au fond de lui, il devait les aimer, cherchaient à se convaincre les deux frères, mais il avait depuis trop longtemps perdu le mode d'emploi.

« Il n'y a que des preuves d'amour », disait un dicton. S'ils le connaissaient, Johan et Théo préféraient l'oublier.

Pour une fois, son goût immodéré pour la bouteille servait leurs intérêts.

Afin de passer le temps, repousser un peu l'échéance et laisser à Khalid une chance de les rejoindre, Théo se dirigea vers son scooter des neiges, un Arctic Cat au nez aigu de prédateur mécanique, et en vérifia le chargement.

La tente igloo, les duvets polaires, les provisions, l'eau qui ne manquerait pas de geler malgré son récipient isotherme, son paquetage et le grand sac à surprises… Rien ne manquait.

Les « surprises » en question, il en restait encore une ou deux dedans, du « sérieux » pour les situations exceptionnelles. Le reste – pistolets automatiques dernière génération, grenades, fusils-mitrailleurs et cartouches –, Johan et lui le portaient sur eux ou attaché à leur motoneige.

Il avait bien conscience de ressembler à un G.I. Joe de pacotille, mais il avait vu, lui, de ses yeux, certains des nouveaux pensionnaires de la Malesève et ce dont ils étaient capables.

Et puis il y avait les hommes. Les plus terribles des monstres se tapissaient sous des visages humains.

Du coin de l'œil, il vit son frère tirer son fusil-mitrailleur de son étui, l'épauler et viser un instant la porte. Il apprécia le geste, en connaisseur.

Johan, malgré les tentatives répétées de leur père pour le convertir, n'avait jamais partagé sa passion des armes à feu contractée à l'armée, mais il n'avait pu échapper aux longues séances d'entraînement au club où le vieux les obligeait à le suivre tous les dimanches matin, aussi religieusement que d'autres se rendaient à l'église. À force d'essayer, même sans conviction, Johan avait acquis une certaine pratique.

« Espérons que ça suffira », songea Théo en le regardant.

Dans son dos, son frère avait sanglé son précieux sabre. Le militaire n'avait pas eu le cœur de l'en dissuader. Après tout, si ça pouvait le rassurer…

Il le fixait encore quand son cadet, sentant son regard peser sur lui, releva la tête.

— Il ne viendra plus. Il faut y aller maintenant. Si Papa se réveille et nous trouve ici, ça va compliquer les choses.

Il n'envisageait pas un seul instant de faire marche arrière.

Comme pour lui donner raison, descendit vers eux, à travers le vieux plancher de bois, un vague raclement suivi d'un grognement.

Ils se pétrifièrent, les yeux rivés sur le plafond aux larges poutres. Théo, oscillant entre l'inquiétude et un amusement incongru, eut la curieuse impression de se retrouver dans la peau d'un gamin faisant le mur pour une virée entre copains.

Ce Théo-là, insouciant et léger, avait-il jamais existé ?

Des pas lourds et hésitants firent craquer les lames. Ils retinrent leur souffle en attente du rugissement paternel. Qu'il ait l'idée d'ouvrir une de leurs chambres ou de descendre l'escalier pour boire à la cuisine, et il verrait immanquablement le témoin allumé de l'interrupteur du garage. Une porte qui s'entrouvre, des pas à nouveau, une autre porte qui grince. Celle des toilettes ou…

Statufiés, ils attendaient.

Rien.

Quelques secondes plus tard, les pas revenaient au-dessus de leurs têtes, suivis du couinement sonore d'un sommier fatigué. L'instant suivant, des ronflements gargantuesques résonnaient jusqu'à eux.

Johan et Théo se remirent à respirer.

— Cette fois j'y vais, avec ou sans toi, assena Johan d'une voix sans appel.

Théo, résigné, sachant qu'il ne pourrait retenir son frère plus longtemps, hocha la tête.

— OK, on y va.

Il se dirigea de nouveau vers la porte d'entrée, rajusta sa tenue, inspira profondément et saisit la poignée avant de pousser de côté. Le panneau coulissa, dévoilant la nuit extérieure. Le froid meurtrier le frappa avec la violence d'un coup. Un instant, il eut l'impression d'inspirer du feu, un feu glacé qui se répandit dans sa poitrine, brutal, douloureux.

« – 40, facile », estima-t-il.

Il espéra que les scooters tiendraient… et eux aussi.

Il arrangeait sur son visage sa cagoule en polaire et le col montant de sa longue gabardine doublée, et s'apprêtait à chausser ses lunettes quand il crut, encore une fois, percevoir un bruit.

Il tendit l'oreille, n'osant espérer…

Rien. Seul le souffle du vent entre les façades aux fenêtres aveuglées.

Il secouait déjà la tête quand Johan s'approcha.

— Tu as entendu ?

— Toi aussi ?

— Chut ! Écoute !

Immobiles, entre ombre et lumière, ils attendirent. Enfin, après ce qui leur parut une éternité, seulement rythmée par les battements sourds de leurs cœurs, ils entendirent.

Un son, presque inaudible, solitaire, dans ce silence immense qui enveloppait la ville, répercuté jusqu'à eux des lointains de la nuit, étrangement déformé, mais se rapprochant de seconde en seconde. Un bourdonnement, qui se fit rapidement plus grave, se mua en ronronnement, régulier, mécanique… Celui d'une motoneige.

Alors même que cette certitude s'imposait à eux, une luciole apparut, dans l'obscurité de tombe qui noyait le bas de la rue. Elle monta vers eux, grossit, devint un œil de lumière, tirant de l'ombre les façades scintillantes de givre, faisant étinceler les longues stalactites de glace accrochées aux rebords des toits comme autant de crocs translucides.

Derrière cet œil, il y avait un scooter des neiges et, sur le siège, un pilote emmitouflé qui arrêta sa monture juste devant eux, coupant son moteur pour éviter de réveiller tout le quartier. Le conducteur anonyme ôta son casque, releva ses lunettes de glacier sur le front, et abaissa son masque et le col de sa parka pour leur dévoiler ses traits bruns que le froid colorait de rouge.

Khalid.

Théo l'accueillit avec un chaud sourire et s'approcha de lui.

— Content de te voir.

Jetant un coup d'œil vers le ski-doo que chevauchait leur ami, il apprécia le fauve mécanique au museau sombre et étroit.

— Monsieur a des goûts de luxe. Où t'as trouvé ce bolide ?

Khalid descendit de son engin pour lui donner l'accolade et lui glisser à l'oreille :

— Si on te le demande, tu répondras que tu sais pas.

— Me dis pas que tu l'as…

— Moi ! s'indigna Khalid en posant une main sur sa poitrine. Tu me connais, mon frère. Je suis pas un voleur, moi. Je l'ai juste emprunté à un copain.

— Un copain qui l'avait emprunté à quelqu'un d'autre, c'est ça…

— Et comment tu veux que je le sache ? Y m'a juste dit : « Vas-y, Khalid, mais prends-en soin. » Moi, j'ai pas demandé son pedigree.

— Khalid, tu…

— Je plaisante, mon ami. C'est celui du père de Sarah.

Théo ouvrit de grands yeux.

— Du père de Sarah ? Et tu lui as raconté quoi, au père de Sarah pour qu'il te prête cette merveille ?

— Moi, rien. Mais Sarah lui a demandé si elle pouvait l'emprunter pour la matinée.

— Et ?

— Tu la connais. (Il souriait de toutes ses dents.) Elle sait y faire avec le paternel, elle a même réussi à lui faire accepter son copain, alors…

— Vous allez vous attirer des ennuis, tous les deux.

— Si on revient, tu veux dire ?

Théo lui posa la main sur l'épaule.

— Khalid, rien t'oblige à venir. Retourne chez toi. Va retrouver Sarah.

Ça ressemblait presque à un ordre. Théo avait toujours eu une autorité naturelle, et les autres, reconnaissant sa sagesse et son sens aigu de la justice, se fiaient à ses jugements. Ces années passées à l'armée n'avaient fait qu'affirmer ce don et, en d'autres circonstances, Khalid l'aurait peut-être écouté... mais pas cette nuit.

— T'as bien dit qu'un de plus, ça serait pas du luxe ?

— Oui, j'avais envie que tu viennes, et j'avoue que je t'ai même attendu... Mais c'était égoïste. On n'a pas le droit de vous séparer tous les deux. Rentre chez toi.

Johan, qui avait jusqu'alors gardé le silence, renchérit aussitôt :

— Il a raison, Khalid. On n'aurait pas dû t'attendre. Va retrouver Sarah.

— Bon, on se calme, les frangins. C'est vrai, vous m'avez fait lever à une heure pas possible, je vous en voudrai éternellement, mais là, c'est trop tard pour que je retourne au lit, alors je vois pas autre chose à faire que de vous accompagner. Et puis tant qu'à me fâcher avec mon futur beau-père, autant faire les choses en grand.

Un sourire involontaire ourla les lèvres du grand militaire.

— OK, tu viens. (Il ajouta pourtant :) Et Sarah ?

— Elle est forte, bien plus forte que moi, et elle nous fait confiance. T'inquiète pas, ça ira.

Derrière la sérénité apparente du jeune Marocain, Théo devinait des instants douloureux, une ultime étreinte dans les larmes et des promesses murmurées avec la force de cris.

Ces promesses, dont il devinait la teneur sans même les avoir entendues, il se jura de tout faire pour qu'elles soient honorées.

— Bon, maintenant que je suis là, tu vas peut-être me dire par où on va passer.

Khalid s'impatientait. On le sentait pressé de changer de sujet, comme s'il craignait de revenir sur sa décision.

— Oh ! Ce n'est pas bien compliqué. À ce qu'on sait, les anciens cours d'eau sont les seules voies encore dégagées. On dirait que les pins n'aiment pas y pousser. Alors on va les suivre... La Jordanne tout d'abord, puis la Cère, et enfin la Dordogne, l'ouest toujours, jusqu'à Bergerac.

Khalid chaussait déjà ses lunettes protectrices.

— Une promenade de santé.

Théo acquiesça :

— Sûr. Mieux que Disneyland.

Avant de relever le bas de sa cagoule et le col de sa parka, il ajouta, sincère et grave :

— Merci, Khalid. T'es un mec bien.

— Le dis pas trop fort, ça va finir par se savoir. J'ai une réputation de voyou à défendre, moi.

Sur ce, il remonta sur son ski-doo, sangla son casque et leva un pouce pour signifier qu'il était prêt.

Théo entra dans le garage où l'attendait Johan, assis sur sa motoneige, casqué et prêt au départ, enfourcha sa monture mécanique, empoigna le guidon, serra et desserra un instant les mains, inspira profondément.

À l'instant même où ils lanceraient leurs engins, leur père ne manquerait pas de se réveiller et de comprendre d'où venait le vacarme. Il avait peut-être le sommeil lourd, mais pas à ce point.

Ils allaient devoir lever le camp en vitesse et lui laisser le soin de fermer derrière eux.

Sous la cagoule, un sourire se dessina sur ses lèvres.

Il mit le contact. Le moteur démarra aussitôt, sa vibration profonde remontant entre ses jambes, puis le long de sa colonne vertébrale.

Alors que Johan pressait le démarreur, il se laissa griser par la sensation de cette puissance apprivoisée qui n'attendait qu'un geste de lui pour se déchaîner.

Dans la rue, le scooter de Khalid rugit à son tour, joignant sa voix à celle des autres.

Ce qui devait arriver arriva.

Même par-dessus le vrombissement assourdissant des trois véhicules, Théo perçut distinctement le cri d'indignation de leur père, brusquement tiré du sommeil, suivi d'un autre, de colère celui-là, quand le vieux réalisa d'où venait le bruit qui l'avait arraché aux bras de Morphée.

Théo tourna la poignée des gaz. Sa monture de métal bondit, grimpant d'un coup la faible pente de neige menant à la rue. Johan, qui le suivait de près, fila derrière lui, alors qu'il accélérait. Khalid fermait le cortège. Il eut juste le temps d'entrevoir une silhouette échevelée, enveloppée d'une robe de chambre fatiguée, déboucher dans le garage avant de tituber et de tomber à genoux dans la neige.

Aucun des deux frères, alors qu'ils s'éloignaient à vive allure dans les rues désertes et blanches, ne vit les larmes dévaler le visage défait de leur père, alors qu'il hurlait leurs noms à la nuit.

CHAPITRE 5

Ils filaient, s'en donnant à cœur joie dans les avenues et les boulevards de la petite cité qui, depuis bien longtemps, n'avaient pas résonné d'un tel déchaînement de fureur mécanique.

Grisés par la vitesse, les trois garçons noyaient dans cette ivresse passagère la sourde angoisse qui les taraudait. Ils traversèrent la ville, plein sud, suivant l'axe de la vallée et le cours de la rivière. Sans même ralentir, ils s'engouffrèrent sous l'une des grandes arches du viaduc. Le pont était encore là, mais aucun train n'avait emprunté la voie ferrée depuis deux mois, et même la gare, laissée à l'abandon, disparaissait peu à peu sous un édredon blanc.

La neige, sans bruit ni fureur, se chargeait d'ensevelir une à une les œuvres des hommes.

Quittant le centre-ville et les vieux quartiers, ils passèrent entre de hautes barres de béton aux centaines de fenêtres condamnées, contre lesquelles se répercuta l'écho de leur course endiablée. Ironiquement, ces immeubles laids, fonctionnels et monolithiques, représentaient maintenant les derniers bastions de l'humanité de ce côté-ci de la ville…

Après, leur monde, celui des hommes, prenait fin.

Dans le semi-jour écarlate, ils filèrent entre les façades tronquées de petits pavillons dont à peine un étage émergeait de la neige. Cent mètres de plus, et seuls quelques toits surnageaient encore, de loin en loin, évocation de maisons en sucre glace qu'un gourmand aurait noyées de chantilly.

Parvenus à ce *no man's land* fluctuant qui s'ouvrait entre les dernières habitations et les premiers rangs de la Malesève, ils s'arrêtèrent.

Là, dans l'aube incertaine, s'étendait le champ de bataille qui, chaque jour, inlassablement, depuis plus de trois ans, voyait s'affronter les hommes et les pins. Les traces des combats de la veille jonchaient encore la neige, tronçons de branches, de racines, panaches d'aiguilles tranchées, abandonnés là en guise d'avertissement. De petits morceaux, essentiellement. Les gros, on les emportait comme combustible ; les aiguilles, elles, étaient broyées, distillées, torréfiées… Dans cette étrange symbiose, l'ennemi, le prédateur qui menaçait de les engloutir, leur procurait également chaleur et matière première. Dans moins d'une heure, les premières équipes arriveraient, armées de haches, de scies, de tronçonneuses, pour reprendre la lutte.

Elles auraient de l'ouvrage.

Profitant de la nuit, les pins, avec une persévérance toute végétale, avaient déjà lancé de nouvelles troupes à l'assaut, racines noueuses, opiniâtres, inaccessibles à la crainte ou à la douleur.

La Malesève poussait.

Les trois garçons, portant leur regard d'un point à un autre, voyaient ces serpents d'écorce s'extirper de la neige, traverser parfois le toit d'un pavillon englouti, se dresser dans le crépuscule naissant, tentacules innombrables d'un monstre colossal.

Ce monstre aux mille membres, ils lui faisaient face.

La Malesève barrait l'horizon, falaise noire et velue alignant, rang après rang, ses soldats aux branches alourdies de neige. D'ici, elle était plus impressionnante encore, cette forêt prédatrice. Et elle parlait, chuchotait, sans début et sans fin, dans le Crépuscule, cette mélopée que les hommes avaient appris à craindre et à haïr.

Ses branches s'agitaient mollement, même en l'absence de vent, raclant la neige autour des troncs noirs, tels de longs doigts tâtonnant à la recherche de proies…

« Ne pense pas, agis ! » se morigéna Théo.

Repoussant la crainte que lui inspiraient les pins vampires et ce qu'ils abritaient, il chercha du regard le lit de la Jordanne à quelques dizaines de mètres sur leur gauche, une légère dépression dans la blancheur ouatée de la vallée, sinuant vers le sud-ouest.

Son regard suivit la longue trace semblable à l'empreinte d'une vipère géante, encore et encore, pour la voir enfin disparaître entre les rangs des premiers pins, des nains comparés à ceux qui les surplombaient.

À bien y regarder, on discernait une brèche dans la masse compacte d'aiguilles et d'écorce… Mais qu'elle était étroite !

Le lit de la rivière s'enfonçait là-dedans, tel un sillon incertain. Fallait-il encore le savoir, tant les végétaux mutants prospéraient alentour, enjambant de leurs branches ce chemin périlleux.

Leur périple ne s'annonçait pas sous les meilleurs auspices. Sitôt la frontière franchie, Théo le devinait déjà, l'enfer les attendait.

Combien de temps serait-il resté là, à hésiter comme un gamin au moment de se jeter à l'eau, si Johan, dans un rugissement mécanique, n'avait lancé sa motoneige en avant, avalant les quelques mètres les séparant du sillon neigeux pour y disparaître ?

Théo échangea un regard avec Khalid. Ce dernier se contenta d'écarter les bras, signifiant : « C'est ton frère ! » Une grande inspiration, un ultime regard en arrière, vers la petite ville dont les bâtiments semblaient se recroqueviller dans l'étau noir de la Malesève... Il relança le moteur. Sa monture d'acier, soulevant dans son sillage une tornade miniature, l'emporta sur les traces de Johan.

De seconde en seconde, alors qu'ils slalomaient pour suivre le tracé biscornu de leur route, entre les berges emmitouflées de neige d'où émergeait parfois le sommet d'un rocher ou un muret de pierre, les pins prenaient des dimensions colossales.

Menés par Johan à un train d'enfer, ils s'y engouffrèrent sans ralentir, s'enfonçant dans l'étroit défilé, entre les racines et les troncs gigantesques...

La Malesève se referma sur eux, digérant jusqu'au bruit de leurs engins qu'elle recouvrit de son murmure.

Nul ne vit le petit point noir et déterminé qui, fourmi sur un océan de sable blanc, se détachait de la ville et se lançait à leurs trousses.

*

Ils ne firent que de très brèves haltes avant le soir, dont une pour une rapide collation sous la voûte d'un pont couvert de neige ne menant plus nulle part. L'irrégularité du chemin qu'ils empruntaient ne favorisait pas leur progression, les berges se resserrant parfois, les obligeant à se rapprocher dangereusement des arbres gigantesques.

Le ciel n'était plus au-dessus d'eux qu'une mince saignée filtrant entre les aiguilles des pins, disparaissant parfois tout à fait pour les plonger dans l'ombre des sous-bois. Leur route se muait alors en tunnel, sous les berceaux entrelacés des arbres vampires.

Pour un peu, Théo aurait eu l'impression de se trouver dans un temple, un temple tout entier dédié au froid et à la mort.

Leur repas (quelques boîtes de conserve, du pain et un tube de lait concentré sucré en guise de dessert) à peine avalé, ils reprirent leur périple, bien décidés à parcourir le plus de distance possible avant que la nuit ne les force à s'arrêter.

Plus d'une fois ils durent stopper leur progression devant la pente trop raide d'une ancienne chaussée qu'ils négociaient tant bien que mal. À une de ces occasions, la remorque de Khalid se mit en travers et se renversa. Il fallut à nouveau tout arrimer. Ils perdirent une trentaine de minutes.

Pas un instant, durant les douze heures que dura ce premier jour de voyage, ne se desserra l'étau qui comprimait leur poitrine. La Malesève les écrasait, hostile, patiente, affamée…

En lieu et place des champs et des forêts qui avaient recouvert ce pays ne s'ouvraient autour d'eux que les dédales ténébreux des sous-bois carnivores.

Parfois, il leur arrivait de trouver des vestiges d'occupation humaine – et c'était pire encore : fermes isolées, disloquées, éventrées par les racines des pins, étouffées par leurs branches, et ces villages fantômes que les pins s'étaient empressés de coloniser, de dévorer.

Aucune présence humaine. Les fenêtres aux volets disloqués béaient sur des enfers d'ombre et de silence. Les toits effondrés disparaissaient sous la neige.

Théo tentait de se convaincre que les habitants avaient été évacués. Il savait, bien sûr – par les rumeurs qui circulaient en ville, d'après ce que racontaient les réfugiés des hameaux avoisinants, dont les yeux hantés témoignaient d'une terreur qui ne les quittait plus –, que le monde avait changé. Mais à ce point-là…

Au fil des heures, il en venait à douter que le « Jour » ait jamais existé. Tout ce qui les entourait ancrait en lui la réalité de la nouvelle condition humaine : celle d'une espèce en voie d'extinction.

Tout à ses pensées, il se rendit à peine compte que la pénombre sanglante se muait en nuit. Quand les derniers feux du crépuscule se furent éteints et qu'une obscurité de tombeau s'abattit sur eux, ils s'arrêtèrent enfin.

Les pins s'étaient depuis longtemps fondus dans la nuit, mais même ainsi, environné par leur murmure feutré, Théo sentait, autour d'eux, leur présence vorace.

Il fit halte dans une portion de rivière plus large, une sorte d'anse sur le lit gelé, où les premières branches ne risquaient pas de les atteindre. Si rien ne les protégeait d'autres prédateurs, ils seraient au moins à l'abri des attaques de ces maudits végétaux.

Ayant coupé son moteur, il attendit que Johan et Khalid s'arrêtent à ses côtés pour tendre l'oreille.

À une ou deux reprises, durant la journée, pendant l'une de leurs courtes haltes, il avait cru surprendre un écho incongru, sur le chuchotement incessant des pins, celui d'un autre moteur.

Quand il s'en était ouvert à ses compagnons, aucun n'avait pu confirmer son impression. Il avait fini par se convaincre que le bruit de sa propre motoneige lui traînait dans l'oreille. De toute manière, qui aurait pu être assez fou pour s'enfoncer dans ces bois maudits, eux mis à part ?

Cette fois encore, pourtant, il lui sembla, un instant fugace, percevoir l'écho lointain qui s'estompa aussitôt.

Rien. Rien que les pins et le souffle du vent.

Il commençait à faire très froid. La température, s'il en croyait la jauge de son ski-doo, n'était pas montée au-dessus de – 20 °C en plein midi, et descendait maintenant de manière vertigineuse pour frôler les – 35 °C.

Même à travers sa parka et ses couches de vêtements isolants, il commençait à sentir, aux extrémités, la morsure cruelle du froid. Le givre alourdissait son écharpe, et son souffle, quand il expirait, se muait instantanément en cristaux de glace qui tombaient devant lui en une pluie étincelante.

— Khalid, viens m'aider à monter l'abri, ordonna-t-il. Johan, reste sur ton engin. Prends les lunettes de vision nocturne et surveille les alentours. Si quelque chose approche, tu tires sans sommation.

Il se rua sur le traîneau arrière pour en détacher un gros sac cylindrique qu'il s'empressa d'ouvrir pour en extirper un large et épais disque de toile, une de ces tentes igloos synthétiques aussi faciles à monter que pénibles à plier.

Le lancer était impeccable. L'abri, déployant sa structure kaki, se posa pile au milieu du cercle de lumière dessiné sur la neige par les phares des scooters. En trois coups de marteau vigoureux, Khalid et lui eurent tôt fait de fixer la tente à la couche de neige compacte par une dizaine de sardines d'acier.

Ils œuvraient vite et bien, dans le halo de lumière crue, pressés de se protéger du froid et de se couper, quelques instants au moins, de cet enfer végétal qui les entourait.

Quand l'igloo de toile blanc, qui se confondait avec la neige, se dressa enfin au milieu du passage, ils y enfournèrent leurs duvets polaires et de quoi se sustenter, avant de couvrir les motoneiges de bâches de protection isothermes.

Johan, les lunettes amplificatrices lui mangeant le haut du visage, son fusil-mitrailleur à la main, se dirigea vers eux, à pas lents, sans cesser de balayer du regard les ténèbres qui les entouraient.

— Je prends la première garde, allez vous reposer.

— Je prendrai la deuxième. (Théo dénuda sa montre.) Il est dix-huit heures, je te relève à vingt-deux heures. Ça ira ?

L'étrange cyborg aux yeux verts qu'était devenu son frère hocha la tête avant de se diriger vers le traîneau de son scooter et de s'y appuyer, la crosse de son arme calée contre la hanche.

— Tu as des rations dans le coffre de mon ski-doo ! lança Théo à Johan alors que Khalid s'introduisait dans l'igloo.

— T'inquiète pas, grand frère, je prendrai soin de moi.

Sous le froid détachement de son cadet, Théo discernait une tension particulière, un zeste d'appréhension, peut-être. Ou de crainte…

En ce lieu de ténèbres et de terreur, où la mort se déguisait en arbre, qui ne l'aurait compris ?

— Donne l'alarme au moindre signe, et surtout n'hésite pas à tirer.

Sur ces quelques mots, il pénétra dans l'abri, alors que Khalid allumait une petite lanterne à gaz dont la lueur, pourtant modeste, les aveugla un court instant.

Dans la clarté rouge et dansante, les deux jeunes hommes s'assirent et se débarrassèrent de leurs encombrantes parkas.

Le froid, d'abord vif, s'estompa peu à peu, à mesure que la chaleur dégagée par leurs deux corps et la flamme de la lanterne se répandait dans l'habitacle.

— Ah ! Ça fait du bien ! À force de porter cette doudoune, j'ai l'impression d'être Bibendum.

Théo s'accorda un sourire alors que le jeune Marocain s'étirait comme un chat, avec un soupir d'aise.

— Remercie-la plutôt ! Si tu sors sans, c'est à un bâtonnet de poisson congelé que tu vas ressembler, et en moins de dix minutes encore. Il doit faire – 40 dehors.

Khalid relâcha aussitôt son étirement.

— Et Corbeau ?

— Il s'en sortira très bien. Il a de quoi manger, se protéger du froid, et il ne risque pas de s'endormir. Nous serons bien gardés.

Khalid étouffa un bâillement.

— T'es sûr ? Moi je suis moulu. Je dormirais tout de suite si j'avais pas si faim.

— Toi, tu sais que Sarah ne risque rien. Lui, il ne sait même pas si Léa est encore en vie.

Les joues brunes de Khalid s'empourprèrent.

— J'avais oublié que t'avais le chic pour mettre les gens à l'aise.

— Excuse-moi, je dois être fatigué.

— C'est rien. (Le jeune Maghrébin ajouta pourtant, après un instant :) Moi aussi j'aurai du mal à dormir cette nuit, Sarah me manque déjà.

Un sourire moqueur retroussa les lèvres du grand militaire.

— Si tu veux, je te raconterai une petite histoire, je te borderai et je te tiendrai la main.

— D'accord, mais une des *Mille et Une Nuits*, en version non censurée.

— Et puis quoi encore ! C'est pas de ton âge ! Ça sera *Les Trois Ours*, un point c'est tout !

Tous deux éclatèrent de rire, repoussant un instant les ténèbres et le gémissement sourd des pins qui s'insinuait même jusqu'ici.

— Je suis content que tu sois venu, Khalid. Merci.

— Mon grand-père, y faisait des babouches, commença le jeune Marocain, et mon grand-père, y disait toujours :

« Les vrais amis, c'est comme les bonnes babouches, c'est rare, c'est précieux, et ça rend la vie plus agréable. Traite bien tes babouches et tes amis, et tu les garderas longtemps. »

— Mais les amis, ça sent pas le bouc…

— Pardon.

— … comme les babouches.

— Le bouc ! Les babouches de mon grand-père, elles sentent pas le bouc ! Tiens, tu peux vérifier ! (Il fit mine de fourrager dans ses affaires.) Tu vas voir, dix ans que je les ai, mes babouches, et elles sont comme neuves…

Théo capitula.

— Ça va ! Ça va, je retire ce que j'ai dit ! Pitié !

Une fois encore, Khalid éclata de rire.

— Y m'a cru ! Y m'a cru, en plus !

Un gargouillement sonore mit fin à son hilarité.

Il porta les mains à son ventre.

— Désolé.

— C'est rien, moi aussi, j'ai faim. Toute la journée à conduire ce fichu machin dans ce froid, ça creuse. J'en ai plein les bras.

Théo se tourna, ouvrit un des deux gros sacs qu'il avait prélevés sur son traîneau et en tira plusieurs barquettes métalliques qu'il examina l'une après l'autre.

— Voyons, qu'est-ce que nous avons là ? Chili con carne… bœuf bourguignon… hmmm… poulet basquaise. Celui-ci, je me le réserve… Couscous !

— Tu me charries, là ! Vous avez ça, à l'armée ?

— C'est marqué sur le dessus. Couscous à la marocaine ! Comme chez ta mémé.

Alors que Théo lui faisait d'autorité passer le plat cuisiné, Khalid grimaça.

— Théo… Je veux pas paraître rabat-joie, mais…

— Hmmm… se contenta de maugréer le grand militaire qui porta son choix sur du poulet basquaise.

— Sucer du couscous militaire congelé, je sais pas si j'ai assez faim pour ça.

— Qu'est-ce que tu racontes ?

— Ben on n'a rien pour les faire chauffer, ces trucs.

Théo, posant sa barquette, leva les mains au ciel.

— Oh ! Si c'est qu'ça ! Regarde, tu tires la languette, là, ça déclenche une réaction chimique dans le réservoir qui se trouve sous ta barquette et ça chauffe tout seul. (Il grimaça un instant en s'échinant sur sa boîte en fer.) Enfin, en théorie, si tu arrives à tirer cette satanée languette.

La languette en question finit par céder. Un petit sifflement s'éleva du récipient. Théo attendit qu'il cesse pour enfin soulever précautionneusement le couvercle.

Aussitôt, un fumet odorant se répandit dans l'abri.

Ce n'était pas le plus subtil ni le plus appétissant que Khalid ait jamais respiré, mais à cet instant, il lui parut incomparable et lui fit monter l'eau à la bouche.

Alors que Théo détachait de la ration un ersatz de fourchette, Khalid s'empressa de l'imiter. Quelques minutes plus tard, son couscous était prêt.

Son enthousiasme fut de courte durée.

Les effluves qui montèrent à ses narines, pas plus que le gruau bloblotant qu'il faillit se renverser sur les jambes en ouvrant sa barquette, dans lequel surnageaient quelques boulettes de viande solitaires, n'avaient grand-chose à voir avec le couscous de sa grand-mère.

Il en eut confirmation quand il porta la première bouchée à ses lèvres.

— Il a rien de marocain, ce couscous.

Par-dessus son propre plat, Théo lui dédia un large sourire.

— Parce que tu crois que ce que je mange, ça a quelque chose de basque ? Je suis même pas sûr que ce soit du poulet.

Ils en vinrent pourtant à bout, jusqu'à la dernière bouchée.

Quand ils eurent terminé, Khalid osa enfin poser la question qui le tourmentait depuis le début de leur halte.

— Théo…

— Oui…

— Tu crois vraiment qu'on a une chance ?

— Tu crois que je t'aurais demandé de venir si je pensais qu'on n'en avait aucune ?

Khalid maugréa, fuyant le regard de son interlocuteur :

— C'est pas ce que je veux dire, mais enfin, tu sais ce qu'on raconte sur la Malesève et sur ceux qui ont voulu aller dans une autre ville, une fois les liaisons rompues…

Théo se pencha en avant et lui posa une main sur l'épaule.

— Khalid, si tu veux faire demi-tour, tu peux, rien ne t'oblige à continuer.

— Ce n'est pas ça mais…

— On est bien équipés, on est capables de se défendre, on est jeunes et bons pilotes, les engins sont fiables, on a largement assez de carburant pour faire l'aller-retour, et pour l'instant, ça s'est plutôt bien pass…

Il n'eut pas le temps de finir. Une double détonation déchira la nuit, roulant en écho entre les pins…

CHAPITRE 6

Théo se redressa tel un diable à ressort, saisit sa parka et son fusil-mitrailleur à la volée, avant d'ouvrir la fermeture magnétique de l'igloo.

Le froid, qu'il avait quelques instants oublié, lui sauta au visage et lui mordit les membres.

S'habillant tant bien que mal, il tourna son regard en tous sens pour tenter de localiser l'origine de la menace. Il ne trouva que Johan, planté devant les scooters, son arme à la main, pivotant lentement sur lui-même pour balayer la forêt de l'émeraude de ses lunettes de vision nocturne.

— D'où ça vient ? demanda Théo.

La première surprise passée, il avait réalisé que la détonation ne provenait pas de l'arme de son frère. L'automatique aurait produit un son plus saccadé. C'était un fusil de chasse, qui venait de donner de la voix, ce qui signifiait...

— J'en sais rien. De pas très loin...

Qui pouvait bien tirer au fusil dans ce coin isolé en plein milieu de la nuit ? Amis ou ennemis ? Pillards ? Voyageurs ? Survivant isolé de l'une des maisons perdues, submergées par la Malesève, qu'ils avaient entrevues ?

Et dans ce dernier cas, sur quoi tirait-il ?

Que faire ? Rester ici et attendre la suite ? Que gagneraient-ils à se risquer dans cette nuit redoutable qui les environnait et où pouvait les guetter n'importe quoi ?

Quand une nouvelle détonation retentit, cette fois accompagnée d'un hurlement très humain, Théo avait déjà pris sa décision. Passant la bride de son fusil-mitrailleur sur l'épaule, sobre, efficace, il courut vers sa motoneige, décrocha la remorque et la débâcha.

Alors que Khalid s'extirpait à son tour de l'abri, le soldat ordonna :

— Vous deux, restez ici. Je vais voir ce qui se passe.

Sans attendre de réponse, il alluma le phare de son engin, lança le moteur, tourna la poignée des gaz et s'accrocha au guidon quand la large chenille mordit furieusement la neige.

Le cri et les tirs montaient du tronçon de chemin incertain dont ils venaient.

Conscient que chaque seconde comptait, il avançait aussi vite que le lui permettaient les ténèbres, le chenal de neige sinueux parsemé de grosses pierres arrondies et les écharpes de brume grasse qui rampaient au-dessus du sol. Le trajet lui parut durer une éternité, alors qu'il slalomait entre les obstacles dévoilés à la dernière seconde par le halo cru de son phare.

Un autre coude de rivière, une nouvelle détonation claqua, plus proche et plus nette que les précédentes, suivie d'un nouveau cri, celui d'une femme. Il arriva juste à temps pour la voir s'effondrer, à quinze mètres de lui, devant un igloo de toile ravagé, comme dans un théâtre d'ombres chinoises, sur le néant ouaté du brouillard.

Elle n'était pas tombée toute seule… Quelque chose l'avait poussée, une forme massive, plus grande et plus large qu'un homme, plus hirsute aussi, qui penchait à présent sur la malheureuse ce qu'il fallait bien appeler une gueule…

Le rayon du phare frappa la créature de plein fouet.

Il y eut un grondement de basse, semblable à celui d'un molosse furieux, mais plus ample, plus sifflant.

Dans la forme ramassée, quelque chose fulgura – un œil peut-être, jaune et venimeux.

Théo devina plus qu'il ne vit un crâne effroyable, tout en mâchoires et en crocs énormes, couvert d'une épaisse toison blanche hérissée d'étranges aiguilles. La bête, surprise, peut-être effrayée par cette brusque lumière, battit en retraite avec une vélocité déroutante, abandonnant celle qu'elle s'apprêtait à dévorer. La brume se referma sur elle.

Théo n'était pas dupe : elle ne s'éloignerait pas bien loin maintenant qu'elle avait trouvé sa pitance. S'il y avait une chose que bêtes et hommes avaient apprise depuis l'avènement du Crépuscule, c'était l'économie. L'énergie était précieuse, il fallait la rentabiliser.

Il arrêta sa motoneige à deux mètres à peine de la femme allongée à terre qui, tant bien que mal, tentait de se redresser. Laissant le moteur tourner, il saisit son fusil-mitrailleur avant de se lever de son siège, balayant du canon de son arme les nappes de brume qui se lovaient, complices, au pied des pins.

Rien. Pourtant il sentait, rivé sur lui, les yeux fixes de la bête qui l'observait, évaluait la menace qu'il représentait…

Le répit serait bref, l'attaque foudroyante.

À pas lents, il s'approcha de l'inconnue, s'agenouilla à son côté et demanda, les yeux toujours fixés sur le défilé :

— Vous allez bien ? (N'obtenant pas de réponse, il reprit, plus fort :) Vous n'êtes pas blessée ?

— Ça va… Elle n'a pas eu le temps… pas eu le temps de…

Cette voix… cette voix chaude et claire, avec ce je-ne-sais-quoi d'enfance encore…

Oubliant toute prudence, il se retourna vers sa miraculée pour découvrir, sous le plastique transparent des lunettes de glacier maculées de neige, les yeux sombres à l'arc oriental qu'il connaissait si bien. Des yeux qui le fixaient comme le Sauveur en personne.

— Fanie ? (Il répéta, comme refusant d'y croire :) Fanie, c'est toi ? Mais bougre d'idiote, qu'est-ce que tu… ?

Elle n'eut que le temps de hurler :

— Attention !

« Imbécile ! » fut la seule pensée qu'il eut le temps de formuler avant qu'un coup formidable ne le projette à trois mètres de là, dans la neige, des fulgurances de douleur montant de tous ses membres.

Il les ignora, roula sur lui-même et reporta son attention sur Fanie.

Le monstre écrasait une fois de plus son amie de sa masse, une patte déjà levée pour porter le coup fatal. La jeune fille ne hurlait même plus. Plus de peur. Plus de colère. Seule la résignation, comme le cerf qui, sentant la mort inéluctable, s'abandonne à son destin…

À quoi bon se battre, quand l'univers entier a juré votre perte ?

« À montrer qu'on est encore humain ! » hurla Théo dans le silence de son crâne alors que ses doigts tâtonnaient alentour à la recherche de son arme.

En vain. Le fusil gisait à quatre mètres de lui… Trop loin.

Comme dans un de ces cauchemars au ralenti dont on ne parvient pas à modifier le cours, il vit la large patte de la créature, couverte d'un pelage blanc laineux et plantée de cinq griffes aussi larges et longues que ses doigts, commencer à s'abattre…

Il allait l'éventrer et la dévorer, là, sous ses yeux, comme une vulgaire venaison.

— Non !

Son cri n'empêcha pas la patte de fendre l'air vers une Fanie tétanisée, mais se confondit avec le staccato hargneux d'une arme automatique…

La bête, son pelage immaculé se constellant de rouge, poussa un grognement assourdissant et se cabra, oubliant momentanément la jeune fille pour se tourner vers son tourmenteur.

Un nouveau coup de tonnerre sec et rageur. Une nouvelle floraison de sang vint souiller la robe pâle de la créature qui, sur un étrange hululement, battit en retraite.

Une fois encore, elle se dilua dans le brouillard. Mais, espérait Théo, pour ne plus revenir.

Grimaçant de douleur, il se mit à genoux et, lançant un regard vers l'origine des tirs, il ne fut pas surpris de découvrir Johan, dressé à côté de son ski-doo, son arme fumante à la main.

Comme d'habitude, son frère n'en avait fait qu'à sa tête. Mais – une fois n'est pas coutume – Théo en remercia le ciel.

Il vit Johan s'avancer vers lui, à pas lents, sans cesser de balayer les alentours du canon de son arme.

— T'occupe pas de moi, ça va, le pressa-t-il, le souffle court. Fanie, occupe-toi de Fanie.

— Fanie ?

Malgré la cagoule et le col relevé de la parka, Théo devina l'émotion qui filtrait dans la voix de son frère.

Le garçon vêtu de noir obliqua pour s'approcher de la silhouette immobile de la jeune fille. Arrivé près d'elle, il s'agenouilla pour glisser un bras sous ses épaules.

Théo se redressa, fit trois pas pour récupérer son arme et se rapprocha de ses compagnons. Si ses blessures ne l'avaient pas achevée, la bête devait être loin maintenant, du moins l'espérait-il. Deux rafales comme celles qu'elle avait reçues auraient terrassé un ours… Mais cette chose-là n'était pas un ours, pas plus qu'elle n'était un dogue, et pourtant elle tenait des deux, et d'autre chose aussi, de plus douteux…

La Malesève, tel un artiste infernal, modelait la matière même de la vie, changeait les êtres qu'elle abritait en son sein de ténèbres, les pétrissait à son image, les façonnait à sa mesure.

Il frissonna.

Si tous les nouveaux enfants de ce monde ressemblaient à cette créature, l'humanité vivait ses derniers jours.

Sans cesser de s'esquinter les yeux sur les serpents de brume qui glissaient silencieusement autour d'eux, il parvint au côté de Johan et de Fanie.

— Comment va-t-elle ?

Son frère, qui avait desserré le col de la jeune fille, lui répondit aussitôt, sans se tourner :

— Elle respire, mais elle a perdu connaissance.

Johan la secoua doucement. La tête de Fanie balança de droite à gauche avant de venir se poser contre son bras.

— Oh non, non, non… Mais qu'est-ce qu'elle faisait là ?

Théo remplaça son frère et, avec des gestes fébriles, palpa la jeune fille, arracha son gant d'un coup brusque et glissa deux doigts à sa gorge, sous son écharpe, pour prendre son pouls.

— C'est de ma faute. J'ai été stupide de croire qu'elle renoncerait, maugréa-t-il.

— Et qu'est-ce que tu voulais faire pour l'en empêcher ? demanda Johan, qui avait d'instinct pris le relais et surveillait à son tour le défilé.

— J'aurais dû l'attacher sur une chaise comme je le lui avais promis, cette tête de mule !

— Jamais… jamais t'aurais réussi à me…

Les deux garçons se figèrent.

— J't'aurais mordu, sale type…

C'était à peine un murmure, mais les deux frères en auraient crié de soulagement. Déjà, Fanie remuait dans les bras de Théo, tentait de se redresser et retombait contre lui.

Elle tremblait de tous ses membres.

— C'est... c'est pas vrai, articula-t-elle, qu'est-ce qui m'arrive ? Je peux pas m'empêcher de... de...

Elle claquait des dents. Le grand militaire la serra doucement contre lui.

— Tu es en état de choc. C'est ton corps qui relâche la pression. C'est rien, ça va passer. (Il lui frottait le dos, alors que des vagues de frissons la parcouraient tout entière.) Reste calme.

Il levait les yeux vers Johan qui, ayant relâché sa garde, s'approchait d'eux, quand un mouvement, à la limite de son champ de vision, un rien, une chimère de brume plus dense que les autres, attira son attention... Une chimère aux yeux verts, luisant d'une rage bestiale.

— Johan, att...

Tout se passa beaucoup trop vite.

L'ombre, toutes griffes dehors, plongeait sur son frère, et Théo le voyait déjà mort, déchiqueté par des lames d'ivoire longues comme des poignards.

Il se trompait.

Un geste. Un éclair d'acier qui tranche, fort et profond. Un hurlement de douleur, puis un tourbillon de fourrure qui s'éloigne en claudiquant, abandonnant derrière lui un tronçon blanc souillé d'écarlate. Quelques instants plus tard, un hululement plaintif, hideux, rappelant à Théo le cri d'un chien blessé, se confondait avec le murmure gourmand des pins.

Johan, immobile, brandissait encore son sabre à deux mains, un long filet de sang vermeil sinuant sur l'acier luisant. Dans la neige, à ses pieds, refusant de retourner à la brume, un fragment de cauchemar subsistait encore.

Ça avait cinq doigts courts et massifs s'achevant par autant de griffes recourbées faites pour trancher et lacérer.

Un bras, ou ce qui en tenait lieu, que Johan avait tranché au niveau du coude, d'un seul coup. Théo connaissait le talent de son frère pour le maniement du sabre, mais pratiquer un sport de combat était une chose, devoir l'utiliser pour se défendre, et contre un tel adversaire, une autre.

— Cette fois, je crois qu'il ne reviendra plus, affirma Johan en s'approchant d'eux, après avoir essuyé son katana avec application et l'avoir remisé dans son fourreau.

— Je retire ce que j'ai dit sur ton sabre, tu as bien fait de le prendre.

— Ah, tu trouves aussi ? (Johan ajouta aussitôt, à l'intention de Fanie :) Pourquoi es-tu venue ? C'est trop dangereux.

La jeune fille le dévisagea, de ses yeux couleur de bois roux, chauds et passionnés dans la clarté crue des phares qui les mettaient à nu.

— Tu ne sais vraiment pas ?

Johan demeura silencieux.

— Parce que je vous aime, idiot.

Théo en eut la gorge serrée. Elle avait dit « Je vous aime » et n'avait pas menti, mais tout au fond de ses pupilles, alors qu'elle fixait son frère, Théo, lui, entendit : « Je t'aime. Je t'aime, Johan. » Il repoussa, tant bien que mal, la sourde douleur qui montait dans sa poitrine.

Johan, bien sûr, n'avait rien compris. Secouant la tête, il tendait déjà la main à la jeune fille pour l'aider à se remettre debout. Il la serra un instant dans ses bras, et Théo la devina qui tressaillait, se raidissait, alors qu'il lui glissait au creux de l'oreille :

— T'es vraiment qu'une idiote, Pot de Colle.

Elle se laissa aller un instant, les yeux clos, avant de s'écarter de lui, comme si ce simple contact avait suffi à la brûler.

Inconscient de son trouble, ou l'ignorant délibérément, Johan, se tournant vers la motoneige de la jeune fille, désigna le fusil de chasse gisant dans la neige.

— C'est celui de ton père ?

Elle acquiesça d'un hochement de tête.

Théo fit quelques pas et récupéra l'arme.

— Tu as tiré deux fois ?

— Une première fois, les deux canons, puis j'ai rechargé.

Il haussa un sourcil.

— Et tu ne l'as pas touchée ?

Il savait Fanie bonne tireuse. Leur propre père, appréciant la compagnie et le sourire de la brunette qui ne quittait plus ses fils, avait autrefois entrepris de lui inoculer le virus des armes à feu auquel Johan s'était révélé totalement hermétique.

Avec elle aussi, il avait échoué et en avait été d'autant plus désappointé que la jeune Eurasienne se révélait meilleure tireuse que lui.

— Je l'ai touchée deux fois ! s'insurgea la jeune fille.

— Tu en es sûre ? insista Théo en tendant l'arme à leur compagne.

— Sûre et certaine, au moins au second coup, après avoir rechargé.

— Une décharge de chevrotine, deux rafales, et il revenait à la charge...

Il posait sur le brouillard et la nuit, les ombres colossales des arbres vampires qui les écrasaient de leur masse bavarde, un regard inquiet.

— Faut pas traîner ici. On charge ta remorque et on va rejoindre Khalid.

L'igloo de Fanie était irrécupérable. Ils le laissèrent sur place.

Pas un instant la vigilance de Théo ne se relâcha. Il surveillait la nuit et les frondaisons, s'attendant à surprendre la phosphorescence des yeux venimeux le fixant entre deux langues de brume. Son inquiétude se révéla sans fondement. Cette fois, la bête était bien morte, ou pansait ses blessures dans les profondeurs de la Malesève.

Quelques minutes plus tard, ils retrouvaient un Khalid rongé par l'angoisse. Leur ami en oublia pourtant de râler quand il découvrit l'identité de leur invitée-surprise.

Prenant la garde d'autorité, Théo envoya tout son petit monde dans l'igloo en ordonnant à Fanie de se nourrir. Comme Khalid lui avait déconseillé le prétendu couscous à la marocaine, la jeune fille se rabattit sur un pseudo-bœuf bourguignon.

Les trois amis discutèrent paisiblement, jusqu'à ce que la fatigue prenne le pas sur la tension et l'angoisse.

Ils s'allongèrent, se glissant dans leurs sacs de couchage, et éteignirent la petite lampe. Johan, comme d'habitude, fut le premier à s'endormir, avec autant de facilité que si on avait pressé un interrupteur.

Les deux autres tournèrent encore et encore dans l'obscurité rétrécie de leur refuge, hantés par ce qu'ils avaient vu et vécu les heures précédentes, par ce que leur réservaient les prochaines, et par leurs propres démons.

Ils avaient forcé les portes de la Malesève. Ils réalisaient seulement maintenant ce que cela signifiait. Ils étaient seuls, seuls contre le monde, les bêtes et les hommes. Seuls, enfin, contre le plus terrible des adversaires…

En s'enfonçant dans les ténèbres des bois, de plus en plus profondément, ils savaient déjà tous, confusément, que c'était au bout d'eux-mêmes que les conduirait ce voyage, au bout de leurs peurs, de leurs blessures et de leurs contradictions.

*

La sensation d'un corps svelte et tremblant se collant au sien, dans l'obscurité épaisse de leur abri, arracha Johan au sommeil. Il ne mit pas longtemps à comprendre qui se pressait ainsi contre lui en grelottant.

Ces courbes charmantes, indiscutablement féminines, ces mèches soyeuses lui colonisant le visage et flattant ses narines de leur note de miel et d'épices ne pouvaient appartenir qu'à une seule personne…

Fanie.

Serviable, et croyant que Khalid l'avait poussée contre lui dans son sommeil, il se décala un peu pour lui faire de la place. La jeune fille l'arrêta.

— Non. Ne pars pas. Reste, je… J'ai froid…

Il y avait, à cet instant, dans sa voix, une fragilité qu'il ne lui connaissait pas.

— Je suis bien contre toi…

Un long moment de silence.

— Prends-moi dans tes bras… s'il te plaît. S'il te plaît…

Il l'avait, depuis leur enfance, tant de fois serrée contre lui que le contact de ce petit corps de fille-fée, pourtant bouleversant de grâce et de féminité, ne déclencha en lui aucun trouble, si ce n'était une brusque montée de tendresse pour celle qu'il considérait comme une sœur.

Trouvant lui aussi un réconfort dans sa présence, sa douce chaleur, son souffle régulier sur sa joue, il se rendormit aussitôt, le visage enfoncé dans la soie parfumée de sa chevelure, ses bras entourant sa taille menue, bercé par le battement de son cœur se communiquant à lui à travers la douce rotondité de son sein.

Alors, dans l'obscurité, ses yeux à l'arc oriental grands ouverts, buvant du regard les traits de celui qui la pressait contre lui, Fanie s'approcha plus près, toujours plus près, jusqu'à ce que leurs souffles s'unissent, ne fassent plus qu'un, et effleura ses lèvres d'un unique baiser.

Elle frémit, quand leurs chairs se frôlèrent, et murmura, pour ses seules oreilles, goûtant chaque syllabe comme elle aurait dégusté le plus délicieux des mets :

— Je t'aime.

Dans son sommeil, il s'agita un instant, fronça les sourcils. Elle recula, non sans avoir recueilli un peu de l'humidité et du sel de ses lèvres, qu'elle emporta comme un présent sans prix.

Alors seulement, elle l'entendit murmurer un mot, un nom qui s'enfonça dans sa poitrine comme une lame de glace :

— Léa...

Johan remua dans son sommeil, s'agita, et relâcha son étreinte.

Il ne la sentit pas s'écarter de lui, frissonner, et, lui tournant le dos, se coucher en chien de fusil, comme une enfant blessée, pas plus qu'il ne vit les larmes solitaires perler à ses paupières fermées pour dévaler ses joues et se perdre, secrètes, ignorées, dans l'encre en deuil de sa chevelure.

CHAPITRE 7

Quand Khalid, qui avait pris le dernier tour de garde, le tira du sommeil, Théo crut qu'une nouvelle catastrophe s'était abattue sur eux. Il tendait déjà la main pour saisir son arme, mais Khalid l'arrêta, avec un sourire moqueur.

— Ça va, c'est pas parce que je sers de réveille-matin qu'il faut me sortir l'artillerie lourde !

Le matin, déjà...

Le jeune Maghrébin ne mentait pas : dehors, les ténèbres s'étaient légèrement diluées. Une clarté sanguine filtrait à travers la toile de l'igloo. Un nouveau crépuscule naissait dans un camaïeu de sang.

Alors que Khalid ressortait la tête de l'abri, Théo glissa un regard vers Fanie et Johan.

Ils dormaient côte à côte, mais même ainsi, dans le sommeil, une invisible barrière les séparait, bâtie par la cuirasse d'une jeune fille blessée et la passion exclusive, dévorante, aveugle d'un garçon amoureux.

Johan se leva. Tournant la tête, il lui rendit son regard, aussi frais qu'après une longue nuit sans rêves.

C'était bien une des choses que Théo enviait à son frère. Son cerveau ne connaissait que deux positions : « à bloc » ou « en sommeil ».

Pour Fanie, ce fut plus laborieux.

Il sut qu'elle avait passé une mauvaise nuit avant même qu'elle n'ouvre les yeux. Ces paupières pochées, ces joues rougies par les larmes…

Elle avait pleuré.

Quand enfin elle se redressa, Théo avait déjà enfilé sa parka et s'apprêtait à sortir.

— Je vous attends dehors, lança-t-il avant de se faufiler dans l'ouverture.

S'il y avait une leçon qu'il avait retenue depuis longtemps, c'est qu'il ne fallait jamais se mêler des affaires de cœur des autres : on y récoltait toujours plus de gnons que de remerciements.

L'air glacial le saisit, après la douce chaleur de l'abri, dissipant les dernières brumes du sommeil.

— Ça réveille, hein ?

Il se tourna vers Khalid qui, appuyé contre une des motoneiges, le fixait, moqueur.

— Oh, toi, ça va, déjà que tu m'as massacré un rêve magnifique…

— Quel genre ?

— Le genre avec cocotiers, plage de sable blanc et blondes Californiennes en maillot de bain.

— Rouge, le maillot ?

— Voilà, exactement.

— Comme dans ce vieux feuilleton débile que ton père regardait quand on était mômes ?

— Tout pareil, assura Théo, le regard encore plein de son paradis perdu.

— Sûr, c'est pas ici.

Dans le crépuscule naissant, les pins se dressaient, plus immenses et menaçants que jamais, hirsutes, leurs lourdes branches aux mille aiguilles caressant la neige, sans relâche, cherchant, cherchant…

Huit ou neuf mètres à peine les séparaient des géants d'écorce et de leurs troncs huileux, de ce qui déambulait dans la pénombre éternelle des sous-bois. Et ce friselis détestable, comme le murmure d'une foule affamée, Théo le haïssait un peu plus d'heure en heure. Le brouillard paressait encore, en épais rubans vaporeux que le ciel éclaboussait de rouge, estompant leur chemin et les pieds des arbres vampires. S'il ne se dissipait pas bientôt, il rendrait leur route plus périlleuse.

— Combien de temps ça nous prendra, à ton avis ?

— Quoi ?

— D'ici à Bergerac, combien de temps ?

Il y avait un secret espoir, dans la voix de Khalid, celui d'en terminer au plus vite avec cette équipée insensée, de retrouver, si ce n'était la normalité, au moins un semblant de sécurité… et Sarah.

Qui aurait pu le blâmer ?

Théo s'en voulut de le décevoir.

— On a fait trente bornes hier, en ne faisant que peu de haltes.

— C'est tout ? En douze heures ?

— Regarde ton compteur si tu ne me crois pas. On a perdu beaucoup de temps à passer les anciennes chaussées, les gorges… On a dû s'arrêter au moins vingt fois pour trouver un moyen de passer… Le chemin devrait s'arranger en descendant, mais je préfère me ménager une marge. Si on ne trouve pas d'obstacle et si rien ne va de travers, on devrait en faire autant aujourd'hui… Donc il faudra encore la journée de demain pour terminer.

— Et autant pour revenir, acheva Khalid, morose.

Le spectre du manque, celui d'une belle jeune fille aux cheveux d'or, dansait dans son œil.

Théo se garda de répondre et s'approcha de sa motoneige pour la débâcher. Quelques instants plus tard, Johan et Fanie sortaient à leur tour de l'abri. On échangea encore une plaisanterie ou deux, pour mieux repousser la lourde et suffocante présence de la Malesève, puis on replia l'igloo, on chargea les traîneaux.

Quand enfin ils furent prêts à partir, Théo vint se poster en face de Fanie et la fixa en silence, la dominant de toute sa taille.

La petite Diane eurasienne attendait, silencieuse, tête haute, comme un vivant défi.

Théo attaqua sans détour.

— Bon, maintenant, qu'est-ce qu'on va faire de toi ?

— Vous n'avez pas le choix, je viens avec vous.

— C'est là que tu te trompes, Fanie, on a toujours le choix.

— Ben, tu vois ça tombe bien, parce que moi, j'ai choisi de vous accompagner jusqu'à Bergerac, répliqua-t-elle avec un regard bravache.

Théo chercha un appui du côté de Johan, mais ce dernier, en retrait, gardait le silence. Théo se demanda si son frère se montrait lâche ou était plus clairvoyant que lui.

— T'es qu'une tête de mule et une inconsciente. T'aurais pu te faire tuer, hier, si on n'était pas intervenus.

Comprenant qu'il était seul, Théo déballait la grosse artillerie.

Un sourire radieux éclaira le visage de la jeune fille.

— Raison de plus pour que je reste avec vous, ça serait beaucoup trop dangereux que je rentre seule.

Théo serra les poings de rage impuissante.

— Je pourrais renvoyer Khalid avec toi pour te servir de chaperon.

Pour la première fois, les traits de Fanie trahirent l'ombre d'un doute.

— Tu feras pas ça.

Elle le défiait, fragile et superbe, petite guerrière du soleil levant. Khalid, qui avait entendu, renchérit aussitôt :

— Je confirme. Hors de question que tu te débarrasses de moi. Si tu veux que la Miss reparte, tu la raccompagnes, mon frère. Moi, je continue.

Un éclair de triomphe passa dans les yeux couleur de bois roux de la jeune fille.

— Je peux effectivement te raccompagner et revenir, accorda Théo.

Elle secoua la tête.

— Tu peux pas, t'auras pas assez de jus pour arriver à Bergerac.

Elle souriait d'une oreille à l'autre, les mains derrière le dos, comme une insupportable gamine. Théo oscillait entre le rire et la colère.

— Je te ramène, je siphonne ton réservoir et je reviens. Qu'est-ce que tu dis de ça, Pot de Colle ?

Une fois encore, un soupçon de doute passa dans les yeux de Fanie, mais elle se reprit superbement.

— Je dis que ça vous retarderait de deux jours et que je crois pas que les provisions soient inépuisables.

Elle avait tout à fait raison.

— Je te jure. Je devrais… je devrais te…

Elle leva sur lui de grands yeux innocents.

— Oui ?

— Monte sur ton engin et surtout plus un mot !

Elle lui dédia un nouveau sourire et, moqueuse, promena un doigt sur sa joue.

— T'es mignon quand tu te mets en colère. Ça te rajeunit, tu devrais faire ça plus souvent.

Alors que la jeune fille se retournait pour se diriger vers son scooter, avec une démarche de princesse, Théo entendit derrière lui le rire de Khalid.

— Comment elle t'a mouché, mon frère ! Parole, rien que pour ça, ça valait le coup de venir. (Il ajouta aussitôt, philosophe :) Mon grand-père, y faisait des babouches, et mon grand-père, y disait toujours : « Les femmes, c'est comme les babouches, y a celles qui te tiennent chaud et qui te dorlotent et celles qui te bottent le derrière. » Notre princesse, à ton avis, c'est quel genre ?

Théo, renonçant à la colère, secoua la tête.

— Je sens que ce voyage va être très long.

Johan, qui, muet, avait assisté à l'altercation, se tourna vers Fanie alors qu'elle s'asseyait aux commandes de son ski-doo.

— Il a raison, tu sais. Trois, c'est suffisant. Inutile que tu risques ta vie.

Il avait à peine prononcé ces mots que la jeune fille éclatait, avec une véhémence qui les surprit tous :

— Ah non, hein, tu vas pas t'y mettre aussi ! Surtout pas toi !

Elle coiffa son casque et lança son engin. Le rugissement du moteur résonna dans le défilé avant de se perdre dans les profondeurs des bois. L'instant suivant, elle s'enfonçait entre la double muraille bavarde des pins. La lueur rouge de son feu arrière persista quelques secondes avant de disparaître à son tour, digérée par la brume.

Johan se lança aussitôt à sa suite, imité par Khalid. Demeuré seul, Théo s'empressa de monter sur son véhicule. Pestant et rageant, il les rejoignit. Il eut tôt fait de les retrouver. Passé le premier démarrage en trombe, ils avaient ralenti l'allure pour l'attendre. Il reprit d'autorité la tête du petit convoi.

Ils voyagèrent toute la matinée, progressant prudemment dans les nappes de brouillard qui enveloppaient le défilé. Les rares fois où Théo, profitant d'un élargissement de leur chemin, faisait mine d'accélérer, un obstacle quelconque – rocher, mur effondré sous la pression des pins ou gigantesque congère – surgissait devant eux, les obligeant à freiner en catastrophe au risque de se percuter.

Le crépuscule s'éclaircit peu à peu, mais ne leur prodigua aucune chaleur. À midi, alors que le soleil, simple disque sanglant un peu plus vif que le reste du ciel, luisait à l'aplomb du défilé, ils marquèrent une halte.

Le lit de la rivière plongeait dans le fond d'une vallée abrupte colonisée par les pins. Jamais encore la présence des végétaux vampires, qui paraissaient ici monter à l'assaut du ciel, ne leur avait paru plus étouffante.

Ils mangèrent en silence, surveillant la Malesève d'un œil inquiet.

Le vent froid, s'engouffrant dans ce couloir naturel, les cinglait. Les pins en chantaient avec plus de force encore, mugissant au crépuscule leur complainte menaçante.

Ils ne s'attardèrent pas.

Alors qu'ils repartaient, Théo, à qui les lieux semblaient vaguement familiers, commença de concevoir quelques vagues soupçons qui, rapidement, se muèrent en certitude.

Le passage s'élargit, à mesure que les parois se relevaient, plus abruptes d'instant en instant. De grands cierges de roc émergeaient à présent de la Malesève.

Quand enfin ils parvinrent à un ultime méandre de la rivière, et que s'ouvrit devant eux une large étendue de glace et de neige, Théo n'en fut pas étonné, pas plus que de découvrir, leur barrant le passage, une gigantesque muraille de béton.

Il arrêta son ski-doo.

Les scooters des trois autres s'alignèrent autour du sien.

Il n'y eut pas une parole, pas un cri, tellement le spectacle était saisissant. Chacun buvait le panorama des yeux, écrasé par l'étrangeté de cette vision.

La grande muraille courbe obstruait la vallée, ne retenant plus rien puisque la rivière dont elle avait arrêté le cours avait depuis longtemps cessé de couler. Le niveau avait baissé avant que l'eau ne se fige totalement, dévoilant l'ouvrage sur les deux tiers de sa hauteur. Il en devenait plus monumental encore. Là-haut, tout en haut, d'énormes stalactites de glace pendaient au parapet.

Théo, dont le regard, cherchant une issue, sautait d'un point à l'autre, redoutait la réaction de Johan.

Ce fut Khalid qui explosa :

— Oh non, c'est pas vrai ! Cette fois, on est faits !

Sa voix résonna étrangement, renvoyée en échos fantasques.

— Ne sois pas défaitiste, on n'a pas encore fait le tour de…

— Mais regarde ! Comment tu veux qu'on passe ça ? Même avec tous tes flingues et tes grenades, tu pourras pas le faire sauter. Et sur les côtés…

Il n'acheva pas sa phrase, c'était inutile. De part et d'autre, la Malesève avait conquis les pentes, même les déversoirs. Les pins poussaient tout près du mur, leurs branches caressant le béton.

Khalid avait raison. Leur équipée s'arrêtait là.

Et Johan en crèverait.

Théo se tournait déjà vers son frère, la gorge nouée, mais Johan, avec ce calme presque effrayant qui était le sien, le devança.

— On peut passer.

Théo n'en crut pas ses oreilles.

— Johan, sois réaliste, comment veux-tu que…

— Je connais ce coin, Papa nous y emmenait pêcher quand on était gosses. Tu ne te rappelles pas ? Une fois, on a failli se faire emporter quand ils ont fait un lâcher, on était passés sur l'autre rive en prenant un sentier.

Alors même qu'il parlait, Théo sentait les souvenirs remonter à la surface de sa mémoire... des émotions, des sensations qu'il croyait oubliées. Il revoyait ce petit chemin forestier que Johan et lui avaient emprunté à l'époque, savourant l'ombre émeraude et la fraîcheur du sous-bois.

Oui, il voyait très bien, seulement...

— Impossible. En admettant que ce chemin existe encore, il se trouve sous les pins... (Il répéta, avec un regard appuyé :) Sous les pins, Johan.

Il pensait clore le débat une fois pour toutes, mais son frère s'obstina :

— Et alors ? Quelle distance aura-t-on à parcourir dans le sous-bois ? Cinq cents mètres ? Moins ? Et puis, on n'est pas à pied. Si on ne traîne pas, on peut passer avant même que les pins aient perçu notre présence.

Khalid fut plus rapide que Théo, et plus virulent :

— Non mais t'es malade ? Tu veux nous tuer ou quoi ? T'es quand même au courant de ce qui leur arrive, à ceux qui vont se promener dans les bois, maintenant ? Ou bien tu dormais, ces six dernières années ?

Johan se tourna pour poser sur Khalid les braises froides de son regard.

— Je n'oblige personne à me suivre. J'y vais, c'est tout.

Il avait prononcé ces mots avec une calme assurance, sans éclat, sans même élever la voix, mais la détermination qui filtrait de chacune de ses syllabes était presque effrayante.

— Mais c'est pas vrai ! T'es devenu complètement barge !

Khalid se tourna vers Théo.

— Dis-lui, toi ! Mince, Théo ! Tu l'sais, toi, que c'est de la démence ! T'es son frère. Y t'écoutera peut-être.

Il pouvait toujours essayer.

— Johan...

Il n'eut pas le temps de prononcer un mot de plus.

— Tu sais que ce que tu vas me dire ne servira à rien.

Johan ne le regardait même pas.

— Oui, mais c'est pas une raison... Tu crois sérieusement avoir une chance de passer ?

— Oui.

— Et si tu te plantes ?

— Je serai plus là pour m'en mordre les doigts.

— Moi, je te suis.

Théo pivota d'un bloc vers Fanie.

— Tu vas pas t'y mettre aussi !

— Johan y va, j'y vais. Si je suis venue, c'est pas pour faire demi-tour à la première difficulté.

Il y avait de la démence dans le regard sombre de la jeune fille, elle qui risquait sa vie pour permettre à celui qu'elle aimait d'en retrouver une autre.

Que cherchait-elle en vérité ? Fuyait-elle l'indifférence de ses parents ? Se punissait-elle de ne pas être le garçon qu'ils avaient désiré ? Son amour pour Johan était-il si fort ? Ou voulait-elle simplement mourir ? Peut-être un peu de tout ça.

Et lui, après tout, au-delà de l'amour fraternel et des liens du sang, que cherchait-il dans cette équipée insensée... ou que fuyait-il ?

Sa décision, en tout cas, était déjà prise.

— Khalid, Johan a raison, tu n'es pas obligé de continuer. Tu as fait tout ce que tu pouvais, tout ce qu'il était possible de faire. Rentre.

Théo vit les yeux de son ami s'écarquiller derrière ses lunettes, le fixer comme un dangereux malade.

— Tu vas les laisser y aller ?

— Non, je vais les accompagner.

— Mais c'est pas vrai ! T'es devenu dingue, toi aussi ?

Un sourire triste, que Khalid ne put deviner, étira les lèvres de Théo sous son écharpe polaire.

— Je finis toujours ce que je commence et je ne reviens jamais sur ma parole, tu devrais le savoir.

— C'est absurde !

— J'ai toujours fonctionné comme ça.

— Chevalier, hein ! Pas de mensonge, qu'une parole et tout ça… Mais je te rappelle que tu as déjà menti, et devant moi.

— Mentir pour sauver une personne qu'on aime, c'est une chose, mais manquer à sa parole…

— Arrête tes idioties, c'est des trucs de gosse ça, on a passé l'âge, toi et moi. Faut être réaliste.

Théo secoua la tête.

— Et si j'ai pas envie, moi, d'être réaliste ? Si j'ai envie d'y croire…

Il plongea ses yeux clairs dans ceux de son ami pour ajouter, avec une calme assurance :

— Va retrouver Sarah, Khalid. Dis-lui qu'on l'aime, et attends notre retour.

Un instant, alors que le jeune Maghrébin baissait la tête, Théo crut qu'il allait renoncer.

Il se trompait.

Inspirant profondément, Khalid se redressa sur son siège et saisit le guidon de son engin.

— Bon. OK, je suis prêt. (Voyant que Théo ouvrait la bouche, il le coupa :) On va jusqu'au bout.

Théo renonça à le dissuader.

Son ami aussi poursuivait ses propres démons…

Le militaire reporta son attention sur Johan.

— Tu sauras retrouver ce chemin ? demanda-t-il à son frère.

— Je crois oui.

— Et… ?

— Faudra pas traîner, y aller en file indienne… Et surtout pas verser.

— Tu passes devant, on te suit. Je ferme la marche.

Johan plissa les yeux.

— Le dernier ne va pas être à la fête… Une fois qu'« ils » nous auront flairés…

— C'est mon problème. Vas-y.

Johan hocha la tête, rajusta ses lunettes et saisit son guidon. Enfin, il se tourna vers Fanie dont la motoneige ronronnait juste derrière la sienne.

— Ne me lâche pas.

— Vous m'avez bien appelée « Pot de Colle », non ?

Le rugissement de la motoneige de Johan, se répercutant contre la falaise de béton comme un hurlement de défi, noya ses derniers mots.

L'engin et son pilote filèrent sur la surface immaculée, dans un sillage poudreux, aussitôt imités par Fanie, Khalid et Théo…

Dérisoires fourmis humaines, ils traversèrent le lac gelé de toute la puissance de leurs chenilles et se ruèrent à la rencontre des premiers rangs de pins vampires.

Alors que le barrage les écrasait de sa masse, ils obliquèrent vers la gauche, en direction de la muraille végétale dont les branches balayaient la neige de leurs aiguilles.

Les pins les avaient presque engloutis quand Théo devina les vestiges d'un chemin s'enfonçant entre les arbres, dans la pénombre du sous-bois, une rampe pour monter au sommet de l'ouvrage, et peut-être redescendre de l'autre côté… s'ils y parvenaient.

Ils s'enfoncèrent sans même ralentir dans l'obscurité sylvestre, sous les branches sombres alourdies de neige qui se refermèrent sur eux, comme une mâchoire.

CHAPITRE 8

Les sous-bois défilaient autour de Johan. Des troncs noirs surgissaient de la neige pour se ruer à sa rencontre, colonnes d'ombres grumeleuses. Des branches sombres le griffaient au passage, mains crochues étendues au-dessus du sol blanc, de plus en plus basses, de plus en plus nombreuses. Johan en venait à penser qu'elles bougeaient de leur propre volonté pour se mettre en travers de sa route.

Tout autour, se perdant dans la nuit éternelle baignant les frondaisons des arbres vampires, s'étendait l'inextricable dédale de la Malesève.

Là, sous ces colonnades fantasmagoriques, tout un monde prospérait, de nouvelles espèces germaient, chaque jour plus redoutables, de la ruine des anciennes.

Alors qu'il gravissait la pente de neige instable, il lui semblait que l'épiaient mille regards affamés.

Sans jamais ralentir, il déployait des trésors de réflexes pour éviter les troncs et les branches trop basses, et ouvrait la voie à ses compagnons. Une seconde d'inattention, un clignement d'œil malvenu, et il finirait désarticulé contre le tronc d'un des géants de sève et vidé de son sang…

Concentré sur le pilotage de son engin, il se rendit à peine compte que la pente s'aplanissait, et ne conçut qu'un soulagement très éphémère à la pensée qu'il avait probablement atteint le sommet du barrage.

Autre chose retenait son attention.

Depuis qu'il avait pénétré dans les bois, il avait senti peser sur lui, immense, totale, la vigilance muette des arbres vampires. Leur présence, leur aura qui, peut-être, changeait les créatures séjournant sous leurs branches, s'insinuait en lui, comme une huile noire filtrant à travers un tissu.

Alors qu'il obliquait en catastrophe devant un énorme tronc, et que le chemin de neige s'inclinait devant lui, en pente raide, il lui sembla qu'un frisson parcourait la colossale créature qui les environnait.

Car c'était bien de cela qu'il s'agissait...

La Malesève était bien plus qu'une simple forêt. Elle était une, un seul et gigantesque organisme dont chaque pin n'était qu'un fragment, un être qui, pour survivre, étendait sur le monde ses armées de résineux aux longues aiguilles, comme autant de capteurs solaires... et de bouches nourricières.

Un organisme dont l'écorce, les branches, les feuilles avaient appris à sentir.

Un organisme dont chaque tronc était un prédateur...

Alors même que cette évidence s'imposait à lui, Johan réalisa que les mouvements des branches avaient gagné en amplitude, en précision, en détermination, et dans un but ultime : celui de l'arrêter.

Autour de lui, une activité fébrile, gourmande, s'emparait de la Malesève. Le monstre avait flairé ses proies...

Contre les troncs huileux, des choses se déployaient, se tortillaient dans l'air froid tels les tentacules d'une pieuvre, se tendant sur son passage, hésitantes encore, avant de se rétracter dans leur logement.

Il faillit crier pour prévenir ses compagnons, mais y renonça. Le bruit de son moteur couvrirait ses paroles et s'il se retournait, ne serait-ce qu'une seconde, c'en serait fait de lui.

Se redressant après le passage d'une branche qui le manqua de peu, et dont les aiguilles raclèrent son casque, il distingua enfin, à une trentaine de mètres, au bout du couloir irrégulier dégringolant entre les pins, la lueur du crépuscule…

Le lit de la rivière.

Ils y étaient presque.

« Presque ». Tout tenait dans ce mot.

Car autour de lui, l'agitation se faisait frénétique. Les langues végétales sifflaient, comme autant de flèches, de fouets, de harpons.

Les pins n'avaient pas d'yeux pour les voir, mais ils sentaient leur présence, leur chaleur, à l'instar des droseras dont les feuilles gluantes se repliaient quand on les effleurait. Ils frappaient aveuglément, avec une obstination toute végétale, comptant sur la répétition de coups innombrables pour parvenir à leurs fins.

Par deux fois, l'un des appendices coriaces vint meurtrir de sa pointe barbelée la carrosserie de son engin y abandonnant une longue éraflure.

Il conserva le cap, bataillant avec le guidon dans la pente traîtresse, restant, tant que faire se pouvait, au milieu du passage…

Plus que dix mètres et il serait sorti de cet enfer.

Dix mètres…

Il crut entendre, montant du chemin, dans son dos, un bref cri de douleur, mais le son fut noyé dans le rugissement de son moteur et les pins ne lui laissèrent pas le loisir de s'assurer que les autres étaient indemnes.

Le troisième choc frappa le côté gauche de son casque avec la violence d'un coup de poing, manquant l'expédier à terre.

Il reprit le contrôle de sa motoneige juste à temps pour éviter un des troncs environnés des infâmes appendices.

Cinq mètres…

Là, juste devant lui, entre les aiguilles des pins qui tentaient en vain de l'occulter, la délivrance. Le salut.

Un nouvel impact éventra le skaï noir de son siège à quelques millimètres de sa jambe droite.

Il jaillit soudain à l'air libre, s'envolant au-dessus de la pente blanche avant de reprendre contact avec le sol, et ne s'arrêta, dans un dérapage plus ou moins contrôlé, qu'après avoir traversé la presque totalité du cours d'eau saisi par la glace.

Il venait de se retourner que le scooter de Fanie surgissait à son tour du sous-bois, en un saut magistral, avant de rebondir sur la neige du chenal et de poursuivre sa course vers l'autre versant…

La jeune fille ne reprit les commandes que d'extrême justesse et, passant juste à côté de lui, n'immobilisa son engin qu'à un mètre à peine du talus enneigé bordant l'autre côté de la rivière gelée.

Puis Khalid surgit à son tour, rebondissant dans une gerbe de poudre blanche avant de les rejoindre.

Ne demeurait plus que Théo dont il entendait le ski-doo rugir sous les frondaisons.

Ils attendirent… Dix secondes… Quinze…

— Allez, allez, sors de là ! maugréait Khalid entre ses dents comme il aurait prié.

Un nouveau hurlement mécanique s'éleva de ces maudits sous-bois dont les branches s'agitaient à présent comme sous un vent de tempête.

Tout un pan de Malesève s'embrasa.

Les flammes montèrent à l'assaut des pins, sur le tracé du chemin qu'ils venaient de suivre. S'épanouissant en pétales destructeurs, elles consumèrent plusieurs géants de sève dont les branches se replièrent comme des baleines de parapluie.

Les arbres vampires se sacrifiaient afin que l'incendie ne se propage pas. La Malesève se protégeait, telle une bête blessée arrachant un membre condamné.

Profitant de la brèche, Théo bondit à travers les branches embrasées des derniers pins et vint s'échouer au milieu du chenal de neige.

Chance insolente ou science consommée, il reprit le contrôle de son véhicule juste à temps pour éviter de percuter le mur du barrage.

Il ôta ses lunettes pour considérer d'un œil satisfait l'incendie qu'il venait d'allumer.

— Y a pas à dire, un bon feu de bois, je connais pas mieux pour se réconforter.

Khalid l'apostropha, incrédule :

— Comment… comment t'as fait ça ?

— Grenade incendiaire, mon cher. Rien de tel pour calmer les ardeurs des résineux indélicats.

— Tu en as beaucoup, des comme ça ?

— Pas autant que je voudrais. Celle-là, j'aurais préféré la garder pour une autre occasion, mais ça devenait intenable.

Ils fixèrent, avec une satisfaction mesquine, les colosses de sève et d'aiguilles dévorés par les flammes.

L'incendie, déjà, était terminé.

Isolés des autres qui avaient replié leurs branches, les géants sacrifiés achevaient de se consumer, dans le crépitement des aiguilles éclatant et le sifflement de la sève s'évaporant.

Le regard de Théo remonta le long du mur de béton qui, derrière eux, barrait la vallée.

— Eh bien, nous sommes passés.

À l'entendre, on pouvait se demander s'il était satisfait ou affligé.

Johan le comprenait. Le formidable rempart prenait soudain des allures de porte, une porte qui venait de se refermer…

La porte de leur foyer.

Aucun d'entre eux ne pouvait plus espérer faire demi-tour et rentrer seul. Ils devraient revenir ensemble ou pas du tout.

Johan fixa Khalid qui, sentant le poids de son regard sur sa nuque, se tourna vers lui.

— On s'arrache, trancha le jeune Maghrébin.

*

L'ancien lit de la rivière, assez étroit en cet endroit, se resserra encore quand ils s'enfoncèrent dans des gorges. Cernés de toutes parts dans ce défilé qui ne devait jamais connaître l'aumône d'un rayon solaire, les compagnons respirèrent pourtant mieux.

La roche était si abrupte que pas un pin, même le plus rachitique, n'avait pu s'y accrocher.

Ils les devinaient, ces arbres maudits, tout là-haut, au sommet des falaises grises, leurs racines rampant en vain sur le rocher pour trouver un surplomb, une saillie où planter un nouveau petit soldat de sève…

Ils prirent donc leur temps, et ce d'autant plus que, malgré l'épaisse couche de glace et de neige recouvrant le fond du ravin, la progression entre les énormes blocs de pierre échoués là se révélait ardue.

Ce fut juste avant la nuit, au détour d'un méandre plus

large que les autres, qu'ils découvrirent le village, blotti sous le surplomb d'un rocher.

Village, c'était peut-être un bien grand mot pour désigner ces quelques maisons accrochées à la falaise comme un bouquet de champignons pâles. Mais pour les quatre compagnons qui, depuis deux jours déjà, n'avaient connu que la sauvagerie végétale de la Malesève, c'était le Paradis.

L'ombre s'appesantissait sur les masures du hameau. Les façades disparaissaient sous le givre et des stalactites menaçantes pendaient aux bords des toits. La nuit, dans ces gorges, commençait plus tôt qu'ailleurs et les quatre amis avaient depuis longtemps allumé les phares de leurs motoneiges.

Seules quelques demeures, les plus hautes, renvoyaient encore les derniers feux du crépuscule.

Le long de la berge s'étirait un quai de pierre où, dix ans plus tôt, devaient encore être amarrées de petites barques utilisées par les pêcheurs, les enfants ou les touristes…

Mais plus maintenant.

Alors qu'ils approchaient, levant les yeux vers les rues en pente, les étroites demeures silencieuses, un sentiment diffus, angoisse et espoir à parts égales, monta en chacun d'eux.

Angoisse, car sourdait de ce lieu solitaire, perdu, un malaise indéfinissable, une trace, un avertissement qui aurait poussé Johan, malgré le froid assassin, à poursuivre sa route sans s'arrêter.

Espoir, car, il ne pouvait plus en douter, le village était habité.

Les fenêtres avaient beau être calfeutrées et les rues ne montrer aucun signe de présence humaine, de la fumée montait, paresseuse, de certaines cheminées. Ce n'était qu'un filet, mais on ne pouvait s'y tromper.

Après ce qu'ils avaient vécu et traversé aujourd'hui, la

perspective de passer la nuit dans une pièce chaude, devant un feu de bois, leur faisait oublier toute méfiance.

Corbeau, tout au fond de son crâne, pouvait bien rire de lui et de sa sensiblerie, Johan devait avouer qu'il était soulagé de voir que ses semblables n'avaient pas totalement fui ces terres.

Il arrêta son engin devant une petite rampe menant aux quais et aux premières habitations. Khalid l'imita, puis Théo. Fanie, elle, passant entre eux, poursuivit son avance en marche réduite, droit devant elle.

Johan l'appela :

— Fanie, attention, tu...

Il ne termina pas sa phrase. La jeune fille, affalée sur le guidon de son engin, ne dirigeait plus rien. Le scooter des neiges, sans ralentir, se planta dans une des hautes congères accumulées contre le mur du quai, son museau s'enfonçant dans la matière blanche qui le stoppa en douceur, comme un coussin.

Fanie bascula sur le côté et s'étala sur la surface gelée de la rivière, telle une poupée désarticulée.

Les deux frères, d'un même mouvement, descendirent de leurs véhicules pour se précipiter, mi-courant mi-glissant, vers la petite silhouette échouée.

Johan arriva le premier et, s'agenouillant à côté de la jeune fille, entreprit de lui dégager la bouche.

Quand enfin ce fut fait, il la fixa avec intensité, attendant, attendant...

Un mince panache de buée s'éleva des lèvres entrouvertes, trahissant la vie qui palpitait encore sous l'épaisse parka grise.

Glissant un bras sous les épaules de la jeune fille, il la redressa un peu.

— Qu'est-ce qu'elle a ?

Khalid les avait rejoints. Le grand militaire répondit aussitôt, son regard auscultant chaque millimètre du corps de Fanie, cherchant une blessure.

— Je ne sais pas, elle respire… Elle a conduit son engin jusqu'ici alors…

— Johan, tu me fais mal… Ta main, tu…

La plainte avait filtré des lèvres de la jeune fille, à peine un râle, méconnaissable. Johan se pétrifia.

— Ta main, enlève ta main, je t'en prie, je t…

Elle étouffa un cri, se raidit.

Il obtempéra, écarta lentement la main fautive qui reposait jusqu'alors contre l'omoplate de son amie.

À la lumière éblouissante des phares, il vit, comme les deux autres, le rouge profond qui maculait son gant. Du sang. Celui de Fanie.

Sans perdre un instant, alors qu'elle retenait une nouvelle plainte, avec une grande délicatesse, Johan la redressa légèrement pour que Théo voie son dos. Celui-ci retint un juron. Johan n'eut pas besoin de plus pour comprendre.

C'était bien un cri qu'il avait entendu tout à l'heure dans la Malesève, celui de Fanie, quand un des pins l'avait harponnée. Mais au lieu de leur signaler immédiatement sa blessure, elle avait gardé le silence.

Le froid, en gelant le sang dans la plaie et en contractant les vaisseaux, avait ralenti l'hémorragie. Fanie, avec son entêtement habituel, avait supporté la souffrance jusqu'à l'extrême limite, sa limite à elle, que Johan savait très élevée. Encaisser les coups durs et intérioriser sa douleur, la repousser tout au fond d'elle, c'était une chose que la brunette avait toujours su faire… trop bien, peut-être.

— Bon sang, pourquoi t'as rien dit ? grogna Théo qui tentait, à travers le tissu déchiré et poisseux de la combinaison, de deviner la gravité de la blessure.

— Voulais pas rester là-bas... répondit la jeune fille dans un murmure buté.

Un sourire involontaire vint aux lèvres du grand militaire, tant elle était tout entière dans ces quelques mots.

— Tête de mule.

— G.I. Joe à la manque.

Ce furent les seules paroles qu'elle parvint à articuler. Sa tête ballottait, elle avait perdu connaissance.

— Faut la soigner.

Khalid, conscient d'enfoncer des portes ouvertes, leva les yeux vers le village et les maisons aux façades aveugles qui s'étageaient contre la falaise.

— Y aura bien quelqu'un pour nous ouvrir. Ils ne doivent pas recevoir de la visite tous les jours et...

Il réalisa la signification de ces mots à l'instant où il les prononçait.

Oui, les habitants de ce village perdu, isolé au beau milieu des forêts vampires, n'avaient pas dû recevoir de visite depuis un moment et n'en attendaient probablement pas. En cette époque de peur, où l'étranger, celui qu'on ne connaissait pas, pouvait être aussi bien un prédateur qu'un ami, on se méfiait de tous et de tout le monde. Quelle pouvait être la réaction de ces gens en voyant surgir quatre inconnus en motoneiges, armés jusqu'aux dents ?

Johan décida pour le groupe.

— Il faut tenter le coup.

— Et s'ils veulent pas nous ouvrir ? objecta Khalid.

— Ils nous ouvriront, affirma Johan d'un ton sans réplique.

À son intonation plate, à l'éclat inquiétant de son regard, ce regard que Théo rapprochait de celui des requins, noir et vide, ses deux compagnons comprirent que Corbeau s'exprimait par sa bouche.

Serrant le corps inconscient de la jeune fille contre lui, il se redressa et se mit en marche vers la rampe conduisant au village.

Théo saisit la manche de Khalid.

— Accompagne-le et veille à ce qu'il ne fasse pas d'idioties.

— Merci du cadeau. Et toi, qu'est-ce que tu fais ?

— Je vais bâcher les ski-doo et prendre nos affaires. Je tiens pas à laisser quoi que ce soit dehors.

Après avoir lancé un regard en direction des bâtisses claquemurées, que seule la lumière des phares tirait encore des ténèbres, il ajouta :

— Je n'aime pas cet endroit. Il y a quelque chose ici…

Il leva les yeux vers les falaises qui écrasaient le village de leur masse menaçante.

— Ah ! Je sais pas. Vas-y, le laisse pas seul, il est capable de tout quand il est… enfin tu sais.

Il s'était retenu à temps, mais le nom de « Corbeau », tel un spectre, flottait au bord de ses lèvres.

Il s'en fut en courant en direction des motoneiges. Khalid s'empressa de rejoindre Johan. Ce dernier avait déjà gagné les quais et se dirigeait vers une des premières demeures. Alors que ses yeux sautaient d'une façade couverte de glace à l'autre, plongeaient dans les venelles noyées d'ombre qui se perdaient entre les maisons biscornues, Khalid sentit s'insinuer en lui le malaise de Théo.

Quelque chose clochait ici. Cela ne venait pas du silence sépulcral qui baignait les lieux, ni de l'absence de vie dans les rues, non, c'était cette sensation déplaisante qui vous étreint parfois dans le sommeil, celle que quelque chose est là, invisible mais vigilant, à l'affût, quelque chose qui vous guette, vous épie, vous attend… La certitude que le rêve dans lequel on évolue va tourner au cauchemar, d'un instant à l'autre, sans qu'on puisse y changer quoi que ce soit.

Mais il ne dormait pas.

Si cauchemar il y avait, personne ne viendrait l'en tirer en lui secouant l'épaule.

Il avait beau lancer des regards à droite et à gauche, comme un animal traqué, chercher l'ombre d'une présence, une silhouette, rien ne se déplaçait dans les rues désertes.

Et déjà, d'un pied vigoureux, Johan martelait le lourd panneau isolant recouvrant la porte d'une des maisons, tout en portant Fanie.

— Ouvrez !

Khalid ajouta, précipitamment :

— Nous ne vous voulons aucun mal. Nous avons avec nous une jeune fille blessée qui a besoin de soins urgents. Ouvrez, s'il vous plaît !

Il surveillait avec appréhension les volets de l'étage et des maisons voisines, persuadé de recevoir une décharge de chevrotine dans les secondes qui suivraient.

Il se trompait.

Il n'y eut aucune réaction, bonne ou mauvaise, seulement le silence.

Johan, ou Corbeau, ne désarma pas et porta contre le battant renforcé une nouvelle grêle de coups, plus violents encore que les précédents, qui résonnèrent dans tout le village avant de rebondir contre les falaises.

Khalid, une fois de plus, donna de la voix :

— Nous sommes des voyageurs. Notre amie a été blessée par les pins. Vous ne pouvez pas la laisser mourir !

Ils attendirent quelques secondes, le temps que les derniers échos se soient éteints en montant à l'assaut des falaises.

« Maintenant, de deux choses l'une, songea le jeune Maghrébin. Soit ils nous canardent, soit il n'y a plus personne dans ce maudit village. »

Il avait à peine eu le temps de formuler ces pensées que trois détonations déchiraient le silence de tombe qui les environnait. Un nouveau coup de pied magistral, un craquement, la porte s'ouvrit devant Corbeau qui, rangeant son automatique à la gueule fumante, entra dans la demeure.

Khalid hésita un instant avant de se remémorer les paroles de Théo.

« Veille à ce qu'il ne fasse pas d'idioties. »

Est-ce que faire sauter la serrure d'une maison avec un pistolet de gros calibre pouvait être considéré comme une idiotie ?

Il suivit Johan dans le sas d'entrée où s'alignaient, en ordre impeccable, raquettes, skis et bâtons.

Une famille vivait ici, deux adultes et deux enfants, s'il en croyait l'équipement suspendu autour d'eux... Et Corbeau défonçait allègrement leurs serrures à coups de plomb. Ils auraient tous deux de la chance si on ne les accueillait pas avec une décharge de chevrotine.

— Fais attention, ils sont peut-être ar...

Il se raidissait déjà, alors que Johan, sans une hésitation, enfonçait la porte intérieure. Le battant pivota sur ses gonds pour aller heurter un meuble, dans un fracas infernal.

Il n'y eut pas un cri, pas plus que de coup de feu.

La pièce, découvrit-il quand il pénétra dans le grand salon aux murs de pierre et à l'aménagement cossu, était déserte.

Au cœur du grand âtre s'ouvrant dans le fond, une de ces cheminées anciennes dans lesquelles on aurait pu mettre à cuire un cochon entier, deux banquettes artisanales se ratatinaient de part et d'autre du foyer encore fumant.

Ne demeuraient plus que trois rognures de pin, plus charbon que bois, sur un lit de cendre. Personne n'avait alimenté le feu depuis plusieurs heures, mais quelqu'un l'avait bien allumé.

Où étaient donc passés les occupants de cette maison ?

Vu la manière dont ils avaient investi la demeure, peut-être se cachaient-ils dans les étages ? Ou bien étaient-ils sortis par une autre issue ?

Dans ce dernier cas, ils reviendraient avec des renforts et les choses risquaient de se compliquer.

Johan, s'approchant d'un grand canapé encombré de coussins brodés, lui ordonna :

— Khalid, ferme la porte.

Le jeune Maghrébin, tout à ses hypothèses, mit une ou deux secondes à obtempérer. Enfin, il retourna dans le vestibule, rabattit le premier panneau, puis le second.

— C'est commode, maintenant que tu as fait sauter les serrures !

Johan déposa délicatement Fanie sur le grand sofa.

— Je n'avais pas les clefs et on ne nous a pas invités à entrer.

Il acheva d'installer la jeune fille de manière à éviter qu'elle ne repose sur sa blessure.

La parka, sur l'omoplate gauche de leur amie, avait viré au rouge profond. La perte de sang avait dû être importante. Elle émit un petit gémissement étouffé quand il modifia la position de son bras, mais ne reprit pas conscience.

Il entreprit de la débarrasser de ses lunettes, de sa cagoule et d'ouvrir le col de sa parka, dévoilant ses traits de petit lutin eurasien et ses boucles sombres aux reflets cuivrés.

Sa peau était luisante de sueur, elle tremblait.

Khalid dirigea ses pas vers le porche voûté conduisant à une autre pièce.

— Je vais voir s'il y a quelqu'un.

Il disparut un instant, alors que Johan, avec d'infinies précautions, descendait la fermeture Éclair de la parka de Fanie.

Il entendit vaguement des bruits de portes ouvertes puis refermées dans un concert de raclements.

Parvenu à la taille de la jeune fille, il lâcha la fermeture et entreprit de lui ôter le haut de sa combinaison.

Les yeux de Fanie s'ouvrirent, dilatés.

— Qu'est-ce que tu... tu fais ? J'ai f... froid.

Johan répondit aussitôt, avec le plus grand naturel :

— Il faut qu'on puisse voir la blessure pour te soigner, Fanie.

Un pâle sourire affleura sur les lèvres de la jeune fille.

— T'es... t'es médecin, maintenant ?

— Non, mais je déshabille les jolies filles comme personne.

Une étrange lueur, aussitôt étouffée, traversa le regard fiévreux de la jeune Eurasienne.

— Fallait vraiment que je vienne pour entendre ça.

Alors qu'il la soulevait doucement, elle se raidit un instant, ferma les yeux et étouffa un grognement, puis reprit, d'une voix précipitée :

— Johan... je... je veux...

Elle plongeait dans le sien un regard dont la douleur et la peur de mourir avaient arraché toute retenue. Elle posa sa main brûlante sur la joue de Johan, quand Théo entra, si chargé qu'il en disparaissait sous les sacs et l'équipement.

Il jeta le tout à terre et se porta auprès d'eux.

— Comment va-t-elle ?

Retirant sa main comme si on l'avait prise en faute, Fanie répliqua dans un murmure :

— T'as toujours le chic pour... pour arriver au bon moment, toi.

Théo saisit aussitôt le sens de ces paroles qui passèrent totalement au-dessus de la tête de son frère. Conscient que les compétences de son aîné éclipsaient les siennes, Johan se leva et entreprit de remettre des bûches dans le feu.

Le bois, stocké dans une niche aménagée auprès de l'âtre, était sec. Quelques coups de soufflet suffirent à ranimer la braise et à faire jaillir les flammes. Une poignée de minutes plus tard, une bonne flambée ronflait dans le foyer, diffusant sa chaleur dans toute la pièce.

Quand il se retourna, Johan découvrit que Théo avait achevé de dénuder le buste de Fanie.

La jeune fille n'avait conservé que son soutien-gorge noir et reposait sur le ventre, le visage dissimulé par ses boucles sombres, ses bras menus croisés devant elle.

Il s'approcha et grimaça quand il découvrit la blessure.

Sur l'omoplate gauche, une profonde plaie irrégulière, aux bords gonflés, ruinait la pâle et douce perfection de l'épiderme. Le sang, s'écoulant à l'intérieur de la combinaison, avait maculé son dos.

— Comment ça se présente ? demanda-t-elle d'une voix calme qui força l'admiration de Johan.

Elle avait tourné la tête et le fixait à travers ses boucles brunes.

Elle avait toujours su, depuis leur enfance, lire en lui comme dans un livre ouvert et le toucher même au fond de sa forteresse, quand Corbeau le possédait tout entier. Ce pouvoir-là, elle le partageait avec Léa…

Ce qu'elle trouva sur son visage ne dut pas la rassurer. Un bref éclair d'angoisse fulgura dans ses prunelles couleur de miel brûlé.

Théo, par-dessus l'épaule dénudée de la jeune fille, fit à Johan des gestes pressants. Celui-ci comprit qu'il lui demandait de la distraire.

— Comment tu fais ça ? demanda-t-il à la jeune fille sans prendre le temps de réfléchir.

— Comment je fais quoi ?

— Ça… Tout le temps deviner ce que je pense, ce que je ressens. Personne n'y arrive d'habitude, à part Léa et toi, y en a même qui croient que je ne ressens rien…

— Et ce n'est pas vrai ?

Il y avait une étrange inflexion dans sa voix, qui n'était pas seulement due à la douleur.

— La plupart du temps, si… (Johan paraissait troublé.) Mais pas en ce qui vous concerne, Léa, Théo ou toi.

La jeune fille sourit tristement.

— Oh, moi aussi ?

Une grimace déforma un instant son beau visage. Théo, qui avait effleuré la blessure, s'excusa.

Johan saisit les mains de Fanie et les serra dans les siennes.

— Bien sûr, toi aussi. Tu es…

Elle rouvrit les yeux et le fixa.

— … tu es comme une sœur pour moi, je t'aime autant…

— Tais-toi.

Ces mots, elle les avait murmurés si bas qu'il ne les entendit même pas.

— … autant que Théo. Mais même lui, il n'arrive pas à lire en moi comme vous le faites toutes les deux. (Il ajouta, avec un sourire :) C'est peut-être un pouvoir de fille ?

Elle le détrompa :

— Pas de toutes, seulement certaines.

S'il lui avait demandé lesquelles, elle lui aurait probablement répondu : « Seulement les petites idiotes qui aiment un garçon assez fort pour soupirer des années durant, en silence, pendant qu'il tient une autre dans ses bras, pour pouvoir deviner le sens de ses moindres mimiques, ses froncements de sourcils, même les plus infimes. Celles qui sont assez cruches pour risquer leur vie afin de lui permettre de retrouver leur rivale… »

Oui, à cet instant, elle l'aurait sans doute dit, mais Théo ne lui en laissa pas le temps.

— Faut que je cautérise et que je referme, Fanie, sinon ça va s'infecter.

Elle ferma à nouveau les yeux.

— Merci pour la poésie. Toi, au moins, tu sais parler aux femmes.

Un sourire apparut sur les lèvres de l'aîné des deux frères qui, déjà, sortait d'un des sacs une petite trousse de soins.

— Je suis un G.I. Joe, t'avais oublié ?

— Évite de me faire rire, ça pique.

Johan, qui les écoutait, alors que Théo s'asseyait à côté de Fanie et sortait de la trousse fil, aiguilles et compresse, leur envia leur spontanéité. Il ne savait pourquoi, mais la jeune fille, même s'ils avaient toujours été très proches, s'était toujours montrée plus réservée, plus distante et plus empruntée avec lui. Il n'avait jamais osé lui demander pourquoi. Fanie avait ses secrets et ses blessures.

Enfin, lorsque Théo eut terminé ses préparatifs :

— Fanie…

— Quoi ?

— Ça va piquer plus fort, là. Tu veux pas boire un peu avant ? On devrait pouvoir trouver ce qu'il faut ici. Dans ces vieilles bicoques, y a toujours des boissons redoutables.

— Non.

— Fanie…

— J'ai dit non, je veux pas.

Elle avait cette expression butée que les deux garçons connaissaient bien, son adorable minois aussi fermé qu'un masque de pierre.

— Sois raisonnable…

— Je tiendrai le coup et je dirai rien, promis. Je suis pas une fillette.

— Mais pourquoi ?

Elle ferma les yeux une fois encore et se refugia dans ses boucles en désordre.

— Quand on boit, on parle trop et on dit des trucs qu'on regrette après.

Au grand étonnement de Johan, Théo capitula, comme si la jeune Eurasienne venait de lui servir un argument imparable.

— D'accord, mais je t'aurai prévenue.

Le grand militaire leva les yeux vers son frère.

— Tiens-la bien et la lâche pas.

Hors de la vue de Fanie, il lui faisait encore signe de parler.

Cherchant en vain quelque chose à dire, Johan hasarda :

— T'en fais pas, mon frère, c'est un virtuose de l'aiguille, il va te faire ça comme un artiste. On ne verra même pas la cicatrice.

— J'aimerais bien savoir qui la verra…

— Je sais pas, moi, ton petit ami…

— Quel petit ami ?

La tension, dans la voix de Fanie, montait dangereusement.

— Celui que tu rencontreras un jour.

— Théo, fais taire ton frère ou je réponds plus de…

Sa phrase s'acheva en gémissement, ses ongles s'enfoncèrent dans les paumes de Johan. Théo venait d'appliquer une compresse imbibée de désinfectant sur la plaie et s'employait à la nettoyer.

Quand il eut fini, et que la jeune fille se détendit un peu, il posa le tissu imbibé de sang pour se saisir de l'aiguille.

Johan, qui n'avait pas relâché les mains de Fanie, entendant soudain un bruit de pas en provenance des escaliers, tourna la tête pour découvrir Khalid qui, pâle comme un linge, s'approchait d'eux.

— Théo…

— Oui ? fit ce dernier sans lever la tête.

— On ferait mieux de se tirer d'ici.

— Au cas où tu ne l'aurais pas remarqué, je suis un peu occupé, là.

Khalid revint pourtant à l'assaut, un ton plus bas encore :

— Y se passe vraiment des trucs pas nets ici. Viens voir aux étages, ça craint.

— Après.

— On n'est pas en sécurité !

Théo désigna d'un mouvement de menton le dos dénudé de la jeune fille.

— Écoute, Khalid, je sais pas ce que t'as vu là-haut, mais pour l'instant, ça m'est égal.

Khalid, découvrant la blessure, murmura dans un souffle :

— Merde.

Sans prononcer un mot – il devenait décidément très doué à ce jeu-là –, Théo fit comprendre au jeune Maghrébin qu'il devait se tenir prêt, lui aussi, à immobiliser Fanie si le besoin s'en faisait sentir. Ce dernier acquiesça d'un signe de tête. Alors qu'il se mettait en position à côté du soldat, la voix de leur amie monta jusqu'à eux, de sous le voile de soie nocturne de sa chevelure.

— Bienvenue à ma petite fête, Khalid.

Une expression de panique passa un instant sur le visage du nouvel arrivant, mais Théo ne lui laissa pas le temps de répondre.

— Fanie, serre les dents.

— Je fais que ça.

Johan vit les traits de la jeune fille se figer, une fois encore, dans l'attente de la douleur. Il se rapprocha d'elle, son visage à quelques centimètres du sien, pour lui chuchoter :

— Courage.

Tout juste prononçait-il la dernière syllabe qu'une plainte ravalée filtrait des lèvres de Fanie alors que ses ongles martyrisaient à nouveau ses paumes. Ses yeux s'ouvrirent pour plonger dans les siens.

Elle se tendit vers lui, comme pour le toucher, alors qu'il devinait, sans la voir, la pointe de métal martyrisant sa chair.

Il posa son front contre le sien, alors que ses prunelles ne le lâchaient pas, lui offraient la douleur de la jeune fille, et autre chose, une émotion plus profonde, plus intense, plus puissante, qui fondait toutes les autres, les transcendait. Il sentit sa sueur à la fragrance de miel et d'épices humidifier son front, emperler ses cheveux, son souffle chaud et rauque passer sur son visage. Il entendit sa voix, à peine un murmure, alors que le tremblement qu'elle tentait de maîtriser secouait tout son corps.

— Johan… Johan…

D'un coup, avant qu'il n'ait eu le temps de réagir, elle dégagea ses mains des siennes et les posa sur ses joues, l'immobilisant à son tour, face à elle. Ses yeux le fixaient, dévorés d'une fièvre dont la souffrance et la peur de mourir n'étaient pas les seules responsables.

— Johan, il faut… il faut que je… que je te dise… je… je…

Elle se tut : les mots lui brûlaient les lèvres.

Un ultime frémissement… Ses mains retombèrent, ses paupières s'abaissèrent. Son visage reposa contre le sien, retrouvant, dans son inconscience, l'innocence et la sérénité de l'enfance.

Un instant, Johan eut l'impression de retrouver la gamine qui les suivait partout, Théo et lui, leur petit elfe Pot de Colle, et une vague de tendresse inonda sa poitrine.

Chassant d'un doigt quelques mèches noires alourdies de sueur, il embrassa Fanie sur le front avant de murmurer :

— Tu es incroyable.

Il laissa son regard s'égarer sur les traits de la jeune fille.

Elle avait toujours eu du cran, depuis leur première rencontre, fonçant, bille en tête, dans tous les obstacles que la vie dressait sur son chemin, dans son désir d'impressionner ses parents, de leur montrer qu'elle pouvait être le garçon qu'ils n'avaient pas eu.

Comme tous les autres enfants privés de l'affection, du regard de leurs géniteurs, elle cherchait, sans cesse, leur reconnaissance… En vain.

Il se rappelait encore ce jour où, ayant eu un accident de ski-doo juste en bas de chez lui, elle avait tambouriné à la porte pour lui emprunter son portable et appeler ses parents.

Le choc lui avait cassé le nez, le bas de son visage était inondé de sang, un hématome bleuâtre grossissait autour de ses yeux. Elle devait souffrir le martyre mais, quand il avait ouvert la porte, elle avait pourtant claironné, d'une curieuse voix nasillarde :

— Regarde, c'est le croque-monstre show !

Fanie tout entière était résumée dans cette anecdote : sensible, drôle, volcanique et casse-cou. Il s'écarta d'elle, autant pour chasser son trouble que pour la laisser reposer.

Quand il détacha les yeux du visage de la jeune fille endormie, ce fut pour voir Théo achever de fixer une compresse stérile sur la suture. Debout à côté de lui, Khalid rongeait son frein.

— Faut que vous veniez voir ça, c'est… c'est dingue, un truc pareil.

Théo, qui rangeait ses ustensiles dans sa trousse, lança par-dessus son épaule :

— Ça va, je viens. Johan, tu t'occupes de Fanie ?

L'intéressé, ne jugeant pas utile de répondre, suivit des yeux son aîné et Khalid, qui s'empressait de guider celui-ci vers les étages. Les pas des deux jeunes hommes firent craquer les marches, puis les lames de plancher du palier supérieur.

Qu'est-ce qui pouvait bien avoir mis Khalid dans cet état ? Il n'était pas du genre à s'effrayer d'un rien.

Il aurait dû s'en inquiéter, pourtant il demeurait calme, maître de lui, alors qu'il tirait d'un des sacs un épais duvet qu'il étendit, avec précaution, sur la jeune fille inconsciente.

La logique, cette froide logique qu'il avait érigée en barrière contre les blessures du monde, prenait le relais, et avec elle venait Corbeau. Il le sentait qui guettait, à l'orée de sa conscience, tenu à distance par la présence de Fanie et celle de Théo, mais jamais très loin. Il attendait son heure.

« Il faudrait barricader la porte. »

Et maintenant, il lui parlait.

Il se levait déjà pour chercher de quoi condamner l'entrée quand des pas dévalèrent de l'étage, dans un murmure inquiet.

L'instant suivant, Théo apparaissait dans l'escalier, la mine sombre, talonné par un Khalid plus blême encore qu'après sa première inspection des lieux.

— Faut bloquer les portes.

Il y avait de l'urgence dans la voix de son frère. Ce qu'il avait vu là-haut l'avait secoué. Et ce qui pouvait secouer Théo…

— Johan, donne-moi un coup de main pour bouger ce fauteuil.

Sans attendre, Johan aida son frère à déplacer le siège massif et à l'introduire dans le vestibule. Au moment de l'appuyer contre la porte, Théo arrêta son cadet.

— Attends, je veux jeter un œil.

Tirant un pistolet de son fourreau et l'armant d'un coup sec, il s'approcha du lourd battant de chêne, tendit la main, hésita, puis ouvrit pour braquer vers l'extérieur le canon de son arme.

Rien. Rien que la nuit et le froid, intense, meurtrier, qui vous sautait au visage, transformait votre souffle en poussière de glace, incendiait votre gorge, votre poitrine.

Le quai disparaissait dans l'ombre glaciale, les façades aux fenêtres condamnées se diluant dans les ténèbres sépulcrales qui pesaient sur le village.

Johan, fouillant lui aussi des yeux ce coin de monde oublié, sentit s'imposer à lui une terrible certitude.

Ils étaient seuls ici, totalement, irrémédiablement seuls. Nul besoin de défoncer les portes de toutes ces maisons.

Et à ce propos…

Devant la nuit maléfique, le visage exposé à la bise, alors que Khalid se glissait à son côté, il demanda :

— Qu'y a-t-il dans les chambres ?

Théo, tirant d'une de ses poches les lunettes de vision nocturne et les mettant en fonction, répondit, ses traits disparaissant sous le métal sombre, un peu plus machine, un peu moins homme :

— Les gens qui habitaient ici…

Une pause.

— Il ne reste que leurs os, Johan, que leurs os, aussi bien nettoyés qu'au muséum… Et tu veux savoir le plus beau ?

Il y avait une pointe d'incrédulité confinant à la folie, dans la voix de Théo, quand il acheva :

— Ils ont encore leurs vêtements. Y en a un, il est même assis dans son fauteuil…

Johan surprit le tremblement qui agita la main de son frère alors qu'il prononçait ces mots ; quant à Khalid, son expression valait tous les discours.

Lui n'avait pas peur. Corbeau prenait le dessus, débranchant ses sentiments, ses émotions. Il examinait, tournait, soupesait, sans passion, avec une froide efficience.

La conclusion s'imposa d'elle-même.

— Quelque chose les a digérés.

CHAPITRE 9

— Quoi ?

Khalid dévisageait Johan comme il l'aurait fait d'un dangereux maniaque.

Ce dernier répéta, avec un calme terrifiant, et Théo sut aussitôt qui leur répondait par les lèvres de son frère :

— Quelque chose est entré dans cette maison, a attaqué ses occupants et les a digérés.

— Digérés ? Mais t'es malade, comment tu veux qu'on digère quelqu'un assis dans un fauteuil, sans lui enlever ses fringues ? Y a pas un animal pour faire un truc pareil…

— Tu en es sûr ?

Corbeau fixait le jeune Marocain de ses yeux inexpressifs, deux miroirs sans tain qui absorbaient tout mais ne renvoyaient rien, si ce n'étaient vos propres doutes, vos propres peurs, vos propres insuffisances.

Corbeau avait raison. Que savaient-ils des choses qui hantaient à présent ces lieux ? À quoi ressemblaient-elles ? De quoi étaient-elles capables ? De dissoudre un homme dans ses vêtements et de l'aspirer comme un milk-shake ? Le monde qu'ils connaissaient, ce jardin domestiqué, était redevenu un lieu d'ombre et de peur…

Corbeau poursuivait déjà, impitoyable :

— Il n'y a plus personne à part nous, dans ce village… nous, et la chose qui a dévoré ces gens. (Il ajouta, alors que ses paroles emplissaient la nuit d'un accent prophétique :) Et elle se trouve encore ici.

Théo sentait monter en lui, en même temps que la peur, une colère terrible dirigée à cet instant contre son frère qui, cliniquement, leur détaillait l'agonie de ce petit bastion d'humanité.

— Qu'est-ce qui te permet d'être aussi sûr de toi ?

— La cheminée fumait encore quand on est arrivés. Ces gens sont morts il y a quelques heures à peine, donc il y a de fortes chances pour que ce qui les a dévorés se trouve encore dans les parages. (Un silence, puis :) D'autant que nous lui avons apporté du rab pour le dîner.

Théo l'aurait étranglé ou, à défaut, lui aurait fait savoir ce qu'il pensait de son humour, si les événements ne s'étaient accélérés.

Dans la clarté spectrale de ses lunettes, il lui sembla entrevoir un déplacement, une ombre en mouvement.

Il tourna la tête juste à temps pour deviner la forme furtive et courbée d'un homme s'enfonçant entre deux bâtisses.

Sans réfléchir, son arme brandie devant lui, il jaillit de la maison et se mit à courir dans la neige, vers l'endroit où il avait aperçu la silhouette.

— Monsieur ! Monsieur !

Derrière lui monta la voix étouffée de Khalid :

— Théo, mais qu'est-ce que tu fais ?

Il ne répondit pas, dépassant deux façades anonymes pour parvenir enfin à l'entrée d'une des venelles en pente qui s'enfonçaient dans l'obscurité, en direction de la falaise. Mais il eut beau balayer du regard les murs et les portes des demeures, dans la clarté glauque et pixelisée de l'amplificateur, il ne distingua rien, aucune trace de l'inconnu…

Il allait s'avancer dans la ruelle quand une main le retint.

— Où tu vas comme ça, mon frère ? T'es malade ? Tu veux mourir de froid ?

C'était Khalid, et ses propos étaient parfaitement sensés. Théo était sorti en trombe, sans sa parka, et la température sibérienne saisissait déjà ses membres, les mordant cruellement, enfonçant dans sa chair des aiguilles de glace, solidifiant son souffle sur son visage en une fine pellicule de givre, engourdissant ses extrémités. Ses lèvres se soudaient l'une à l'autre, et ses dents, quand il ouvrait la bouche, le lançaient, comme si elles allaient éclater, ce qu'il savait possible pour l'avoir déjà vu.

On devait avoisiner les – 40 °C. Khalid avait raison, c'était de la démence. Le type avait dû entrer dans une des maisons qui bordaient la rue et en cadenasser la porte.

Il se défendit pourtant, repoussant la douleur et les appels de son corps pour balayer une nouvelle fois du regard l'étroit passage et articuler, tant bien que mal, en muselant les claquements involontaires de ses mâchoires :

— Y avait un homme ici. Je l'ai vu traverser le quai et disparaître dans cette rue. Je te jure que c'était pas une hallucination.

— Théo…

— Quoi ?

— Mon grand-père, y faisait des babouches.

Le grand militaire grogna, les bras serrés autour de la poitrine, en lançant un dernier regard vers le haut du village.

— Ouais, je sais…

— Et mon grand-père, y disait toujours : « Regarde la façon dont un homme marche avec ses babouches et tu le connaîtras. »

— Je vois pas ce que…

— Ton mec, j'ai pas envie de le connaître.

Théo, qui ne comprenait pas ce que voulait dire son compagnon, vit Khalid passer devant lui et s'accroupir au milieu de la ruelle.

Levant les yeux vers lui, le jeune Marocain désigna la neige d'un doigt légèrement tremblant :

— *Chouf*[1] !

Khalid avait été plus perspicace que lui. Il n'avait pas neigé cet après-midi-là, mais les rues du village étaient pourtant vierges de toute empreinte… ou du moins, de toute empreinte de pas.

Là, juste à ses pieds, une longue trace étroite et rectiligne s'étirait vers le haut du village, un sillon où la neige était légèrement plus tassée qu'ailleurs, comme si on y avait traîné quelque chose de lourd.

— Si c'est un homme qui a fait ça, j'veux pas savoir ce qu'il tirait derrière lui. Allez, viens, on rentre.

Il claquait des dents à présent, et Théo ne devait qu'à sa volonté d'acier de ne pas l'imiter. Ses extrémités commençaient à s'insensibiliser. S'il restait dehors dans cette tenue une minute de plus, il était bon pour une gelure au premier degré, et ce n'était vraiment pas le moment. Les deux compagnons se hâtèrent vers la maison.

Là-bas, à moins de cent mètres, sur le rectangle de lumière de la porte, se découpait la silhouette vigilante de Johan dont les bras s'alourdissaient de la forme trapue et menaçante d'un fusil-mitrailleur.

À chaque pas, alors que défilaient devant eux les volets clos, couvercles de bois chevillés sur autant de tombeaux, Théo et Khalid sentaient peser sur eux une vigilance sans visage, patiente, gourmande… Un piège. Tout ce village

1. En arabe : « Regarde ! » (*Toutes les notes sont de l'auteur.*)

n'était qu'un gigantesque piège tendu au creux des gorges, toile d'araignée pour mouches humaines où ils étaient venus s'engluer, la tête la première. Quelque chose avait fait son repaire de ce lieu, quelque chose d'assez malin, d'assez sournois pour s'introduire chez les gens et les dévorer alors même qu'ils vaquaient à leurs occupations, sans qu'ils aient le temps de réagir, sans qu'ils se doutent de rien.

Ils couraient presque quand ils parvinrent auprès de Corbeau qui balayait la rue de son regard perçant, sa tête pivotant de droite à gauche avec la régularité d'une tourelle de char. Pas une once de peur sur ses traits, pas plus que d'humanité. Johan était parti, replié quelque part, tout au fond de lui-même, où les cruautés de ce monde ne pouvaient pas l'atteindre. Corbeau avait pris le relais et Théo reconnaissait difficilement, dans ce masque inexpressif, le visage de son frère.

— Allez, on ferme, on ferme, hurla l'aîné en franchissant le seuil en compagnie de Khalid.

Corbeau recula d'un pas, puis de deux, et referma sur la nuit extérieure l'épais panneau de chêne.

Khalid, qui reprenait son souffle, interrogea Théo :

— Qu'est-ce que… qu'est-ce qu'on fait ? On se tire ?

Théo, étouffant dans le sas où la température ne devait pourtant pas dépasser 0 °C, secoua la tête.

— Fanie a besoin de repos, au moins cette nuit, elle pourra pas conduire maintenant.

Khalid jura, désignant la porte et ce qui se trouvait de l'autre côté, dehors, dans cette nuit étrangère.

— T'as senti, toi aussi ? C'est la mort qui hante cet endroit, Théo ! Y a plus personne dans ce bled, ça les a tous dévorés ! Et nous aussi, ça nous dévorera, si on se tire pas maintenant !

Théo, poussant le lourd fauteuil contre la porte, ouvrit la bouche pour répliquer, mais Corbeau le devança :

— Il fait – 50, dehors. Par cette température, nous n'irons pas bien loin, sans compter qu'il fait nuit noire. Nous serons obligés de nous arrêter pour monter notre abri… et ce qui rôde ici aura tout le temps de nous retrouver. Fais comme tu veux, Khalid, mais moi, je préfère me barricader ici plutôt que de dormir sous une simple toile.

Le ton était calme, sans passion, les arguments assenés avec une logique implacable. On ne discutait pas avec Corbeau.

— Y a des fois, je te jure, je te déteste.

Khalid regretta aussitôt ses paroles, mais Corbeau lui tournait déjà le dos et aidait Théo à coincer la porte. Enfin, l'aîné des deux frères se redressa et testa une dernière fois leur œuvre.

— Bon, ça devrait tenir.

D'une main, il tapa à plusieurs reprises contre le panneau de chêne, comme pour en tester la solidité.

— Et maintenant ? demanda Khalid.

— Maintenant on se repose nous aussi, à tour de rôle, comme dans le défilé. Un monte la garde et entretient le feu, les autres dorment. On reste tous dans la pièce commune, on s'assure que toutes les issues sont fermées. Quatre heures de veille chacun.

— Comment tu veux que je dorme en sachant que…

— Débrouille-toi mais repose-toi. On a encore deux jours de route au bas mot, sans compter le retour. Tu tiendras jamais le coup si tu commences comme ça.

Ils regagnèrent la grande pièce. Sur le canapé, Fanie dormait toujours.

Théo, avec une prévenance touchante, s'assura qu'elle était bien couverte avant de prendre un des FA-MAS restants, puis de farfouiller dans un de ses sacs pour en tirer un livre de poche. Il emporta l'un et l'autre dans le creux de la cheminée et se laissa tomber sur un des bancs.

— J'assure la première garde, Johan, la deuxième, Khalid, tu finiras la nuit.

Il enfourna deux bûches de pin qui ne tardèrent pas à crépiter et pétarader dans les sifflements hargneux de la résine embrasée.

Corbeau, sans un mot, s'assit à l'extrémité du grand canapé, Fanie, petite et menue comme elle l'était, n'en occupant qu'une partie. Il étendit ses jambes devant lui, croisa les bras sur sa poitrine et ferma les yeux.

Deux minutes plus tard, il dormait profondément.

Théo, malgré ce qu'il avait affirmé à Khalid, se savait incapable de s'endormir, pas alors que cette chose était aux aguets, dans cette nuit mauvaise. C'est pour cette raison qu'il avait pris le premier tour de garde.

À la lueur dansante des flammes, il ouvrit son livre.

— Qu'est-ce que tu lis ?

Khalid s'était octroyé le dernier fauteuil. Les jambes sur la table basse, il avait fermé les yeux, mais ne dormait pas pour autant.

— *Heart of Darkness*, de Joseph Conrad, répondit Théo de bonne grâce.

— T'as le chic pour choisir tes lectures. Et ça cause de quoi, ton bouquin ?

Théo sourit.

— D'un homme qui en recherche un autre, un collecteur d'ivoire, sur un fleuve, en Afrique, et qui s'enfonce de plus en plus profond dans la jungle pour le retrouver.

— Et alors, il le trouve ?

— Oui, mais le type est devenu dingue en découvrant que tout ce en quoi il croyait n'était que des mensonges. Il est revenu à l'état primitif, ou ce qu'il pense l'être, mais dans ce qu'il a de pire pour combattre l'horreur du monde, il a choisi l'horreur.

— C'est joyeux ! Tu trouves vraiment notre quotidien si tordant, pour lire des trucs pareils ?

Le regard de Théo se perdit dans les flammes dansantes du foyer, comme pour y chercher un refuge.

— Ce n'est pas le but le plus important, Khalid. Le voyage du héros, du narrateur, c'est aussi un voyage au bout de lui-même, au bout de l'humain.

— Et selon toi, c'est ce qu'on fait en ce moment, hein ? Un voyage au bout de nous-mêmes. C'est pour ça que tu n'as pas cherché à dissuader Johan.

Khalid avait ouvert les yeux et le fixait, de son regard sombre et perspicace.

— Tu sais très bien qu'il serait parti, avec ou sans nous.

— C'est vrai, mais ça n'empêche pas que tu n'as même pas essayé de le retenir. Pourquoi, Théo ? Qu'est-ce que tu cherches, toi, au cœur des ténèbres ?

Il y eut un long silence, puis un filet de voix monta de l'âtre, se mêlant au murmure des braises :

— Peut-être que je me suis perdu, moi aussi, et que je me cherche. Peut-être qu'au bout des ténèbres, j'espère trouver l'absolution de mes péchés, si j'arrive à réunir deux cœurs innocents…

Khalid fronça les sourcils.

— Qu'est-ce que tu racontes ? Te faire pardonner quoi ? T'as jamais fait de mal à personne. Y a pas plus droit, plus honnête, plus respectable que toi. « Chevalier », c'est comme ça qu'on t'appelait, et tu le méritais, comme tes héros, tu sais, ceux avec des noms à coucher dehors, Galaad, d'Artagnan, Cyrano… Tu le mérites toujours.

Une expression douloureuse ternit un instant l'azur du regard de Théo.

— La chevalerie est morte il y a bien longtemps, Khalid, quand on a inventé la raison d'État. Peut-être même qu'elle n'a jamais existé en dehors des livres. Il n'y a plus de chevaliers, seulement des soldats… des soldats qui obéissent à leurs supérieurs, sans poser de questions.

Il y avait une telle amertume, une telle souffrance, dans ces mots… Lui, Théo, Chevalier – celui sur qui on pouvait toujours s'appuyer, celui qui affrontait tout sans jamais plier, le pur, le brave –, le savoir miné, rongé par le remords et la culpabilité… mais pourquoi ?

— Théo…

— Cherche pas. C'est ma blessure, c'est ma quête, et c'est mon frère. Dors.

Khalid n'insista pas, par amitié et parce qu'il savait que cela ne servirait à rien. Déjà, le grand gars efflanqué au regard de gosse était replongé dans sa lecture.

Porté par la prose de Conrad, qui lui chuchotait à l'oreille sa litanie de trahison, d'horreur et de déchéance, il s'enfonçait avec Marlow dans les méandres moites et étouffants du fleuve. Comme lui, il remontait à rebours sa propre humanité, avec le même plaisir masochiste que l'on prend à gratter une plaie.

Quand il releva enfin le nez, Khalid s'était endormi. Il était seul, seul pour affronter ce qui guettait dehors, dans ce village assassiné.

Il porta son regard sur le canapé, passa sur le profil marmoréen de Johan, qui n'avait pas bougé d'un iota, puis glissa sur la forme allongée de Fanie. Il lui fallut un instant pour trouver l'ovale pâle de ses traits, perdu dans la flambée couleur d'ombre et de braise de sa chevelure.

Il suivit la courbe de sa mâchoire, l'arrondi de sa joue, la virgule gracieuse d'un sourcil, la ligne exotique des paupières fermées, l'enfance encore proche que le sommeil peignait sur ses traits.

Elle bougea un peu, gémit et il crut entendre sourdre de ses lèvres :

— Papa… Regarde-moi, Papa… Regarde-moi, je sais faire… je sais faire comme… Papa…

Elle bougea encore, murmura un prénom, tel un talisman. Celui de Johan.

Théo revint à son livre comme il aurait fui, une sourde douleur dans le bleu de ses prunelles.

*

Combien de temps demeura-t-il ainsi, ne s'extirpant des pages au papier jauni que pour s'assurer du sommeil des autres, ou donner une nouvelle bûche en pâture aux flammes ? Il aurait été incapable de le dire.

Cette fois pourtant, ce fut autre chose qui le tira de la sombre moiteur des mots de Conrad…

Se redressant sur son banc, il ferma son livre, porta la main sur son arme et fit des yeux le tour de la grande pièce.

La chaude lumière du foyer ébauchait d'étranges ombres dansantes sur les murs de pierre blanche. Anodines ou effroyables, elles menaient une sarabande tout autour de lui. Rien n'avait changé depuis son dernier coup d'œil. Les trois dormeurs n'avaient pas bougé, si on oubliait de compter les contorsions de Khalid qui ne cessait de s'agiter dans son sommeil.

Il allait se redresser pour effectuer une petite ronde, quand ça le frappa.

Depuis leur arrivée ici, il avait senti, diffuse, la présence de la chose qui rôdait dans le village… Ce sentiment ne l'avait pas quitté, pareil à ces odeurs de moisissure qui imprègnent certaines maisons et dont on n'arrive jamais à se débarrasser… en plus sinistre.

Il ne l'avait pas oublié, mais avait décidé de l'ignorer, comme un désagrément mineur.

Maintenant, c'était différent.

Il ne s'agissait plus d'une menace indécise, non, c'était beaucoup plus précis, plus intense, plus déterminé... Plus proche aussi. Terriblement proche. Mais il avait beau scruter les quatre coins de la pièce, tendre l'oreille aux bruits de la nuit, il ne percevait rien, rien que ce silence immense, mortuaire, qui enveloppait le village tel un suaire.

Pourtant c'était là, pesant sur sa nuque, un peu plus près de seconde en seconde. Étreignant son arme, il ferma un instant les yeux, se focalisa sur cette détestable sensation.

Au-dessus. Ça venait d'au-dessus.

À peine cette certitude s'imposait-elle à lui que son regard se portait vers l'escalier dont les marches se perdaient dans les ténèbres de l'étage supérieur.

L'obscurité qui régnait là-haut, compacte, solide, le narguait. Tout pouvait s'y dissimuler, les guetter, attendre que sa vigilance se relâche pour se jeter sur lui.

C'était là, il en était sûr ! Alors même qu'il fixait ce pan de ténèbres, il lui sembla percevoir un bruit, infime, une sorte de reptation, celle d'un corps lourd se déplaçant contre la pierre.

Imbécile qu'ils étaient ! Préoccupé par l'état de Fanie, il n'avait pas fouillé systématiquement chaque pièce. Ce qui avait tué les occupants de la maison pouvait très bien se dissimuler dans les étages, à attendre son heure pour jaillir de l'obscurité.

Il se leva et, braquant le canon de son arme devant lui, s'avança jusqu'au bas des marches, prêt à faire feu au moindre mouvement.

Arrivé là, il tira d'une de ses poches une petite lampe-torche. Il se raidit au moment d'appuyer sur le bouton.

Son doigt, anticipant la violence qui allait se déchaîner quand la chose serait dévoilée, caressait déjà la détente de son arme.

Le rayon de lumière éventra l'obscurité pour dévoiler la pierre pâle des murs et le bois fatigué des marches.

Le palier était vide.

Pourtant, il sentait encore, tirant sur sa conscience, la présence de la chose, toujours aussi près de lui, pire même, en lui. Une attention si aiguë, si avide, si perçante qu'elle semblait s'enfoncer jusque dans son crâne.

Elle était là-haut, dans une des chambres, elle avait fui la lumière et s'était repliée hors d'atteinte. Elle jouait avec lui.

Pourtant, il n'entendait rien.

Peut-être était-il en train de devenir fou ? Peut-être n'y avait-il rien là-haut ? La fatigue, la tension, autant de facteurs, avait-il appris à l'armée, susceptibles de vous faire perdre les pédales.

Il hésita.

Monter ou rester ici ? Réveiller ses compagnons ou s'assurer d'abord qu'il n'était pas en train de dérailler ?

Il lança un regard vers Khalid, puis Johan, toujours assoupis, inspira profondément et, assurant sa prise sur son arme, commença de gravir les marches.

La première fut la plus ardue à franchir.

À pas lents, il grimpa les degrés, sa torche dans une main, le fusil-mitrailleur dans l'autre, balayant les murs, le plafond, s'attendant, à tout instant, à ce qu'une forme monstrueuse, nantie de trop de pattes, de crocs, de crochets ou que savait-il encore, jaillisse des ténèbres pour s'abattre sur lui.

Il parvint au palier sans encombre. Il tendit l'oreille, mais rien, aucun bruit, même le plus infime, ne remonta le couloir abruti d'ombre. Droite. Gauche. Les portes des chambres, qu'ils avaient tout à l'heure fermées avec Khalid, étaient toujours closes, à moins que...

Celle du fond, à gauche, à bien regarder, lui sembla légèrement entrebâillée. Une fois encore, il sentit, presque physiquement, la présence de la chose, plus proche, plus affamée que jamais, tirant sur son cerveau, allumant là-dedans toutes les alarmes...

« Danger ! Danger ! » lui hurlait chaque fibre de son être.

Il levait déjà le canon de son arme vers cette maudite porte, prêt à vider son chargeur sur elle, quand une voix qu'il connaissait bien, faible mais distincte, poignante, s'éleva de la pièce principale :

— Papa ? C'est toi ? C'est toi, Papa ?

Une sueur glacée lui couvrit tout le corps.

CHAPITRE 10

— Fanie !

Il hurla, sans réfléchir, faisant demi-tour pour se ruer quatre à quatre dans l'escalier.

— Fanie, non ! Non !

Il sauta au rez-de-chaussée plus qu'il ne dévala les marches, au risque de se briser le cou, se reçut tant bien que mal, et se redressait déjà quand résonna la voix froide et raisonnable de Johan :

— Fanie, écarte-toi de lui.

Son frère, debout, le regard glacé, pointait la gueule de son arme vers un homme d'une quarantaine d'années, aux cheveux poivre et sel, coupés court, aux traits asiatiques, des traits que Théo connaissait : ceux du père de Fanie.

Mais jamais le père de Fanie n'avait eu pour elle ce sourire, ni ces deux bras tendus aux mains ouvertes.

Il y avait tant d'amour, de tendresse, sur ce visage, celui d'un père pour son enfant, sa petite fille adorée, que Théo en eût été touché, s'il ne l'avait connu et s'il n'y avait eu les yeux que ce simulacre posait sur Fanie, des yeux pleins d'un appétit qui n'avait rien d'humain, celui qu'une araignée aurait posé sur le moucheron qu'elle va dévorer.

Ce regard-là, Fanie, aveuglée par ce masque, cette vision qu'elle avait espérée une vie entière, ne pouvait ou ne voulait le voir. Elle s'était retournée vers Johan et se dressait entre lui et la « chose », les bras en croix, son petit visage de fée eurasienne inondé de larmes.

— Johan… Johan, je t'en prie, ne tire pas. C'est mon père… Il est venu me retrouver, Johan, il…

Corbeau ne la laissa pas continuer.

— Ce que tu dis n'a aucun sens.

Mais la jeune fille ne voulait rien entendre.

— C'est mon père, tu vois bien ! Enfin, regarde ! Il est là.

Elle désignait, sans se retourner, le simulacre d'humain qui se rapprochait de son dos avec une lenteur dangereuse, la couvait de son regard noir, creux et avide.

Khalid lui aussi s'était redressé et, ayant vu les traces dans la neige, quand il était sorti avec Théo, avait aussitôt compris la situation.

Théo pestait et jurait mais n'osait pas mettre le monstre en joue, de crainte de toucher la jeune fille. Corbeau, lui, n'hésitait pas.

— Comment veux-tu que ton père soit venu ici ? C'est toi qui as sa motoneige.

— Il a emprunté celle de quelqu'un d'autre. N'est-ce pas, Papa ?

Fanie refusait de se retourner vers la créature, tant pour ne pas quitter Johan des yeux que pour ne pas affronter la vérité, mais sa question demeura sans réponse. Théo devina que la chose, malgré ses talents d'imitatrice, ne pouvait singer et encore moins comprendre le langage humain.

Elle touchait presque Fanie, maintenant. Théo, conscient que quelque sort effroyable attendait la jeune fille si la créature parvenait à la saisir, levait à nouveau son arme, quand Corbeau porta l'estocade :

— Réfléchis, Fanie… Ça ne peut pas être ton père.

Jamais il ne se conduirait avec toi de cette manière. Il ne t'a jamais aimée.

C'en fut trop pour Fanie qui, le visage déformé par la douleur et le désespoir, s'élança vers Johan, le poing levé.

— Tais-toi !

À peine son hurlement s'élevait-il que Théo, son angle de tir dégagé, tirait une rafale sur la créature.

L'arme tressauta dans sa main, sur un aboiement rauque qui résonna de manière assourdissante dans cet espace confiné. Elle fit mouche.

Le simulacre bascula en arrière, derrière le canapé, alors que Fanie, emportée par son élan, percutait Johan qui l'enlaça et la serra contre lui.

— Lâche-moi ! Lâche-moi ! Vous avez tué mon père ! Vous avez tué… hurlait-elle en lui martelant la poitrine.

Théo, après s'être assuré que son frère retenait bien le petit elfe, malgré les coups de plus en plus faibles qu'elle lui assenait, se déplaça pas à pas, son fusil-mitrailleur brandi, contourna le canapé et posa les yeux sur…

Il retint un haut-le-cœur.

Ce qui gisait par terre, sur le tapis souillé, n'avait plus grand-chose d'humain, si ce n'était une vague forme générale. Comme un personnage en cire oublié trop près d'un radiateur, ça avait « fondu » en plusieurs endroits, retrouvant son apparence première.

À ce qu'on en devinait, ça n'avait pas de membres à proprement parler, mais une chair luisante, moirée, huileuse, capable de changer de couleur et de texture, pareille à celle de certains poulpes. Pas d'yeux, ou alors une multitude, des points noirs, en grappes. Pas de bouche non plus, mais une trompe énorme, renflée, molle et spongieuse comme celle des mouches, qui se gonflait et se dégonflait de manière répugnante.

Alors même qu'il observait, il vit cette chose informe, boursouflée, se réorganiser, se ramasser, tel un ballon percé qu'on aurait regonflé. Un battement de cils, bras, jambes et tête se détachaient du corps principal. En une seconde, le père de Fanie se tenait à nouveau devant lui, sur le tapis, plus souriant que jamais.

La chose n'était pas morte. Johan lui avait envoyé assez de plomb pour abattre un rhinocéros, et elle se relevait, indemne.

Elle se redressa d'un coup, d'une manière bizarre, baudruche humaine, et lui fit face à nouveau, ouvrit la bouche, démesurément, et poussa un long mugissement dont la fréquence, si basse qu'elle en échappait en partie à l'oreille humaine, résonna jusque dans ses os.

Avec un hurlement de rage, de dégoût et d'horreur, Théo pressa la détente, sans relâcher. La rafale faucha la chose, la déchiqueta, encore et encore, alors que Fanie, qui avait assisté à l'odieuse résurrection, se recroquevillait dans les bras de Johan. Le simulacre s'effondra, une fois de plus, mais Théo, qui venait d'épuiser son chargeur, n'était même pas sûr qu'il fût vraiment mort…

Un bruit de succion, glaireux, humide… Théo porta son regard vers l'âtre. Une autre sangsue gélatineuse, aussi noire, obèse et moirée que la première, plus large et longue qu'un homme, s'y laissait tomber.

« Imbécile ! songea-t-il, empli d'horreur. Elles étaient juste au-dessus de toi ! »

À la pensée de ces choses glissant sans bruit dans le conduit de la cheminée, prêtes à se laisser tomber sur lui pour lui faire subir le sort de ceux qu'elles avaient dévorés, là-haut, dans les étages, récurés jusqu'aux os, dissous et aspirés comme de vulgaires milk-shakes, il eut la nausée.

Déjà, elle se redressait, prenait forme humaine. Des formes agréables, généreuses, féminines. Un autre battement de cils et Sarah se tenait devant eux, plus douce, belle et sensuelle que jamais…

Se jetant en avant, il saisit un Khalid pétrifié, qui ne pouvait détacher ses yeux de la chimère aux cheveux d'or tendant vers lui ses longs bras accueillants.

Refusant de porter une fois encore son regard vers l'âtre colonisé par les effroyables sangsues mimétiques de peur de devoir affronter l'image de ses propres regrets, le grand militaire hurla :

— On se tire ! C'est pas Sarah ! Khalid, tu m'entends ? C'est pas Sarah !

Khalid lui opposa bien un peu de résistance, mais moins qu'il ne l'avait craint.

— Johan, on prend tout et on dégage ! Maintenant !

Il recula pas à pas vers le sas, saisissant au passage les sacs posés à terre, imité par Khalid qui braquait le canon de son arme sur les simulacres d'humains aux yeux morts, ces yeux d'araignées en chasse, qui s'avançaient vers eux, de leur démarche lente et caoutchouteuse.

Alors même qu'il progressait vers la porte, deux autres tombèrent avec un bruit mou du conduit de la cheminée et commencèrent à se déployer, tels des bourgeons hideux et lubrifiés…

Théo ne voulait pas regarder pour voir quelles formes elles allaient prendre, quelle blessure, quelle faille elles allaient exploiter, comme des parasites se repaissant d'une plaie ouverte. Pourtant, il ne put éviter de deviner les traits qu'ébauchait l'une des dernières arrivantes, ceux d'une beauté brune au sourire enjôleur, au visage d'ange.

Léa.

Johan, qui poussait Fanie vers le vestibule, se figea et fixa l'apparition à présent pleinement formée, parfaite et délicieuse imitation de celle qu'il avait perdue, celle pour qui il avait entrepris ce voyage.

Un cri de mise en garde monta aux lèvres de Théo, tandis que la fausse Léa levait ses bras longs et nus, offrant à Johan, sans fard, sans voile, son insolente beauté.

Elle n'était plus qu'à un pas de lui, son sourire tendre, complice, toujours sur les lèvres, appelant à l'apaisement, à l'abandon, aux délices, même si ses yeux noirs, telles deux perles d'obsidienne, brillaient, eux, d'une lueur vorace.

Théo s'apprêtait à presser la détente, coûte que coûte, à ravager cette beauté empoisonnée pour libérer son frère de son emprise. Mais ce fut inutile.

Avec des gestes étranges, presque mécaniques, ce dernier leva son bras prolongé du fusil-mitrailleur. À le voir faire, ses muscles tressautant, ses traits se crispant convulsivement, on avait l'impression que deux personnes se disputaient le contrôle d'un même corps. L'arme tremblait entre ses doigts, refusait de se braquer, jusqu'à ce que la seconde main, la gauche, rejoigne la première, calme, maîtrisée, et l'enserre dans son étau, l'immobilise.

Théo, avec un frisson glacé, comprit aussitôt.

Johan et Corbeau se déchiraient, se livraient bataille et, pour une fois, Théo pria pour que Corbeau l'emporte.

Quand l'arme aboya à trois reprises et que l'adorable apparition s'abattit au sol, il sut qui l'avait emporté.

Sur le tapis, les formes charmantes de la jeune fille, ses traits fins et délicats, se fondaient en un magma noir et huileux glougloutant comme du goudron en ébullition. Les autres avançaient, à leur étrange manière glissante, sans bouger les jambes qui, à partir du genou, se soudaient l'une à l'autre pour se transformer en un long pseudopode luisant serpentant sur la moquette.

De nouvelles créatures avaient rejoint leurs rangs et prenaient déjà forme, d'autres coulaient depuis la cheminée, en longs filets de cire noire.

Dont une qui souriait à Théo. Elle. Sa blessure. Sa plaie.

Ce serait bientôt une armée qui se presserait dans la pièce, tendant vers eux des dizaines de bras, les couvant de leurs regards morts. Mais lui n'avait d'yeux que pour elle, pour ce petit spectre aux cheveux cendrés qui le fixait de ses grands yeux noirs, vides et faméliques, comme une accusation, le crucifiant à ses doutes, ses remords.

À quoi bon fuir, après tout ? À quoi bon aller chercher l'absolution à l'autre bout de la nuit, puisqu'elle était là ? Autant se rendre tout de suite et accepter la sentence.

Dans ses bras, il trouverait l'apaisement, la rémission de ses péchés et la fin de son tourment. C'était tout cela qu'elle lui promettait, et il l'appelait de ses vœux.

Il fallut que Johan le tire en arrière pour l'arracher à sa fascination douloureuse, à son immobilité, alors que les choses étaient presque sur eux.

Il entendait Khalid grogner en déplaçant le fauteuil qu'ils avaient eux-mêmes poussé pour bloquer la porte, et mieux se piéger, puis ahaner sous le poids de leurs affaires, mais ne réagissait toujours pas, subjugué, hébété.

Elle était là, elle tendait ses bras vers lui, lui offrait le pardon, l'oubli. Alors peut-être, peut-être pourrait-il se laisser aller, s'abandonner ? Peut-être la souffrance, la culpabilité disparaîtraient-elles ?

Son arme baissée, il amorçait un pas en avant, vers les bras tendus de la jeune fille aux longs cheveux bouclés, au sourire doux et aux yeux morts, quand Johan le poussa dans le vestibule, puis dehors, avec une force irrésistible.

Théo eut à peine le temps de sentir les mains de son frère arracher quelque chose à sa ceinture qu'il s'effondrait dans la neige, au milieu des sacs et des parkas, en compagnie de Khalid et de Fanie.

Le froid terrible se referma sur lui, dissipant son hébétude, à l'instant même où Johan jaillissait du sas et plongeait pour les rejoindre.

Dans un grondement sourd, les portes et les fenêtres de la demeure, leurs épais volets soufflés vers l'extérieur, vomirent des torrents de flammes dont le souffle ardent passa audessus d'eux, tirant de l'ombre le village maudit.

Johan avait lancé à l'intérieur de la maison une de ses grenades incendiaires.

La bâtisse brûlait comme une torche, ses entrailles ravagées par le phosphore. Les flammes s'échappaient de ses fenêtres à présent béantes, éclaboussant de rouge les autres demeures et la falaise qui les écrasait de sa masse, cette falaise sur laquelle, noires et luisantes, glissaient les choses qui les avaient attaqués.

Elles descendaient de là-haut, suintant de quelque fissure du roc où elles avaient élu domicile, ne sortant qu'à la faveur des ténèbres. Alors même que Théo observait, écœuré et fasciné, une forme embrasée, pas tout à fait humaine, émergea du vestibule et progressa d'un ou deux mètres dans leur direction, ses bras encore brandis en une invite muette.

Le cri abominable monta une fois de plus, et il levait son arme pour l'achever quand elle s'abattit, se liquéfiant en magma bouillonnant qui s'enfonça dans la neige.

Frissonnant, et pas seulement à cause du froid, il se releva, se saisit de sa parka, puis de celles de Fanie et de Khalid, et leur lança :

— Couvrez-vous ! Couvrez-vous, vite !

Ils ne furent pas longs à obéir.

Johan, déjà équipé et un énorme sac sur chaque épaule, se dirigea vers lui, désignant le village d'une main gantée.

C'était inutile, Théo avait vu.

Dans la trompeuse danse des flammes, tirées de l'ombre par intermittence, il devinait les façades et les tuiles rousses du village ponctuées de virgules noires et luisantes. Les choses étaient là, rampaient sur les toits, les murs, convergeaient toutes vers eux. Le brasier allumé par Johan se répandait déjà à la maison mitoyenne. Avec un peu de chance, il consumerait toutes les habitations… et ce qui les hantait.

Johan entraînait Fanie vers la rivière et les motoneiges. Khalid, qui, d'une main tremblante, achevait de s'équiper, endossa les deux derniers sacs et, courbé sous la charge, leur emboîta le pas.

Arrivés sur la glace, ils ne perdirent pas un instant pour débâcher les scooters et compléter les chargements. En moins de cinq minutes, ils étaient prêts à partir.

Aucune des abominations n'était encore parvenue jusqu'à eux, mais elles arrivaient maintenant et avaient déjà emprunté forme humaine.

Refusant de leur accorder ne serait-ce qu'un regard, par peur de ce qu'ils trouveraient, les compagnons mirent les moteurs en marche, sans échanger un mot.

Les silhouettes humaines, tels des mannequins sur roulettes, se pressaient le long du quai, chacune arborant un visage connu, aimé, répliqué des dizaines, des centaines de fois… Sarah, Léa… le père de Fanie… et…

Johan lança son engin dans les ténèbres, aussitôt suivi par Fanie, puis Khalid.

Aucun ne se retourna.

Théo fut le dernier à partir et, tel Orphée remontant des Enfers, ne résista pas à un ultime regard coupable.

Devant l'incendie qui dévorait à présent de ses dents rouges la moitié du village, éclaboussant la falaise maudite, les simulacres le fixaient, en un silence effroyable, de leurs yeux noirs d'araignées dans leurs faces souriantes.

Bien sûr, elle était là, en d'innombrables copies d'elle-même, baissant vers lui son petit visage tragique, l'appelant, le suppliant du regard, comme elle l'avait fait cette fois-là, il y avait quelques jours à peine.

Ce fut la dernière image qu'il emporta de ce lieu maudit, alors qu'il déchaînait la puissance de son moteur et s'enfonçait dans la nuit.

La lueur de l'incendie l'accompagna jusqu'à ce qu'un coude de la falaise ne lui dérobe enfin le hameau embrasé et lève de sa nuque le poids effroyable du regard mort des simulacres.

*

Ils progressèrent une heure durant sans s'arrêter, une heure de cauchemar interminable borné de roche luisante de givre qui renvoyait en éclats tranchants la lumière halogène des phares de leurs ski-doo. Ils furent presque soulagés quand les environna à nouveau la lancinante et sinistre mélopée des pins.

Dans l'obscurité d'abîme, ils devinaient, bruissant autour d'eux, la présence colossale de la Malesève.

Au moins étaient-ils sortis de ces gorges infernales où les sangsues avaient appris à singer les hommes et à lire dans leur esprit pour mieux les perdre.

Fanie s'arrêta la première. Khalid l'imita presque immédiatement. Théo fit de même. Johan, percevant le changement de régime des autres motoneiges, fit demi-tour.

Le soldat, qui ne quittait pas Fanie des yeux, la vit se lever de son engin, faire quelques pas hésitants, arracher casque et cagoule puis se laisser tomber à genoux et se plier en deux, en longs spasmes douloureux.

Il se porta à son côté, la saisissant par les épaules pour la soutenir et la rassurer, alors qu'une ultime convulsion la soulevait tout entière.

— Ça va. C'est terminé, tu m'entends, c'est terminé…

Elle se balançait d'avant en arrière, comme si ce simple mouvement pouvait l'apaiser, renvoyer à leur prison mentale les spectres et les rêves brisés que ces abominations avaient tirés du fond de sa conscience.

Khalid serra les poings et poussa à la nuit un long râle :

— C'est pas vrai… c'est pas vrai…

Sa voix montait, de plus en plus haut. Il hurla, comme pour prendre la nuit à témoin :

— C'était quoi, ces choses ? C'était quoi ?

Il tournait maintenant vers Théo des yeux où luisait autant de détresse que d'horreur. Devant le regard sans détour de son ami, qui serrait à présent une Fanie éteinte contre lui, il ajouta :

— Dis-le-moi, toi, qu'on a rêvé… Ça existe que dans les films ou les livres branques, des trucs pareils. (Il répéta encore, plus bas :) C'était quoi ?

On lui répondit, d'un ton calme, docte et posé :

— Une amibe qui a évolué. Ou bien autre chose, un organisme simple, primitif. Une sangsue. À moins que ce ne soient des larves, celles d'insectes, peut-être ? Ça paraît peu vraisemblable, les insectes n'ont pas de poumons, leur croissance est donc limitée en taille et le climat ne leur est vraiment pas favorable, pas assez d'oxygène…

Cette voix, celle d'un médecin rendant un diagnostic, ou d'un scientifique réfléchissant à voix haute, avec détachement, sur un spécimen intéressant, Théo la reconnut aussitôt. C'était celle de Johan... Celle de Corbeau.

Descendu de son scooter, son cadet se dressait dans la neige, à quelques pas d'eux. Il ne les regardait même pas. Son fusil-mitrailleur dans les mains, il balayait les alentours des yeux.

Khalid le fixa comme il l'aurait fait d'une créature mutante.

— Qu'est-ce que tu dis ?

Corbeau poursuivait déjà :

— Le plus étonnant, c'est la faculté empathique de ces créatures. Je pourrais même dire télépathique. Elles lisent dans les pensées. Vous avez remarqué ? Elles sont allées chercher en chacun de nous le visage, la personne que nous désirions le plus voir, ou celle qui nous hante, pour mieux nous piéger. C'est étonnant. Remarquez, ce n'est pas forcément une preuve d'intelligence. Les insectes, ou certains parasites, savent d'instinct où frapper leurs proies, avec une précision incroyable. Je me rappelle de certaines guêpes, les anoplies, je crois, *Anoplius infuscatus*, qui paralysent les araignées d'une seule piqûre, entre les pattes, dans les centres nerveux, et pondent leurs larves à un endroit bien précis sur la bête vivante mais pétrifiée. Vous savez le plus surprenant ? La larve de l'anoplie dévore les organes vitaux de sa victime en dernier, pour la garder en vie le plus longtemps possible, afin que sa viande ne pourrisse pas et ne devienne pas inconsommable. (Il se tourna enfin dans leur direction, mais Théo n'était même pas sûr qu'il les voyait vraiment.) Peut-être ces créatures agissent-elles sans avoir conscience de ce qu'elles font.

Corbeau ne s'adressait pas vraiment à eux, il réfléchissait tout haut.

Théo sentit Fanie bouger contre lui. Il devina ce qui allait arriver, mais ne put rien faire pour l'empêcher.

La jeune fille se redressa et, d'un pas lent, les yeux rougis, les joues emperlées de larmes qui, dans l'air froid, se cristallisaient aussitôt, se mit en marche vers Johan.

Ce dernier la dévisagea un instant alors qu'elle approchait, avant de reprendre son soliloque.

— Un pouvoir très puissant œuvre dans ces bois. Vous vous rendez compte, en moins de six ans ! Les chercheurs avaient raison, ces arbres concentrent les radiations du voile, et ceux qui les approchent...

Il n'eut pas le temps d'esquiver la claque retentissante que la jeune fille lui assena de toutes ses forces et tituba, avant de porter sur elle un regard étonné.

— Et c'est tout ce que ça te fait ? Le monde est devenu un enfer. Tout ce qu'on connaissait a disparu ! On va tous crever de faim ou disparaître, bouffés par ces saletés de pins ou je sais pas quelle horreur. Je viens de voir une sangsue monstrueuse prendre l'apparence de mon père, je t'ai vu lui faire exploser la tête...

Elle hoquetait, s'étouffait dans sa propre colère.

— ... et toi... toi, tu viens nous faire un cours de biologie ?

Elle le fixa comme si elle lui découvrait une parenté avec les choses qui les assaillaient tout à l'heure.

— Tu es un monstre, Johan. Toi aussi, tu n'es humain qu'à l'extérieur !

Comme il ne réagissait pas, elle ajouta, les traits déformés par la colère et la détresse :

— Pourquoi t'es comme ça ? Pourquoi ? C'était différent quand on était mômes, tout était différent, toi, ce monde, Théo, tout...

Elle baissa la tête et ferma les yeux, à bout de forces, de rage, de parole.

— Pourquoi tout a changé ? Pourquoi ?

Elle semblait très jeune soudain, et très vulnérable, petit bout de fée brune cabossée par l'existence.

— Le monde change, Fanie. Il nous change. Il m'a changé aussi.

Elle siffla, entre des lèvres serrées, et on devinait l'effort qu'elle faisait sur elle-même pour contrôler sa fureur, sa détresse.

— Eh bien, je le hais, ce monde, je hais ce qu'il nous fait, et ce soir je hais ce qu'il a fait de toi.

Elle se détourna, alors qu'il demeurait immobile, récupéra sa cagoule et son casque puis retourna s'asseoir sur son scooter. Elle ne vit pas Johan tendre une main vers elle, ouvrir la bouche, puis se raviser.

Le silence s'abattit sur eux.

Khalid le rompit en premier :

— Faut avouer que tu pousses le bouchon très loin, des fois, Corbeau. On t'accompagne là-bas, tu es notre ami, on ne revient pas là-dessus, mais elle a raison, la princesse, le monde est devenu un enfer et toi… toi, on dirait que ça ne te fait rien, ou si, que ça te fascine.

Théo tenta de tempérer ces tensions.

— Khalid, tu…

Mais Johan, blessé, répondait déjà, et son frère le devinait qui se repliait en lui-même, laissait les commandes à l'autre, à Corbeau.

— Et que veux-tu que je fasse ? Que je me lamente comme vous le faites sur un paradis perdu ? Que je prétende que c'était mieux avant, que le monde était beau et que les animaux et les gens étaient tous gentils ?

— Ce n'est pas ce que…

— Tu sais très bien que c'est faux. Il y avait des endroits, déjà, où c'était l'enfer, mais nous, ça ne nous touchait pas, ce n'était pas chez nous, ce n'était pas nous. Et puis qu'est-ce que j'y peux, moi ? On n'y est pour rien, ou peut-être que si, mais quelle importance, maintenant ? Moi, en tout cas, je ne me sens pas responsable, et je ne vais pas passer mon temps à pleurer sur ce qui a été.

— On te demande pas ça… Je sais que le monde a changé, Fanie aussi, mais pour les humains « normaux », tu vois, comme nous ou Théo, c'est pas facile à avaler. Ça fait peur. Ça fait mal.

Si ces paroles touchèrent Johan, il n'en laissa cette fois rien paraître :

— Eh bien, mesdames et messieurs les humains « normaux », vous avez intérêt à vous mettre rapidement à la page, parce que, je ne sais pas si vous avez remarqué, mais la nature commence à devenir très agressive. Il faut s'adapter ou disparaître. On ne nous demandera pas notre avis, ni à vous ni à moi. (Une étrange lueur s'alluma dans son œil.) Et tu veux savoir le plus beau, Khalid ? Si l'agent métamorphique qui a transformé ces choses émane vraiment des pins, alors peut-être que nous aussi nous sommes en train de changer, et que nous ne nous en rendons même pas compte.

Khalid, qui ne s'attendait pas à ça, dévisagea Johan avec une incrédulité douloureuse, avant de lâcher :

— Je sais pas à qui je parle, là.

Il secoua la tête, puis, passant devant Théo, laissa seulement tomber :

— Y a vraiment des fois où je te plains, Théo. Fanie a raison, ton frère, c'est pas un être humain.

Lui aussi regagna sa motoneige, s'y assit et, comme Fanie, attendit que ses amis se décident.

Théo se releva, hésita, et s'approcha enfin de Johan.

Sous la capuche et les lunettes polaires, le visage de son cadet était indéchiffrable, ses yeux, deux miroirs lui renvoyant ses propres incertitudes.

— Tu nous as sauvés tout à l'heure, Johan. Merci. Si tu n'avais pas lancé cette grenade…

Il s'apprêtait à tourner les talons à son tour pour regagner son ski-doo quand la voix de Johan monta derrière lui, à peine audible sur le gémissement des pins :

— Que voulais-tu que je fasse ? Vous êtes tout ce que j'ai, Fanie, toi, Khalid et Léa.

Était-ce le fruit de son imagination, ou bien décelait-il, au fond, tout au fond de ces mots, une trace de souffrance ?

— Fanie et Khalid ne pensaient pas ce qu'ils disaient. Ils ont juste eu très peur et très mal.

— Je sais.

— Bon, alors c'est bien.

Théo pivota vers sa motoneige.

— Mais ils ont raison.

Il se figea à nouveau.

— Quoi ?

— Ils ont raison. Il y a des fois où moi aussi, je me demande si je suis un être humain. Si je suis comme vous.

Il y avait soudain une vraie détresse dans la voix de Johan, celle du gosse qu'il était encore, qui, pour ne plus souffrir, avait inventé Corbeau, le gosse qu'il était avant la mort de leur mère. Théo sentit son cœur se serrer.

— Arrête tes conneries.

Il remonta sur son engin.

Johan resta seul au milieu du défilé.

Quelque part, à l'est, par-dessus les sombres légions de la Malesève, un coin de ciel s'incendiait lentement.

Un nouveau crépuscule commençait.

CHAPITRE 11

Les ombres des pins commençaient à s'allonger, le crépuscule perdait son éclat pour se muer en ténèbres abyssales quand ils découvrirent le campement.

Depuis leur départ précipité du village maudit, ils avaient à peine échangé une parole. La gêne, les remords, la douleur s'alliaient pour mieux les museler. Peut-être craignaient-ils aussi que la moindre discussion ne soit prétexte à de nouvelles blessures.

Ils avalaient leurs rations dans un silence méfiant, s'épiant les uns les autres à travers leurs lunettes de glacier.

Théo, le premier, brisa ce carcan de silence qui les étouffait, mais ses paroles n'avaient rien de rassurant :

— Il se passe quelque chose.

Johan, balayant du regard le large passage dont les bords ne cessaient de s'éloigner à mesure qu'ils progressaient, acquiesça aussitôt.

— Tu l'as senti, toi aussi ?

Théo hocha la tête, même si son frère ne le regardait pas.

— Il y a une tension dans l'air, dans les pins… Une…

— … attente, termina Fanie d'une voix à peine audible. On dirait que la Malesève retient son souffle.

Khalid, qui finissait religieusement son bœuf à la provençale, appellation ronflante pour quelques morceaux de viande caoutchouteux surnageant à la surface d'un concentré de tomate acide, leva la tête de sa boîte de fer-blanc, fixa la Malesève quelques secondes durant, les yeux dans le vide…

Les pins !

— Regardez… regardez ! Pas moi ! Les arbres ! Les branches !

Théo et les autres reportèrent leur attention sur les légions sombres de la Malesève.

D'habitude, gonflés et touffus, les pins se déployaient le plus largement possible, palpant la neige de leurs aiguilles tactiles, à la recherche de proies.

Pas cette fois.

D'aussi loin que portait le regard, rang après rang, les pins repliaient leurs branches le long de leurs troncs, comme autant de parapluies se refermant les uns après les autres. Leur mouvement, se propageant telle une vague, s'éloignait vers le nord, montant et descendant les collines qui moutonnaient sous leur manteau carnivore.

Suivant du regard l'étrange frémissement qui venait de saisir la masse hirsute et rapace de la Malesève, Théo sentit un frisson glacé remonter son dos, alors que chuchotait autour d'eux le froufrou discret des aiguilles frottant les unes contre les autres, émaillé, de loin en loin, par un craquement de branche solitaire.

S'il leur fallait encore une preuve de l'unité de Malesève, ce gigantesque organisme prédateur qui recouvrait à présent la terre de ses millions de soldats, on venait de la leur offrir de manière éclatante.

Autour d'eux maintenant, les pins dressaient des silhouettes étiques, comme ce sapin de Noël synthétique et étriqué que le père de Johan et Théo ressortait tous les ans du placard au moment des fêtes pour le décorer de trois malheureuses boules colorées... Celui que le vieux qualifiait, du nom d'un ancien acteur d'Hollywood, « Yul Brynner avec des boucles d'oreilles ».

Des sapins de Noël !

— Tu as déjà entendu parler de ça, Khalid ?

Ce dernier secoua la tête.

— Non. On sait que les pins peuvent replier leurs branches, mais tous ensemble...

— Ça me plaît pas.

— Pourquoi font-ils ça ? demanda Fanie, résumant à haute voix l'inquiétude générale.

Théo se tourna vers Johan, qui, depuis le début de l'échange, était resté silencieux.

— Tu as une idée ?

— Oui, mais elle ne va pas te plaire.

— Y a pas grand-chose qui me plaît, en ce moment, alors un peu plus un peu moins...

Johan l'avait-il entendu ou, fasciné par son sujet, décida-t-il de l'ignorer ?

— On sait que les pins ont développé des sortes de muscles pour la prédation, comme les dionées d'avant le Crépuscule. Et il semblerait qu'ils réagissent comme les sensitives pour se protéger. Elles repliaient leurs feuilles, tu sais, quand on les touchait. Ils font la même chose...

— Tu m'apprends rien, là.

— S'ils fonctionnent comme les sensitives, c'est probablement qu'ils se sentent menacés...

Théo n'aimait pas du tout le tour que prenait la discussion.

— Et... ?

— Et il n'y a pas trente-six raisons qui peuvent pousser une portion de Malesève grande comme un département à se refermer...

— Tu peux être plus clair ?

Khalid le pressa à son tour :

— À quoi tu penses ?

— À ça.

Johan s'était tourné vers le sud. Tous avaient suivi son regard.

Là-bas, loin, loin au-dessus des pins, le ciel écarlate se muait en bouillonnement d'apocalypse, nuées fuligineuses roulant dans le grand saignement céleste, écrasant tout sur leur passage, avalant tout, la Malesève, les collines...

Théo murmura :

— Mon Dieu, qu'est-ce que c'est ?

— Une tempête... et une grosse, le renseigna Johan.

— Ça, je vois bien que c'est une tempête ! Y manquait plus que ça !

Tout juste prononçait-il ces mots qu'une première rafale de vent, simple avant-garde de la tourmente à venir, passait sur eux, soulevant, sur le chenal de neige, de curieux tourbillons.

— Le repas est fini, on remonte en selle, vite, vite ! ordonna Théo.

— Elle ne sera pas sur nous avant une bonne heure encore, avait affirmé son frère, péremptoire.

— Tu en es sûr ?

— Oui, mais l'important, c'est de savoir où nous serons, nous, dans une heure. Il nous faut un abri. Je ne suis pas météorologue mais ça a l'air de souffler dur, là-dedans.

Théo pesta :

— C'est bien notre veine ! Ça fait une paie qu'on n'est pas passé devant un village.

Il avait évité de mentionner que le dernier était désert et à moitié englouti par la Malesève. Ses habitants n'avaient pas dû l'abandonner depuis longtemps, mais après leur expérience de la nuit précédente, aucun des compagnons n'avait eu envie d'y faire halte.

Il était trop tard pour rebrousser chemin. Ils n'y seraient jamais à temps, même en lançant leurs engins à fond, et leur réserve de carburant n'était pas extensible. Ils devaient aller de l'avant. Avant le Crépuscule, la région était assez densément peuplée, les berges de la Dordogne, dont ils suivaient à présent l'ancien lit, regorgeaient de hameaux petits ou grands. Ils ne devraient pas tarder à en croiser un autre. Un autre oui, songea Théo. Mais englouti par les pins, comme les précédents. Se réfugier dans un lieu pareil revenait à choisir entre la peste et le choléra.

Les falaises de calcaire qui bordaient leur chemin de glace présentaient bien des grottes où ils pourraient éventuellement s'abriter, mais ils avaient tous vu, hier, dégoulinant du rocher au-dessus du village, les abominables sangsues mimétiques.

Très peu pour lui !

— Allez, on fonce. On a une heure pour trouver où s'arrêter.

Et bien sûr, Khalid posa la question même qu'il redoutait :

— Et si on trouve pas ?

— T'en as d'autres, des comme ça ?

— Quelques-unes.

— Alors garde-les pour toi.

Sur ce, Théo lança son engin et, profitant de la largeur de leur « chemin » et de l'absence d'obstacle, accéléra au maximum. Les autres le suivirent aussitôt. Quarante minutes plus tard, ils n'avaient toujours pas trouvé d'abri, et la tourmente les rattrapait.

Les rafales passagères avaient gagné en fréquence, en violence, atteignant un seuil dangereux. Elles peignaient les pins, les secouaient telles de vulgaires brindilles, dans un concert de mugissements et de craquements assourdissants. Le terrifiant bouillonnement céleste avait dévoré le crépuscule et sa chiche lumière, les plongeant dans une pénombre hurlante. Il roulait derrière eux ses nuages gonflés, en écume de tempête.

La neige se mettait de la partie, tourbillonnant autour d'eux, de plus en plus dense, avalant le monde, les formes, les couleurs, les muant en néant blanc où sol et ciel, bas et haut, se confondaient.

Pas un seul refuge, pas l'ombre d'une demeure, d'une cabane, d'un village… Les seuls dont ils avaient deviné la présence, à travers les branches des pins, avaient depuis longtemps succombé à la Malesève. Engloutis. Digérés. Leurs habitants enfuis ou…

Autant de pièges, mais aucun recoin protecteur.

Fouetté par les rafales, ayant de plus en plus de mal à discerner son chemin et à conserver le contrôle de son engin, que le vent déportait et secouait comme un molosse s'acharnant sur une proie, Théo ne renonçait pas.

Ils n'avaient pas traversé toutes ces épreuves pour capituler maintenant. Il avait promis à Johan de le conduire à Bergerac, à Léa, et à Khalid de le ramener auprès de Sarah.

Une fois il s'était parjuré, une seule, et quelqu'un avait payé, au prix fort. Mais jamais plus… jamais plus.

Montant dans ses bras depuis ses mains crispées sur le guidon qui ruait, à chaque seconde plus violemment, une sourde douleur le taraudait. Malgré les lunettes de glacier et leur traitement spécial, le monde se muait inexorablement en vaste néant tourmenté où poursuivre leur course relevait du suicide pur et simple.

À moins de trois mètres, dans les ténèbres mugissantes, le halo de lumière de son phare halogène agonisait. L'univers se réduisait, de seconde en seconde. Il s'attendait, à tout instant, à voir surgir devant lui le tronc noir et huileux d'un pin qui se précipiterait à sa rencontre, trop tard pour qu'il puisse l'éviter.

Ils n'avaient plus le choix.

Théo avait déjà réduit les gaz, mais il les coupa tout à fait, allumant les warnings de son véhicule pour que les autres ne le percutent pas.

Dans un froissement de neige déplacée, le scooter de Fanie s'immobilisa à côté du sien, après que la jeune fille l'a évité en catastrophe.

— T'es dingue de t'arrêter comme ça !

Alors que Khalid et Johan parvenaient à leur hauteur et s'arrêtaient eux aussi avec plus ou moins de bonheur, il expliqua, s'égosillant pour se faire entendre :

— La tempête sera sur nous dans quelques minutes. Faut monter l'igloo, bien l'accrocher, rentrer dedans et prier pour que ça tienne.

— Elle est *déjà* sur nous ! répliqua Khalid.

— Non, ça, c'est juste la mise en bouche. Les choses sérieuses arrivent.

D'un bras, il désigna ce qui montait vers eux, depuis le sud, cette marée de ténèbres déchaînées qui transformait le jour en nuit et la nuit en enfer.

À peine eut-il prononcé ces mots qu'un craquement formidable retentit, quelque part derrière eux, celui d'un arbre déraciné s'abattant dans la neige, puis un deuxième, plus loin, et enfin un troisième…

— On n'a pas le choix.

— Là !

Fanie tendait un bras droit devant elle.

Suivant la direction qu'elle indiquait, il eut beau plisser les paupières, forcer sur ses globes oculaires à s'en donner mal au crâne, il ne distingua rien que le néant ouaté et tourbillonnant.

— Quoi ? hurla-t-il.

— J'ai vu quelque chose...

— Qu'est-ce que tu as vu ?

Les rugissements du vent, les hurlements des pins secoués comme des arbrisseaux par un enfant brutal ne cessaient de gagner en puissance, assourdissants, abrutissants.

— On aurait dit...

La suite se perdit dans l'effroyable concerto.

— ... pas loin... voir !

— Non, tu vas pas voir ! Tu...

Il eut à peine le temps de hurler ces paroles que la jeune fille lançait à nouveau son engin et s'enfonçait dans la tourmente. La seconde suivante, la lueur de ses feux arrière avait disparu.

Avec un juron, Théo remit son propre scooter en marche et s'élança sur ses traces.

Cette petite imbécile ne les retrouverait jamais.

Tête de mule ! Elle valait bien Johan quand elle s'y mettait, elle aussi. Et où était-elle, bon sang ?

Il essaya de s'orienter dans la même direction qu'elle, mais impossible de discerner ses traces. Si elle avait bifurqué ou changé de cap à un moment donné, et cette inconsciente en était bien capable, il ne la rattraperait jamais.

Une ombre profilée s'approcha par sa gauche. La voix de Johan lui parvint, mâchée par le vent :

— Qu'est-ce que vous faites, tous les deux ? On ne peut plus continuer. C'est de la folie, on va finir dans la Malesève, contre un rocher, ou dévaler une chaussée. Il faut s'arrêter et tenter notre chance en s'abritant sous la tente.

— Tu crois que je le sais pas ? hurla-t-il. Va le dire à Fanie !

— Où est-elle ?

— Quelque part par là !

Autant dire sur la Lune.

Au désespoir, Théo, muselant tant bien que mal sa peur et sa rage impuissantes, allait s'arrêter à nouveau, faire demi-tour pour chercher dans une autre direction, quand un éclat rouge, tout juste entrevu dans les volutes de neige, attira son attention, à une cinquantaine de mètres devant lui. À peine y portait-il le regard qu'il disparaissait.

S'accrochant de toutes ses forces à ce mirage éphémère, il orienta la marche de son scooter vers lui, parcourut une trentaine de mètres et...

Il découvrit la motoneige, à l'arrêt, tous phares allumés, mais de Fanie, nulle trace. Saisissant son arme accrochée à côté de sa selle, Théo en posa le canon sur son guidon et avança encore un peu, prêt à tout.

Il n'avait pas fait trois mètres qu'il la découvrit.

Mais la jeune fille n'était pas seule.

Allongée face contre terre, elle gesticulait en vain sous l'étreinte d'un homme massif en combinaison polaire. L'inconnu l'avait immobilisée et, la maintenant d'un genou enfoncé au creux du dos, semblait fort occupé à la fouiller.

« T'as des armes sur toi ? T'as des armes ? » crut comprendre Théo.

Il épaula et mit la brute en joue.

— Lâche-la !

L'autre se saisit d'un objet posé à côté de lui sur la neige et le brandit en direction de la tête de la jeune fille.

— Bouge un cil et je lui fais exploser le crâne ! Alors maintenant, lâche ton arme et descends de ton engin.

« Idiot ! Sombre idiot ! » Se faire avoir aussi stupidement. Et maintenant ? Qui était ce type ? Un voyageur qui préférait n'accorder aucune confiance à quiconque ? Ou un pillard qui s'empresserait de le tuer dès qu'il aurait lâché son arme pour mieux disposer de Fanie ?

L'homme, à présent debout à côté de la jeune fille, pressa le canon contre la capuche de celle-ci.

— Décide-toi ou je lui fais sauter la cervelle !

Mais que faisaient Khalid et Johan ? S'étaient-ils perdus en route ? Le fusil de chasse de l'agresseur ne contenait que deux cartouches. Il n'aurait pu les abattre tous les quatre et aurait été forcé de négocier.

Trop tard pour revenir en arrière.

— D'accord ! D'accord !

Pour bien montrer sa bonne foi, Théo leva son arme au-dessus de sa tête, à deux bras.

— Lance-la maintenant ! Vers moi, et fort !

Le soldat hésita. Jouer la vie de Fanie sur une simple impression ? Si ce type était vraiment le genre de saleté qu'il redoutait, il n'hésiterait pas une seconde à lui exploser le crâne s'il tardait à obtempérer.

— Non, Théo !

Un coup du canon sur le crâne fit taire la jeune fille.

Bouillant de rage, Théo obtempéra, avec le sentiment de commettre la plus grosse idiotie de sa vie. Son fusil d'assaut s'abattit dans la neige, à trois mètres devant lui. Il s'apprêtait à baisser les bras quand il vit l'autre relever le canon de son arme, le braquer sur lui et…

Dans un rugissement mécanique, jusqu'alors masqué par les hurlements du vent, une forme sombre surgit de la tourmente, à la gauche de l'inconnu, et se rua sur lui.

Heurté de plein fouet, l'homme fut projeté un ou deux mètres en arrière et roula dans la neige. Son arme, arrachée à ses mains, vint glisser au sol.

Johan, arrêtant sa motoneige juste à côté de Fanie, sauta de selle pour s'agenouiller près d'elle.

Théo, sans quitter des yeux l'inconnu qui se redressait tant bien que mal, récupéra son fusil d'assaut et le remit en joue.

— Bon, maintenant on va pouvoir discuter.

L'autre tournait la tête en tous sens. Théo devina qu'il cherchait son arme des yeux. Aucun risque de ce côté-là, le fusil de chasse gisait derrière lui, dans la neige.

L'autre les apostropha :

— Vous êtes malades !

— C'est vous qui avez agressé notre amie. Nous ne faisions que chercher un abri contre la tempête. Qu'est-ce qui vous a pris ?

— Je savais pas qui vous étiez.

À l'entendre, ça expliquait tout. Il enchaîna aussitôt en serrant son bras gauche :

— Vous auriez pu me tuer !

Théo se tenait à présent à deux mètres de lui, son arme toujours levée.

— Une fois encore, c'est vous qui nous avez agressés.

Alors que les rafales les fouettaient, de plus en plus violentes, il ajouta :

— D'où venez-vous ? Y a-t-il un village, par ici ? Une grotte ?

L'homme garda le silence et Théo craignit qu'il ne demeurât muet. Peut-être était-ce d'ailleurs son intention, mais un fait nouveau modifia la situation.

Alors qu'il attendait la réponse, Théo perçut, ou crut percevoir, un nouveau son se mêlant aux hululements rageurs de la tempête. C'était une sorte de chant ou du moins quelque chose qui s'en approchait, une mélopée étrange, chuintante et sifflante, qui s'unissait au tempo hystérique des bourrasques, tel un chœur fantomatique.

L'inconnu changea aussitôt d'attitude, comme si le diable en personne venait de lui souffler au visage. Toute douleur oubliée, il fit mine de s'enfuir. Théo ne lui en laissa pas le loisir.

— Un pas de plus et je tire.

L'autre s'arrêta, mais faillit repartir quant le chœur s'éleva à nouveau, plus proche, plus fort, les environnant de ses harmoniques d'outre-tombe…

— Qu'est-ce que tu fais ?

— C'est eux ! balbutia l'homme en désignant le grand néant blanc qui les entourait. C'est eux… Ils arrivent.

Théo sentit un frisson glacé courir le long de son dos.

— Qui ? Qui arrive ?

Si l'autre répondit, Théo ne l'entendit pas.

Pour terrifier ainsi ce type, qui n'avait pourtant pas l'air d'un chérubin, il fallait vraiment que quelque chose d'effroyable hante les bras de la tempête, quelque chose qu'il connaissait pour l'avoir déjà affronté.

Mais quoi ?

— D'où venez-vous ? Il y a un village, là-bas ? Un abri ? Répondez ! répéta-t-il, plus pressant.

L'étranger hésita, le temps que la mélopée retentisse une fois encore, allant et venant autour d'eux, telle une vague, de plus en plus puissante, et… oui, il le sentait maintenant, affamée.

Il ne pouvait plus se mentir, se dire que c'était un effet de son imagination. C'étaient bien des mots, ou des bribes de mots, qu'il devinait dans ces sifflements, ces chuintements sinistres. En tendant l'oreille, en écoutant bien, il croyait presque comprendre.

« Sssssanng ! Le Sssssang ! Chhhhhaleur… Dansssssser… Dansssssser avec le vent… »

Ils étaient en danger. En danger mortel. Et leur seule planche de salut avait disparu.

Profitant de leur inattention et de leur surprise, l'inconnu, abandonnant son arme, s'était éclipsé.

Imbécile ! Ils l'avaient laissé filer, et avec lui leur unique espoir de survie.

Il revint vers Fanie et Johan, que Khalid avait rejoints, pour découvrir que la jeune fille avait retrouvé son mordant habituel.

— Où il est, que je le…

— Je l'ai perdu.

Arrivé près d'elle, il tendit l'oreille à la tempête. Rien.

— Quoi ?

Il posa sur le bras de la jeune fille une main apaisante.

— Calme-toi. De toute façon, il n'a pas pu aller bien loin.

— Ça, je sais bien qu'il est pas allé loin, il y a un cercle de caravanes à cinquante mètres.

— Qu'est-ce que tu dis ?

— Un cercle de caravanes. Ils sont juste là, c'est pour ça que je suis venue dans cette direction.

Elle hurlait pour se faire entendre et se retenait à lui pour ne pas être emportée.

Et cette chose qui approchait dans la tourmente, qui était peut-être déjà tout près.

— Alors on y va ! Vite !

Il faisait mine de remonter sur son engin quand Fanie lui agrippa le bras.

— Je vais nulle part, moi. Ce type m'a agressée !

— Il cherchait des armes.

— Mon œil !

— C'est pas parce que…

— C'est pas toi qui t'es retrouvé sous ses grosses pattes dégoûtantes. Moi, je dis que ça craint…

Elle n'eut pas le temps d'en dire plus. Le chant revenait, plus proche, plus fort, plus distinct que jamais.

À travers le plexi jaune de ses lunettes de glacier, il put surprendre, dans l'œil de la jeune fille, une brève mais intense flambée de peur. Elle aussi avait entendu.

— Qu'est-ce que c'est ?

— Ce qui a fait déguerpir ton agresseur.

Elle soutint son regard une seconde ou deux avant de hocher la tête.

« Sannngggg, le sannggg ! Chaaaaleur ! Dansssssser avec le vent ! »

Comprit-elle aussi les mots, dans cette litanie sifflante ? Étaient-ils le fruit de son imagination ? Pour l'heure, il s'en moquait. Une seule certitude : s'ils restaient à découvert, ils mourraient tous.

La jeune fille dut parvenir à la même conclusion.

— On y va, mais à la moindre entourloupe, je t'avertis, je m'en vais ou je tire dans le tas.

Un sourire, qu'elle ne put voir, affleura sur ses lèvres. Malgré leur situation, Théo était content de constater que les épreuves de la nuit ne l'avaient pas altérée d'un iota.

Johan agrippa son épaule.

— Il ne faut pas traîner ici.

— Fanie dit qu'il y a des caravanes, juste à côté, on va y aller et demander asile pour la durée de la tempête.

— Je suis pas sûr que…

La mélopée effroyable le coupa en plein élan.

Il lui sembla entrevoir, le temps d'un battement de paupières, une silhouette dégingandée bondissant entre les flocons virevoltant, avec une légèreté de ballerine.

Ce n'était pas même une ombre, mais il crut deviner, plantés sur lui depuis la tourmente, les tisons affamés d'un regard qui, sans être animal, n'en était pas humain pour autant.

— On y va !

Sans attendre de réponse, il se rua sur sa motoneige et lança le moteur, orientant le museau de son engin dans la direction où avait disparu leur agresseur.

Fanie vint se porter à son côté, aussitôt imitée par Johan et Khalid.

La jeune fille avait raison : ils n'eurent pas beaucoup de chemin à faire, mais les quelques dizaines de mètres qu'ils parcoururent lui semblèrent pourtant une éternité.

Comme si la première apparition n'avait été qu'un prélude, Théo percevait, dansant et bondissant dans la tourmente, les silhouettes maigres et légères de créatures bipèdes aux bras interminables.

Cette fois, il en était sûr, elles les épiaient à distance, les étudiaient, jouaient avec eux, comme un chat avec une souris.

Quand enfin il reporta son attention devant lui, il réalisa qu'ils étaient arrivés.

C'était bien un campement.

Surgissant du néant cotonneux sans aucun préavis, apparurent les formes massives de grosses caravanes et de camping-cars dont on avait remplacé les roues par de larges patins.

Il en aurait hurlé de joie s'il n'avait découvert, braquant sur eux leurs fusils de chasse, un groupe de quatre individus… et parmi eux, l'agresseur de Fanie.

Ce dernier recula avec prudence, non sans les fixer d'un regard que Théo devina tout sauf amical. Il ne devait pas encore avoir digéré la perte de son fusil, et il venait certainement de se faire passer un savon.

Les quatre jeunes gens ne s'étaient pas fait un allié.

Théo s'attendait à tout, un tir de sommation, un tir tout court, l'ordre de s'arrêter, mais sûrement pas au geste d'invite de celui qui, malgré sa petite taille, semblait diriger le groupe.

L'homme leur désigna le passage laissé ouvert entre deux caravanes. Théo hésita.

« Sannnnng !!! Le saaannnnng !! Chhhaaleur ! »

« De deux maux, le moindre. »

Il s'engagea à vitesse réduite entre deux malabars armés. Fanie, Johan et Khalid en firent autant. L'étau se referma. Celui qui paraissait être le chef s'approcha de lui.

CHAPITRE 12

— Amenez vos engins au centre du camp. Dépêchez-vous, ils approchent !

Joignant le geste à la parole, le chef leur fit signe de le suivre alors qu'il progressait, à petites foulées souples et économes, vers l'intérieur du cercle où trois autres motoneiges étaient stationnées. Les malabars les suivaient, arme au poing, jetant à droite et à gauche des regards méfiants.

Quand ils furent parvenus à côté des autres ski-doo, celui qui les guidait leur fit signe de s'arrêter.

— Venez maintenant ! Vite !

Les accords plaintifs du chant tournoyaient toujours autour d'eux, de plus en plus puissants, déterminés, affamés. L'attaque ne tarderait plus.

Théo n'en était pas sûr, mais il lui semblait que la mélopée montait plutôt du nord, comme si les chanteurs invisibles s'étaient regroupés là-bas.

Leur hôte s'approcha de lui pour hurler à son oreille :

— Ça va commencer d'une minute à l'autre !

Il désigna d'une main une grande caravane, au milieu des autres, qu'entourait un cordon d'hommes en armes.

— Restez dans le cercle si vous tenez à la vie !

Il tourna les talons et s'en fut avec ses deux gorilles.

Avaient-ils seulement le choix ?

Alors que les harmoniques sinistres se mêlaient aux hurlements déments de la tempête, Théo coupa le contact, se saisit de son fusil-mitrailleur, descendit de son véhicule et s'empara du grand sac contenant le reste de leurs armes.

Il indiqua la grande caravane : sans qu'un mot fût échangé, tous se mirent à courir, dans les rafales alourdies de neige, vers la forme vague de l'abri juché sur patins. À peine y étaient-ils parvenus que l'inconnu ordonnait :

— Placez-vous dans le cercle et tenez-vous prêts. Ils arrivent !

Il y avait, dans la voix de cet homme, un ton de commandement, une autorité pour moitié naturelle et pour moitié travaillée que Théo reconnaissait. Ce type était un soldat, ou en avait été un. Avec la désagréable impression d'être revenu quelques jours en arrière, il obtempéra, alors que les membres de l'anneau, tous des hommes, remarqua-t-il, s'écartaient pour leur laisser la place.

Fanie s'intercalait entre lui et Johan quand le meneur la retint.

— Mademoiselle, il ne faut pas rester ici, c'est dangereux. Rentrez dans la caravane.

Ces paroles n'eurent pas l'effet escompté. Fanie leva devant le nez du chef son propre fusil.

— J'ai une arme et je sais m'en servir.

Elle voulut prendre place dans le cercle entre Théo et Johan, mais l'homme refusait de la lâcher.

— Vous ne savez pas à quoi vous avez affaire. Ce n'est pas votre place, ici.

— Ma place se trouve où je le décide. Mes amis sont ici, alors j'y suis aussi.

Elle se dégagea et vint se positionner entre les deux frères. Passant près de l'aîné, elle l'apostropha :

— Qu'est-ce que tu as à rire, toi ?

— J'ai rien dit !

— Prends-moi pour une gourde, en plus !

— Ce pauvre gars ne sait pas à quel démon il a ouvert sa porte.

Il souriait encore quand le chant cessa. La tempête continuait de hurler autour d'eux, assourdissante, mais la mélopée sanguinaire s'était tue.

Il aurait dû être soulagé. C'était tout le contraire.

Les choses qui hantaient ce déchaînement élémentaire n'étaient pas parties. Elles étaient toujours là.

Elles se taisaient, tel le fauve avant l'attaque.

À peine cette idée s'imposait-elle à lui qu'un cri s'élevait. Un cri humain. Il ne dura qu'un instant, avant de s'interrompre brutalement, comme si… comme si la gorge qui le poussait avait été tranchée.

Le premier coup de feu retentit, de l'autre côté de la caravane, bref et sec, aussitôt balayé par la voix de la tourmente. Deux autres le suivirent. Celui qui dirigeait visiblement les opérations, calme et sûr de lui, un pistolet automatique dans les mains, hurla pour se faire entendre :

— Économisez vos cartouches ! Ne tirez qu'à coup sûr !

Les autres membres du campement s'agitaient, nerveux. Théo, qui avait déjà vécu pareille situation, devinait les mains fébriles serrées sur les crosses, les doigts crispés sur les détentes… Ces hommes, malgré leurs allures patibulaires, n'avaient rien de professionnels. La tension aurait rapidement raison d'eux et la pétarade commencerait. Alors, malheur à celui qui ne serait pas dans le cercle ou qui croiserait la ligne de mire d'un maladroit.

Un instant, il se demanda s'ils avaient fait une si bonne affaire, en se réfugiant ici. La seconde suivante, l'enfer se déchaînait…

Il eut juste le temps de deviner un mouvement, à la limite de son champ de vision, qu'une forme nerveuse jaillissait de la tourmente. La chose bondit vers lui, rapide, très rapide, spectre pâle recraché du ventre de la tempête, tel un rejeton infernal. Ça tendait vers lui de longs bras décharnés, tout de muscles et de nerfs, des doigts interminables, noueux comme des racines, au bout desquels luisaient des griffes semblables à de petites faux d'ivoire.

Pas de visage, rien qu'un masque, dénué de traits, au nez inexistant, un cauchemar anonyme au poil ras et blanc, à la gueule rouge comme une blessure d'où saillaient deux dents uniques, longues et acérées, des crocs faits pour percer et saigner.

Ce qui le couvrit d'une sueur glacée, c'étaient ces yeux semblables à des creusets de feu, ceux d'un prédateur… mais pas d'un animal.

Il savait déjà qu'une sinistre alchimie s'opérait sous les branches des pins, que les bêtes qui se trouvaient trop longtemps exposées à leur influence, aux radiations que ces arbres concentraient telles des éponges, se modifiaient. Il découvrait maintenant, avec horreur, ce qu'il était advenu des habitants de ces villages disparus.

Non, ils n'étaient pas tous morts. Certains, plus doués pour la survie que les autres, avaient survécu au cœur même de la Malesève.

Cette chose, cet être qui fendait la tourmente vers lui avait autrefois été un homme.

Foudroyé par cette révélation, Théo aurait peut-être fini sous les griffes de son effroyable assaillant, si le staccato sec d'une rafale d'arme automatique n'avait pas retenti à sa gauche.

La créature, fauchée en plein élan, sa pelisse maculée d'écarlate, ses longues griffes sifflant dans l'air à quelques centimètres de son cou, s'abattit au sol. Il put la détailler quelques secondes, alors qu'elle gesticulait frénétiquement, écorchant la neige dans ses efforts pour s'éloigner de lui et retourner dans l'enfer blanc qui l'avait vomi. À peine avait-elle fait trois mètres et commençait-elle à se diluer dans le néant tourbillonnant qu'une de ses congénères se jetait sur elle et l'emportait.

Pourquoi l'éloignait-elle ? Pour la sauver du courroux des hommes ? Théo n'en était pas sûr. Dans ce monde impitoyable qui les entourait, où la moindre once de chaleur, la plus petite protéine étaient un combat de tous les instants, il n'y avait pas de place pour les blessés, les faibles ou les diminués. Légère et gracieuse comme l'ombre blanche d'un chat, la créature, emportant sa sœur, se fondit dans la tourmente.

Un tir claqua sur sa droite. Trop tard.

L'attaque ne faisait que commencer. Répondant aux feulements sinistres, les détonations, les cris, les hurlements retentissaient sans discontinuer. La tempête noyait tout, ensevelissait les uns et les autres de sa blancheur, de son rugissement énorme.

Un cri à sa gauche, plus haut perché que les autres, celui d'une femme, ou d'une jeune fille.

Fanie !

Elle ne se trouvait guère qu'à trois mètres de lui, mais il ne pouvait pourtant que la deviner dans la tourmente. Elle était tombée dans la neige, sur le dos ; une des créatures, son corps sec et noueux couvert de fourrure rase et immaculée, l'enserrait de ses pattes.

L'imaginant déjà égorgée, Théo se rua vers elle.

Alors qu'il arrivait à côté de la jeune fille, elle repoussait la chose inerte. Il découvrit alors le trou qui s'épanouissait dans le front fuyant de la créature.

« *Cette gamine, c'est Calamity Jane version kung-fu !* répétait leur père à l'envi, ce à quoi il ajoutait, amer et déçu : *Et mes fils sont bons qu'à faire la popote et à repriser les chaussettes ! C'est le monde à l'envers ! Pas étonnant que tout foute le camp !* »

Voilà comment parlait le vieux quand il était en forme.

— Ça va ? demanda Théo en lui donnant son bras pour l'aider à se redresser.

Fanie se contenta de hocher la tête, son regard braqué sur la créature qui gisait dans la neige, levant à la tempête le masque blanc et duveteux qui lui tenait lieu de visage. Il y avait quelque chose de terrifiant, dans ce faciès anonyme aux yeux de chat démoniaque, aux deux crocs démesurés.

Il n'eut guère le temps de l'étudier.

À peine avait-il posé les yeux sur ce monstre que Fanie poussait un cri d'avertissement.

Levant son arme au jugé, il se retourna pour faire face au danger et pressa la détente, d'instinct. La rafale, inutile, se perdit dans le blizzard. Son arme lui fut arrachée des mains. Un corps blanc et noueux vint le percuter, le projetant au sol.

Ce fut par pur réflexe qu'il protégea son cou.

Une douleur vive, profonde, fulgura dans son bras, alors que cinq faux d'ivoire aussi tranchantes que des rasoirs labouraient sa manche et mordaient sa chair. Un effroyable instant, il vit se tendre vers lui le masque infernal de la créature, cette gueule grande ouverte, cavité de chair avide prête à darder sur lui ses deux crocs effilés.

D'instinct, il referma sa main gauche sur la gorge de la chose et serra, de toutes ses forces.

La créature gesticulait, le frappait de ses griffes, le mettait au supplice, mais il poursuivait, avec l'impression de presser un toron de câbles électriques. Tandis que la douleur montant de son bras tailladé devenait intolérable, qu'un liquide chaud se répandait dans sa manche, que la créature lui feulait au visage son haleine de prédateur, le dévorait déjà de ses yeux perçants, il sut qu'il n'y arriverait pas.

Trop de muscles, trop de nerfs. Jamais il n'en viendrait à bout.

Fanie eut beau se mettre de la partie et marteler le crâne du monstre de la crosse de son fusil, rien n'y faisait : la créature s'abaissait vers Théo, prête à lui plonger ses crocs dans la gorge.

— Lâche-le ! Lâche-le, saleté !

Les paroles de Fanie se muèrent en un cri rauque, inarticulé, qui s'acheva subitement quand une ombre se dressa derrière elle.

— Fanie, écarte-toi !

Un éclair d'argent fendit l'air juste à côté de sa tête, rencontra le cou de la chose, sans même ralentir, et poursuivit sa trajectoire. L'instant suivant, le corps décapité s'abattait contre Théo, flasque et inerte. Il s'empressa de l'envoyer rouler dans la neige.

Johan, sobre, s'était déjà remis en garde et regagnait son poste, à quelques pas de son frère, vigilant, économe de ses gestes.

Vaguement nauséeux, Théo se redressa. Fanie fut aussitôt près de lui.

— Ton bras ! Théo, ton bras !

— Ça ira, maugréa-t-il. Ça me fait déjà moins mal.

C'était vrai. Le froid se chargeait d'engourdir la douleur.

Le sang avait imbibé toute la manche, à chacun de ses mouvements. Il sentait sa peau coller à la doublure. Levant la main devant son visage, il fit jouer les articulations de ses doigts.

Les nerfs n'avaient pas été touchés. Il en serait quitte pour une belle cicatrice. Une de plus. Pas la plus douloureuse.

— Cette fois, c'est toi qui vas devoir te mettre à la couture, glissa-t-il à Fanie.

— Imbécile !

Il devina le soulagement, dans ses grands yeux à l'arc eurasien, sous les lunettes de glacier. Il ouvrit la bouche pour lui répondre… mais un feulement rauque l'interrompit et une nouvelle ombre blanche s'extirpa de la brume, droit sur lui.

« Ssssaannnnng ! Le ssssaaannnng ! »

Il n'eut que le temps de deviner cette gueule avide, ces deux crochets luisants, ces griffes tendues vers lui comme autant de serpes d'ivoire… Sa propre mort lui sautant au visage.

Trois hurlements bestiaux. Trois fleurs rouges s'ouvrirent dans le masque lisse du monstre dont le cri sifflant s'interrompit net alors qu'il s'échouait aux pieds des jeunes gens.

— C'est pas encore fini ! Remuez-vous !

Cette voix, c'était celle du chef de la communauté, celui qui les avait accueillis et mis dans le cercle. Théo, encore tout imprégné de cette mort dont il venait de croiser le regard, se tourna vers son sauveur.

Ce dernier, calme, sûr de lui, changeait le chargeur de son automatique. Il marqua un arrêt en arrivant près de Johan, qui serrait encore dans ses mains la poignée de son sabre.

— La tempête est presque terminée, mais les danseurs peuvent encore attaquer. (Il ajouta, désignant les volutes blanches :) Ne leur tournez jamais le dos.

Saisissant le bras ensanglanté de Théo, il le tourna dans un sens et dans l'autre.

— Tu peux bouger les doigts ?

Théo hocha la tête.

— Alors tout va bien.

Il ajouta, avec un coup de menton en direction de Fanie :

— T'auras une belle cicatrice à montrer à ta petite geisha, mais gaffe : le sang, ça les rend fous !

Il poursuivit son chemin, galvanisant ses troupes, déchargeant son arme sur quelques silhouettes à peine entrevues qui s'effaçaient aussitôt, relevant l'un ou l'autre qui était tombé, tirant les blessés en arrière.

Théo le suivit un instant des yeux avant de reporter son regard sur les bourrasques.

— Geisha ? Non mais ça va pas ? J'suis même pas japonaise ! Y me prend pour qui, ce type ?

Fanie trouvait encore l'énergie de s'indigner.

— Où en est Khalid ? demanda Théo.

Alors même qu'il criait ces mots pour être entendu de son frère, il ne cessait de surveiller la danse endiablée des flocons.

« La tempête est presque terminée », avait affirmé le chef.

Théo n'aurait pu en jurer, mais il lui semblait effectivement que le bouillonnement des nuées blanches s'était un peu apaisé, que les hurlements du vent se faisaient moins démentiels.

La tourmente s'éloignait.

— Khalid va bien. Il s'est fait une grosse frayeur mais notre hôte l'a débarrassé d'un invité gênant.

Ce type était un véritable saint-bernard.

Une nouvelle ombre se matérialisa dans la brume, à quelques mètres devant lui.

Il tira sans prendre le temps de viser, balayant un large arc de cercle, alors que la bête s'élançait vers eux en zigzag, paraissant plus voler que marcher à la surface de la neige.

Peut-être la toucha-t-il car elle battit en retraite, d'un seul bond prodigieux, regagnant le couvert de la tempête où elle se fondit aussitôt, tel un spectre immatériel.

— Ma parole, je les attire !

Il s'attendait à ce qu'un autre des « danseurs », comme les avait appelés leur hôte, attiré par le fumet de son sang, se jette sur lui, mais il n'en fut rien. Il sentait pourtant peser sur eux, et sur lui en particulier, les regards gourmands des créatures, comme des gosses affamés devant la vitrine d'une pâtisserie... Mais elles n'approchaient plus, et il comprit vite pourquoi.

Leur hôte avait raison. Les rafales de vent, d'assourdissantes, devenaient simplement gênantes. La pression, sur son front, son visage, ses lunettes, se faisait plus supportable. La danse des flocons s'apaisait. Le monde se déployait à nouveau, s'élargissait. Déjà, il distinguait la lueur rouge du firmament et les premiers rangs des pins.

La tempête s'éloignait. Les danseurs, créatures du vent et de la neige, s'en allaient avec elle.

Il les devinait qui trépignaient, là-bas, derviches bizarres et sans visage. L'odeur du sang les tentait, les appelait, mais ils n'osaient quitter le sein protecteur de la tourmente.

Quelques-uns, trop goinfres ou inconscients, qui, tout à leur festin, avaient traîné près de là, filaient à présent sur la neige, tels des fantômes pressés, pour rejoindre leurs frères.

Les détonations revanchardes claquaient dans l'air apaisé, en rafales, maintenant que la visibilité revenait. Les retardataires tombaient les uns après les autres, foudroyés par les décharges de chevrotine. Mais même criblés de plomb, les danseurs, rampant, griffant la neige de leurs serres, tentaient encore de regagner l'abri des pins.

Les humains ne leur faisaient pas de cadeaux. Le sang rougissait la neige dans des feulements mourants.

Les survivants se vengeaient, de victimes se faisaient bourreaux et exorcisaient leur peur dans la violence.

À quelques mètres de Théo, à peine, deux hommes s'acharnaient à coups de crosse sur un de leurs assaillants vaincu. Le crâne n'était plus qu'une bouillie sanguinolente, mais les tortionnaires, consciencieux et appliqués, s'en donnaient à cœur joie. Les sinistres chocs du bois écrasant la chair et l'os se mêlaient aux râles mourants et plaintifs du danseur et aux rires gras des hommes.

Théo détourna les yeux. Ces créatures qu'on assassinait ressemblaient trop à des humains.

Partout, les cris de haine, les bruits des coups de crosse, les détonations, les sifflements ou les miaulements d'agonie.

— Ils sont vraiment obligés de faire ça ? Je déteste ces bestioles, mais de là à…

Khalid était aussi révulsé que lui. Le jeune Marocain avait relevé ses lunettes polaires. Ses yeux sombres et fatigués balayaient l'étendue de neige où les hommes du campement s'affairaient à leur macabre besogne.

La tempête n'était plus qu'un souvenir.

Au loin, Théo crut percevoir à nouveau la mélopée des danseurs, à laquelle se mêlait maintenant une note plaintive, comme une prière adressée à ceux qu'ils abandonnaient derrière eux. Même lui, qui, pourtant, souffrait encore dans sa chair des coups de ces effroyables apparitions, trouva à ce lamento une note poignante.

— Regarde-les faire ! Ils ne valent pas mieux qu'eux, murmura Khalid en désignant d'un mouvement de menton écœuré les hommes du campement.

Une main s'abattit sur son épaule.

— Fais attention à ce que tu dis, Abdel.

Le chef était revenu. Il fixait Khalid d'un regard furieux.

Le jeune Marocain répliqua aussitôt :

— J'm'appelle pas Abdel.

— Abdel, Youssef, Mahomet, Oussama… Vous êtes tous pareils, vous, les gris, toujours en train de profiter des autres et de râler… Sans mes hommes, tu ne serais plus là pour t'indigner.

— On a fait aussi notre part du travail. Si on n'avait pas été là, vous auriez eu plus d'ennemis sur le dos.

Le meneur ne devait pas avoir l'habitude qu'on lui tienne tête. Théo le vit soudain blêmir. Ses yeux bleus se firent plus glacés encore. Le militaire posa à son tour une main sur le bras de l'homme.

— Je vous prierais de lâcher mon ami, monsieur. Il n'a fait qu'exprimer une opinion personnelle. Peut-être, effectivement, était-elle déplacée. Il vous fait ses excuses.

À l'expression qu'afficha Khalid, on aurait pu en douter, mais Théo fronça un instant les sourcils et son ami concéda, même si chaque mot semblait lui être arraché de force :

— Je vous demande pardon, j'ai parlé sans réfléchir.

Théo se raidissait, prêt à tout, quand l'homme relâcha enfin Khalid, non sans lui avoir adressé un dernier regard appuyé.

— On va mettre ça sur le compte de l'attaque. Ça énerve, des coups pareils. Bon sang, j'ai perdu huit gars aujourd'hui, huit ! Saletés de bestioles !

Ses poings se serrèrent, ses yeux brillèrent d'une brusque flambée de fureur meurtrière, puis s'apaisèrent, comme si on avait débranché un fil. Se tournant vers Théo, il fixa son bras à la parka lacérée et souillée de rouge.

— Faut pas que tu restes comme ça, mon gars, ou ça va s'infecter. Suis-moi. Je peux vous héberger.

Sans attendre de réponse, il se retourna et s'éloigna vers le cercle de caravanes. Au bout de trois pas, il leur lança, par-dessus son épaule :

— Au fait, je m'appelle Bruno, mais ici tout le monde m'appelle capitaine.

— Capitaine, rien que ça ? intervint Fanie qui était jusque-là restée silencieuse, mais ne pouvait plus se contenir.

Bruno la fixa un instant. Il semblait découvrir soudain quelque animal curieux qui aurait appris à parler. Il leva une main, parut hésiter, l'abaissa et secoua finalement la tête.

— Décidément, les p'tites mousmés, c'est plus ce que c'était, lâcha-t-il avant de se détourner.

Théo le suivit des yeux, alors qu'il passait près de « ses hommes », distribuant ses ordres aux uns, soutenant les autres d'une parole, d'une simple claque sur l'épaule ou d'une accolade.

On lui obéissait aussitôt, et Théo avait assez pratiqué les soldats pour reconnaître le charisme d'un supérieur et sa capacité à commander. Il ne savait pas comment ce Bruno s'était retrouvé à la tête de cette communauté, mais une chose était sûre : il la tenait bien en main.

« Soyez francs avec vos hommes, ne leur mentez jamais, tenez toujours parole, gagnez leur respect et ils vous suivront jusqu'en enfer. »

Ces mots-là, ceux qu'on lui avait inculqués à l'école militaire, il était évident que le « capitaine » les avait entendus aussi et les appliquait à la lettre. De ces villageois perdus – car Théo devinait qu'il s'agissait des habitants d'un ou de plusieurs des villages qu'ils avaient croisés –, de ces hameaux submergés par la Malesève, Bruno avait fait une petite armée.

— Les petites mousmés ? Les p'tites mousmés ? J't'en ficherais, moi ! éclata Fanie avec un temps de retard.

Elle semblait sur le point de se lancer à la poursuite de Bruno pour lui dire sa manière de penser quand Théo lui saisit le bras.

— Stop.

Elle se retourna aussitôt vers lui pour répliquer, indignée :

— Non mais t'as entendu ce qu'il a dit ce co...

Mais Théo ne lâcha pas.

— Joue-la moelleux, Fanie.

— Joue-la moelleux ! Et puis quoi encore ? Pourquoi je devrais la jouer moelleux, je suis pas venue ici pour me laisser traiter de mousmé par une espèce de macho à la noix.

Théo soupira.

— Parce que ce type est le chef de ce campement et qu'on est entourés d'au moins une centaine de colosses qui portent tous des armes et qui lui obéissent comme si c'était le Messie. Ça te va ?

Non, ça ne lui allait pas. Tout son être, son visage, son regard, le criait, mais elle renonça pourtant à son projet et se dégagea d'un mouvement du bras.

— Si c'était pas toi, je serais allée lui déclarer ses quatre vérités, à ce type, et j'ai juré de pas le faire

Elle lui tourna le dos, et il imaginait très bien, même sans la voir, l'irrésistible expression butée peinte sur ses traits de petite fée eurasienne.

— Bon, qu'est-ce qu'on fait, maintenant ?

Khalid mettait le doigt sur le point sensible.

— Pour l'instant, on reste avec eux.

— Me tirer. La tempête est finie. Inutile de traîner ici.

Théo leva le nez au ciel qui s'assombrissait rapidement.

— Il va bientôt faire nuit.

— Ah m... !

Théo le coupa :

— Je ne sais pas vous, mais moi, je préférerais passer la nuit dans une de ces caravanes plutôt que dans l'igloo.

Il leva son bras ensanglanté.

— Et puis, j'aimerais bien m'occuper de ça avant que ça ne s'infecte.

Fanie ne put contenir davantage sa rage et se tourna à nouveau vers eux.

— Ces types, franchement, ça craint. Je les aime pas. Et ce Bruno est encore pire que les autres. Non mais franchement, mousmé !

Elle ne décolérait pas.

— Et moi alors, qu'est-ce que je devrais dire ? Oussama ? Mahomet ? renchérit aussitôt Khalid. Je croyais plus en entendre, des comme ça ! Depuis que la Malesève est là, au moins on nous fichait la paix, on avait cessé d'être les grands méchants islamistes.

Il ajouta aussitôt, avec un demi-sourire :

— Enfin, sauf le père de Sarah, avec lui, ça a traîné un peu.

— Et les filles, les femmes ?

Théo, pris au dépourvu, se tourna vers Fanie.

— Quoi, les filles ? Quoi, les femmes ?

— Si ces gens étaient des villageois, il y a forcément des femmes ici, des filles ou des fillettes.

— Et alors, je ne vois pas…

— Justement, tu ne vois pas… Où sont-elles ?

L'évidence le frappa, appuyée par les grands yeux sombres de la jeune Eurasienne. Aucune femme, aucune fille… Fanie avait raison. Si ces gens étaient les anciens habitants des villages morts, où se trouvaient-elles ?

— Mon grand-père, y faisait des babouches, et mon grand-père, y disait toujours : « Si des babouches puent, c'est qu'elles appartiennent à un malpropre. »

Une voix, tout au fond de lui-même, hurlait à Théo que Fanie et Khalid disaient vrai, qu'ils auraient dû faire demi-tour, remonter en selle, et s'éloigner de ce campement.

Mais bien sûr, il n'en fit rien… Le pas résolu, il s'engagea à la suite du « capitaine ». Fanie pesta en le suivant des yeux.

— Imbécile ! J'étais sûre qu'il allait faire ça.

Khalid se montra plus pragmatique.

— Qu'est-ce qu'on décide ?

Johan ne prit pas la peine de répondre. Rangeant son sabre dans son fourreau, il emboîta le pas à son frère. Fanie le suivit aussitôt. Passant devant Khalid, elle lança, comme elle se serait justifiée :

— On va pas partir sans eux.

Avec un soupir de résignation, il se mit lui aussi en marche en direction d'une des caravanes dont Bruno, serviable, leur ouvrait déjà la porte.

Théo y pénétra le premier, puis Johan, Fanie, plus réticente, et enfin Khalid. Quand celui-ci passa près du propriétaire des lieux, ce dernier l'apostropha, en posant une main sur son bras :

— Tu l'as pas mal pris, hein, mon gars, ce que j'ai dit tout à l'heure ? J'ai rien contre les bougnoules, moi. Avant c'est vrai, je les avais pas à la bonne, rapport à l'Irak, les Twin Towers, l'Iran, tu vois, les attentats, les fanatiques, enfin tout ça, mais maintenant, comme qui dirait, c'est différent… Maintenant, on est tous pareils, on est dans la même panade. C'est plus vous qui allez nous envahir, pas vrai ? Ces saletés de pins ont été plus rapides, alors moi, ce que je dis, c'est qu'entre hommes, faut se serrer les coudes.

Il y avait une vraie candeur, une vraie « foi » dans le regard de Bruno. Cet homme pensait chacune des paroles qu'il prononçait.

C'était encore pire que ce que Khalid croyait…

Pourtant, il entra à son tour, lentement, avec l'impression d'avoir passé un pacte avec Sheitan[1]. Ne disait-on pas qu'accepter son hospitalité, c'était déjà un peu lui appartenir ?

La petite porte se referma dans son dos, les coupant de la nuit glaciale.

Mais cette fois, il n'en ressentit nul soulagement.

1. Sheitan : « Satan » en arabe et en persan.

CHAPITRE 13

À peine la porte refermée, Khalid fit du regard le tour de l'habitacle, cherchant les issues possibles. Un intérieur, à qui sait observer, révèle beaucoup de choses sur son occupant. Celui-là était spartiate, d'une propreté maniaque. On devinait que chaque objet avait une place précise. Pas un poster, pas une photo accrochés sur le Formica imitation bois. Celui qui vivait là paraissait ne pas avoir de souvenirs, ou les avait abandonnés ailleurs.

Dans le fond, près d'une des fenêtres calfeutrées, Khalid découvrit un lit fait au carré, dans les règles de l'art, dont pas un pli ne venait profaner la couverture. Sur une tablette voisine, un livre était posé, et il était persuadé que la position dans laquelle on l'avait abandonné ne devait rien au hasard.

— Asseyez-vous. On peut se détendre, maintenant.

Les compagnons s'entre-regardèrent, indécis, alors que leur hôte, qui avait enlevé sa cagoule et ses lunettes, posait sur eux un regard amusé.

Cheveux ras, grisonnants aux tempes, visage en lame de couteau – que l'âge purgeait de tout mollesse pour ne laisser, durs à cœur, que les nerfs et les muscles –, se dégageait de lui un charisme dangereux.

Et ce regard pâle, délavé… Cet homme-là avait courtisé la mort plus que de raison, et lui avait laissé un peu de son âme…

Les quatre amis hésitèrent.

— Je vous fais peur à ce point ?

Bruno souriait, mais ses yeux demeuraient froids. Fanie, comme à son habitude, fonça bille en tête :

— Où sont les femmes de votre campement ? Nous n'en avons pas vu une seule.

Le baroudeur fixa la jeune fille comme il l'aurait fait d'un charmant oiseau exotique à qui on aurait appris à parler. Un sourire étira ses lèvres.

— C'est mignon, ces petits modèles, mais ça a du caractère.

Ignorant la question de Fanie, il lança à l'intention de Théo :

— Tu dois pas rigoler tous les jours.

Posant une main sur le bras de la jeune Eurasienne, ce dernier répondit :

— Ma petite sœur n'est parfois pas facile. Elle doit tenir ça de notre père.

Fanie leva sur Théo un regard surpris. Leur hôte, lui, les considéra tous deux d'une manière curieuse, s'attachant plus particulièrement à elle. Khalid comprit aussitôt le changement qui s'opérait en lui.

De « chasse gardée », Fanie était devenue « disponible ». Si Théo avait espéré esquiver le problème, il n'avait fait que l'envenimer. Et elle repartait déjà à l'assaut :

— Les filles, les femmes, qu'en avez-vous fait ? Pourquoi n'en avons-nous vu aucune ?

Bruno éclata de rire.

— Têtue, hein ?

On aurait dit qu'il applaudissait aux tours d'un petit singe.

— On les a mangées ! affirma-t-il en se penchant vers elle. D'ailleurs, ce soir, j'avais le projet de vous faire rôtir, mademoiselle. D'habitude, les filles, on les engraisse d'abord, avant de les mettre à la broche, et vous, vous en auriez bien besoin – vous êtes un peu maigrichonne, à quatre on va crever la dalle, mais bon, on fera contre mauvaise fortune bon cœur.

Fanie en demeura sans voix, alors que leur hôte éclatait de nouveau d'un rire gargantuesque. Les échos de son hilarité n'avaient pas fini de résonner qu'un discret « toc-toc » montait de la porte.

Bruno leva un sourcil.

— Ah, justement ! Entre !

Le panneau s'ouvrit vers l'extérieur, et une fine silhouette s'introduisit dans la caravane avant de refermer derrière elle. Quand enfin elle enleva ses lunettes et sa cagoule, tous purent constater, à ses cheveux noirs, luisants et soyeux, coupés au carré, et à ses traits d'ange aux grands yeux clairs, qu'il s'agissait indubitablement d'une jeune femme… une jeune femme d'une grande beauté.

— Pardon d'avoir été longue à venir, capitaine, mais ils n'ont pas ouvert le…

Bruno la coupa, alors que Fanie considérait avec des yeux incrédules la magnifique nouvelle venue qui ne devait guère avoir plus de vingt ans.

— Gabrielle, dis à mes jeunes amis où tu étais.

Celle-ci lança à Bruno un regard interloqué.

— Je ne comprends pas…

— Dis-leur !

Il y avait une pointe d'exaspération dans la voix de Bruno. Khalid, qui suivait l'échange des yeux, crut voir passer, dans le regard de la jeune femme, une brève mais vive flambée de crainte.

Ce genre de regard, il le connaissait.

— Dans la caravane des femmes, au milieu du campement.

— Et pourquoi ?

Elle comprenait de moins en moins. Ses yeux clairs et limpides passaient d'un des occupants de la caravane à l'autre.

— Mais pour être en sécurité pendant l'attaque des danseurs, bien sûr.

Bruno se tourna vers eux, arrêta son regard sur Fanie et la fixa, triomphal. Celle-ci baissa la tête, rougissante et confuse.

Khalid, lui, scrutait la nouvelle arrivante. Elle était vraiment très belle, mais ce qui retenait son attention, c'étaient ses grands yeux d'enfant dans ce visage de femme, et cette ombre qu'il connaissait pour l'avoir déjà rencontrée chez une autre.

Dans son immeuble, avant le Crépuscule et la Malesève, il avait une camarade de jeux. Ses parents, marocains tous les deux, l'avaient appelée Schahrazade, en référence aux contes des *Mille et Une Nuits*.

« J'espère qu'elle sera jolie, avait seulement dit la mère de Khalid, quand elle avait appris le prénom de la petite. Autrement, elle souffrira d'avoir un prénom pareil, on se moquera d'elle. L'orgueil des parents fait le malheur des enfants. »

Elle avait souvent raison, sa mère, avec sa sagesse berbère attrapée sur les pentes de l'Atlas, mais ses craintes étaient sans fondement.

Schahrazade était devenue belle, et même plus que cela. À douze ans, déjà, elle avait des traits dignes d'une princesse et des yeux dans lesquels tous les garçons du quartier rêvaient de se perdre. Marocains ou pas, tous les jeunes gars de l'immeuble se disputaient pour avoir le privilège de la raccompagner ou de lui porter son sac à la sortie de l'école.

C'était trop tard, le cœur de Schahrazade, la petite princesse arabe du 15, avenue de Canteloube, était déjà pris… par Éric, un petit Cantalou pur sucre habitant l'immeuble d'en face, un gars bien sous tous rapports, gentil, soigné, intelligent, bosseur et tout et tout.

Une belle histoire, le pont entre deux peuples, entre deux cultures.

Seulement… seulement la situation, dans ce coin d'Aurillac, avec la récession économique, comme partout ailleurs, s'était envenimée, les tensions entre populations s'étaient peu à peu exacerbées. Les intégrismes et l'intolérance, tant d'un côté que de l'autre, n'avaient cessé de se renforcer, avant que vienne la Malesève.

Dans le quartier, un nouvel iman, plus dur, plus ultra, s'était installé, et certains, en réaction au rejet dont ils faisaient l'objet de la part des autres Français, l'avaient suivi. Le père de Schahrazade avait toujours eu un caractère ombrageux et se montrait jaloux de sa fille. À l'instar de beaucoup d'autres hommes, sans être vraiment méchant, il refusait de la voir grandir, de la voir lui échapper.

Quand elle devint plus femme que fille, que ses rapports avec Éric dépassèrent le stade de la simple camaraderie, celui des baisers volés et des caresses furtives, le père de la jeune fille se découvrit un retour de foi et ordonna à Schahrazade de porter le voile, ainsi que le préconisait l'iman, de jeter ses jeans indécents et de se vêtir comme une fille digne.

Il y eut des cris et des pleurs dans l'immeuble, des disputes tardives, mais le lendemain, Schahrazade, la petite perle d'Orient qui illuminait tout le quartier de sa beauté et de sa joie de vivre, portait voile sur le visage et large robe pour mieux cacher sa féminité.

La mère de Khalid, qui jamais n'avait porté le voile et, à cinquante ans passés, ne jurait que par le jean moulant – « pour mieux tenir mes bourrelets », mentait-elle pour que son père lui serve un compliment –, en avait été scandalisée. « Ah ben v'là autre chose ! » Quand son père, de la pièce d'à côté, avait fait remarquer que « Ça se faisait de plus en plus », elle l'avait renvoyé sur les roses en ces termes : « Y a rien de ces bêtises dans le Coran ! Si Allah avait voulu qu'on ait un voile sur la figure, il nous l'aurait fait pousser à la place des cheveux. Et s'il voulait pas qu'on ait de fesses, il nous en aurait pas donné. Non mais c'est un monde, ça !

— T'avoueras quand même que ces minijupes, ces coiffures et ce maquillage, ça attire le regard des hommes… » avait objecté son père.

Sa grande sœur, la fierté de la famille, étudiante en droit, qui avait pris le relais. « La beauté n'est pas un crime, que je sache ? »

Son père avait néanmoins poursuivi, pour le principe :

« Après faudra pas se plaindre si…

— Si quoi ? Fais attention à ce que tu dis, toi ! Si les hommes savent pas se tenir et se conduisent comme des bêtes sauvages, ils n'ont qu'à vivre tout seuls ! Moi, je passe tous les jours devant la bijouterie. Je regarde, je me régale les yeux, ça me fait plaisir, je rêve, et même si j'ai pas les moyens de m'acheter ces bijoux…

— Ça y est, ça va encore être de ma faute !

— Papa ! Je veux dire que c'est pas pour ça que je vais les voler ! Non mais c'est le monde à l'envers ! Selon toi, on devrait mettre les filles sous grille parce que les pervers vont les attaquer si elles sont jolies ? On n'a qu'à mettre aussi les honnêtes gens en prison parce que les voleurs ou les assassins risquent de s'en prendre à eux. Et puis interdire les belles voitures parce que ça excite la convoitise de ceux qui en ont des minables… et je peux continuer longtemps comme ça. On n'est pas coupable d'être belle et on n'a pas à se cacher comme une chose honteuse !

— Ah, je vous parle plus, vous avez toujours raison ! Écoute ton vieux père, Khalid, faut jamais discuter avec les femmes ! »

Le débat s'était achevé sous les quolibets de sa sœur et de sa mère. Dans son fauteuil, son père souriait de toutes ses dents, lui qui les aimait tous les trois plus que sa vie – surtout sa mère avec ses jeans moulants.

Depuis ce jour-là, en tout cas, la belle Schahrazade était sortie voilée, et c'était, dans le quartier, comme si une étoile s'était éteinte.

Dans ses yeux aussi, quelque chose s'était éteint.

Gabrielle, cet ange aux cheveux noirs qui se tenait devant lui, avait le même regard que Schahrazade. Khalid était prêt à parier qu'elle vivait dans le même monde, un monde où « beauté » rimait avec « douleur ».

Oui, Khalid comprenait très bien. Mais Bruno poursuivait déjà :

— Ils t'ont dit pourquoi je t'ai appelée ?

— Oui, je crois.

Khalid avait deviné la tension qui avait envahi la jeune femme, le léger tremblement de ses mains, son expression de bête traquée.

« Elle est terrifiée », réalisa-t-il.

Les autres en avaient-ils conscience, ou était-il le seul à s'en rendre compte ?

— Notre jeune ami, ici présent… (Il désigna Théo.)… a été blessé en combattant les danseurs. Il aurait besoin qu'on le soigne. Tu es la meilleure pour rafistoler les bonhommes…

(Se tournant vers Théo, il ajouta :) Tu vas voir, elle est douée. Elle a eu son bac à seize ans et elle avait commencé des études de médecine.

On aurait dit qu'il parlait avec fierté d'un animal familier.

— C'est vrai ? demanda poliment Théo.

La jeune femme, baissant les yeux, murmura, comme elle aurait avoué une faute :

— Oui, mais c'était avant, vous savez. (Elle enchaîna aussitôt :) Enlevez votre parka et asseyez-vous, s'il vous plaît, il faut que je regarde ça.

Théo, envoûté par la voix et le visage de la jeune femme, obéit sans tarder.

— Asseyez-vous aussi, renchérit le maître de céans, qui les surveillait tous de son regard froid et pénétrant. Vous paierez pas plus cher.

Les voyageurs hésitèrent, mais finirent par s'asseoir du bout des fesses sur les banquettes encadrant la petite table de Formica. Johan, seul, demeura debout. Khalid, qui se sentait de plus en plus mal à l'aise, devina la contrariété de Bruno. Celui-ci, il en était certain, avait déjà son idée sur chacun d'entre eux : Théo, le soldat, Fanie, le joli petit oiseau exotique qui avait appris à parler, lui, le jeune bougnoule un peu trop fort en gueule... Rien d'inquiétant. Mais Johan... Johan, percevait-il, ne rentrait dans aucune case et il s'en méfiait.

Khalid, lui aussi, s'était déjà fait son opinion sur le bonhomme, et il lui plaisait de moins en moins. Des comme lui, il en avait fréquenté pas mal, dans son quartier, quand il était gosse. Meneurs de bandes, survivants-nés, que même la fin d'un monde n'aurait pu abattre. Ceux de cette espèce, au contraire, prospéraient sur le désordre et la détresse des autres, pire même, ils s'en nourrissaient, gagnaient force et pouvoir à mesure que croissait le chaos. Ils imposaient leurs propres lois, ou modifiaient les anciennes, ressortaient du placard des coutumes oubliées ou inventées de toutes pièces, et s'en servaient pour mieux asseoir leur domination.

Combien en avait-il vus, dans son quartier, obliger les filles à se voiler, pour mieux abuser d'elles, puis les traiter d'impures ? Combien de fois avait-il dû se battre, quand ils avaient appris qu'il sortait avec une Juive ? Combien de fois avait-il dû jouer des poings pour protéger Sarah quand elle venait le voir ?

De pareils calibres, on en trouvait dans toutes les confessions.

« Y a pas mieux partagé au monde que la bêtise, la méchanceté et l'intolérance », avait coutume de dire son père. Comme il avait raison !

Le pire, c'était que Bruno n'était pas vraiment méchant, songea-t-il alors que Gabrielle, prévenante et efficace, ouvrait la trousse de secours qu'elle avait apportée et commençait à désinfecter les plaies de Théo. Non, il n'était pas méchant, seulement persuadé du bien-fondé de ses décisions, du modèle qu'il imposait aux autres. Ces gens le suivaient, du moins la majeure partie, car il avait prouvé sa capacité à survivre et à diriger son petit monde alors que tout s'effondrait.

À l'ordre ancien, il en avait substitué un nouveau, et Khalid, observant la beauté tragique de Gabrielle, savait déjà qui en faisait les frais.

Alors qu'elle œuvrait, Bruno se retourna pour saisir plusieurs petits verres qu'il posa sur la table, puis une bouteille sans étiquette dans laquelle clapotait un liquide trop épais pour être de l'eau et à la couleur vénéneuse.

Il en versa une rasade à chacun et, arrivant à Théo, crut bon d'ajouter :

— Si ça fait trop mal, mon gars, avale ça, tu verras, c'est radical. Trois verres et on te couperait un bras sans que tu le sentes.

Théo posa la main sur son verre :

— Pas pour moi, merci.

L'autre haussa un sourcil.

— Qu'est-ce qu'il y a, petit frère, t'aimes pas l'alcool ? Ta religion te l'interdit ?

Théo, le regard à nouveau fixé sur le beau visage triste de Gabrielle, répondit :

— Je n'en ai pas le goût, et pas le besoin… pas maintenant.

Bruno éclata de rire, après avoir dédié un regard à la jeune femme qui, discrète, travaillait en silence.

— Les vieilles recettes marchent toujours. Tu veux savoir pourquoi Gabrielle est la meilleure chirurgienne de tout le camp ?

Un sourire entendu dévoila ses dents à l'émail carnivore.

— Avec elle, pas besoin d'anesthésie, même les plus amochés mouftent pas quand elle les rafistole à sec. (Puis, s'adressant à elle :) C'est à croire que t'es née pour ça, pas vrai, ma belle ?

Les traits de la jeune fille se durcirent, comme si on l'avait giflée. Alors qu'elle jetait un coton imbibé d'alcool et de sang et en prenait un autre, et que Bruno sifflait cul sec son redoutable breuvage, elle demanda enfin :

— J'ai appris qu'il y a encore eu des morts…

Elle y mettait l'émotion attendue, mais Khalid douta de sa sincérité. Bruno ne remarqua rien.

— Ouais, on a eu des morts.

— Qui ?

Quand Bruno commença d'énumérer les noms, un ou deux fugitifs éclairs de satisfaction fulgurèrent dans l'œil de la jeune femme. Un geste un peu brusque de Gabrielle, alors qu'il prononçait un ultime nom, suivi d'un grognement avorté de Théo, suffit à déclencher les foudres du chef.

— Fais attention à ce que tu fais, maladroite ! Tu ne voudrais pas faire du mal à notre invité ?

Bruno avait à peine haussé la voix, mais Khalid surprit la crainte qui déforma les traits angéliques de la jeune femme, et la manière dont elle rentra le cou dans les épaules. Ce réflexe, elle le déguisa parfaitement. Mais Khalid le connaissait si bien. Il l'avait trop souvent surpris, quand il ramenait Schahrazade chez elle et que la voix paternelle s'élevait depuis l'intérieur de l'appartement. Il savait ce qu'il signifiait et le haïssait, comme il haïssait Bruno et tout ce qu'il représentait.

Il n'y eut pas d'autre incident. Bruno enchaîna aussitôt, affable :

— Bon, et si vous disiez ce que vous faites ici ? Quatre jeunes comme vous, armés jusqu'aux dents, qui viennent d'on ne sait où, c'est pas commun.

Khalid laissa à Théo le soin de répondre.

— Nous venons d'Aurillac.

Bruno fronça les sourcils.

— Aurillac ? Dans le Cantal ?

L'expression de Bruno passa de la curiosité blasée à l'incrédulité.

— Tu es sérieux ?

Son regard passa sur Fanie, Johan et Khalid, pour enfin revenir à Théo.

— Aurillac, voyez-vous ça… Ça a pas dû être de tout repos.

Théo, dont le regard était revenu sur Gabrielle, qui achevait de bander son bras, répondit sobrement :

— On peut dire ça.

— Les chemins sont mauvais par là-haut, non ?

— Plus étroits, plus près des arbres, souvent barrés.

— C'est bien ce que je me disais.

— Mais il n'y a pas de danseurs, c'est la première fois que nous en rencontrons.

Bruno haussa un sourcil.

— Vous avez de la chance.

Théo ne lui laissa pas le temps de se réjouir.

— Mais il y a des choses pires. La nuit dernière, dans un village, nous avons rencontré des… des créatures qui peuvent prendre apparence humaine.

Tout juste avait-il prononcé ces mots qu'un violent tremblement saisit Gabrielle. Elle serra les mâchoires. Ses yeux limpides reflétèrent soudain une terreur abyssale.

Bruno s'exprima à sa place :

— Les « veurs ». Vous les avez rencontrés aussi ? Ça devait être chez toi, Gabrielle, ou pas loin.

Elle ne répondit pas, elle avait fermé les yeux. Khalid crut voir des larmes filtrer de ses paupières closes. Théo, aussitôt, posa une main sur son bras.

— Pardonnez-moi, mademoiselle. Je ne pouvais pas savoir.

Théo n'avait jamais pu résister à une femme en détresse. Elle secoua la tête.

— Ce n'est rien. Ce n'est pas grave.

Théo ouvrit la bouche, mais Bruno le prit de vitesse :

— Gabrielle allait nous laisser. (S'adressant à elle, il ajouta :) Tu as fini ?

Rouvrant ses grands yeux encore embués, la jeune femme hocha la tête et commença de remballer son nécessaire de premiers secours. Quand elle fut sur le point de partir, sur un « au revoir » glissé d'une voix tout juste audible, Théo la retint. Alors qu'elle fixait sur lui un regard inquiet, celui-ci murmura :

— Merci, Gabrielle, je suis heureux de vous avoir rencontrée. Grâce à vous, cette journée m'a paru moins sombre.

Khalid esquissa un sourire. Venant de tout autre que Théo, on aurait pu taxer ces mots d'hypocrites, mais ils lui venaient avec une telle simplicité, un tel naturel, qu'on ne pouvait que les prendre pour ce qu'ils étaient et les apprécier à leur juste valeur.

La jeune fille répondit, après un instant de silence :

— Moi aussi, monsieur. Je peux…

Elle leva les yeux vers Bruno. Khalid vit le frémissement qui la parcourut, ainsi que la manière dont elle redressa les épaules, comme pour se débarrasser d'un fardeau, en un geste de défi muet. Tout en fixant le chef, elle s'adressa à Théo :

— Je peux vous demander votre prénom ?

Le regard que lui dédia Bruno aurait donné des frissons au diable en personne, mais Gabrielle le soutint pourtant sans faillir avant de reporter son attention sur le blessé.

— Théo.

Un sourire bouleversant, comme une aurore sous un ciel d'orage, quand les nuées se déchirent, vint sur les lèvres de Gabrielle.

— Merci, Théo.

Sans plus accorder un regard à Bruno, elle se dirigea vers la porte, l'ouvrit et sortit, avec un port de reine.

Fanie se leva aussitôt.

— Je l'accompagne.

— Reste ici ! ordonna Bruno.

Il n'en fallait pas plus pour pousser la jeune fille à n'en faire qu'à sa tête. Se plantant devant lui, elle défia sans crainte le bleu tranchant de ses yeux.

— Je n'ai aucun ordre à recevoir de vous !

— Je suis le chef de ce campement !

— Mais pas le mien. Je ne fais pas partie de votre... camp. Et personne ne me donne d'ordres, surtout pas vous !

Aucune femme ne devait jamais lui avoir parlé aussi vertement. Il blêmissait à vue d'œil, ses maxillaires se crispaient, ses poings se serraient. Il s'adressa à Théo, d'une voix blanche.

— Fais-lui entendre raison. Dehors c'est dangereux, il pourrait encore y avoir des danseurs attardés ou...

— ... ou des sauvages qui voudraient s'assurer que je ne cache pas de fusil-mitrailleur sous ma parka, par exemple ?

« Il faut qu'elle arrête ! pensa Khalid. Il faut qu'elle lâche le morceau ou l'autre va exploser. Ce type est dangereux ! »

Théo devait être arrivé à la même conclusion que lui. Il fit mine de se lever à son tour. L'atmosphère, dans la caravane, devenait irrespirable. La violence pouvait éclater d'un instant à l'autre. Contre toute attente, ce fut Johan qui désamorça la situation.

— Bruno est ici le chef, Fanie. Il sait de quoi il parle.

Un silence glacial accueillit cette déclaration. L'attention de tous se reporta sur le jeune homme en noir, en particulier celle de Fanie, qui le fusilla du regard.

— Ah ! Quand même quelqu'un de sensé ! éclata Bruno avec un soulagement évident.

— Je vais l'accompagner. De toute manière, il fallait que j'aille aux motoneiges pour récupérer un sac.

Le sourire de Bruno se délita aussitôt. Johan, sans attendre d'autorisation, tendait déjà la main à Fanie.

— Tu viens ?

Bruno se leva à son tour, alors que la jeune fille traversait la caravane pour rejoindre Johan.

— Attendez !

— Ne vous inquiétez pas, mon frère et Fanie sont parfaitement capables de se défendre… quelle que soit la menace.

Théo avait mis dans ces derniers mots une nuance dangereuse qui n'échappa pas au maître des lieux.

Bruno finit par hausser les épaules.

— Comme vous voulez, mais je vous aurai prévenus.

Khalid éloigna discrètement sa main de la crosse de son pistolet. Il ne se faisait pas beaucoup d'illusions : entre ces deux-là, tout serait joué avant qu'il ait pu appuyer sur la détente… si seulement il en était capable. Sans attendre une seconde de plus, Johan ouvrit la porte. Un courant d'air glacé pénétra dans l'étroit habitacle. Dehors, la nuit avait chassé le crépuscule et Khalid n'était pas loin de se dire que Bruno avait raison de les mettre en garde.

Fanie sortit la première, Johan la suivit aussitôt, après avoir lancé un dernier regard à Théo. Les deux frères avaient-ils échangé quelque message secret ? Le visage de Johan n'en laissa rien paraître.

La porte se referma, laissant Théo et Khalid seuls avec le chef. Ce dernier s'appropria la banquette qui leur faisait face.

— Qui c'est, le gamin en noir ?

— Mon petit frère.

— Vous êtes nombreux dans la famille. C'est quoi, son problème ?

Théo haussa un sourcil.

— Son problème ?

— Je sais reconnaître les cas quand je les rencontre. Ton frangin, y fonctionne pas normalement.

Théo éluda, avec un sourire froid :

— Il fonctionne très bien. Mieux que bien des gens, à sa manière.

— Mettons. N'empêche qu'il est bizarre, et moi, les gens bizarres, ça me rend nerveux.

— Ne le prenez pas mal, mais j'ai l'impression que beaucoup de choses vous rendent nerveux. (Théo laissa passer un silence.) Alors, vous allez peut-être nous dire la véritable raison de notre présence ici ?

L'autre éclata d'un rire sonore.

— OK, mon gars, tu veux jouer cartes sur table ? Après tout, j'aime mieux ça. Où allez-vous ?

— À Bergerac, et ça ne répond pas à ma question.

Bruno écarta les bras.

— Eh bien c'est parfait, nous aussi on va par là. De toute manière, on n'a pas trop le choix, avec ces saletés de pins, faut suivre le lit de la rivière, et on peut pas non plus revenir en arrière. Vous pourriez voyager avec nous, ça limiterait les risques pour vous et nous gagnerions trois solides gaillards armés jusqu'aux dents.

— Vous allez à Bergerac, vous aussi ?

— Bergerac, Bordeaux, peu importe, pourvu qu'on y soit à l'abri des pins, des monstres, ou des pillards.

— Et vous, d'où venez-vous ?

Théo s'était penché en avant et considérait son vis-à-vis avec une acuité nouvelle.

— Moi ou la communauté ?

— Les deux.

— Moi, j'étais basé à Périgueux, capitaine que j'étais, enfin il y a encore quelques semaines. Je sais pas comment ça s'est passé chez toi mais…

— De la même manière, je suppose.

Théo n'avait pas envie de s'étendre sur la question. L'autre le comprit. Une étrange lueur s'alluma dans son œil, une sorte de reconnaissance, d'accord tacite.

— Pour résumer, j'ai réussi à me tirer et j'ai enfilé le cours de la Dordogne avec une motoneige. Je comptais aller jusqu'à Bordeaux, je me disais, là on verrait bien. Et puis j'ai trouvé le premier village.

— Un de ceux qu'on a dépassés en venant d'Aurillac ? Ceux que les pins ont bouffés ? s'enquit Khalid.

— Ouais, ceux-là. Alors les pins les ont déjà recouverts ? C'est pas étonnant, remarquez, à la vitesse où poussent ces saletés. Quand j'y suis arrivé, leurs branches touchaient déjà les toits de certaines maisons… Enfin bref, la nuit, les monstres rôdaient dans les rues et ces gens savaient qu'ils devaient partir. Mais il leur manquait quelqu'un pour prendre les choses en main et leur donner le courage de franchir le pas.

— Un chef, résuma Théo.

— Un guide.

Ce mot raviva aux oreilles de Khalid de bien mauvais souvenirs. Le dernier « guide » dont il avait entendu parler avait mis l'Europe et le reste du monde à feu et à sang. Celui-là aussi avait une vision précise de ce que devait être l'humanité.

Tout ça lui plaisait de moins en moins. Théo interrompit le cours de ses pensées :

— Donc vous prenez la tête des villageois.

— De ceux-là, puis des autres, tout ceux qu'on a trouvés en chemin, enfin la plupart, certains sont restés. Vous les avez rencontrés ?

Théo secoua la tête.

— Non. Tous les villages étaient déserts, on ne les voyait presque plus sous les pins.

— Pauvres fous ! Nous les avions pourtant avertis.

— Avertis de quoi ?

— De ce qui leur arriverait s'ils ne changeaient pas. Ces idiots voulaient continuer de vivre comme avant ! Ils n'ont rien compris.

Khalid, admiratif, commençait à deviner où Théo, avec une habileté redoutable, entraînait son interlocuteur.

— Qu'est-ce qu'ils auraient dû comprendre ?

— Tu le sais très bien, petit frère. Les lois, la société, les coutumes, les institutions, toutes ces âneries… inutiles, maintenant ! Le monde a changé, il est devenu plus dur, plus impitoyable. Si nous voulons survivre, nous devons nous adapter. « S'adapter et dominer ! » Tu te rappelles, petit frère ? C'est ce qu'on nous disait à l'armée. Ça, moi, j'y crois. Nous devons être durs, nous aussi, oublier nos anciennes faiblesses, pour reprendre le contrôle de ce monde.

— Et oublier qui nous sommes, ce que nous sommes ?

— Mais qui sommes-nous, petit frère ?

Bruno s'enflammait, une braise dansait dans son œil, alors qu'il se grisait de ses propres paroles.

— Des hommes ? suggéra Khalid du bout des lèvres.

— Le fruit de milliers d'années d'évolution ! Nos ancêtres ont su résister aux précédentes glaciations, aux prédateurs, aux maladies, à toutes les épreuves !

— Et bien sûr, c'est vous le chef.

— Il en faut bien un ! Tu crois à ces idioties anarchistes, toi ? Les hommes capables d'autogestion ? T'as déjà vu ça ? Faut un chef, sinon c'est le bazar. Si j'étais pas là, je donne pas une semaine à cette communauté, y se feraient tous bouffer ou s'entretueraient pour la nourriture, la boisson ou les filles.

L'occasion était trop belle, Théo s'y engouffra :

— Les filles… Vous les gardez parquées ? Dans cette grande caravane qui se trouve au centre du campement ? Je me trompe ?

— Faut bien les protéger. Elles sont plus fragiles que nous, plus faibles et beaucoup plus précieuses. Elles sont le futur de l'humanité. On peut pas prendre le risque de les perdre.

Khalid ne put se retenir :

— Il ne vous est pas venu à l'esprit qu'elles ont des droits, elles aussi ?

Bruno le fixa comme il aurait regardé une mouche dans un verre de lait.

— De quoi tu te mêles, toi, Oussama ? T'es mal placé pour la ramener. Si je me souviens bien, c'est pas vous qui les mettiez derrière des grilles et des voiles, les fatmas ?

— La mienne de fatma, comme vous dites, elle s'appelle Sarah, et jamais elle portera de voile.

Bruno n'écoutait déjà plus. Son regard à nouveau posé sur Théo, il s'emportait, se justifiait.

— On doit préserver le futur de l'humanité. On n'a pas le choix. Si on laisse des chochottes comme vous diriger, on va tous y passer. L'espèce humaine disparaîtra. Alors oui, les femmes, on est obligés de les enfermer, on peut pas les laisser sortir n'importe comment, elles ont pas de jugeote, comme les gosses, elles se feraient bouffer ou tuer par les bestioles. Et oui, elles sont pas assez nombreuses. Tu comprends, petit frère, les hommes ça reste des hommes, ça a des envies. Si certains ont une fille et pas les autres, ça crée des problèmes, des tensions. Et puis si on veut rester forts, il faut qu'elles fassent des enfants, beaucoup d'enfants.

Alors que l'autre dévidait le fil de son délire, Khalid avait l'impression de s'enfoncer dans l'âme d'un aliéné. Il ouvrait la bouche pour l'arrêter, mais Théo le devança :

— Et Gabrielle, vous la partagez ?

— Quoi ?

La litanie avait cessé d'un coup.

— Vous m'avez très bien entendu. Gabrielle, vous la partagez avec les autres ?

Le regard de Bruno se fit fuyant.

— Gabrielle… Gabrielle, c'est différent… C'est le haut de gamme. Elle est belle, intelligente… C'est ce qu'il faut à un chef. Entre elle et moi, ça fera de beaux enfants, des enfants qui grandiront et pourront prendre ma suite pour guider les autres… Faut penser à l'avenir, tu comprends.

« J'y crois pas, de l'eugénisme maintenant ! Ce type est en train de se faire son trip survivaliste et de préparer sa dynastie », songea Khalid.

Théo, de plus en plus calme, de plus en plus glacé, le relança :

— Et bien sûr, vous lui avez demandé son avis sur tout ça ?

Bruno le fixa un instant avec incrédulité avant d'éclater de rire.

— Qu'est-ce que tu racontes ? J'ai pas besoin de lui demander son avis. Elle est pas bête, Gabrielle, elle a tout de suite compris où étaient son intérêt et celui de la communauté. La plus belle et la plus intelligente va avec le plus fort, avec le chef, c'est comme ça que ça a toujours marché, depuis les premiers hommes, et avant, même chez les loups, c'est ça la sélection naturelle, c'est la clef de la survie

— Chez les animaux, peut-être. Mais on a fait du chemin depuis. La civilisation, les droits de l'homme et du citoyen…

— Me sors pas tes salades !

Bruno s'emportait, brandissant un doigt devant le nez de Théo.

— T'as regardé dehors, ces derniers temps ? T'as vu la tronche de tes citoyens ? Ceux qui sortaient de la tempête tout à l'heure ? Ceux qui t'ont arrangé le bras ? Tu crois que tu vas leur sortir tes droits de l'homme, à eux ? Tu veux que je te dise, moi, ce qu'y vont en faire, de tes droits de l'homme, de toi, de ton pote, là, de ton frère et de ta petite sœur bridée ? Ils vont vous sucer le sang et vous laisser crever dans la neige !

Il fulminait, levait les bras au-dessus de la tête.

— Terminé, tout ça, faut tourner la page ! Faut qu'on survive ! Faut réapprendre ce qu'on a oublié. Les hommes, c'est fait pour se battre et chasser, les femmes pour s'occuper des hommes et faire les gosses, et pour tout ce monde-là, faut des chefs… des chefs, t'entends !

Khalid fixait Bruno comme le diable en personne, mais un diable très ordinaire, un diable comme des milliers d'autres. Si l'humanité avait encore eu un semblant de raison, Bruno, grâce à son charisme, aurait peut-être fait gober ses délires évolutionnistes à quelques enragés. Il aurait peut-être glané quelques voix lors d'élections communales ou départementales, mais jamais plus.

C'était dans le chaos, la misère des autres, l'effondrement de la civilisation que son engeance prospérait, dans la détresse des hommes qu'elle plantait son germe détestable. C'était un mal plus commun, plus terrible aussi, un homme à qui les circonstances et une aptitude naturelle avaient donné le pouvoir, et qui, comme ses frères plus tristement illustres, mentait aux autres et se mentait à lui-même pour mieux servir ses désirs.

— Qu'est-ce que tu veux de nous, Bruno ? Pourquoi tu nous as fait venir ici au lieu de nous laisser repartir après l'attaque ?

Théo était passé du « vous » au « tu ». Le respect qu'il avait pour l'autre et ses qualités de meneur avait disparu. Bruno se rendait compte, un peu tard, que son jeune confrère l'avait mené très exactement où il voulait le conduire. Ça ne lui plaisait pas, mais il ne pouvait plus reculer. Il parut hésiter, et Khalid devinait qu'il craignait de s'aliéner irrémédiablement Théo, s'il formulait mal sa demande.

— J'ai besoin de vous. (Il rectifia, alors que Théo penchait la tête de côté :) Et j'ai besoin de toi.

— De moi ?

— J'suis tout seul pour encadrer ces civils. Y en a des bien, des valables, qui savent à peu près tenir un fusil et obéir quand y faut, sans tergiverser, mais qui sont cons comme des balais. Les autres, c'est tous moutons et compagnie, incapables de se moucher tout seuls. J'ai besoin d'un second, d'un lieutenant, d'un général, appelle ça comme tu veux, pour m'aider à diriger.

— Tu partagerais le pouvoir avec moi ?

— Si tu m'aides, pourquoi pas ? Tu serais sous mes ordres, bien sûr, mais à part moi, y aurait personne au-dessus de toi. Tu aurais ta caravane, des gardes pour assurer ta sécurité, tu pourrais choisir la fille que tu veux.

— C'est Gabrielle que je veux.

Toute l'innocence du monde s'était réfugiée dans les grands yeux clairs de Théo. Khalid, qui voyait les traits de Bruno passer de l'incrédulité à la rage, eut presque envie de rire.

Théo reprenait déjà :

— C'est Gabrielle que je veux, aucune autre. Alors que vas-tu faire, si je te dis que je reste ? La partager avec moi ?

Les yeux de Bruno lançaient des éclairs, ses mains se serraient convulsivement. Il se leva, fit un pas à droite, un pas à gauche, comme un fauve en cage, se pencha au-dessus de la table, pour couvrir son rival de son ombre, vieille technique d'intimidation, avant de leur tourner le dos.

— D'accord, maugréa-t-il entre ses dents serrées.

— Je te demande pardon ? insista Théo.

— J'ai dit d'accord… Mais ta sœur aussi, elle devra faire comme les autres.

Petite vengeance mesquine. Khalid sentit un frisson de répulsion et de fureur remonter le long de son dos. Il faillit ouvrir la bouche pour hurler que Fanie n'était pas une marchandise et qu'il flinguerait le premier qui s'approcherait d'elle. Théo posa une main sur son bras et reprit la parole :

— Je sais pourquoi tu me fais cette proposition, Bruno. J'ai bien vu comment sont équipés tes hommes : des fusils de chasse, et pas des bons, quelques vieux pistolets, du 9 mm, autant dire de la rigolade, et je parie que vous n'avez presque plus de cartouches. Ce que tu veux, c'est nos flingues, nos motoneiges… et Fanie.

— C'est vrai aussi, mais je ne plaisante pas quand je vous propose de me rejoindre, toi, Mouloud, là, et ton drôle de frangin. Vous savez vous servir de vos armes, vous avez survécu en venant d'Aurillac et c'est pas une mince affaire. Vous avez fait vos preuves. Merde, on a besoin d'aide ! Vous avez bien vu combien on est, on en a encore perdu huit ce soir ! Alors oui, je suis disposé à traiter avec toi et à faire des sacrifices, même celui-là !

— Eh bien, tu dois rudement y tenir, à ton petit royaume sur patins… Mais dis-moi, une dernière chose, quand vas-tu leur dire, aux autres, que le voyage ne s'arrêtera jamais ?

— Qu'est-ce que tu racontes ?

— Je raconte que tant que ce convoi existe, tant que vous ne trouvez pas de vrai refuge, tu conserves ton pouvoir. Mais que dès qu'il s'arrêtera, que ces gens retrouveront un foyer et leur liberté, tu perdras tout. Tu auras cessé de leur être utile, alors ils te largueront, ils t'oublieront, comme un mauvais rêve au matin. Mais c'est pas grave, parce que vous et vos caravanes tournerez encore des années sans arriver nulle part.

— T'es malin, mon gars, très malin.

On venait de franchir un nouveau cap, dangereux celui-là, et on ne ferait plus machine arrière.

Théo, toujours aussi serein, déclara :

— Bon, je crois qu'il est temps de mettre les choses au clair. Il n'est pas question de partager Fanie comme un morceau de viande, pas plus que Gabrielle d'ailleurs. (Alors que l'autre ouvrait la bouche, il martela :) Nous partons. Ta proposition ne m'intéresse pas, Bruno, pas plus que ton idée de la survie humaine. Tu veux savoir ce que je pense ?

Il était clair que l'autre n'en avait aucune envie, mais Théo poursuivit néanmoins :

— Toi et moi, Bruno, on ne parle pas de la même chose. Pour moi, un être humain ce n'est pas seulement un tas de tripes, des os pour le soutenir et un cerveau pour faire marcher tout ça ensemble. L'humanité, c'est autre chose, c'est l'empathie, la compassion, l'entraide, l'amitié, l'amour... Alors, si survivre, pour toi, c'est renoncer à tout ce qui fait de nous des hommes, et note bien que j'emploie ce mot au sens le plus large – en incluant les femmes –, je préfère que nous nous éteignions et que la Malesève nous recouvre.

— Tu es un faible, comme les autres, tous ceux qui n'ont pas voulu venir, dans ces villages. Des lopettes ! Des losers ! Des crevards ! Ils ont mérité ce qui leur arrivait.

Ces quelques mots insinuèrent un doute atroce dans l'esprit de Khalid.

— Qu'est-ce qui leur est arrivé ?

Bruno gardait le silence.

— Qu'est-ce que vous leur avez fait ?

— Y voulaient pas nous donner les armes, y voulaient pas nous donner leurs motoneiges, y voulaient pas que les filles et les femmes viennent avec nous...

— Qu'elles viennent avec vous ? Non, non, j'y crois pas... Vous les avez enlevées ? (Khalid se tourna vers Théo.) Ils les ont enlevées et ils ont tué les autres après leur avoir pris tout ce qu'ils avaient !

Le regard que lui lança son ami semblait lui dire : « Et c'est maintenant que tu comprends à qui on a affaire ? »

— Et alors ? Si elles étaient restées là-bas elles seraient mortes aussi à l'heure qu'il est avec ces ratés, ces pleurnicheurs ! Y savent faire que ça, se lamenter sur ce qui était, sur le monde d'avant. Moi, je me lamente pas, je pleurniche pas. Je me bats, je regarde vers l'avant, je prépare un futur pour notre race.

Khalid avait l'impression de s'enfoncer dans un cauchemar. Cet homme et ceux qui le suivaient avaient écumé les villages des environs, avaient pillé et massacré leurs habitants, enlevant les femmes et tuant les hommes qui leur résistaient. Khalid réalisait, horrifié, chez quel genre de créatures ils avaient égaré leurs pas… Des ogres.

Et le chef de ces ogres se trouvait à moins d'un mètre d'eux, et les couvait de son regard dément.

— Tu changeras pas d'avis ?

Il semblait presque chagriné. Théo se leva, très lentement.

— Non. Et je vais te dire plus. Tu sais d'où nous venons, mais tu ne sais pas pourquoi nous sommes partis.

Il sourit.

— C'est par amour, Bruno. Par amour… pour retrouver une amie à Bergerac, celle de mon frère. C'est par amour pour elle qu'il fait tout ça, et nous par amour pour lui qu'on l'accompagne, et ça, tu ne pourras jamais le comprendre. Ce que tu veux faire, Bruno, d'autres l'ont déjà fait, mieux que toi, et je me refuse à devenir comme eux.

— Qu'est-ce que tu racontes encore ?

— Les danseurs, tu ne les as pas regardés ?

Alors que son interlocuteur le fixait, une ombre de doute, un doute terrible, passant sur ses traits d'oiseau de proie, il poursuivit :

— Ils courent sur deux pattes, ils ont dix doigts, comme toi, comme moi…

— Tu délires !

Khalid aussi aurait voulu nier. Il avait pourtant vu et entendu. Au fond, tout au fond de lui, il savait.

— Si, Bruno. Les bêtes changent depuis quelque temps, ce sont les pins qui font ça, ou les radiations qu'ils concentrent. Les danseurs, ce sont des hommes, des hommes comme toi, comme tes copains, là, dehors. Eux aussi ils ont choisi la survie, la survie à tout prix, et à mon avis, ils t'ont coiffé au poteau. S'il doit y avoir des « enfants du futur », dans ton monde, alors ce sera eux. (Il acheva, alors que l'autre demeurait muet :) Nous en tout cas, on s'en va.

Il marqua une pause avant d'achever :

— Je vais demander à Gabrielle si elle veut s'en aller aussi. Si elle décide de rester avec toi, libre à elle, sinon, je l'emmène.

Bruno éclata d'un rire triomphal.

— Y faut te reconnaître cette justice, tu manques pas d'air. Mais moi, je m'en fiche de ce que tu racontes, de tes histoires sur les danseurs, de ta morale… c'est du blabla, tout ça, du vent. (Il se pencha, posa les deux mains à plat sur la table.) Me piquer Gabrielle, rien que ça ? Moi, je vais te dire ce qui va se passer maintenant. (Ses yeux brillaient d'une joie mauvaise.) Je vais garder vos armes, je vais prendre vos motoneiges et vos provisions, et aussi ta petite sœur chinetoque. Quant à vous, ben, je vais vous foutre dehors, et puisque c'est à Bergerac que vous allez, c'est simple, vous filez plein ouest et vous continuez. C'est pas loin, deux, trois heures en scooter, mais comme vous serez à pied, vous devriez en avoir pour un jour ou deux… si vous êtes encore en vie d'ici là.

Bruno ne menaçait pas, c'était peut-être ça le pire, il expliquait, calmement, posément, comment il allait les condamner. Khalid, échappant à la poigne de Théo, saisit son pistolet et le brandit droit vers le front de Bruno.

— C'est comme ça que tu veux la jouer, gros malin ? Alors maintenant c'est simple, tu vas rester là bien tranquille et nous laisser partir. (Il ajouta, en se tournant vers son ami :) Théo, on se tire, tout de suite.

Mais ce dernier ne bougeait toujours pas, plantant sur Bruno un regard pénétrant, attendant sa réaction. Elle ne tarda pas. Un sourire carnassier étira les lèvres du dément.

— Qu'est-ce que tu crois, Mouloud ? Que tu me fais peur ? Tu penses être capable de m'abattre de sang-froid, à bout portant ? Tu crois que c'est facile de tuer un mec ?

Il se pencha un peu plus, approcha son front du canon, son sourire s'élargissant encore.

— T'as raison, une fois qu'on a commencé, c'est facile. Tu veux que je te dise, on finit même par y prendre goût. Mais pour ça, faut pas être comme toi, ou comme ton pote, là. (D'un coup de menton il désigna Théo.) Faut être comme moi, ou comme mes gars, dehors, à qui j'ai dit d'arrêter ceux qui sortiraient seuls de cette caravane.

Cette pourriture avait tout prévu depuis le début, et Théo le savait, c'est pour ça qu'il n'avait pas bougé, qu'il avait laissé l'autre leur faire son cinéma.

Mais alors…

Son pistolet, à moins de dix centimètres du front de Bruno, à présent, tremblait de plus en plus. L'autre le fixait, moqueur.

— Eh bien, Mouloud ? Qu'est-ce que tu fais ? Vas-y, c'est simple, tu appuies sur la détente, tu me tues. Mes gars dehors, ils entendent le coup, y s'occupent de votre petite copine et de votre pote, mais vous, le temps qu'ils les finissent, vous avez une chance de fuir… Ça se tente !

Khalid articula :

— Qu'est-ce qui me prouve que vous les tenez ? C'est peut-être du bluff.

— Joris, amène-les ! hurla Bruno en direction de l'entrée sans le quitter des yeux.

Aussitôt, la porte de la caravane s'ouvrit et Fanie fut catapultée dans la pièce, comme une vulgaire poupée.

CHAPITRE 14

Fanie se rattrapa tant bien que mal à Théo.

— Théo... Gabrielle, les filles, ils les... nous ont attaquées, ils...

Ses paroles moururent sur ses lèvres quand elle découvrit ce qui se passait dans la caravane. Profitant de la distraction de Khalid, Bruno, vif comme un serpent, arracha le pistolet à ses doigts tremblants avant qu'il n'ait pu réagir et l'en menaça.

— Bon, maintenant, fini de jouer. Mouloud, tu t'assoies ou je te descends.

Quel choix avait-il ? L'autre avait toutes les cartes en main. Khalid en aurait hurlé de rage. Il lança bien un regard de détresse vers Théo, mais ce dernier, serrant Fanie contre lui, demeurait indéchiffrable.

Mais en quoi était-il fait, lui aussi, bon sang, pour demeurer imperturbable, alors que l'homme s'apprêtait à jeter Fanie en pâture à ses molosses et à les condamner à mort ?

La réponse lui vint de Bruno lui-même, quand il s'adressa à ce Joris, la brute en parka bleue, au visage invisible sous ses lunettes et sa cagoule, qui avait propulsé Fanie à l'intérieur.

— Et l'autre ? Le gars en noir, vous en avez fait quoi ?

Il y eut un moment de silence, puis une voix étouffée parvint de sous les épaisseurs protectrices.

— On va le retrouver.

On sentait bien que le gorille aurait préféré être ailleurs.

— Quoi ? hurla Bruno. Qu'est-ce que tu dis ?

— Y nous a échappé, capitaine.

— Comment ça, échappé ? Un gosse seul avec une fille, vous pouvez pas en venir à bout ?

— Il a tué Robert.

— J'ai pas entendu de coup de feu.

— Il a un sabre, le petit fumier, et y sait s'en servir. Robert, il l'a…

Le type fit un geste évocateur en travers de la gorge. Une autre voix, venue de dehors, vint faire chorus avec la première :

— Il a eu Christophe aussi, Olivier…

Le premier acheva, chagrin :

— Et il a salement amoché Jeff.

La brute refit le même geste, cette fois au niveau du coude.

— L'est dangereux, c'est un bon… Jeff, y douille dur, patron, va peut-être y passer.

La situation n'aurait pas été si dramatique, et il aurait oublié qu'on parlait de vies humaines, Khalid se serait presque cru dans une comédie morbide.

— Et Gabrielle, où elle est ?

— On l'a avec nous, chef, elle essayait de se tirer aussi mais on l'a rattrapée. (La brute ajouta aussitôt :) On l'a pas abîmée, capitaine, on l'a eue en douceur.

Une fois encore, Khalid oscillait entre l'abattement et le rire nerveux. Théo, lui, ne riait plus, ses yeux clairs s'assombrissaient de seconde en seconde. Bruno, se détendant d'un coup, saisit Fanie et l'arracha aux bras de Théo pour la coller contre lui et lui poser le canon de l'automatique sur la tempe.

— Ah, il veut jouer, le petit ! Y croit qu'ils vont s'en tirer comme ça !

Il se tourna vers Théo et Khalid, alors que Fanie, paralysée, l'acier froid appuyant sur son crâne, la main du fou enroulée dans sa chevelure, lui arrachant des larmes, n'osait même plus respirer.

— Tu croyais pouvoir me doubler, mon gars ? Tu l'avais cogitée, celle-là, avec ton frangin ? Le laisser sortir pour permettre à la petite Chinetoque de partir ? C'était ça, le plan ? T'avais pas prévu que je ferais surveiller la caravane et ceux qui sortaient ? Les motoneiges ? Tu me prends pour un demeuré ? On a fait les mêmes écoles, ce que tu sais, je le sais aussi ! Et maintenant, mon petit, je vais te montrer comment on fait sortir le renard du terrier.

Il fit un bref signe de tête et leur désigna l'entrée où se tenait Joris.

— Vous deux, dehors.

Alors que Théo demeurait immobile, il tira un peu plus fort sur la longue chevelure de Fanie, lui arrachant une brève plainte.

— Obéis, ou je te jure que la vie de ta mousmé va devenir beaucoup plus difficile dans les minutes qui viennent.

Théo tremblait de rage impuissante, et Khalid, pour la première fois de sa vie, voyait le meurtre danser dans les prunelles de son ami. Il lui fit presque peur.

Alors que Bruno, lentement, renforçait la traction qu'il exerçait sur les cheveux de Fanie, et qu'un nouveau gémissement échappait à la jeune fille, Théo obtempéra.

Dehors, la nuit les attendait, hostile, ainsi que le lointain murmure des pins. Mais ce soir, ce n'était pas la Malesève que Khalid redoutait. Comme dans le livre de Conrad que

Théo lisait, les ténèbres les plus noires étaient celles du cœur, celles des hommes.

Le comité d'accueil – des brutes sans visage revêtues de parkas, de lunettes polaires, de cagoules et d'écharpes polaires – les reçut sans ménagement, mais Khalid s'en rendit à peine compte. Ce qu'il vit d'abord le frappa avec la force d'un coup : au milieu des malabars muets et menaçants, il rencontra le visage d'ange brun de Gabrielle.

Ce regard qu'elle posait sur lui, celui de l'espoir assassiné, il l'avait déjà croisé, dans le miel brûlé des yeux de Schahrazade, ce dernier soir, quand il l'avait raccompagnée chez elle...

Gabrielle n'était pas aussi jeune que Schahrazade, et il ne savait rien d'elle, mais en croisant ses yeux à cet instant, il croyait déjà la connaître.

Toutes les femmes, apprenait-il, sont sœurs face à la brutalité, à l'intolérance, à la jalousie des hommes. Pour toutes les Gabrielle, les Schahrazade, et pour Sarah qui avait dû, elle aussi, se battre, et se battait encore, contre ses parents et sa famille, pour que vive leur amour, il ne voulait plus supporter cela.

Qu'allait-il faire ? Se lever, peut-être, pour accomplir un acte héroïque et futile qui ne servirait qu'à signer son arrêt de mort ?

On ne lui en laissa pas le temps. Roué de coups, il tomba à terre. Théo ne fut pas épargné et se reçut juste à côté de lui, le bousculant involontairement dans sa chute, roula sur lui-même et se redressa aussitôt.

Il était rapide, et dangereux, mais Bruno le prit de vitesse.

Dressé sur le marchepied de son antre, tenant toujours Fanie devant lui tel un vivant bouclier, le canon de son arme pressé contre la tempe de la jeune fille, il hurla à la nuit sans se préoccuper d'eux :

— Gamin ! Oh, gamin ! C'est fini maintenant ! Montre-toi raisonnable et on pourra s'entendre.

Il tira une nouvelle fois sur la longue chevelure de Fanie, lui arrachant un cri.

— Ne m'oblige pas à être désagréable.

Il attendit une poignée de secondes, alors que Théo le couvait d'un regard haineux. L'autre tuerait Fanie avant même qu'aucun d'entre eux n'ait pu lever le petit doigt, pourtant, Khalid crut presque que Théo allait lui sauter dessus, vaille que vaille, tant la fureur qui brûlait dans ses yeux confinait à la démence.

Il se trompait.

Bruno n'eut pas le temps de mettre sa menace à exécution : « Un ! », qu'une voix s'élevait, calme et posée, venue de partout et de nulle part, comme le murmure d'un spectre.

Une voix qui n'était pas celle de Johan, ou du moins pas tout à fait, mais celle de Corbeau.

— Si tu ne la lâches pas tout de suite, Bruno, le sang va encore couler, et ça ne sera pas le sien.

Tout pouvait arriver. Bruno ne mesurait pas à qui il avait affaire, ni quelle sorte d'être il avait éveillé en menaçant Fanie. Inconscient, il jetait encore de l'huile sur le feu.

— C'est ta dernière chance, petit, et la dernière de ton petit ange aux yeux bridés.

— Tu connais la loi du talion, Bruno ? répondit la voix montant des ténèbres. Oui, un type comme toi ne peut l'ignorer. « Œil pour œil, dent pour dent ». Une loi ancienne, simple, barbare, une loi pour les gens comme toi ou… comme moi. Appuie sur cette détente et ta tête roulera dans la neige dans la seconde qui suit.

Malgré les quelques mètres qui les séparaient, Khalid devina l'inquiétude qui voila le regard de Bruno.

Il commençait à comprendre, un peu tard, la nature de celui qui lui répondait. Corbeau ne menaçait pas. Il affirmait.

— Il y a une chose que beaucoup de gens ignorent sur le talion, c'est le rapport. À l'origine, ce n'était pas un pour un, mais dix pour un. Tue un des miens, je tuerai dix des tiens. Fais le moindre mal à Fanie et tu me le paieras dix fois.

La voix de Corbeau semblait venir de partout à la fois, tourner autour d'eux, se mêler au chuchotement des pins, en une ode funèbre. Khalid avait beau connaître Johan, et Corbeau, si tant est qu'on puisse prétendre le connaître, il sentait des frissons remonter le long de son dos.

Bruno réagit à sa manière, celle des fauves. Par l'attaque.

— C'est toi qui l'auras voulu !

Resserrant sa prise sur la longue chevelure de Fanie, Bruno tira d'un coup sec. La jeune fille hurla, alors qu'un mince filet de sang s'écoulait à sa tempe droite.

Théo se releva pour s'avancer vers Bruno. Il n'eut pas le temps de faire un pas que le capitaine hurla, pressant le canon de son arme sur la tête de Fanie.

— N'avance plus ! N'avance plus ou je te jure qu'elle y passe !

Il n'était pas hystérique mais déterminé. Pour un dément comme celui-là, la vie d'une fille ne valait rien. Ce meurtre, pas plus que les précédents, ne l'empêcherait de dormir.

Théo se figea… au contraire de l'ombre qui se matérialisa derrière Bruno, dans un silence sépulcral, comme engendrée par la nuit, une ombre prolongée par l'arc redoutable d'une longue lame d'acier.

Corbeau !

Bruno devina-t-il la présence de son bourreau dans les yeux des compagnons ? Il pivota soudain, entraînant Fanie dans son mouvement, et la brandit vers son adversaire. La lame du katana, retenue à la dernière seconde, se figea à un centimètre à peine du front de la jeune fille.

Devant le visage de la martyre, Corbeau hésita, perdit sa meurtrière sérénité, se fit plus humain, redevint simplement Johan. Ce changement, Bruno le perçut aussi. Relevant le canon de son arme, il le pointa sur le garçon. Son doigt pressait déjà la détente quand quelque chose l'arrêta...

Et la réalité commença de déraper.

Khalid ne trouva jamais de meilleurs mots pour ce qui se produisit, car il est des événements qui se refusent à se laisser enfermer en de simples paroles.

« Ça » jaillit de Fanie, de son visage, de son cri, de sa poitrine... Ça se répandit autour d'elle, une onde, une vague, et cette vague prit forme, ou plutôt, des milliers de formes.

Khalid les vit, ou plutôt les devina, comme l'air miroitant au-dessus d'une surface trop chaude, ces formes esquissées par la vapeur montant d'un bain brûlant... Mais ces mirages-là, on n'avait aucune envie d'en découvrir plus. Car même aux trois quarts invisibles, ils possédaient assez de réalité, de substance, pour mordre...

L'air lui-même, autour de Bruno, sembla se condenser en une matière plus lourde, plus consistante, plus dangereuse, se coaguler en abominations translucides, grouillantes et glissantes, qui taillèrent et tranchèrent...

Cent coupures zébrèrent sa parka, son visage, alors que ses hurlements remplaçaient les cris de Fanie qu'il rejeta au loin, comme une pestiférée. Devant les yeux terrifiés des jeunes gens et de ses malabars pétrifiés, il tituba, battant des bras tel un ivrogne, au centre d'un maelström grouillant en œuvre de mort...

Il s'effondra, face dans la neige.

Autour de lui, les « choses » s'affairaient toujours, parachevaient leur œuvre. Agenouillée, tremblant de tous ses membres, ses mains cachant ses yeux et son visage, Fanie suppliait :

— Arrêtez... Arrêtez...

Quand Johan la prit dans ses bras, elle s'effondra. Aussitôt, l'effroyable bouillonnement qui environnait Bruno se délita, perdit de sa consistance, comme de la glace jetée dans une eau bouillante.

En quelques battements de cœur, les créatures avaient cessé d'exister. Ne demeurait, sur la neige rougie, pour seule trace de leur présence, qu'une dépouille tailladée.

Pour un peu, Khalid aurait cru à un cauchemar. Mais ce cauchemar, d'autres l'avaient partagé. Les acolytes de Bruno, qui, quelques secondes auparavant, braquaient sur eux les gueules meurtrières de leurs fusils, avaient reculé de plusieurs pas. Khalid ne pouvait distinguer leur expression, mais devinait, dans leur posture, leur moindre geste, une peur atroce.

Le « pouvoir » que Fanie venait de déchaîner contre leur chef les terrifiait. Et Khalid les comprenait. Bruno n'avait eu que ce qu'il méritait, et même s'il évitait de porter les yeux vers ce qui restait de lui, Khalid ne parvenait pas à le plaindre... Mais penser que ces horreurs invisibles étaient sorties de Fanie...

Il ne réalisait que confusément ce qui s'était passé. Ce qu'il en devinait était suffisant pour lui donner des frissons jusqu'à l'heure de sa mort.

Théo, retrouvant son sang-froid, apostropha ceux qui le menaçaient encore de leurs armes :

— Vous avez vu ? (Il montrait du doigt les navrants vestiges de Bruno.) Vous avez vu ce dont nous sommes capables ?

La meute recula en désordre. De là où il se trouvait, Khalid les voyait échanger des regards craintifs, désigner, tour à tour, le cadavre et Fanie.

Un mot revenait, de plus en plus souvent, sautant de lèvres en lèvres.

« *Sorcière !* »

Elle les terrifiait.

Théo força l'avantage.

— Maintenant, vous allez baisser vos armes et nous laisser partir, sinon…

La suggestion est souvent la plus efficace des menaces.

— Khalid, rentre dans la caravane, prends le gros sac.

Il s'exécuta sans perdre un instant.

Ce n'était pas suffisant que le monde se transforme en antichambre de l'enfer ? Il fallait encore que ceux qu'il aimait deviennent… deviennent…

« Sorcière ! »

Le mot murmuré par les comparses de Bruno, ce mot d'un autre temps, revenait le hanter, alors qu'il pénétrait dans la caravane, s'emparait du sac et ressortait.

« Sorcière ! »

Ce mot, il levait tout au fond de lui des relents de ténèbres, de peur, entrouvrait une porte qui aurait dû se refermer au sortir de l'enfance, une porte que l'avènement du Crépuscule avait forcée.

Il fallut que ses yeux se posent sur la jeune fille inconsciente, au creux des bras de Johan, pour que se dissipent les ombres de ses cauchemars. Cette petite fée aux cheveux noirs, il la connaissait trop bien pour la croire vendue à Sheitan.

« Mais, Bruno… Ces choses, tout à l'heure… Si ce n'est pas le diable… »

Il serait toujours temps d'y penser plus tard. La priorité, pour l'instant, était de déguerpir.

Théo était certainement arrivé à la même conclusion.

— On y va, doucement.

Tout entier absorbé par la surveillance des costauds qui les entouraient, Khalid nota, du coin de l'œil, que Gabrielle emboîtait le pas au grand militaire.

Ce dernier lança encore, à son intention :

— Khalid, reste là et surveille-les.

Sur ce, il s'avança vers la dépouille de Bruno, s'agenouilla et le délesta de ses armes et de celles qu'il leur avait dérobées. Khalid détourna les yeux, mais pas avant d'avoir vu son ami clore les paupières du mort et prononcer ce qu'il supposa être une prière. Quand il lui rendit son automatique, Khalid surprit dans son œil une humidité inhabituelle.

— Maintenant, on avance jusqu'aux motoneiges. Au moindre geste suspect, vous me prévenez, et si un de ces types fait mine de lever son arme, vous tirez les premiers.

Théo tendit vers Gabrielle la crosse d'un des automatiques.

— Vous savez vous servir de ça ?

La jeune femme ne s'attendait pas à cette question.

— Non, je...

Il lui posa d'autorité le pistolet dans la main.

— Il n'est jamais trop tard pour apprendre.

Gabrielle saisit l'arme du mieux qu'elle put et, en désespoir de cause, imita Théo qui avait reporté son attention sur les silhouettes anonymes qui les escortaient, à distance respectueuse. Une cinquantaine de mètres à peine les séparait de leurs engins auxquels on n'avait vraisemblablement pas touché.

Dans l'obscurité, Khalid devinait leurs lignes de fauves mécaniques extirpées des ténèbres par la lumière filtrant d'une fenêtre aux trois quarts occultée de la grande caravane, celle des femmes.

Les femmes !

Et pour elles, Théo avait-il prévu quelque chose ? On ne pouvait tout de même pas les laisser prisonnières ! D'un autre côté, qui étaient-ils pour redresser les torts et combattre les injustices d'un monde en train de s'effondrer ?

Un seul regard vers Gabrielle, qui avançait près de Théo, lui apporta la réponse.

Des humains. Voilà ce qu'ils étaient, de simples humains pris dans une tourmente qui les emportait, les broyait, les écrasait.

Mais c'était justement là, à ce point de rupture, que tout devenait possible, qu'on se révélait enfin, quand la peur de la loi n'existait plus, qu'on prenait ses décisions en son âme et conscience. Bruno avait choisi l'égoïsme, la haine et le pouvoir, s'était laissé aller à ses plus bas instincts, avait menti aux siens et à lui-même. Les autres l'avaient suivi dans sa folie, trop heureux de trouver un chef pour leur dire que penser et que faire… Un chef qui avait flatté en eux ce qu'il y avait de pire pour mieux les asservir.

Quand ils ne furent plus qu'à quelques pas des scooters, Fanie s'agita et gémit pour enfin écarquiller des yeux hallucinés.

Johan s'arrêta, alors qu'elle se raidissait dans ses bras, que sa bouche s'ouvrait pour un nouveau cri. Il posa une main sur ses lèvres et Khalid l'entendit murmurer :

— Ça va, Fanie. Ça va, c'est fini… c'est fini.

Ces mots ne suffirent pas.

— Je l'ai… J'ai… C'est moi qui ai… c'est moi.

Elle sombrait, à nouveau, s'enfonçait dans son propre enfer, cet abîme d'où avaient surgi les choses qui avaient dévoré Bruno.

Théo s'approcha d'elle et la força à le fixer.

— Fanie… (Il répéta, plus fort :) Fanie, tu veux qu'on meure tous ici ?

Elle lui retourna un regard hanté.

— Non… non, Théo, je…

— Tu vois ces types ? S'ils ne nous ont pas encore transformés en écumoires, c'est uniquement parce que tu leur fiches la trouille. Alors tu vas jouer la méchante, remonter sur ta motoneige, la démarrer et attendre qu'on soit tous prêts à filer. Tu as compris ?

— Je…

— Est-ce que tu as compris ?

— Oui.

— Alors vas-y.

Comme elle se libérait de l'étreinte de Johan, avançait d'un pas, puis de deux, Khalid sentit les regards converger sur elle. Les autres guettaient le plus petit de ses gestes avec un mélange de crainte et de haine.

Qu'elle fasse le moindre faux pas, trébuche, qu'elle s'effondre, et leur sort était scellé. Ils se jetteraient sur eux, tels des loups à la curée. Même le fusil d'assaut que brandissait ostensiblement Théo ne les retiendrait pas.

Elle était leur sauf-conduit, un fragile sauf-conduit. En avait-elle conscience ? Sa démarche, en tout cas, se fit plus assurée. Deux pas de plus, elle coulait à droite et à gauche de longs regards scrutateurs, comme pour traquer, derrière le plexiglas des lunettes, quelque motif pour mieux déchaîner son redoutable pouvoir.

Elle aurait presque fait peur à ses propres amis.

Les malabars reculèrent.

Les trois gardes qu'on avait postés devant les motoneiges s'écartèrent précipitamment et la laissèrent s'asseoir sur son véhicule, telle une reine infernale enfourchant son destrier, avant de le démarrer.

Se prenant au rôle, elle se retourna et s'adressa à l'un des cerbères qui paraissaient guider les autres :

— Toi !

Elle tendit vers lui un doigt accusateur et Khalid vit l'interpellé se raidir.

— Tu vas libérer les femmes. Vous ne leur donnerez plus d'ordres et vous ne les enfermerez plus jamais, c'est compris ?

L'homme demeura un instant immobile, oscillant entre crainte et rébellion. Il rechignait à obéir à une fille, presque une gamine.

Une gamine qui fronça les sourcils pour menacer.

— Je te jure que si tu ne m'obéis pas dans les secondes qui viennent, tu envieras le sort de ton chef.

Ses yeux passèrent sur chacun des acolytes de la brute.

— C'est bon pour vous aussi. Si jamais vous levez la main sur une des femmes ou des filles de ce camp, si vous leur manquez une fois encore de respect…

La beauté, la jeunesse de Fanie, loin d'atténuer l'impact de ses paroles, leur conféraient plus de force encore. Même Khalid, qui n'en croyait pas ses oreilles, lui trouvait soudain des allures de petite déesse vengeresse.

Un instant, le malabar parut sur le point de se rebiffer. Théo étreignit son arme, prêt à faire feu. L'autre se tourna vers ses semblables qui gardaient la porte de la grande caravane pour aboyer :

— Ouvrez !

Les molosses s'exécutèrent. Johan s'assit à son tour sur son engin, imité par Théo qui, d'un geste, invita Gabrielle à monter derrière lui. Les premières femmes sortaient de leur prison mobile.

Gabrielle allait se diriger vers la motoneige quand une petite silhouette ébouriffée jaillit de la caravane, hurla son nom et se mit à courir vers elle pour sauter dans ses bras.

À peine la gamine s'était-elle réfugiée contre sa poitrine qu'elle sanglotait.

— Tu vas pas partir, hein ? Tu vas pas me laisser…

Khalid devina ce qui allait suivre. Gabrielle se tourna vers Théo, avec un regard triste et résigné. Comme Bruno un peu plus tôt, elle aussi avait fait son choix.

— Nous nous établirons dans un village. Peut-être nous y retrouverons-nous ?

Il y avait une prière muette dans la voix de la jeune femme. Théo, qui haïssait le mensonge, ne répondit rien. Il se détourna, comme il aurait fui, et mit le contact. Le moteur rugit aussitôt.

Khalid s'approcha de la jeune femme et posa une main sur son bras.

— Nous reviendrons.

Gabrielle lui adressa un de ces regards sur lesquels les mensonges, même les plus pieux, n'ont pas de prise.

— Comment pourriez-vous… ?

Ce qui couvait, dans le bleu d'abîme de ses yeux, distilla en lui un germe de doute, le souffle de la mort.

— Nous reviendrons, répéta-t-il, comme pour se convaincre lui-même.

Autant pour ne plus voir la détresse de la jeune femme que par crainte de ce qui se tapissait dans ses prunelles, il coiffa son casque, chaussa ses lunettes et s'apprêta à gagner son véhicule.

Elle le retint afin de lui dire, haussant le ton pour se faire entendre par-dessus le ronflement des motoneiges :

— Faites attention quand vous serez à Bergerac. Il y a quelques crépuscules, un homme est arrivé… Il fuyait. Il nous a dit qu'un groupe dirigé par un gourou a pris le pouvoir là-bas.

— Un gourou ?

— Un sorcier, selon lui. (Elle eut une grimace évocatrice.) D'après ce qu'il nous a dit, tous ceux qui vont à Bergerac tombent sous sa coupe ou sont sacrifiés.

— Sacrifiés ? Vous voulez dire… Où il est, ce type ? Il se trouve encore ici ? On peut lui parler ?

— Il est mort. Le froid, la gangrène… ses bras et ses jambes étaient noirs quand on l'a trouvé, c'était déjà un miracle qu'il soit parvenu jusqu'à nous.

Khalid pesta.

— Il nous a dit des choses effroyables sur ce qui se passait là-bas. À côté de ce gourou, Bruno ferait figure de saint. Et les pouvoirs de ce sorcier… Je n'y croyais pas, mais maintenant que j'ai vu votre amie, je ne sais plus.

Khalid haussa les épaules, avec une désinvolture qu'il était loin d'éprouver, et suggéra :

— Il délirait : la douleur, la fièvre.

— Peut-être, concéda la jeune femme, mais son regard couleur d'océan affirmait le contraire.

Il y eut un silence.

— Vous ne pouvez pas renoncer ? demanda-t-elle en désespoir de cause – et Khalid devina son regard qui glissait vers Théo.

Un sourire triste apparut sur les lèvres de Khalid. Renoncer ? S'il le fallait, pour retrouver Léa, Johan irait jusqu'en enfer, et même au-delà, sans jamais se retourner ni hésiter. Théo, fidèle à sa nature, à ses principes et à son frère, le suivrait, ainsi que Fanie, bien sûr…

Quant à lui, idiot qu'il était, il n'allait pas les abandonner si près du but.

Gabrielle comprit. Son visage se ferma.

— Alors, bonne chance.

Elle n'ajouta rien.

Le pas lourd, sûr que le pire restait à venir, Khalid s'approcha de son scooter et l'enfourcha. Il lui faudrait faire part de ces révélations à Théo, avant d'arriver à Bergerac, et cela loin des oreilles de Johan.

Avant de lancer son véhicule à l'assaut du lit glacé de la rivière, Théo se tourna une dernière fois vers le cercle de caravanes. Le campement se blottissait au milieu de la grande étendue blanche, tel un troupeau de grosses bêtes pansues.

Quelques silhouettes en parka, désœuvrées, fourmis privées de but, rôdaient autour des habitations de fortune. Leur guide abattu, les fidèles de Bruno redevenaient de simples villageois perdus dans un monde qu'ils ne comprenaient plus. Des proies faciles pour un nouveau dictateur en herbe, à moins que…

Devant la grande caravane, une petite foule s'attroupait, hommes et femmes mêlés. Les discussions allaient bon train.

Le regard de Théo tomba enfin sur la svelte silhouette de Gabrielle qui, droite et fière, serrait toujours dans son poing l'arme qu'il lui avait confiée. Étreignant encore la gamine, elle les dévisageait, une expression déterminée sur ses traits marmoréens.

Cette ultime vision ralluma dans sa poitrine le brandon de l'espoir.

Gabrielle ne se laisserait pas faire et entraînerait les autres avec elle.

Il voulait le croire.

Dans le crépuscule naissant, il tourna la poignée des gaz et s'élança à son tour, dans une gerbe de glace pulvérisée, vers l'ouest, vers Bergerac, et ce qui les attendait là-bas.

*

À peine les panaches de matière blanche abandonnés par les motoneiges se dissipaient-ils qu'une voix grogna :

— Bon allez, maintenant, on arrête les âneries ! Vous deux, vous rentrez dans la caravane avec les autres gonzesses, et plus vite que ça !

Ces paroles, couinées comme l'aurait fait un goret mal embouché, Gabrielle savait déjà qui les avait prononcées : Julien, le second de Bruno, sec et mauvais comme une teigne, le regard malsain et fureteur.

Celui-là était pire que son ancien supérieur, auquel il vouait une soumission servile en attendant son heure. Bruno, lui, croyait à ses délires d'aliéné... Pas Julien. Son chef disparu, il se proposait déjà de le remplacer. Sa motivation première, Gabrielle la connaissait.

Autour d'eux, les discussions mouvementées entre femmes en manque de liberté et hommes brusquement tirés de leur rêve patriarcal se taisaient les unes après les autres.

Gabrielle devinait que de sa réaction dépendrait le futur des membres de cette communauté. Elle baissa la tête, ferma les yeux, se réfugiant sous la soie noire de sa chevelure coupée au carré, avant de se retourner.

Julien s'était probablement attendu à tout, mais pas à la réponse qu'elle lui fit. Son sourire supérieur et son regard égrillard se fissurèrent quand la gueule froide d'un canon se posa sur son front.

— Donne-moi un ordre une fois de plus, minable, et je te jure que ce sera bien les dernières paroles que tu prononceras en ce monde.

Un sourire incrédule ourla les lèvres de Julien.

— Gaby, qu'est-ce que tu fais ? Tu es devenue folle ? Baisse ce flingue, tu vas blesser quelqu'un.

— Je ne vais pas blesser quelqu'un. Je vais te faire sauter le caisson et le monde en sera un peu moins foutu.

Julien, fronçant les sourcils, leva la main.

— Je te préviens, Gaby, si tu baisses pas cet engin, ça ira mal pour ton matricule.

Il fit mine d'écarter le canon, mais se figea en plein geste quand ses yeux rencontrèrent ceux de la jeune femme, des yeux que n'habitait nulle crainte, nulle indécision, seulement une volonté inflexible, celle d'être libre.

— C'est toi qui vas m'écouter, « Juju ».

Elle avait prononcé ce dernier mot comme elle aurait craché.

— C'est moi qui dirige cette communauté à présent, et je dis qu'hommes et femmes vont œuvrer ensemble, d'égal à égal, et se respecter. Je dis que si un sale type de ton espèce s'avise encore de vouloir nous parquer comme des bêtes ou nous donner des ordres en nous prenant pour des esclaves, on le larguera en chemin… et s'il refuse, on saura s'occuper de lui.

À la haine et la colère qu'elle sentait émaner de lui, presque palpables, elle crut qu'il allait se jeter sur elle, malgré ses mises en garde, pour restaurer auprès des autres son autorité bafouée et son orgueil de mâle. Lui aussi avait conscience de jouer son va-tout. S'il se laissait humilier de la sorte, c'en était fait de lui et de ses rêves de petit dictateur.

Mais encore fallait-il qu'il ait le courage de jeter sa vie dans la balance. Et pour ça, il était trop tard.

Derrière la jeune femme monta un petit froissement, celui de pas nombreux foulant la neige.

L'expression de Julien, dont les poings serrés tremblaient de violence contenue, passa de la rage à l'abattement.

— Tu touches à un cheveu de Gabrielle et je te jure qu'on aura ta peau, Julien, d'une manière ou d'une autre. Tu pourras jamais plus dormir ou manger tranquille.

Cette voix que toutes les poissonnières du monde auraient pu envier, Gabrielle la connaissait, c'était celle de Fabienne, la doyenne de ce petit monde, une sacrée grand-mère qui ne faisait pas ses soixante-quinze ans et n'avait pas sa langue dans sa poche. Redoutable, dans son genre.

C'était bien elle qui toisait Julien de son regard d'acier bleui dont l'âge ne parvenait pas à éroder l'acuité.

Et elle n'était pas seule, toutes les autres femmes l'accompagnaient, faisant bloc derrière elle.

Un pas, puis deux, Julien leva les mains, paumes ouvertes, pour clamer :

— D'accord ! D'accord, c'est toi le chef…

Avant que la jeune femme n'ait pu réagir, il lui arracha son pistolet et le brandit, un sourire triomphant aux lèvres.

— Allez ! Maintenant, tu vas rentrer bien sagement ou, je t'avertis, c'est la môme qui…

Un poing massif s'abattit sur son crâne, avec une force à fendre une bûche. Il s'effondra dans la neige.

Le regard de Gabrielle, qui avait suivi sa chute, remonta pour découvrir la silhouette d'un homme au visage nu et au sourire hésitant, celui d'un gosse pas très sûr de l'accueil qu'on lui réservait.

— Et maintenant, mademoiselle Gabrielle, qu'est-ce qu'on fait ?

Sidérée par la tournure que prenaient les événements, elle demeura muette, alors qu'il attendait sa réponse, un espoir vacillant au fond des yeux. Cet espoir, elle le sentait battre derrière elle, dans le cœur des autres femmes, toutes celles qu'on avait enfermées, privées de liberté, réduites en esclavage, au nom de leur survie et de celle du groupe.

Il fallait aller de l'avant, pardonner ce qui pouvait l'être, mais ne pas oublier, ne jamais oublier, et bâtir sur ce gâchis quelque chose de meilleur, pour cette enfant qu'elle serrait contre elle, pour celles dont elle sentait la présence dans son dos, et même pour ces imbéciles qui avaient suivi Bruno dans son délire.

Ensemble, car ils étaient humains avant toute autre chose. Elle hocha la tête, acceptant en silence la charge que posaient sur ses épaules ces regards rivés sur elle.

— Nous allons trouver un refuge. Nous y soignerons nos blessures. Après… après, nous verrons. (Elle se redressa pour ordonner, d'une voix forte :) Attelez les caravanes, nous partons. Je veux que dans une heure, nous ayons levé le camp.

Personne ne contesta son choix, chacun, hommes et femmes à nouveau réunis, avec plus ou moins de gêne ou de méfiance, se mit à la tâche.

Il faudrait du temps pour que se rétablisse la confiance, mais Gabrielle ne s'en inquiétait pas. Les épreuves qui les attendaient, ce monde carnivore qui les pressait de toute part, auraient tôt fait de les réunir. On se serre les coudes, quand il en va de sa survie.

Son regard se porta une dernière fois sur les lointains de la rivière, vers l'ouest, où les quatre compagnons avaient disparu.

Les reverrait-elle jamais ? Le reverrait-elle, lui ? En quelques instants et un seul regard, Théo, avec ses allures de chevalier d'un autre temps, avait fait battre son cœur, comme celui d'une gamine de douze ans, elle qui pourtant, à son âge, en savait déjà bien trop de la vie et de ses souffrances.

Elle ne pensait pas le revoir. Elle savait son cœur déjà plein d'une autre, une autre aux longs cheveux noirs, aux traits de petite déesse eurasienne, aux pouvoirs extraordinaires. Elle esquissa un sourire, alors que la fillette levait vers elle son visage constellé de taches de rousseur et ses grands yeux clairs.

— On va avoir une vraie maison maintenant, Gabrielle ?

— On va la construire, Coralie.

— Et tu resteras toujours avec moi ?

Elle attira à nouveau la petite contre sa poitrine, la serra fort et posa un baiser sur ses boucles blondes.

— Je te le promets.

Dans le secret de son cœur, elle adressa une dernière prière au quatuor et à celui qui le guidait, et s'en retourna vers les caravanes, entraînant l'enfant avec elle.

Le vent qui balayait le lit de la rivière, charriant derrière lui de petits tourbillons de neige, acheva d'effacer les traces des quatre ski-doo.

En quelques secondes, elles avaient disparu.

CHAPITRE 15

Les flammes, s'échappant du squelette noirci, montaient encore dans la nuit sur un panache de cendres, un peu plus basses à chaque seconde, ultimes renvois d'un volcan fatigué. Elles sifflaient et se tordaient, langues de dragons invisibles, à travers les fenêtres dévastées, la béance calcinée du toit de la grande demeure. De la bâtisse elle-même ne demeuraient que quatre murs cloqués par la chaleur. Le crépi pelait par plaques avant de s'effondrer, dénudant la pierre. Le reste, les entrailles plus tendres, ce noyau de vie qu'elle avait contenu, était monté au ciel, avec les vestiges de ceux qu'elle abritait.

Ce qui n'avait pas pu prendre son envol, dans le ronflement du brasier, s'était enfoncé sous le niveau de la neige, en un tas de matière incandescente.

Le bûcher d'un rêve, celui d'un jeune homme et d'une jeune fille assassinée.

Lui se tenait là, immobile devant son œuvre, dressé face au brasier de ses espoirs, au risque de s'y brûler. Peut-être était-ce son désir ? Ou, anesthésié par la douleur, ne ressentait-il même pas la chaleur ? Théo, qui l'observait depuis l'ombre d'un balcon proche, au premier étage d'une autre demeure, d'où il pouvait scruter les alentours sans être vu. Il l'ignorait.

À tout instant, il se tenait prêt à bondir pour retenir l'incendiaire pétrifié, si l'idée lui venait de se jeter dans le creuset du volcan. Mais il ne le ferait pas, de cela il était certain. Johan en aurait été capable, mais pas celui qui se tenait là, silencieux, comme mort.

Les yeux de Théo le piquaient, luisaient d'une humidité ne devant rien aux flammes ni à la fumée qui se répandait dans la rue, alors qu'il surveillait l'ombre solitaire de son frère. C'était donc ainsi que s'achevait l'histoire ?

Voilà ce qui les attendait, de l'autre côté du Crépuscule, des ténèbres : mort et désespoir, froid, neige et barbarie. Pas de *happy end*. Pas de rédemption. Juste l'horreur, celle de la perte, celle des hommes, des assassins de Léa et de sa famille…

Car c'étaient bien leurs semblables qui avaient œuvré ici à la gloire de la mort et du néant, pas des créatures de la Malesève. Une fois encore, Théo constatait que le pire des prédateurs, le plus haïssable aussi, demeurait l'homme.

Tant d'épreuves, de souffrance, de sacrifices, d'espoir pour en arriver là. Il savait bien que le monde se moquait de leurs efforts, de leurs rêves, qu'il n'y avait pas de salaire au mérite ou à l'innocence, ni de justice céleste.

« Une fois, Seigneur, juste une fois… Pour lui, pour elle, pour nous tous… »

La seule réponse fut le craquement des dernières poutres qui s'effondraient et le ronron gourmand des flammes qui dévoraient indifféremment les espoirs et les peines de son frère en un même holocauste.

Une vague douleur monta de sa jambe gauche, il ne la sentit presque pas et déplaça son centre de gravité, par pur réflexe. Depuis combien de temps se trouvait-il sur ce balcon ? Il n'en avait aucune idée. Le temps avait cessé d'avoir une signification depuis que Johan avait allumé le bûcher funéraire de sa bien-aimée.

Après avoir quitté le campement, ils avaient foncé vers Bergerac. La largeur de la rivière glacée facilitait leur progression. Nul tronc abattu ou nulle pierre surgissant de la glace ne venait entraver leur route. Ils avaient pu déchaîner sans crainte la puissance de leurs moteurs. En quelques heures à peine, grisés par la vitesse et la proximité de leur but, ils avaient avalé la distance les séparant des abords de Bergerac.

Quand ils avaient commencé à deviner, sortant de la neige, les premiers toits de pavillons, puis ceux de tôle de grandes surfaces, Théo avait imposé une halte.

Ici aussi, la Malesève avait poussé ses troupes à l'assaut du monde des hommes. Les cubes laids et impersonnels des centres commerciaux disparaissaient sous les légions de racines et de troncs en devenir qui les escaladaient, comme du lierre, ou leur jaillissaient des entrailles, crevant le métal et le plastique, pulvérisant les baies vitrées. La forêt enjambait déjà les pitoyables vestiges de villas ensevelies, les recouvrant de son ombre.

Seules les barres et les tours des quartiers populaires, plus hautes, plus massives, surnageaient encore, digues grises et incertaines contre lesquelles venait battre le ressac épineux des arbres. Des rhizomes en avaient entrepris l'escalade. Ils rampaient d'un balcon à l'autre, serpents bruns et grenus, ou les avaient contournés. La Malesève s'infiltrait.

Théo avait senti monter en lui une sourde inquiétude. Plus il se gorgeait de ce paysage d'apocalypse silencieux et tranquille, plus une sombre certitude s'imposait à lui.

Personne, ici, n'avait fait front pour repousser la Malesève. Elle avait colonisé les abords de la ville sans que quiconque lui oppose de résistance.

Quand enfin il avait coupé son moteur, aussitôt imité par les autres, et que les derniers échos des grondements mécaniques s'étaient tus, l'évidence l'avait frappé.

Le silence, le vide…

Pas un bruit, pas le plus infime écho d'une activité humaine, seul le murmure inlassable des arbres vampires, qu'il finissait par ne plus entendre, mais qui, à cet instant, s'imposait à nouveau, plus oppressant que jamais.

Ils étaient seuls.

Alors que la chape s'appesantissait sur eux, les contraignant eux aussi au silence, il avait tenté de se rassurer. Peut-être les habitants avaient-ils abandonné les faubourgs à la Malesève pour se retrancher dans la ville ancienne, plus facilement défendable contre les pins et les choses qui hantaient leurs frondaisons ?

Son frère, bien sûr, avait depuis longtemps tiré les mêmes conclusions. Théo avait dû déployer des trésors de patience pour le convaincre d'attendre, le temps de définir une ligne d'action et de se restaurer un peu. Aucun d'eux n'avait vraiment dormi en bientôt deux jours, si on omettait les quelques heures de repos dans le village des « Veurs ». Depuis, la tempête, l'attaque des danseurs et la confrontation avec Bruno ne leur avaient laissé aucun répit.

Ils étaient épuisés. C'était déjà un miracle qu'ils tiennent encore debout. Les traits étaient tirés, les joues creuses, les yeux fiévreux. Fanie, particulièrement, ne s'était pas encore remise des événements de la nuit. Et la souffrance qui la rongeait n'étais pas causée par sa blessure à l'épaule. Elle fuyait leur regard, telle une enfant honteuse. Théo aurait voulu la réconforter, lui dire…

Mais lui dire quoi ?

C'est pour elle, il en était sûr, que Johan avait accepté de s'arrêter et de prendre une rapide collation, à défaut d'un vrai repos. Ils avaient donc fait une halte, avaient tiré de leur sac quelques rations militaires aux noms ronflants qui s'étaient révélées tout aussi insipides que les autres. Affamés comme ils l'étaient, ils les avaient dévorées sans sourciller.

Surveillant toujours Johan du coin de l'œil, Théo était à peine arrivé au dessert quand Khalid s'était approché de lui pour lui glisser à l'oreille les dernières confidences de Gabrielle. À mesure que son ami lui avait confié le préoccupant secret, il avait senti se répandre dans ses veines un froid redoutable.

Un gourou ? Un sorcier ? Voilà bien ce dont ils avaient besoin ! Comme s'il ne suffisait pas que les bois soient anthropophages et que leurs habitants ravalent les loups et les lions au rang d'animaux domestiques, il fallait encore que les hommes en rajoutent une couche.

Des sacrifices humains ! La folie de ses semblables n'avait donc pas de limites, pour qu'ils retournent ainsi vers leurs plus haïssables errements à peine livrés à eux-mêmes ? Cette pensée en entraînait une autre. Bon sang, Léa ! Pourvu que…

Il avait lancé un bref regard vers son frère, conscient que rien ne parviendrait à le retenir s'il apprenait ce que lui avait révélé Khalid.

Ainsi, il restait bien des habitants dans la ville. Quant à savoir si c'était une bonne nouvelle… Mais les parents de la belle seraient-ils disposés à se séparer d'elle ? Et elle, le désirerait-elle ?

Une autre pensée était venue le hanter. Peut-être toutes ces questions étaient-elles sans objet ? Peut-être celle qui avait poussé Johan à entreprendre cette quête, et les avait entraînés dans son sillage, était-elle déjà…

Il avait repoussé cette éventualité et, délaissant Khalid, s'était approché de Fanie.

La jeune Eurasienne l'avait accueilli avec un regard fatigué et fuyant.

— Comment te sens-tu ?

La jeune fille avait eu une manière de rire grinçante, qui ne trahissait aucune joie.

— Comment tu veux que ça aille ? Comme une nana qui vient de tuer un type sans savoir comment. Comme un monstre…

— Tu n'es pas un monstre.

Si Fanie avait été un peu moins enfermée dans son cauchemar, aurait-elle remarqué son expression et l'intonation de sa voix ? Elle avait poursuivi, tournée vers la silhouette sombre et immobile de Johan.

— Dans moins d'une heure, l'homme que j'aime va en retrouver une autre. (Elle reporta son attention sur lui pour achever :) À part ça, ça va super bien, merci.

Conscient que toute parole de réconfort serait vaine ou malvenue, Théo avait murmuré, sur un ton d'excuse :

— Pardon, Fanie. Tu as raison, c'était une question stupide.

Un pâle sourire était apparu sur les lèvres de son amie.

— Idiot. (Elle avait posé sa tête sur son épaule.) Heureusement que tu es là, toi.

Elle était si jolie à cet instant, petite princesse chinoise égarée dans ses boucles sombres aux reflets de feu, qu'il avait dû se faire violence pour ne pas la prendre dans ses bras, la serrer contre lui, lui dire, oh ! toutes ces choses qui lui brûlaient le cœur… et l'embrasser, enfin.

Il ne l'avait pas fait.

Les yeux fermés, sa poitrine pressée contre son flanc, elle n'avait rien deviné de son trouble.

— J'y vais.

La voix de Johan.

Fanie s'était redressée, avait tourné son regard vers la silhouette sombre du garçon qui, déjà, remontait en selle.

— Par moments, je le déteste.

Théo n'avait rien répondu.

Ils avaient tous regagné leurs engins, alors que Johan démarrait le sien. Le rugissement mécanique, sans concurrence aucune, avait résonné contre les façades d'acier ou de béton qui les entouraient. Théo, qui, quelques instants auparavant, avait espéré une présence humaine, s'était pris à redouter qu'on puisse les entendre.

Un sorcier...

Il y avait encore une semaine, il aurait ri, mais après les événements de cette nuit et des jours précédents...

Le monde avait changé. Et eux avec lui.

Dans le sillage de Johan, qui avait pris d'autorité la tête du groupe, ils s'étaient enfoncés vers le cœur de la ville, en suivant le lit de la rivière. Et à mesure qu'ils progressaient, le noir soupçon qui avait germé dans le cœur de Théo s'était mué en certitude. Les immeubles et les vieilles demeures cossues avaient remplacé les zones commerciales et industrielles livrées à la neige et aux pins, mais ils n'avaient pas pour autant croisé âme qui vive.

Les hautes façades, drapées dans leur dignité de pierre, avaient beau se dresser autour d'eux, Théo n'avait deviné aucun mouvement, sur les quais ou les ponts sous lesquels ils s'étaient engouffrés.

À un instant, alors qu'ils contournaient la coque rouillée d'une péniche prise dans la glace, tel un Léviathan échoué, Johan avait obliqué vers la droite. Empruntant la rampe couverte de neige de ce qui avait dû être un escalier, il avait gagné la berge, sans même ralentir, et s'était arrêté en haut pour les attendre.

Théo s'était porté à sa hauteur.

— Tu te repères ?

Johan s'était contenté d'un signe de la tête, le regard obstinément braqué sur une rue qui s'ouvrait face à eux, entre deux façades anonymes.

Là-bas, à dix mètres à peine, des fenêtres transformées en portes d'entrée, depuis que la neige avait enseveli les étages inférieurs, béaient sur les intérieurs qu'elles étaient censées protéger du froid.

— Pourquoi tu me demandes ça ?

Ces portes, on ne les avait pas laissées ouvertes à dessein. On les avait défoncées, arrachées ou brisées, depuis l'extérieur. On était entré de force.

Sans même attendre que Khalid ou Fanie les rejoignent, Johan avait lancé son engin rugissant vers la rue encombrée de neige qu'il n'avait pas quittée des yeux et s'était enfoncé dans l'étroit canyon de pierre de taille. Théo l'avait aussitôt suivi.

Au fond, tout au fond de lui, alors que se refermait sur eux l'étau des façades aveugles aux volets condamnés, que le gel recouvrait de son armure cristalline, un ultime brandon d'espoir s'efforçait de brûler, contre toute évidence.

« Ils sont vivants, elle, ses parents et la petite Laure. »

Théo voulait encore l'espérer, quand Johan, après avoir franchi une congère sans précaution aucune, les gaz à fond, avait tourné dans la rue de gauche, évité le sommet d'un réverbère saillant de la neige, et piqué vers une belle demeure aux murs de pierre. Elle se dressait au bout de la rue, entourée d'un vaste espace qui avait dû être un jardin, si Théo en croyait les branches nues et crochues qui jaillissaient du sol blanc, tentacules d'hydres invisibles.

Il avait presque imaginé que le ciel avait entendu ses prières, que nul malfaisant n'avait défloré l'altière beauté de la grande maison. Mais un poing de fer s'était refermé sur son cœur.

Alors qu'il s'approchait de la bâtisse, il avait vu, à son tour.

Une des grandes portes-fenêtres qui s'ouvraient au niveau de la neige avait été fracassée, ses battants au sol et ses volets isolants arrachés – ils n'avaient arrêté personne.

— Johan ! avait-il hurlé alors que son frère stoppait son engin si brusquement que ce dernier s'était renversé, le projetant dans la neige où il avait roulé sur quelques mètres avant de se relever et de courir vers la maison, des cris avortés montant de sa poitrine.

Trop tard.

Théo avait à peine eu le temps d'arrêter son scooter que Johan, hurlant le nom de Léa, s'engouffrait dans l'entrée dévastée et disparaissait dans l'ombre de tombeau qui stagnait au-delà, cette ombre qui l'attendait, prête à l'engloutir tout entier.

« Ils sont partis, supplia-t-il encore, comme il aurait prié. Ils sont partis quand les choses ont commencé à se gâter, ils sont à Bordeaux maintenant, ou… »

On se ment comme on peut, jusqu'à ce que la réalité vous oblige à la regarder en face.

Fanie et Khalid arrivaient tout juste avec leurs motoneiges, quand le cri était parvenu jusqu'à eux.

Des cris, Théo en avait déjà entendu plus que son lot, depuis l'avènement du Crépuscule. Certains le hantaient encore, au plus profond de ses nuits, quand toutes les barrières qu'il avait patiemment édifiées pour les retenir s'effondraient. Mais jamais aucun ne l'avait écorché comme celui qui était monté de cette gueule noire et rectangulaire, de cette bouche l'espoir qui s'ouvrait devant lui, dans sa hideuse banalité.

Bien sûr, c'était son frère qui, là-bas, au fond, tout au fond de ces ténèbres, poussait ce râle chevrotant, brisé, celui d'une âme à l'agonie. Ce n'était pas de ces grands hurlements de rage impuissante, comme on en entendait dans les films hollywoodiens, virils et sonores, un défi au monde entier, le prélude à quelque vengeance apocalyptique, non… Celui-là ne défiait rien du tout.

Cette écume douloureuse, où surnageaient encore les syllabes martyrisées d'un prénom, était ses derniers sursauts, ses dernières ruades contre la cruauté du monde.

Ça avait duré, duré…

Fanie, le visage inondé de larmes, s'était levée de son engin et, le prénom de Johan sur les lèvres, s'était avancée vers la demeure transformée en mausolée. Théo l'avait retenue. Alors qu'elle se tournait vers lui, la colère l'emportant sur la peine sur son petit visage creusé, il l'avait suppliée :

— Fanie, non…

— Je ne vais pas le laisser.

— Tu ne peux rien pour lui… plus maintenant. Laisse-le, il doit… il doit affronter ça.

Elle s'était dégagée pour lui adresser un regard dégoûté.

— Comment tu peux dire une chose pareille ? C'est ton frère !

Ces mots, ce qu'il y avait dans ces yeux, à cet instant, lui avaient fait mal, mais il avait tenu bon.

— Justement…

La jeune fille, bouleversée, s'apprêtait déjà à entrer quand les cris avaient cessé, aussi brusquement que si on avait appuyé sur un interrupteur.

Le silence qui avait suivi était pire encore. Ils avaient attendu, attendu… attendu quoi ? Il n'aurait su le dire. Un mouvement ? Un geste ? Une ombre qui aurait animé les ténèbres haïssables stagnant derrière le seuil de cet enfer… L'enfer de Johan.

Fanie, une fois encore, avait réagi la première.

Elle avait fait un pas vers la maison, quand une silhouette avait agité l'obscurité de l'entrée, s'en était détachée, tel un fragment de nuit, pour s'avancer vers la motoneige échouée.

Johan.

Il marchait à pas lents, déterminés, ne regardant ni à droite ni à gauche, et Théo, surprenant l'expression de son visage, sentit un froid terrible se répandre dans sa poitrine.

Ce visage lisse, purgé d'expression, ce regard, noir et dévorant, qui prenait tout mais n'offrait rien, imperméable à la joie comme à la souffrance, il les connaissait.

Il s'était trompé. Johan n'était pas ressorti de cette demeure. Il était resté là-bas, tout au fond, avec ce qu'il y avait trouvé. Celui qui se baissait vers la motoneige échouée pour s'affairer sur un des jerricans, le geste sûr, maître de lui, c'était Corbeau.

Il n'avait pu bouger un muscle ni lui adresser une parole, alors que celui qui avait pris le contrôle du corps de son frère détachait le bidon pour l'emporter vers la demeure. La même pensée avait dû effleurer Fanie qui s'était précipitée vers le jeune homme en noir pour le retenir. Théo avait deviné le frisson qui l'avait parcourue tout entière quand Corbeau s'était arrêté pour se retourner et poser sur elle les perles noires et fixes de ses yeux qui ne cillaient pas.

— Johan, arrête ! Qu'est-ce que tu fais ?

— Un bûcher.

Ces paroles, ces mots, si froids, si distants, c'était plus que Fanie n'en pouvait supporter.

— Mais c'est la maison de Léa, de sa sœur et de ses parents ! Tu ne peux pas…

— Elle ne leur servira plus, maintenant.

Il s'était retourné et reprenait déjà sa marche quand elle l'avait agrippé une fois encore.

— Qu'est-ce qui s'est passé ? Qu'est-ce que tu as trouvé là-dedans ?

— Tu n'as pas envie de savoir, aucun de vous n'a envie.

En se forçant bien, on aurait presque pu imaginer un soupçon de pitié dans ses paroles, mais son visage, lui, demeurait impavide.

— Si, j'ai envie ! Léa était aussi notre amie. On a le droit de savoir, ou on va tous y aller et…

Il l'avait retenue à son tour.

— Tu veux savoir ? Très bien : des hommes sont venus, ils ont forcé la porte. Léa et ses parents ont essayé de résister. Ils les ont tués. Après…

Il n'avait pas poursuivi sa phrase. Fanie, épaules voûtées, voix brisée, avait encore essayé :

— Peut-être que ce n'est pas eux, peut-être que…

— Il fait très froid, là-dedans, aussi froid que dehors.

Il avait ajouté, alors que Fanie portait une main à sa bouche, le fixant comme elle l'aurait fait d'un monstre :

— C'est elle.

Elle avait battu en retraite devant ce regard froid, sombre et patient, où ne luisait plus la moindre parcelle d'humanité. Anéantie, consciente que l'homme qu'elle aimait n'habitait plus cette carcasse qui, pourtant, parlait et marchait encore, elle avait reculé, pas à pas.

Corbeau lui avait tourné le dos pour regagner les ténèbres de la bâtisse.

Il ne s'était arrêté au seuil de l'ombre que quand Théo l'avait interrogé :

— Et la petite ? Laure, la sœur de Léa ?

— Elle n'est pas dans la maison.

L'ombre l'avait de nouveau englouti.

Les secondes s'étaient égrenées, interminables, s'étaient faites minutes, et Théo s'apprêtait à entrer à son tour, quand Khalid lui avait agrippé l'épaule.

— *Chouf !*

Ce qu'il désignait, Théo ne fut pas long à le découvrir.

La fumée, sombre et grasse, avait commencé à ramper sur la neige, vomie depuis l'entrée fracassée de la demeure, en une longue langue bouillonnante. En un instant, ses sœurs, filtrant à travers les volets clos, comme le pus d'une plaie, avaient commencé à glisser sur la façade. Bientôt, on aurait cru que la maison pleurait des larmes noires.

— Mais qu'est-ce qu'il fait, cet imbécile ?

Si Johan ou Corbeau, ou qui qu'il soit maintenant, restait là-dedans quelques minutes de plus, il ne ressortirait jamais... Peut-être était-ce ce qu'il cherchait ?

À peine cette pensée l'avait-elle effleuré que, dans un ronflement sourd et profond, toute la maison s'était embrasée. Les flammes avaient jailli, hautes et puissantes, de chaque interstice des volets, tels des tentacules furieux cherchant à se libérer, forant leur chemin dans le bois et la pierre vers la liberté. Un instant, le combat avait semblé incertain, des flammèches s'étiolant pour s'arrêter tout à fait, ou renaître plus loin, plus vives et voraces que jamais. Puis les volets eux-mêmes avaient pris feu, ou s'étaient gondolés sous la chaleur de la fournaise qui grondait là-dedans. La porte-fenêtre défoncée, par laquelle Johan était entré, avait pris des allures de portique des enfers.

Et son frère n'était toujours pas ressorti.

Théo s'apprêtait à se jeter dans la gueule ardente du gigantesque bûcher, quand une ombre, que le brasier ne parvenait pas à dissiper, avait traversé les flammes qui se déchaînaient dans l'entrée. Une ombre humaine.

Corbeau s'était avancé dans la neige et, les ignorant totalement, s'était retourné face à la bâtisse.

Les flammes étaient montées, de plus en plus hautes, de plus en plus voraces, lui caressant presque le visage, menaçant de le brûler vif. Il n'avait pas bougé. Fanie, pas plus que Khalid ou Théo, ne l'avaient approché ni tenté de l'emmener. Il fallait donc attendre, attendre que le feu ait tout dévoré : espoirs, rêves et souffrance. Après, il serait toujours temps de reconstruire… s'il demeurait quelque chose à reconstruire.

Car que resterait-il de Johan, quand le bûcher s'éteindrait ? C'était il y avait plus de cinq heures.

Que restait-il d'ores et déjà de lui, silhouette dérisoire face au brasier de ses sentiments, de son humanité ?

En désespoir de cause, alors que le crépuscule s'assombrissait, pourpre et profond comme une blessure, Théo avait ordonné à Fanie et à Khalid de monter le camp, au bout de la rue.

Fanie avait protesté, mais, à bout de nerfs et de forces, avait fini par céder quand il avait expliqué que l'incendie était un vrai fanal adressé à tout ce que la ville pouvait compter de malfaisant. Khalid, comprenant l'inquiétude de Théo, n'avait même pas essayé d'argumenter. Le militaire avait confié la jeune fille à son ami, tous deux étaient remontés sur leurs scooters et avaient enfilé la première rue à gauche. Ils ne seraient pas difficiles à retrouver, mais au moins seraient-ils moins exposés qu'eux. Théo en avait respiré un peu mieux. Refusant de laisser son frère affronter seul ses démons, il s'était posté sur un balcon, au premier étage d'une maison voisine. Et en silence, il avait attendu.

Depuis, l'ombre avait pris ses aises, seules les ultimes flammes du brasier la tenaient encore à distance.

Pour la première fois depuis le départ de leurs compagnons, Théo quitta des yeux le dos et la nuque raide de Johan pour porter son regard au-delà du feu, sur la ville et les rues.

Il fallut quelques secondes pour que ses prunelles s'accoutument à l'obscurité après la caresse des flammes. Peu à peu, les formes émergèrent du néant, se sculptèrent dans la masse de la nuit. De jour, la cité lui avait paru sinistre ; maintenant, c'était pire.

Ces façades aveugles se perdant dans cette encre d'abîme, ces volets claquemurés sur autant de silence, de vides où aurait dû se réfugier la vie... Il avait l'impression de se trouver dans une nécropole. Les maisons se dressaient autour de lui, tels des mausolées. Le cimetière d'un monde, d'une espèce : la leur. Et au fond, tout au fond, lointain, mais bien présent, comme une oraison dernière, le murmure inlassable et gourmand des pins.

Patients et persévérants, dans leurs robes d'aiguilles, ils savaient que cette ville, ce monde, leur appartenait déjà. Un craquement, plus sonore que les autres, une dernière poutre, une des plus grosses, qui s'effondrait, traversa les trois étages pour terminer sa course au soussol, avec les ultimes vestiges du toit, dans une éruption d'escarbilles qui environnèrent un instant la forme immobile de Johan.

Cet imbécile allait finir par flamber, lui aussi, ou se faire écraser si d'aventure un des murs basculait.

Mais non... Corbeau ne laisserait pas mourir ainsi son « véhicule ».

Il était plus que temps de rejoindre les autres. Théo avait respecté le chagrin de son frère, avait, lui aussi, fait son deuil de leur amie, pris le temps de lui dire au revoir, de lui demander pardon de ne pas être arrivé à temps. Et puis, il devait se l'avouer, il craignait pour Fanie. La savoir seule avec Khalid, dans cette ville où, s'il fallait en croire les affirmations de Gabrielle, sévissait un gourou sanguinaire et ses illuminés, n'était pas pour le rassurer. Le jeune Maghrébin aurait donné des leçons de courage à tous les soldats du monde et savait se défendre, mais il n'avait rien d'un surhomme. Il était temps de s'en aller, de trouver un abri digne de ce nom où ils pourraient se dissimuler pour la nuit. Demain… demain, ils aviseraient.

Il avait tenu parole, fait son possible. Johan ne pouvait lui reprocher cela et lui-même ne pouvait se blâmer, ni s'accuser de cette mort. Il portait déjà sa croix et continuerait de la porter. Il avait espéré gagner le pardon en réunissant son frère et celle qu'il aimait. Il avait échoué.

Sa priorité, maintenant, c'était Fanie. Quoi qu'il arrive, il ferait en sorte qu'elle obtienne de la vie ce qu'elle désirait, ce qu'elle méritait. Elle aussi avait assez souffert, à cause de ses parents, de Johan bien sûr, qui, en idiot qu'il était, ne voyait rien et surtout pas l'amour qu'elle lui portait. Comme elle ne voyait pas ce qu'il ressentait, lui, pour elle. Un instant, il aurait presque ri de ce vaudeville tragique qu'ils interprétaient tous les trois.

Assez !

Il se redressait lentement, surveillant les différents accès à la rue, quand un mouvement, à la lisière de son champ de vision, attira son attention. Il resserra aussitôt sa prise sur son arme et mit en joue.

Là-bas, à la frontière incertaine où l'ombre et le feu livraient bataille, une forme hésita, fit un pas, puis deux… Un animal ? Non, elle était humaine. Plus encore… féminine. Alors qu'elle s'approchait, furtive, prête à rebrousser chemin, Théo la reconnut.

Fanie !

Son cœur manqua un battement.

Il sut, avant même qu'elle n'ait ouvert la bouche, que les minutes qui allaient suivre seraient un calvaire, pourtant il resta là, immobile, les yeux fixés sur ces deux êtres qui représentaient ce qu'il avait de plus cher au monde.

Ceux qui le faisaient le plus souffrir.

Tout absorbée par la douleur de Johan et la sienne, Fanie avait-elle oublié qu'il se trouvait là ? Ou bien s'en moquait-elle ? De sa démarche mal assurée, les bras serrés autour du corps, elle avança jusqu'à se tenir à moins d'un mètre du jeune homme en noir. Là, elle demeura immobile, telle une gamine n'osant pas adresser la parole à l'élu de son cœur, la bouche et la poitrine pleines de mots merveilleux qui jamais ne trouvent la force de sortir.

Théo espérait presque que tout s'arrêterait là, qu'elle tournerait les talons et qu'il pourrait tirer Johan de sa contemplation morbide. Mais la voix de la jeune fille, enrouée, tremblante, s'éleva :

— Tu ne vas pas rester éternellement ici, Johan. Il faudra bien que tu reviennes.

Il y avait tant de peine, tant de détresse, d'humanité, de féminité enfin, dans ce filet de voix qui, pathétique et sublime, s'élevait contre l'indifférence de la nuit, que Théo sentit sa gorge se serrer. Mais déjà Fanie poursuivait, maintenant que les premières syllabes avaient forcé la porte de ses lèvres :

— Je ne veux pas croire que Corbeau ait gagné. Je ne veux pas le croire, parce que…

Un temps, long, très long.

— Je ne veux pas te perdre, je veux que tu reviennes, Johan. J'ai besoin de toi… tellement besoin de toi.

« Tourne-toi, imbécile ! Prends-la dans tes bras ! Embrasse-la ! »

Voilà ce qu'il aurait voulu dire, ce qu'il aurait dû hurler, mais il se retint, simple spectateur d'un drame sur lequel il n'avait pas prise. Et Fanie, les bras le long du corps maintenant, serrait les poings.

— Tu sais, j'aimais Léa, moi aussi. On était toujours tous ensemble. Vous deux, moi et elle. Alors j'ai de la peine, moi aussi, j'ai beaucoup de peine.

Elle baissa la tête, frissonna. Ça commença par un murmure, et il dut tendre l'oreille pour en comprendre la teneur.

— Oui, je l'aimais. Même… même si… Tu sais, tout à l'heure, quand tu es entré là-dedans, puis que tu es revenu, que j'ai compris ce qui s'était passé, j'ai été vraiment, vraiment choquée. C'était mon amie…

Sa voix montait, de plus en plus.

— C'était mon amie à moi aussi, et ils l'ont… ils l'ont…

Elle renonça et Théo, une fois encore, espéra que tout s'arrêterait là, mais il se trompait.

— Et en même temps, je n'ai pas pu m'empêcher de me dire que… Je voulais pas, je me déteste pour ça, je me déteste. Mais quelque part, tout au fond de moi, je me suis dit que maintenant qu'elle n'était plus là, peut-être que tu allais me regarder enfin, que tu allais me voir autrement que comme une gentille petite sœur bridée, une poupée de porcelaine qu'il faut protéger. Parce que j'en ai marre de ça ! Je peux plus… Oui, je veux que l'homme que j'aime voie la plaie que m'a faite cette saleté d'arbre, et j'espère qu'il saura très exactement d'où elle vient, parce que cet homme-là, je veux que ce soit toi… Tu m'entends ? J'ai toujours voulu que ce soit toi… Parce que je t'aime, imbécile, tu entends ? Je t'aime !

Elle criait maintenant, martelait le dos de Johan de ses poings.

— Pourquoi ça se passe comme ça, hein ? Pourquoi vous ne me voyez jamais, ni mon père ni toi ? Pourquoi ? Je suis si laide, si mal fichue que ça pour qu'il ait honte de moi ou qu'il fasse comme si je n'étais pas là ? Et toi, hein, toi… Pourquoi tu ne m'as jamais regardée comme tu regardais Léa ? On s'est connus avant, je t'ai aimé avant.

Elle frappait encore, mais plus faiblement, à bout de colère. Elle ne hurlait plus, elle n'en avait plus la force, c'était une plainte qui montait à présent de sa poitrine, celle d'un cœur blessé, d'une âme écorchée.

— Est-ce que je suis si répugnante, si banale ? Qu'est-ce qu'il faut que je fasse pour que tu me regardes, pour que tu me voies ? Hein ? Pourquoi Léa ? Pourquoi pas moi ? Qu'est-ce que je n'avais pas qu'elle avait, elle ? Je t'aime depuis si longtemps que je n'arrive pas à me souvenir un jour où tu n'étais pas dans ma tête, dans mon cœur, dans mon ventre. Quand je suis venue vous aider, Théo et toi, la première fois qu'on s'est parlé, à l'école, je t'aimais déjà, et je savais très bien que ça ne me passerait pas. J'ai espéré, toutes ces années, j'ai espéré que tu me regardes enfin, vraiment, comme une fille, comme une femme…

Elle avait cessé de frapper et avait posé sa tête contre le dos de Johan, les yeux clos. Elle murmurait à nouveau, et Théo, lui aussi, pour fuir cette vision, avait abaissé les paupières.

Il ne pouvait se boucher les oreilles, dans le silence sépulcral qui écrasait à présent la rue rendue à la nuit, ni s'empêcher d'entendre la fin de la déclaration que la jeune femme qu'il aimait faisait à son propre frère.

— Mais tu ne l'as jamais fait. J'étais la « petiote », la petite sœur. Au début, quand on était gosses, je m'en contentais, mais après, après ça a commencé à faire mal, de plus en plus mal… Et puis y a eu Léa, mon amie. C'est de ma faute, j'ai rien dit, je l'ai laissée te prendre. Je me rappelle même lui avoir affirmé que, pour moi, tu étais comme mon frère, et que ça me faisait rien si elle essayait de te draguer… J'étais tellement sûre qu'elle réussirait pas… Idiote !

Elle donna encore un coup, mais sans conviction, avant de reprendre, comme elle aurait avoué un crime :

— Si tu savais, si tu savais combien de fois je l'ai rêvée morte, pour mieux te reprendre. Je me voyais te consoler, te prendre dans mes bras et t'ouvrir mon cœur. Tu m'aurais enfin découverte, tu m'aurais embrassée, tu m'aurais dit « ma belle » comme tu lui disais à elle.

Elle sanglotait maintenant, et Théo aurait voulu fuir, se faire sourd, pour ne plus entendre.

« Arrête, Fanie ! Arrête ! Je t'en supplie, arrête ! »

— Et maintenant elle est morte, et moi... moi, je suis là, et j'ai tellement honte. Je peux pas... c'est de ma faute. J'ai voulu sa mort, chaque fois que tu l'embrassais. C'était mon amie, mais... Je ne sais plus... Est-ce que l'amour, ça peut rendre mauvais ? Moi, j'ai toujours cru que c'était quelque chose de beau, de merveilleux. Et regarde-nous, maintenant ! Regarde-moi. Je me hais.

« Non, Fanie... Non, pas ça... Pas toi... »

Elle s'écarta de Johan qui n'avait toujours pas bougé ni même émis un son, que les propos déchirants de Fanie n'avaient pas fait réagir, à le croire mort, lui aussi. Et déjà Fanie contournait Johan, se plaçait en face de lui, le visage baissé, perdue dans ses boucles couleur de nuit et de flamme.

— Et toi... toi, tu n'es plus là, pas vrai ? Tu es parti avec elle.

Elle attendit, encore, et encore, en vain.

— Oui, tu es parti... Cette fois, j'ai vraiment tout perdu.

Un étrange rire lui échappa, sinistre, terrible.

— Elle peut bien venir, la nuit, elle ne me prendra plus rien, plus maintenant...

Elle leva enfin la tête, et Théo, qui se retenait pour ne pas sauter de son perchoir et courir vers elle pour la prendre dans ses bras, devina qu'elle scrutait son frère, cherchait, cherchait...

Il ne sut pas ce qu'elle découvrit sur ses traits et dans ses yeux, et n'avait aucune envie de le savoir. Pourtant, elle trouva le courage de s'approcher, de saisir ce visage entre ses mains, et, avec une infinie tendresse, comme elle se serait abreuvée à la source même de la vie, embrassa Johan.

Théo se détourna.

Après une longue minute, la voix de la jeune fille s'éleva de nouveau, résignée, teintée d'une pointe d'humour tragique :

— Au moins, j'aurai essayé... Dans les contes de fées, ça marche toujours.

Elle s'éloigna. Quelques pas plus loin, elle se retourna une dernière fois.

— Adieu, Johan.

La nuit avala sa petite silhouette solitaire.

Théo, le cœur en ruine, se sentit très seul. Pour unique compagnie ne lui restait plus que l'ombre silencieuse qui avait été son frère.

Il hésita.

Aurait-il dû courir après Fanie ? La rattraper ? La retourner pour la prendre dans ses bras et l'embrasser ?

Un fugitif instant, il se grisa à cette idée, imagina sa surprise, ses grands yeux à la courbe exotique qui s'ouvraient, cette protestation qui mourait dans sa gorge, alors qu'elle s'abandonnait enfin à lui, toute à lui...

Peut-être était-ce possible ? Peut-être, en cet instant précis, pouvait-il espérer, s'il se mettait à courir, tout de suite, s'il saisissait sa chance.

Une poignée de secondes, il se mentit à lui-même. Son corps, lui, demeura immobile. Car il y avait Johan, il y avait Fanie, et il savait, il avait toujours su, tout au fond de lui, qu'ils appartenaient l'un à l'autre, et qu'il ferait tout pour les réunir, même au prix de ses rêves.

Oui, il les réunirait, pour le bonheur de Fanie, parce que les désirs de celle qu'il aimait passaient avant les siens, parce que Johan était son frère... Parce qu'il le devait à un petit fantôme au visage d'ange blond qu'il avait laissé quelque part, dans le Nord, dans une autre ville, par-delà la Malesève. Sa faute, sa blessure.

Il avait espéré rendre Johan à Léa, pour racheter ses erreurs passées, et réalisait soudain que ses motivations n'étaient peut-être pas si louables qu'il l'avait pensé. Il était possible que, sans même s'en rendre compte, il veuille pousser Johan dans les bras de Léa pour mieux le tenir éloigné de Fanie.

Il ne savait plus. Son monde, ce monde auparavant si simple, séparé entre blanc et noir, bon ou mauvais, honorable ou méprisable, finissait de se briser, de se brouiller. Lui, Chevalier, le soldat, doutait de tout, et en premier de lui-même.

Il faisait très noir maintenant, et très froid, presque autant que dans son cœur.

Ses extrémités commençaient à s'engourdir. S'il demeurait immobile encore longtemps, dans cette nuit assassine, il finirait congelé malgré ses vêtements polaires. Et puis il ne pouvait plus rester là, à ne rien faire. Il devait agir, ou il en deviendrait fou.

Qu'allait-il faire exactement ? Attraper son frère par la peau du cou et le secouer, lui cracher au visage ses quatre vérités et le traîner, de force s'il fallait, jusqu'aux pieds de Fanie ? Et après ? Le contraindre à lui demander pardon, à lui déclarer sa flamme ?

Mieux valait tenter l'impossible plutôt que d'assister, impuissant et passif, à la destruction de tout ce qui comptait pour lui.

Il se décollait déjà du mur et enjambait le rebord du balcon, prêt à sauter dans la neige pour rejoindre Johan, quand le premier coup de feu claqua. Il résonna, assourdissant, dans ce silence qui lui laissait toute aise de se répandre, de s'approprier la nuit. Il se pétrifia, arrêté en plein mouvement.

« Fanie ! Khalid ! »

Quand la deuxième puis la troisième détonation rebondirent à leur tour dans les rues abruties de nuit, il tombait dans la neige avec une souplesse toute féline et se mettait à courir. Passant derrière Johan, toujours immobile, à croire qu'il n'avait même pas entendu les coups de feu, il hurla :

— Amène-toi, vite !

Il n'attendit pas de savoir si son frère le suivait, pas plus qu'il ne prit le temps de tendre l'oreille à la nuit pour savoir d'où provenaient les coups de feu. Il savait déjà. Pressant encore l'allure, le cœur cognant à grands coups la mesure de sa peur, de sa colère, il s'engagea dans la rue où s'était enfoncée Fanie.

« S'ils lui ont fait du mal… S'ils lui ont fait le moindre mal… »

Des images odieuses fulguraient dans son esprit, alors même qu'il se ruait vers le lieu où Fanie et Khalid avaient installé leur camp, le cravachant comme autant de coups de fouet.

Il arrivait à peine au bout de la rue, les portes défoncées filant à droite et à gauche, qu'un cri éclaboussait le velours froid de la nuit, un cri de fille qui s'acheva aussi brutalement qu'il s'était élevé.

Puis le silence.

L'air froid plantant dans ses poumons mille aiguilles de glace, son cœur pompant dans ses veines les flots empoisonnés de sa peur, il accéléra encore, tourna pour s'engager entre deux nouvelles façades et leva son arme…

CHAPITRE 16

Ils étaient quatre, emmitouflés dans leurs parkas plus ou moins rapiécées, aux cols de fourrure, fourrageant dans leurs affaires comme des gorets à forme humaine, avec des grognements et des gloussements de joie.

De Fanie et Khalid, aucune trace.

Un des hommes dégota un fusil, que Théo reconnut : c'était celui du jeune Maghrébin. Le pillard le brandit en direction de ses compagnons, en un geste triomphal. Le plus grand d'entre eux lui sauta dessus et le lui arracha des mains. L'autre, pas disposé à céder sa trouvaille, bondit aussitôt sur son comparse pour reprendre son bien mal acquis, avec un hurlement de rage. La rafale les faucha l'un et l'autre, sans distinction.

Théo avait fait feu.

Tous deux s'effondrèrent, dans des grognements avortés. Il les oublia. Ceux-là n'étaient plus en état de nuire. Restaient les deux autres. Une détonation claqua. Le meurtrier fil d'acier d'une balle passa à côté de son oreille. Il répliqua immédiatement, tirant au jugé.

Les plombs, le sien et celui de son adversaire, se croisèrent dans les airs.

Il sentit un choc bref, sous son bras, mais n'eut pas le temps de s'en soucier, plongeant en pressant la détente de son fusil-mitrailleur.

Il y eut un cri, du côté de l'autre tireur. Le militaire l'aperçut qui basculait en arrière en lâchant son arme. Théo se redressa aussitôt sur un genou pour balayer ce qui l'entourait du canon de son arme.

Trois hommes à terre, neutralisés, en restait un. Mais bon sang, où se trouvait-il ? Il avait beau traquer le moindre mouvement, l'autre demeurait invisible.

Théo aurait pu penser que le survivant s'était enfui pour aller rejoindre ceux qui avaient déjà emporté Fanie et Khalid, mais, en lui, tout lui criait le contraire. Il était encore là, quelque part, dans l'ombre, le contournant peut-être déjà pour le prendre à revers, attendant qu'il relâche sa vigilance... Il sentait, presque physiquement, l'attention, la haine de l'embusqué, son regard meurtrier qui ne le quittait pas, lui promettait mille morts plus effroyables les unes que les autres.

Si seulement Johan était là, avec ses yeux de chat ! Mais Johan n'était pas là. Johan était resté là-bas, indifférent à son sort, à celui de Khalid, de Fanie.

Théo était seul, seul pour sauver ses amis, seul face à l'ombre et celui qui s'y dissimulait. Soudain, un mouvement brusque, à l'extrême limite de son champ de vision, rapide, très rapide. Il pivota pour braquer le canon de son FA-MAS vers son agresseur.

Trop tard.

Le choc lui arracha l'arme des mains et la précipita dans la neige, hors d'atteinte. Il tenta de saisir le pistolet accroché à sa ceinture, mais l'homme ne lui en laissa pas le loisir. Un corps le percuta, lourd et massif, lui coupant le souffle et le projetant en arrière, dans la neige. Amorçant une roulade pour se mettre hors de portée, il devina plus qu'il ne vit la silhouette trapue s'abattre sur lui et surprit un éclat froid et acéré, celui d'une lame.

Il évita le coup par pur réflexe, tournant la tête au dernier moment. Le métal froid fendit l'air juste à côté de sa tempe pour se planter dans la neige, avec un bruit mat, et ressortir aussitôt. L'autre lui écrasait la poitrine, maintenait ses bras en croix pour l'empêcher de se défendre. Théo parvint à dégager le droit et, alors que son adversaire prenait son élan pour un nouveau coup, frappa à son tour, à l'aine.

L'homme toussa bruyamment, les yeux exorbités. Théo crut que ce serait suffisant et rua pour envoyer valser son adversaire… en vain. Le couteau toujours levé, l'homme lui adressa un rictus hideux, qui tenait autant de la grimace que du sourire, et cracha, d'une voix étranglée mais triomphante :

— La déesse et son prophète me donnent la force de tout supporter.

Il y avait de la démence, dans les pupilles dilatées luisant derrière les lunettes polaires, mais aussi de la haine et une ferveur sans bornes.

« Défoncé ! Ce type est complètement défoncé ! » comprit Théo face à ce regard halluciné. Voilà qui expliquait la force herculéenne, les réflexes foudroyants et l'absence de douleur. Certaines substances, il le savait, produisaient ce genre d'effets.

Le fameux « prophète », quel qu'il fût, utilisait une méthode vieille de plusieurs siècles pour fanatiser ses troupes et les rendre invincibles.

Invincibles… ça restait à voir.

Alors que l'autre éclatait d'un rire cruel, il frappa encore, d'un coup précis, à la pliure du coude, pile sur le nerf. La main qui tenait le couteau et l'avant-bras qu'elle prolongeait s'affaissèrent soudain, privés de force. L'arme vint s'enfoncer une fois de plus dans la neige, presque à portée de main. Se tortillant à nouveau dans l'étreinte du pillard, avec une fureur désespérée, il tenta d'atteindre la poignée de la lame de son adversaire. Mais il avait beau faire, alors que l'homme contemplait son bras ballant avec une expression contrariée et stupide, les doigts de Théo griffaient la matière immaculée, sans espoir de saisir le couteau. Il allait mourir là, et Fanie serait condamnée à quelque sort effroyable.

Non !

Le premier crochet le frappa au visage, avec la force d'une masse. L'autre, ayant renoncé à récupérer son arme, avait décidé de l'achever avec ses poings... Et vu la puissance du premier coup et la douleur qui éclata dans sa joue, il était bien capable d'y parvenir. Ce serait juste plus long et plus douloureux.

Théo essaya d'esquiver le deuxième coup, mais, coincé comme il l'était, ne put qu'encaisser. La douleur éclata dans son autre joue, alors que sa chair s'écrasait sous les os épais de son bourreau qui ricanait à présent sans discontinuer et levait son bras pour frapper une fois encore. Et une autre, et une autre...

Théo, sonné, tenta toutefois de répliquer, alors qu'il sentait son arcade éclater et un liquide épais poisser son œil.

Il ne pouvait pas être vaincu, pas maintenant. Fanie avait besoin de lui... Mais l'autre le tenait, l'écrasait sous sa masse, ne lui laissait aucune prise. Il devait pourtant bien exister un moyen, il y avait toujours un moyen. Mais les coups le sonnaient. Pour riposter efficacement, encore eût-il fallu qu'il puisse aligner deux pensées à la suite. Pas facile quand un marteau vous pilonne le visage.

Fanie... Penser à Fanie...

Ignorant la douleur du mieux qu'il pouvait, il guetta le moment où le poids de son terrible agresseur se déplaçait, l'instant précis où il pourrait faire levier et...

Un nouveau ricanement glougloutant, celui d'un dindon obèse. L'autre leva le poing, bien haut. Théo sut que ce coup-là allait faire mal, très mal, et qu'il n'aurait pas d'autre chance. Il banda ses muscles, rassembla ce qui lui restait de forces. Un bruit assourdi, celui d'un soufflet qui se vide. Théo leva les yeux vers le visage en partie masqué de son bourreau et devina, à travers le jaune des lunettes, une expression de surprise douloureuse. Le corps qui pesait sur lui eut un étrange hoquet, puis s'abattit de travers, dans la neige. Relevant les yeux, Théo découvrit l'identité de son sauveur.

Dressé dans la nuit, tel un fragment de ténèbres coagulées, la longue virgule tranchante de son sabre prolongeant sa main, son frère le surplombait.

Un instant, alors qu'il rivait son regard au sien, ne parvenant pas encore à croire en ce retournement de situation, il crut que Johan, reprenant le dessus, avait volé à son secours. Il ouvrait déjà la bouche pour l'accueillir par de chaudes paroles, peut-être un trait d'humour bravache, mais les mots se figèrent sur ses lèvres.

Ce visage inexpressif, masque posé sur quelque abstraction dénuée de sentiments, ce regard d'insecte, froid et calculateur, qui pesait et quantifiait toute chose...

Corbeau.

Corbeau qui, sans un mot, lui tendit une main pour l'aider à se relever. Théo grimaça, quand celui qui n'était plus tout à fait son frère le hissa, ses yeux balayant le camp et les corps étendus à terre avec la minutie d'une caméra de surveillance.

Rien ne lui échappait, Théo en était bien certain. Le moindre détail, le moindre débris était analysé dans ce crâne-là avec une clairvoyance effrayante. Alors qu'il grommelait un vague « merci », la voix de Corbeau s'éleva :

— Ils étaient neuf. Ces quatre-là, deux que Fanie et Khalid ont blessés et trois autres. Ils sont partis avec les scooters.

Théo ne prit pas la peine de mettre en doute les paroles de l'alter ego de son frère. Il se contenta de faire remarquer, en s'éloignant pour ramasser son arme :

— Tu parles à nouveau, toi ? C'est bien. Et tu t'es décidé à bouger ? Encore mieux !

Était-ce la douleur, ou la disparition de Fanie ? Théo, alors qu'il assujettissait son arme sur son épaule, sentait la colère bouillonner en lui, une colère à cet instant dirigée sur son frère, ou celui qui avait pris sa place. Revenant vers lui, il assena, conscient de l'injustice de ses paroles mais incapable de se retenir :

— Tu te serais bougé le derrière avant, Fanie et Khalid ne seraient pas…

— Je réfléchissais.

Théo s'étrangla.

— Tu quoi ?

— Je réfléchissais. Il y avait beaucoup de désordre, là-dedans.

De son index, il tapota sa tempe, et Théo sentit une sueur glacée se répandre dans son dos.

— J'ai dû faire du rangement. Ça m'a pris un peu de temps.

« J'ai dû faire du rangement. »

À tout autre moment, il s'en serait certainement ému, aurait tenté de ramener un peu de Johan dans ce corps et ce crâne, de le sauver de lui-même, de ce double qu'il s'était créé pour se protéger du monde et de ses souffrances.

Mais il n'avait pas le temps, pas cette nuit…

Fanie était en danger. Dieu seul savait ce qu'on pouvait lui faire à cet instant même. Il évitait d'y penser au risque de devenir fou.

Et Khalid ? Khalid qui, laissant celle qu'il aimait à Aurillac, les avait accompagnés jusqu'ici, au péril de sa vie. Théo était responsable de lui aussi, et il devait tout faire pour le retrouver – il ne pouvait imaginer rentrer annonçant à Sarah qu'il était mort par sa faute. Il allait jeter ces vérités au visage de Johan, mais ce dernier, sans bruit, s'était éloigné de quelques mètres et furetait dans ce qui aurait dû être leur camp, posant son regard ici et là, se penchant un instant sur quelque détail de cet effroyable gâchis.

Jamais ses yeux ne s'échauffèrent ou ne se troublèrent de la moindre émotion. Il accordait aux objets et aux cadavres la même attention dénuée de passion. Il se figea, le regard dirigé sur l'une des rues qui s'enfonçait entre les façades de la place, se baissa, ramassa au sol un objet, l'examina, puis le fourra dans sa poche. Quand il se redressa, ce fut pour faire demi-tour, traverser le petit espace dévasté en droite ligne et passer devant lui, sans même lui adresser la parole.

Théo l'attrapa par le bras.

— C'est de l'autre côté qu'ils sont partis !

Celui qui occupait le crâne et regardait par les yeux de Johan lui lança un coup d'œil dénué d'expression.

— Je vais dissimuler nos scooters et prendre des armes dans la remorque.

Théo relâcha sa prise.

Dissimuler les scooters et prendre des armes… Oui, c'était bien ça qu'il fallait faire, si on ne se laissait pas emporter par ses émotions, si on réfléchissait comme une parfaite machine froide et sans passion.

Il hocha la tête.

— D'accord, on va faire ça et après on ira les sauver.

— Tu iras les sauver.

Théo se raidit.

— Je te demande pardon ?

— J'ai dit : tu iras les sauver, moi, j'ai autre chose à faire.

Cette fois, c'en était trop.

Se tournant vers son frère, il le saisit au col et, le plaquant contre le mur voisin, le souleva presque de terre.

— Maintenant, tu vas m'écouter. J'en ai rien à fiche, moi, de savoir si tu es Johan, Corbeau, ou j'sais pas qui d'autre. T'as eu très mal ? D'accord. Nous aussi, on l'aimait, Léa, mais tu veux que je te dise, la douleur ça n'excuse pas tout. Fanie et Khalid sont venus pour nous, pour toi, parce qu'ils t'aiment, et en ce moment même, à cause de nous, à cause de toi, ils sont en danger… Alors, je te jure que tu vas venir avec moi et que tu vas m'aider à les sauver.

Il se tut, cherchant, traquant sur les traits de son frère, une trace, une réponse, ou… Rien, ni honte, ni regret, ni souffrance, pas plus que de colère. Il ferma les yeux, incapable de soutenir ce regard mort qui ne cillait pas.

— Je viens avec toi.

— Quoi ?

Un instant, il crut que son frère avait chassé l'autre et repris possession de son corps. Il se trompait.

— Je viens avec toi. Tu n'arriveras pas à les sauver seul et moi, j'aurai beaucoup de mal à faire ce qui doit être fait si j'agis séparément.

— Mais qu'est-ce que tu racontes ? Qu'est-ce que tu dois faire ?

— Je vais tuer ce sorcier.

— Quoi ? Tuer ce sorcier ? Mais de quoi tu parles ?

Corbeau, se dégageant de son étreinte, reprenait déjà sa marche vers les scooters et la maison incendiée. Théo le suivit.

— Le grand gourou. Ce sont ses hommes qui ont pris Fanie et Khalid. C'est lui qui a fait enlever les gens pour les enrôler de force ou les sacrifier à sa nouvelle religion. C'est à cause de lui que Léa et ses parents sont morts…

— Qu'est-ce que ça peut te faire, à toi, Corbeau ? Tu te laisses mener par tes émotions, maintenant ? Tu veux te venger ? C'est pas logique, ça ! (Il ajouta, après un instant :) Ou c'est que Johan est encore là ?

Pour un peu, il en aurait presque repris espoir.

— Ce n'est pas une question de vengeance, mais d'équilibre et de rétribution.

Théo sentit les ténèbres se refermer à nouveau sur lui, alors que ses doigts relâchaient leur pression sur le bras de Johan.

— Ce gourou a fait du mal à Léa, à ses parents et à beaucoup d'autres, et il n'y a plus personne pour rendre justice.

— Mais toi oui, hein, toi, tu es un justicier, railla Théo. Toi, tu vas ramener la loi dans cette ville.

— Non, je vais juste régler l'addition. Et pendant ce temps, tu vas sauver Fanie et Khalid.

— Je te laisserai pas, Corbeau. Je te laisserai pas te faire tuer.

Il avait resserré sa prise et tirait son frère vers lui pour le forcer à le fixer.

— Tu m'entends ? Je vais pas te laisser te suicider. Tu peux prendre tes grands airs, mais je sais ce que tu as en tête… Et c'est ça… c'est exactement ça, hein, j'ai pas raison ? Réponds ! Mais réponds, bon sang !

Il était à bout, trop d'épreuves, trop de déceptions, trop de morts… Léa tout d'abord, puis Johan, et maintenant Fanie et Khalid… Fallait-il qu'on lui enlève tous ceux qu'il aimait ?

— Fanie, quand elle est venue tout à l'heure, j'étais là. J'ai tout vu, j'ai tout entendu, Johan. Elle t'a ouvert son cœur, elle t'a tout donné. Bon sang, pourquoi… pourquoi tu lui as pas répondu ?

Corbeau lui saisit les bras à son tour, lui plantant dans les yeux son regard insoutenable, noir comme la nuit… ou la mort.

— Johan ne pouvait pas lui répondre. Il est parti.

Une dernière secousse, qui plaqua Corbeau contre le mur, mais la colère n'y était plus, et il poursuivit :

— Je ne peux pas lui rendre ce qu'elle m'offre. Aimer, c'est aussi souffrir. C'est pour ça qu'il m'a créé, c'est pour ça qu'il m'a appelé. Moi, je ne hais pas, je n'aime pas, je ne souffre pas.

— On ne peut pas vivre comme ça. On ne peut pas sans cesse se couper des autres et du monde.

Théo chercha, dans cette nuit intérieure qui s'ouvrait derrière ces yeux, une étincelle, une ultime braise.

— Moi, je peux.

Ces trois mots tombèrent comme un couperet.

— Alors pourquoi tu vas tuer ce type ?

— Je te l'ai déjà expliqué, et puis, quelle importance maintenant, même si tu ne me comprends pas ? Je rééquilibre la balance, c'est tout. Toi, tu vas sauver Fanie et Khalid. Il te faut du temps et une diversion… C'est exactement ce que je vais te donner…

— Mais tu…

— La vie est faite de choix. J'ai fait le mien. Fais le tien. Soit tu me laisses agir et tu les sauves, soit ils meurent. Décide-toi vite, le temps presse.

Sans attendre une seconde de plus, il se dégagea et s'en fut à grands pas dans la rue par laquelle leur parvenait encore, éclaboussant les façades encroûtées de givre, les derniers feux du bûcher.

Théo demeura un instant immobile, les yeux rivés au dos de son frère qui s'éloignait, souple et félin, fauve en chasse.

Johan ou Fanie, Fanie ou Johan…

Ainsi donc voilà où l'avait conduit la voie qu'il avait choisie pour sa rédemption : au sacrifice d'un des êtres qu'il aimait.

Johan ou Fanie, Fanie ou Johan…

Non… Non, il devait exister une troisième solution. Il y avait une troisième solution… Et il l'entrevoyait déjà.

Il se redressa, inspira profondément, puis, à grandes enjambées déterminées, suivit les pas de son frère et disparut lui aussi à l'angle de la rue.

La cité écrasée de nuit retrouva son calme premier et fut engloutie par les ténèbres que seul le lointain lamento des pins peuplait de ses accords bruissants.

CHAPITRE 17

Ficelée telle une vivante pièce de viande, l'épaule de la brute qui la portait s'enfonçant à chaque foulée dans son ventre, lui donnant envie de vomir, Fanie fut presque soulagée quand enfin on la laissa tomber à terre.

Le choc fut pourtant rude, lorsqu'elle s'écrasa sur les dalles de pierre glacées. Contusionnée, choquée, elle se recroquevilla sur elle-même, en position fœtale, tentant de protéger ses organes vitaux du froid et des coups qui viendraient sûrement. Luttant contre la nausée, alors que des pieds bottés piétinaient autour d'elle et qu'elle se demandait si l'un d'eux n'allait pas lui écraser le crâne ou lui envoyer un coup en pleine figure, elle revit en un éclair douloureux les minutes qui avaient précédé.

Tout avait été si rapide !

Repliée sur sa douleur, elle était revenue vers l'endroit où ils avaient monté le camp, posant un pied devant l'autre comme une somnambule. Eût-elle réfléchi une seconde ou deux qu'elle se serait peut-être éloignée dans la ville en habits de ténèbres pour s'y enfoncer, s'y noyer, se trouver quelque venelle obscure et s'y asseoir contre un mur et attendre. Le froid et la nuit auraient gelé ses larmes, l'auraient accueillie en leur sein, pour mieux y diluer sa souffrance. Elle s'y serait endormie, lentement, les mains d'abord, les pieds, puis le reste. Une mort douce et miséricordieuse, sans fureur, sans excès. Disparaître, telle une bougie qui s'éteint, sa mèche consumée.

Car c'était exactement ainsi qu'elle se sentait. Khalid avait eu beau l'accueillir, la serrer dans ses bras, lui adresser ces mots qu'on tresse à ceux qu'on aime quand ils sont dans l'épreuve, elle ne l'entendait pas. Il était sincère, et ses paroles la touchaient, mais, pas plus qu'un verre d'eau répandu en plein désert ne suffit à y faire renaître la vie, elles ne pouvaient ranimer les cendres de ses rêves.

Puis il y avait eu l'attaque.

Ils devaient les surveiller depuis un bon moment, attirés par la lueur du brasier tout proche. Ils avaient fait mouvement pour les encercler dans l'obscurité. Ils avaient surgi de partout en même temps.

Relevant la tête de l'épaule de Khalid et posant sur les ténèbres un regard vide, embué de larmes, elle avait deviné une forme trapue, ramassée, brandissant au-dessus de sa tête ce qui ressemblait à une batte de base-ball. La peine et la douleur balayées par la peur, elle avait hurlé un avertissement et, s'emparant du pistolet accroché à sa ceinture, l'avait levé… Leur agresseur, se voyant découvert, s'était rué à l'attaque, avec un cri bestial. L'arme de Fanie avait aboyé, le sauvage à la batte s'était effondré. Mais déjà, comme si le coup de feu avait été un signal, d'autres surgissaient de toute part.

Khalid avait pointé son fusil-mitrailleur mais, comme dans la caravane de Bruno, il avait hésité à la dernière seconde. Son assaillant n'avait pas eu ce scrupule. Le coup de masse l'avait raté de peu, sifflant à quelques centimètres de son visage.

Derrière l'arme, un visage haineux, couvert de tatouages inquiétants, au sourire dévoilant des dents limées en pointe, se jetait sur eux. Khalid avait pressé la détente. Le fusil-mitrailleur s'était cabré sur son bras. Le fou furieux au masque cauchemardesque s'était écroulé. Khalid, qui, de sa vie, s'était toujours tenu loin de la violence de crainte de blesser un autre, avait tué un homme.

Mais l'heure n'était plus aux remords. Ce monde, pas plus que ceux qui le peuplaient à présent, ne leur laissait le choix. Il fallait se battre ou subir. Fanie n'avait plus envie de vivre, mais possédait assez d'imagination pour envisager ce qui pouvait l'attendre aux mains de ces brutes. Elle avait pressé la détente une fois de plus, vers un semi-gorille en parka rouge qui s'apprêtait à la saisir. Le cri de triomphe de son agresseur s'était mué en râle d'agonie quand, emporté par son élan, il l'avait percutée de plein fouet et s'était étalé sur elle. Écrasée par le poids du corps inerte, elle avait tenté de se dégager, poussant avec ses mains et ses genoux, en vain. Alors qu'elle rassemblait ses forces pour une nouvelle tentative, elle avait entendu le staccato hargneux de l'arme de Khalid, un grognement, un ordre aboyé, puis un cri, celui du jeune homme.

Elle avait juste eu le temps de voir son ami s'effondrer sous le coup de batte d'un forcené tatoué.

Impuissante, elle l'avait contemplé, étalé dans la neige, un filet de sang s'écoulant de sa tempe. Il ne bougeait plus.

Elle avait hurlé son nom, saisie de la crainte atroce que l'autre ne lui ait fracassé la tête. Alors même qu'elle se débattait, elle avait entendu la voix de basse d'un des pillards :

— Tu tapes trop fort, imbécile ! Tu sais bien qu'il les veut vivants.

— Cette petite ordure a tué Fred et Max !

— S'ils se sont fait avoir par ce gosse, c'est qu'ils le méritaient. Et de toute manière, ils sont auprès d'elle, maintenant. Gloireglace !

— Gloireglace ! avait clamé la seconde voix.

Elle n'avait pas compris la moitié des mots qu'avaient prononcés ces déments et, après tout, elle s'en moquait. Qu'ils prient la glace, la neige, le petit Prince ou des sardines en boîte, ça lui était égal, mais elle devait retrouver sa liberté avant qu'ils ne s'intéressent de nouveau à elle.

Toujours immobilisée par le corps sans vie de son dernier agresseur, elle avait réalisé que le choc lui avait fait lâcher son arme qui gisait dans la neige, à un peu moins d'un mètre d'elle.

Il fallait qu'elle la récupère, il fallait...

Alors qu'elle percevait, sur sa droite, le bruit soyeux de bottes écrasant la neige, elle avait tenté d'atteindre le pistolet dont la forme sombre et mate la narguait. Ses doigts gantés, tendus à l'extrême, avaient labouré la neige à peu de distance de la crosse. Les pas s'étaient rapprochés. Elle s'était tortillée, essayant de se dégager du corps affalé sur elle, pour gagner ces malheureux centimètres qui lui manquaient. Dans un ultime sursaut, elle s'était soulevée pour se propulser vers l'automatique. Ses doigts s'étaient refermés sur la crosse...

Un pied avait écrasé sa main.

Elle avait étouffé un cri de douleur, alors qu'un visage terrifiant, puissant, taillé à la serpe, sans une once de mollesse ou de gentillesse, s'était penché sur elle.

— Holà, ma jolie ! Faut pas toucher les trucs comme ça. C'est dangereux.

La pression du pied s'était accrue. Elle n'avait pu retenir un gémissement. Quand l'homme souleva un peu son pied, elle avait retiré sa main. Un sourire hideux avait étiré les lèvres inexistantes sur les dents taillées en pointe, métamorphosant ce visage tatoué en faciès de batracien carnivore.

— Là, c'est mieux.

Et comme si ça ne suffisait pas, un nouveau visage, plus étroit celui-là, mais pareillement laid et scarifié, aux yeux chassieux, s'était joint au premier, l'avait détaillée trois secondes, puis, sur un sifflement admiratif, l'avait observé de plus près.

— Dis donc, elle est rudement mignonne, la Chinetoque !

— T'as entendu les ordres !? avait tempêté le premier. Il a besoin de petites sœurs pour la déesse. Alors, si t'as pas envie de finir avec les infidèles, t'as intérêt à te tenir tranquille !

— Les petites sœurs, les petites sœurs, comme si y en avait pas déjà assez.

Elle avait senti des mains, celle du chassieux, caresser ses cheveux. Ce simple contact, ces pupilles luisantes, envieuses, l'avait révulsée. Sans réfléchir, elle avait détendu son bras gauche et frappé l'homme à la mâchoire. Le coup, porté sans élan, était purement symbolique, mais avait néanmoins produit un son très agréable et l'expression ahurie du gorille l'aurait presque fait rire, ce qu'avait fait immédiatement le second.

— Elle t'a bien eu, la petite bridée !

Ce fut la dernière chose qu'elle entendit avant que celui qu'elle venait de frapper, sur un hurlement de rage, ne lui abatte son arme sur le crâne. L'univers avait explosé.

Quand elle avait repris conscience, elle glissait au-dessus d'une surface blanche, dans le grondement assourdissant d'un moteur en marche. Elle avait tenté de se mouvoir, pour réaliser que ses mains et ses bras étaient noués dans son dos et que sa tête la faisait atrocement souffrir. On l'avait ficelée, comme une volaille, pour la jeter sur la remorque d'une motoneige, probablement la sienne ou celle de Khalid.

Les pillards s'étaient servis.

Les pillards !

À peine ce mot l'avait-il effleurée qu'elle avait dressé la tête vers l'avant et découvert que le voyage, dont elle n'avait guère profité, touchait à sa fin.

Le véhicule ralentissait. Ils arrivaient à destination.

Plissant les yeux, malgré la douleur que ce simple effort réveillait, elle avait distingué, par-delà la silhouette de son ravisseur, la forme claire d'un haut bâtiment... Une église.

Le scooter s'était arrêté. Le pilote était descendu de son siège, avant d'aboyer une série d'ordres. On l'avait soulevée, tel un vulgaire sac de farine, jetée sur une large épaule et, ballottée de la sorte, amenée vers la bâtisse.

Alors qu'on l'emportait, elle avait eu le temps de jeter un rapide regard autour d'elle.

La place sur laquelle s'élevait l'église, éclairée par des flambeaux, se perdait dans les ténèbres. Dans la clarté rougeâtre, qui conférait aux choses et aux êtres un aspect primitif, archaïque, elle avait deviné des silhouettes martiales, semblables à celles de leurs agresseurs. La dansante lueur des torches parait les visages tatoués, l'émail blanc et carnivore des dents semblables à autant de crocs, d'une allure plus fantastique encore. Derrière, on s'était affairé autour des scooters, avec une rigueur quasi militaire. Plus de bagarre, cette fois, de l'efficacité. On dépouillait la remorque de la motoneige de tout ce qu'elle contenait.

Fanie avait remarqué, debout, un peu en retrait, distribuant ses ordres aux hommes qui œuvraient autour des deux engins, une mince et fine silhouette au crâne nu... Une toute jeune fille.

Les malabars, serviles, se pliaient à ses injonctions et, quand elle donnait de la voix, d'un ton haut perché, filaient sans demander leur reste.

C'est alors qu'elle avait réalisé.

Deux scooters seulement. Le sien et celui de Khalid. Ce qui signifiait que Johan et Théo étaient encore libres.

« Ils vont venir… Ils vont venir », avait-elle tenté de se convaincre.

Mais en était-elle si sûre ? Johan serait venu, Théo aussi… mais Corbeau ? Et même s'ils venaient tous les deux, resterait-il quelqu'un à sauver ? Cette question en avait amené une autre. Où était Khalid ?

Juchée comme elle l'était sur l'épaule de l'homme, elle n'avait guère eu de latitude pour observer les alentours, mais assez pour découvrir, en se tordant le cou, à quelque quinze mètres derrière elle, une silhouette titubante, les mains nouées dans le dos. Une autre brute patibulaire la poussait devant elle, la rudoyant sans ménagement si d'aventure elle s'affaiblissait.

Khalid !

Ainsi lui aussi était sauf… mais pour combien de temps ?

Alors même qu'elle regardait son ami, elle l'avait vu trébucher et s'effondrer. L'homme à ses côtés s'était jeté sur lui pour le rouer de coups. Elle avait tenté de protester, mais son ravisseur lui avait frappé la cuisse, avec une telle force que les larmes lui étaient montées aux yeux.

— Ferme-la !

Khalid, derrière, avait fini par se relever. L'instant suivant, ils pénétraient par le porche ouvert à l'intérieur de la nef.

Fille de deux cultures, Fanie n'avait jamais adhéré à aucune religion mais, d'aussi loin qu'elle s'en souvienne, avait toujours aimé l'atmosphère, le calme et la sérénité qui régnaient dans les lieux sacrés, où les hommes, pour une courte parenthèse, oubliaient leurs conflits et leurs haines.

Cette fois, c'était différent.

De sveltes silhouettes au crâne rasé, semblables à celles qui, dehors, donnaient des ordres aux molosses, pâles et diaphanes dans leurs longues robes blanches, glissaient autour d'elle, derrière les piliers, tels des spectres, l'observaient à distance de leurs yeux froids comme la glace. Les hautes fenêtres de l'édifice, dont on avait brisé les vitraux, ouvraient sur les ténèbres nocturnes et laissaient entrer la bise en terrain conquis. Ce n'était pas là les seuls outrages qu'on avait fait subir à la bâtisse. Toutes les statues, tous les gisants, les reliquaires avaient été systématiquement mis en pièces ou arrachés de leur niche. À leur place, on avait érigé de sinistres sculptures translucides.

Ce qu'elles représentaient, Fanie n'en avait aucune idée, il faisait trop sombre ici, mais il lui avait semblé entrevoir de lugubres visages plus ou moins humains, des bras surnuméraires, un mélange inquiétant de divinités orientales et de saints chrétiens. Celui qui avait modelé ces personnages transparents avait puisé dans toutes les iconographies, toutes les mythologies… et ce qu'il en avait retenu n'avait rien de rassurant.

Mais il y avait autre chose.

À peine le porche franchi, elle avait senti… C'était indéfinissable. Ni une odeur ni un bruit, mais autre chose, une présence, l'empreinte d'une pensée, qui, tel un liquide s'infiltrant dans la roche, avait pollué cet édifice, l'avait souillé de sa trace.

Et la source s'en trouvait juste derrière elle.

Et maintenant, échouée sur les dalles froides de la nef, elle sentait, toute proche, la présence de cet autre, comme un point dans les ténèbres, que déjà son porteur la basculait et la laissait choir. Repliée sur elle-même, alors que la douleur montait dans tous ses membres, sous ces cordes qui

coupaient sa circulation pour mieux la tourment
entendit une voix s'élever :

— Allons, un peu de délicatesse. Nous ne savo
encore si ces personnes sont nos frères et sœurs ou
ennemis. Elles méritent donc le bénéfice du doute.

Ces mots, prononcés d'une voix douce et feutrée, fire
pourtant courir dans son dos un frisson de terreur. Cette onctuosité dangereuse, cette bonté factice, ce phrasé impeccable, où l'on devinait qu'aucun mot n'était choisi au hasard, aucune intonation n'était involontaire… Fanie ne se targuait pas de dépister le mal ou la méchanceté chez les autres au premier regard ou, en l'occurrence, à la première écoute, mais elle savait reconnaître un comédien ou un manipulateur quand elle en rencontrait un.

Et à voir comment la brute qui l'avait portée répondit, son hôte savait susciter la crainte chez ses serviteurs.

— Pardon, maître, je ne voulais pas…

— Faute pardonnée.

Cette voix était un miel empoisonné. Fanie eût-elle fermé les yeux que des images de grand serpent à forme humaine auraient hanté ses paupières.

— Redressez-la.

Alors qu'on s'exécutait, elle découvrit tout d'abord le bas d'une longue robe blanche, une sorte de chasuble, ou de bure, rehaussée de fils d'argent aux motifs complexes. Plus haut, toujours plus haut, deux mains longues et fines, d'une pâleur cadavérique, et enfin un visage.

Fanie s'était attendue à tout – un masque parcheminé où le temps aurait creusé les traces de la vilenie et de la cruauté, ou au contraire bouffi, une cloque emplie de pus –, mais pas à ces traits angéliques, ceux d'un jeune homme guère plus âgé qu'elle, à la beauté presque androgyne.

ongue et épaisse robe blanche, malgré son crâne s tatouages inquiétants qui marquaient ses joues et g, il aurait, à une certaine époque, fait carrière d'acteur. lescentes auraient placardé son poster sur les murs de hambre pour peupler leurs nuits solitaires de son image. Mais il y avait ce regard fixe, froid et luisant, celui d'une père surveillant une proie, glacé en surface pour mieux dissimuler ce qui se tordait et bouillonnait derrière, mince couche translucide recouvrant un gouffre fangeux…

Elle retint un frisson.

— Oh, mais qu'avons-nous là ?

Ce qui glissait sous ces syllabes, alors même que le jeune gourou la détaillait, tel un intéressant spécimen, la révulsa.

— Comment t'appelles-tu, belle étrangère ?

Il se rapprocha un peu, cherchant ses yeux.

Était-ce simplement le désir de fuir ce contact ? Ou bien quelque chose de plus profond, un avertissement, la conscience que croiser ce regard n'était pas sans danger ? Elle détourna la tête.

Une des longues mains aux doigts trop fins, tout en nerfs et en os, s'empara de son menton et tira, avec une force douloureuse, s'enfonçant dans sa peau et sa chair, l'obligeant à lui faire face.

— Oh ! Tu vas me regarder, ma jolie, je te l'assure, et tu vas me répondre, que je sache qui tu es et d'où tu viens.

— Espèce de… grogna Fanie entre ses dents serrées.

Elle tentait bien de résister, mais l'autre tirait, tirait, de plus en plus fort, et elle sentait, d'instant en instant, ses muscles lâcher. Comme un doigt froid et huileux, fureteur, ce qui sortait de ce regard glissait sur sa peau, sur sa joue, pour se diriger vers ses yeux et s'y ficher, s'y enfouir, tel le ver dans un fruit. Quand enfin il tira d'un coup sec et qu'elle lui fit face, que leurs regards se croisèrent, elle aurait hurlé.

Ça jaillit vers elle, noir et infect, prêt à percer ses pour s'enfoncer en elle, l'investir, la souiller… Avan briser, en écume inoffensive, sur la force qui se dé autour d'elle pour lui faire une armure.

Elle sentit ruisseler sur son visage la puissance l'autre, par-delà la barrière qu'elle avait érigée devan elle, sans même en avoir conscience. Un nouvel assaut, plus fort, plus concentré, plus furieux que le précédent, pressa sur ses défenses. Si ce gourou parvenait à les percer, il ne resterait d'elle qu'une carcasse débile et privée de pensées.

Fanie dressa alors autour d'elle un mur infranchissable. L'autre, son regard de reptile planté dans le sien, tenta de trouver une faille, força, pressa ici, là, de ses mâchoires invisibles, prédateur cherchant à briser la carapace d'une proie cuirassée… En vain.

Elle vit l'étonnement se peindre sur le visage d'ange déchu, puis le sourire qui lui releva la commissure des lèvres, celui d'un gamin ravi d'avoir trouvé un nouveau jouet, ou un adversaire à sa hauteur. Elle l'entendit murmurer, en un souffle presque inaudible :

— Enfin !

Il n'eut pas le temps d'en dire plus.

— Lâche-la, sale brute !

Khalid !

Elle sentit l'étau de la volonté de l'autre se desserrer, son attention se détourner d'elle. Elle perçut ce qui lui parut être l'écho de coups sourds, puis des plaintes, des jurons. Elle comprit aussitôt.

— Arrêtez ! Laissez-le ! hurla-t-elle.

D'une brusque traction, elle se libéra des doigts du gourou pour se tourner vers son ami. Les deux gorilles qui les avaient conduits là s'en donnaient à cœur joie, frappant le rébin ficelé à grands coups de pied dans les figure.

êtez ! hurla-t-elle à nouveau, ivre de colère impuis- lors que les cris de Khalid résonnaient sous les voû- la nef.

ais ils ne cessaient pas, bien au contraire. Ils redou- ient d'ardeur, footballeurs infernaux frappant une balle ivante, visant la tête, le visage, pour détruire, pour tuer ! Folle de détresse et de rage, elle poussa un long cri inarticulé.

Comme le soir précédent, devant la caravane de Bruno, ça sortit d'elle, monté des tréfonds les plus noirs de son esprit, une force, une puissance carnivore, meurtrière, qui se jeta sur les tortionnaires. Une fois encore, elle vit l'air se moirer, se coaguler, devenir plus épais, plus dense, presque solide, ébaucher des formes translucides, des formes qu'elle ne voulait surtout pas voir, celles qui grouillaient et rampaient tout au fond de ses cauchemars.

Puis les cris s'élevèrent, ceux des brutes maintenant, autour desquelles s'affairaient les abominations invisibles, taillant, tranchant, mordant, rongeant. Fanie tremblait, sanglotait, horrifiée par ce qu'elle faisait, par ce pouvoir, ces choses qui sortaient d'elle. Elle aurait voulu fermer les yeux, ne plus voir, ne plus entendre.

À côté d'elle, elle devinait la présence du gourou, attentif, intéressé… ravi. Le gourou dont la voix tonna soudain, impérieuse :

— Suffit !

Elle sentit le pouvoir du maître se déployer pour envelopper à son tour ses deux séides qui se tordaient au sol. Instantanément, les formes qui rampaient et se pressaient autour d'eux perdirent de leur cohérence, se diluèrent, se délitèrent. Elle tenta de lutter, mais l'autre était trop fort, bien trop fort, pour qu'elle puisse lui résister.

À peine les deux brutes, terrifiées et frissonnan vertes d'entailles et saignant de mille coupures, se saient-elles, l'œil hagard, les traits hantés d'une te abjecte, qu'il ordonnait, en désignant Khalid.

— Emmenez-le !

Fanie, encore sous le choc, les vit se courber jusqu'à terre, et sans cesser de la surveiller d'un regard craintif et haineux, ramasser Khalid qui, le visage en sang, un œil fermé, n'opposa aucune résistance.

Tandis que les deux hommes l'emportaient, le traînant par les aisselles, elle retrouva un semblant de force.

— Où l'emmenez-vous ? Laissez-le !

Comment avait-elle à nouveau déchaîné ce pouvoir qu'elle redoutait autant que ses adversaires ? Elle n'en savait rien elle-même. Et on ne lui laissa pas le loisir de s'interroger davantage. Une main gigantesque, invisible, la saisit et la souleva pour la précipiter contre un des piliers de l'église où elle s'écrasa, le souffle coupé, à deux mètres du sol. Elle tenta de se dégager, de remuer bras et jambes, mais ses membres semblaient pris dans une gangue immatérielle. Elle eut beau tirer, pousser, hurler, rien n'y fit.

Maintenue en l'air contre la colonne par cette main invisible, une fois encore, elle fit appel à cette force qu'elle devinait en elle, une force qui, à chaque utilisation, répondait de plus en plus vite. Ce fut insuffisant. L'étau ne se desserra qu'imperceptiblement et elle sentit, pressant autant sur son corps que sur son esprit, la volonté du gourou qui l'écrasait, la broyait. La sueur aux tempes, tremblante, elle le vit approcher, souriant, spectre blanc et long glissant sur les dalles de la nef.

— Tu n'as toujours pas compris, sorcière infidèle ? Tu ne peux rien contre moi, pas ici, pas au milieu de mon peuple, de mon temple, de ma cité !

…nait, et sa force s'accrut encore, tirant sur ses …gnets, ses jambes, l'écartelant jusqu'à ce qu'elle …ssion que ses os allaient se déboîter. Elle retint …nte.

…our d'elle et de son bourreau, elle discernait un …upement silencieux, celui de petits spectres pâles et …ards, les gamins au crâne rasé et aux robes blanches …'elle avait vus peu avant. La voix du gourou, tout proche à présent, s'élevait une fois encore, tonitruante.

— La puissance et la force de la Mère de glace sont avec moi ! Ce monde est le sien et nous sommes ses enfants, tu ne peux nous vaincre ni nous contaminer de ton mal ! Tu te repentiras de tes fautes et tu embrasseras notre foi, ou tu mourras !

La traction augmenta encore, juste assez pour lui faire pousser un cri, le premier, avant que l'autre n'ordonne :

— Dehors, vous tous ! Dehors ! Je dois affronter seul les pouvoirs de cette sorcière hérétique et tenter de sauver son âme égarée pour la ramener dans la gloire étincelante de notre Mère de glace.

Dans une brume de douleur, Fanie crut percevoir une voix juvénile.

— Maître, vous êtes sûr ? Elle…

— Elle ne peut rien contre moi ! Sortez ! Sortez tous !

Il y eut un froissement de tissu, comme un envol de moineaux, puis le bruit lointain de grandes portes qu'on refermait.

Ils étaient seuls.

Dans le silence revenu, le gourou reprit la parole :

— Je pourrais te tuer, ma jolie, te briser, faire de toi une épave… Mais ce serait vraiment du gâchis.

Alors même que ces mots résonnaient à ses oreilles, que la douleur devenait insoutenable, elle sentit l'étreinte se relâcher, la main invisible qui la suppliciait jusqu laisser glisser au sol. Elle s'affala au pied du pilier, te poupée brisée.

— Mon ami… Où l'emmenez-vous ? trouva-t-ell force d'articuler.

L'autre eut un haussement d'épaules désinvolte.

— Dans une de mes geôles. Il ne lui sera fait aucun mal. Cesse de penser à lui, il est sans importance.

— Pour moi il est important.

Le gourou posa un doigt sur ses lèvres. En aurait-elle encore eu la force qu'elle l'aurait mordu, ou tenté de le faire.

— Ne prononce pas des paroles que tu pourrais regretter. Il n'est pas important, pas comme toi et moi.

Il s'était agenouillé face à elle et la scrutait, tel un vivant miracle.

— Si tu savais depuis combien de temps je te cherche ! Si tu savais combien j'ai espéré ta venue !

— Tu me connais même pas, espèce de détraqué !

Mais le jeune homme au visage d'ange et aux yeux de reptile ne se départit pas de son sourire.

— Ce n'est pas toi personnellement que j'attendais, mais une fille comme toi, une fille avec le pouvoir…

Fanie secoua la tête.

— Je ne sais pas de quoi tu parles.

Il accueillit sa déclaration avec l'expression d'un adulte écoutant les dénégations brouillonnes d'une enfant.

— Non, bien sûr, tu ne sais pas de quoi je parle. Ce que tu as fait tout à l'heure à mes hommes, j'ai dû le rêver.

— Je n'ai rien fait, affirma-t-elle.

— Si, tu l'as fait, j'étais là. Tu te souviens ? C'est même moi qui les ai sauvés. Si je n'étais pas intervenu, ces idiots seraient morts tous les deux, et ça ne serait pas beau à voir.

…naître cette justice, petite sœur, tu ne fais pas …moitié.

…en fait ! hurla-t-elle si fort que l'écho de son cri …ans toute la nef.

… qui la couvait de son regard froid posa une main …bouche.

— Moins fort, idiote ! Ils vont croire que tu me veux du … et ils vont revenir. (Il marqua une pause avant d'ajou…er :) Et nous avons des choses à nous dire en privé.

— Je n'ai rien à te dire.

Et c'était vrai. Elle était épuisée, une écorce vidée de sa substance, de ses forces. Pourquoi vivait-elle encore ? Elle ne savait même pas. Tout ce qui apportait un sens à sa vie, ce pour quoi elle s'était lancée dans cette aventure insensée, avait disparu, dévoré par la nuit et le froid. Et maintenant…

Maintenant, Johan était parti, à tout jamais, rejoindre Léa. Léa, son amie d'enfance, sa rivale… sa douleur.

« Il a fallu que tu me le prennes, hein ? Il ne t'a pas suffi de me l'arracher, de me laisser souffrir en silence toutes ces années… Même morte, tu ne pouvais pas me le laisser ! Il a fallu que tu l'emportes avec toi. Tu m'as tout pris, Léa… tu m'as tout pris. Et je ne peux même pas te haïr. »

Et celui qui avait tué Léa et, avec elle, anéanti le cœur de l'homme qu'elle aimait, se tenait devant elle.

— Oh si, nous avons des choses à nous dire, ma jolie, plus que tu ne le penses.

— Je suis une fille comme les autres.

La main du maître des lieux, qui caressait jusqu'alors les cheveux de Fanie, lui saisit une fois de plus le visage et serra, pour la forcer à lui faire face.

— Arrête de dire n'importe quoi ! Tu as un pouvoir que la plupart des gens tueraient pour posséder.

— Eh bien qu'ils le prennent ! articula-t-elle malgré la pression des doigts sur sa mâchoire.

— Personne ne peut te le prendre, et toi, tu vas devoir apprendre à le maîtriser, sinon c'est toi, une nuit ou l'autre, qui vas y passer.

Même du fond de son désespoir, elle dressa l'oreille.

— Qu'est-ce que tu racontes ?

Une étincelle de joie mauvaise pétilla dans l'œil du jeune homme qui, retirant sa main, s'installa confortablement face à elle.

— Ah, tu deviens raisonnable.

Il attendit quelques secondes, le temps que la tension monte.

— Tu ne t'es jamais demandé d'où te venait ce pouvoir ?

— Je n'ai pas…

— Arrête ces enfantillages ! Je me fiche de savoir si tu en veux ou pas, tu l'as à présent. Que tu aies été choisie par une déesse, leur ancien dieu du Jour ou le hasard n'a aucune importance.

Un rire sans joie filtra des lèvres de la jeune fille.

— Je pensais que tu croyais à la Mère de glace ?

— La Mère de glace ? Et puis quoi encore ? Le Sanglier des bois touffus ? Je peux t'en inventer dix à la minute, des comme ça…

— Alors pourquoi ?

Elle avait cru avoir affaire à un simple fanatique. Elle se trompait. Celui-ci était d'une espèce plus détestable encore, et bien plus dangereuse. Et l'autre se penchait à son oreille pour répondre, affable :

— J'ai lu le livre d'un type un jour, James George Frazer, un Anglais, qui étudiait les tribus d'Afrique…

— Qu'est-ce que j'en ai à f…

— Il disait que les bons sorciers, là-bas, ceux qui gouvernaient le plus longtemps, ceux qui possédaient le pouvoir, alors qu'ils n'étaient ni forts ni bons guerriers, ne devaient surtout pas croire les idioties qu'ils racontaient. (Il acheva, avec une absolue conviction :) Il avait tout compris, ce type ! Il disait que, finalement, c'était plutôt mieux, parce qu'il est préférable d'être dirigé par une crapule intelligente que par un imbécile honnête. C'est logique, quand on y pense.

— Et c'est pour me dire ça que tu as tué notre amie ? Que tu enlèves les gens de cette ville ? Que tu nous as emmenés ici ? Que…

Le ton montait, et avec lui la colère.

— Je t'explique ce que j'ai fait.

— Et qu'est-ce que tu as fait ?

Pourquoi lui posait-elle cette question ? Fallait-il qu'elle soit perverse pour vouloir ainsi écouter ce type bouffi d'orgueil qui lui expliquait, par le menu, pourquoi et comment il allait dominer cette ville, ce pays – et ce monde, peut-être ? Il ne pouvait rater une si belle perche.

— Il y a quelques mois, j'étais comme les autres : un pauvre garçon qui tremblait devant le Crépuscule, la Malesève, les pillards, devant tout… Après le départ des militaires pour le front, ceux qui restaient, comme moi, vivaient dans la peur. Il n'y avait plus d'autorité. Chaque nuit, des bandes organisées faisaient des descentes dans le quartier. Elles raflaient les filles, embrigadaient les hommes ou les tuaient s'ils ne voulaient pas les suivre ou céder leurs copines de bonne grâce. Une fois, c'est sur mon voisin que c'est tombé. Il vivait avec son amie, une jolie petite brune, un peu comme toi. Ils ont essayé de se défendre. (Il haussa les épaules.) Ça a duré longtemps… j'ai tout entendu. Je me suis bouché les oreilles, mais ça n'a pas suffi. À la fin, j'aurais crié aussi pour ne plus les entendre. Tous les soirs, après, je me couchais en me demandant quand ce serait mon tour. C'est curieux, la peur. Au fond, on croit que, si on a peur, on va être protégé, mais ce n'est pas vrai. On a souvent raison d'avoir peur. Un soir, ils sont venus pour moi. Ils ont défoncé ma porte, ils sont entrés...

Une tension montait en lui, ses yeux luisaient d'une trouble émotion.

— Et c'est là que ça a commencé. Le pouvoir.

Fanie, révulsée, comprit alors ce qui faisait luire les yeux de son interlocuteur.

— Si tu pouvais voir comment je les ai reçus. (Il pouffa.) Quand ils sont venus, avec leurs flingues, et qu'ils ont vu ça... J'ai vu de la terreur dans leurs yeux. Ils me dévisageaient comme si j'étais un spectre, non, un dieu ! Alors j'ai compris...

Elle le fixait, fascinée, incapable de détourner son regard de l'abîme qu'elle devinait dans le sien. Il poursuivit, sa voix se gonflant de son orgueil, de sa folie :

— ... j'ai compris que je tenais ma chance, que c'était ça qu'il fallait faire ! Pour ne plus avoir peur, il fallait faire peur à mon tour ! Il fallait devenir la peur. Et j'en avais les moyens !

— Et les autres... Tous les autres, ils ne t'avaient rien fait.

Le gourou au visage d'ange balaya l'argument d'un geste.

— Il faut bien que je donne du grain à moudre à mes brutes, autrement elles ne me suivraient pas, et puis, les sacrifices, c'est bon pour la foi.

— Les sacrifices... articula-t-elle comme elle aurait craché.

— Des sacrifices, oui. (Il lui glissa une main sous le menton, avec une tendresse écœurante.) Oh ! Ne fais pas ta dégoûtée. Ils le demandent, je te jure. Ça leur plaît... C'est comme les corridas, en mieux.

Elle secoua la tête.

— Non, c'est pas vrai, c'est pas possible.

— Qu'est-ce que tu crois ? Que les gens sont bons ? Gentils ? À la moindre guerre, ils n'ont rien de plus pressé que de se dénoncer les uns les autres. Donne-leur un bon prétexte et tu vas voir ce dont ils sont capables.

— C'est toi qui les as contaminés avec tes délires d'aliéné !

— Tu ne comprends rien. Ils veulent ce que je leur offre, ils en redemandent. Ils sont tous pareils. Ils se sentent impuissants face à tout ça.

D'un geste, il tendit la main vers les hautes fenêtres aux vitraux brisés, vers la nuit et le froid, la Malesève.

— Ils ne peuvent que subir. Ils n'y sont pour rien, le monde a changé. Ils ont découvert que l'univers se moquait d'eux, de leur peine, de leur joie, de leur douleur, qu'il les ferait disparaître sans même qu'ils s'en rendent compte… C'est terrifiant, non ?

Elle garda le silence.

— Moi, je leur offre des réponses rassurantes. Moi, je leur dis : « Si le froid et la Malesève sont là, c'est que vous avez fait des vilaines choses, pas vraiment graves, mais tout de même, vous êtes coupables. » Et tu n'as pas idée comme les gens ont envie d'être coupables.

— C'est faux… c'est faux…

« Et toi alors, toi qui cherches toujours ce que tu as pu faire à ton père pour lui déplaire, lui susurrait une petite voix tout au fond d'elle-même. Toi qui sens toujours le besoin de te justifier, d'en faire plus pour te faire pardonner d'être ce que tu es… une fille. »

Et ce monstre qui continuait :

— Les gens aiment se sentir coupables ! Ça veut dire qu'ils sont responsables de ce qui leur arrive, et donc qu'ils ont prise sur les événements, qu'ils peuvent les infléchir, les changer, même le Crépuscule, même la mort. S'ils sont gentils, s'ils écoutent ce qu'on leur dit et qu'ils obéissent, tout rentrera dans l'ordre. Tu n'as pas idée de ce qu'on peut leur faire faire ! Plus c'est grotesque, plus c'est gros, plus ça marche : prendre des poses ridicules, s'habiller avec une plume dans le derrière ou se raser les cheveux parce que, c'est décidé les cheveux, c'est obscène… et puis envoyer au sacrifice les méchants, les infidèles, tous ceux qui ne veulent pas faire les simagrées. Et s'ils font tout ça bien comme il faut, dans le bon ordre, alors ils seront sauvés. Le Jour reviendra, il fera de nouveau chaud et tout ira bien après la mort, dans le monde qui les attend, rien que pour eux. C'est tout ce qu'ils veulent entendre, c'est tout ce qu'ils veulent savoir.

Il s'était levé à présent et riait à gorge déployée.

— Veux-tu que je te dise ? Les gens aiment se sentir victimes, surtout ceux qui n'auront jamais le talent ou le courage de s'élever, de se distinguer autrement. Ils ne seront pas des héros, non, mais des victimes, et c'est aussi bien finalement. Ça leur procure une sorte de supériorité morale. Ils deviennent un autre genre de héros, ceux qui ont souffert.

Il acheva, alors qu'elle l'observait, grande silhouette blafarde dressée dans la pénombre à l'odeur d'encens froid :

— Si l'histoire de l'humanité se répète depuis l'aube des temps, c'est qu'il y a toujours eu des gens pour se faire bourreaux et d'autres pour se faire victimes.

Elle ne voulait plus entendre, ni voir ce visage d'ange déchu qui la clouait de ses yeux insoutenables où couvait la démence. Elle avait envie de vomir. Elle trouva pourtant la force d'articuler :

— Pourquoi ? Pourquoi tu fais tout ça ?

— Pourquoi ? Pourquoi ? singea-t-il.

Il se baissa vers elle, une fois de plus.

— Parce que moi, je n'avais pas envie d'être une victime et que si je voulais être à l'abri des bourreaux, de ceux qui s'étaient occupés de mes voisins, il fallait que je devienne leur chef.

Il ajouta, après un instant de silence, étudiant le visage en larmes de la jeune fille comme il aurait admiré une figurine :

— Et parce que j'ai compris un certain nombre de choses sur le pouvoir que nous partageons.

Ces paroles ramenèrent une vague lueur d'intérêt dans les yeux de Fanie.

Pour en apprendre un peu plus sur cette puissance destructrice qui se tapissait tout au fond d'elle-même, cette force monstrueuse qu'elle avait déchaînée contre Bruno puis contre les deux brutes, elle était prête à l'écouter encore. L'autre, un sourire aux lèvres, la nargua.

— Tu aimerais bien savoir ? Ça t'intéresse, hein, que je te dise ce que je sais ? (Il sembla hésiter.) Après tout, je pourrais le monnayer, te soutirer quelques promesses... Un baiser peut-être, pour commencer.

— Plutôt crever, l'assura-t-elle aussitôt entre ses dents serrées.

Il demeura silencieux. La jeune fille se raidit en attendant sa réaction. Peu importe qu'il la frappe, qu'il l'écartèle, qu'il l'incinère ou qu'il la livre à ses cerbères, elle ne lui céderait même pas ça. Pourquoi ?

« Parce que tu l'aimes encore, hein, pauvre petite imbécile romantique, même s'il n'en a rien à faire de toi, même si tu sais que tu l'as perdu. »

Oui, il y avait là du vrai, mais surtout le fait qu'elle refusait de livrer quoi que ce soit d'elle-même à un tel monstre.

— Petite ingrate. Si je n'avais pas donné d'ordre, à l'heure qu'il est tu ne serais plus qu'une petite poupée de Chine brisée… J'aurais pu te déchirer en deux tout à l'heure, si j'avais voulu.

Mais cette fois elle le tenait. Elle le cernait.

— Si tu ne me dis rien, c'est que tu ne sais rien. Tes grandes paroles, c'est que du blabla. Si c'est tout ce que tu as à m'apprendre, laisse-moi rejoindre mon ami.

Il la considéra un instant avec un regard incrédule que venait teinter un rien d'admiration.

— Tu ne manques pas de cran, c'est certain, et tu es maligne.

Il hésita, mais Fanie devinait bien qu'elle avait partie gagnée.

— Tu sais que tu as de la chance.

Un rire silencieux secoua les épaules fatiguées de la jeune fille.

— C'est évident.

— Non, je suis sérieux. J'en ai connu d'autres comme nous… Au moins un.

— Un autre ? (Elle s'était redressée.) Où est-il ?

— Il est mort.

Les yeux de Fanie s'étrécirent.

— Tu l'as tué, c'est ça. Il n'a pas voulu te rejoindre et…

Son tortionnaire haussa un sourcil.

— Pour qui me prends-tu ? Non, je ne l'ai pas tué. Il s'est tué tout seul, dans son sommeil. Tu n'as pas encore compris ? (Devant son évidente ignorance, il soupira.) Je t'ai surestimée. Notre pouvoir, c'est de là-dedans qu'il sort. (D'un doigt, il tapota sa tempe.) Je ne sais pas comment ça fonctionne, mais ça utilise l'air qui nous entoure, ça le modèle, le rend solide, ça y projette nos émotions, notre volonté… tu comprends, nos émotions. Le pauvre type dont je te parlais, il a fait un cauchemar une nuit, et son pouvoir, il ne le maîtrisait pas. Alors, une créature est sortie de lui et l'a dévoré. Je ne sais pas ce que c'était, mais les personnes présentes quand c'est arrivé m'ont dit qu'il y avait quelque chose avec lui dans la pièce, quelque chose, d'énorme, comme un chien, un chien monstrueux.

Fanie avait soudain l'impression qu'un gouffre s'ouvrait sous ses pieds, un gouffre donnant droit sur l'enfer.

Et pour elle, que se passerait-il, quand elle s'endormirait ? Qui ou quoi sortirait de ce recoin noir de son esprit pour la tuer, ou tuer ceux qui l'entouraient, ceux qu'elle aimait ? Des sortes de sangsues de l'autre soir ? Son père ?

Elle avait l'impression de sombrer dans la démence, celle qui couvait dans le regard du gourou souriant.

Un monstre, lui aussi.

— Et toi ? Toi, personne n'est venu te dévorer ? Y a pas de justice.

Lentement, comme pour faire durer le plaisir, alors qu'elle attendait sa réponse, il dénuda son bras droit pour le tendre devant son visage et exhiber cinq hideuses cicatrices, celles qu'auraient pu laisser des dents gigantesques.

Il articula, ses yeux rivés aux siens :

— Il faut tenir la bride à ses démons, même pendant son sommeil. Il faut être fort, même dans ses rêves, et toujours avoir quelqu'un auprès de soi pour nous réveiller au cas où, sinon... ça peut devenir dangereux.

Il éluda, en passant un doigt sur les marques terrifiantes.

— Une fois j'ai été négligent... Ça n'arrivera plus.

Quand il rabaissa la manche de sa chasuble, Fanie tremblait de tous ses membres.

— Il n'y a pas... pas moyen de s'en débarrasser ? demanda-t-elle d'un ton mourant.

— S'en débarrasser ? Tu es folle ! Pourquoi ? Nous

sommes nés pour être les seigneurs de ce monde, nous avons reçu un don… *le* don. Je ne sais pas à qui nous le devons, peut-être à la Déesse après tout, et je m'en moque. Mais je ne veux surtout pas le perdre.

— Non, ce n'est pas à la déesse que nous le devons, pauvre malade, c'est à la Malesève, aux pins.

Elle avait murmuré ces mots d'une voix à peine audible.

— Qu'est-ce que tu dis ?

Elle se rappelait les paroles de Johan, sa voix froide et clinique. Elle les répéta, prenant, inconsciemment, le ton sans passion de Corbeau :

— Ce sont les pins qui nous ont fait ça. Ils absorbent les radiations tombées de ce fichu voile, ou d'une autre source, comme des éponges, et les concentrent… Tout ce qui reste trop longtemps près d'eux change, les autres plantes, les bêtes… et les hommes.

— Tu veux dire que… tous ceux qui vivent près des pins vont posséder notre pouvoir ?

Elle secoua la tête.

— Non.

Un instant, elle revit les silhouettes blafardes et sinistres des danseurs, leurs visages sans traits, leurs yeux luisants, leurs gueules étroites aux deux crocs effilés.

— Chez certains, c'est le corps qui change, chez d'autres, rien.

— Alors tu vois, exulta-t-il en levant une main vers la voûte comme pour prendre à témoin quelque présence divine. Nous avons été choisis, nous, parmi tous les autres, pour régner sur ce monde.

Il s'emportait.

— Je croyais que le bon sorcier ne devait pas croire les foutaises qu'il racontait ?

Il la fixa de nouveau, souriant.

— Nous, peut-être pas, mais eux, les autres, si. Il faut qu'ils croient en nous. Tu veux que je te dise pourquoi je t'ai battue tout à l'heure, pourquoi je t'ai écrasée ?

Oui, en fait, ça l'intéressait beaucoup de le savoir, pour mieux le vaincre, mais elle se garda de montrer trop d'empressement.

— Si je t'ai battue, c'est parce que je puise dans leurs esprits, à eux, pour accroître mon pouvoir. (D'un geste, il désigna l'extérieur.) C'est comme des piles, tu vois, quand tu les mets en batterie, chacune ajoute son énergie à l'autre. Là, c'est pareil.

Dissimula-t-elle mal son intérêt ? Ses yeux, son visage, qu'elle tentait pourtant de garder de marbre, la trahirent-ils ? Il s'approcha de nouveau, très près, tout près, pour lui souffler :

— Je sais ce que tu penses. Tu te dis que tu vas faire de même, que tu vas utiliser leur cerveau contre moi…

Il secoua la tête, lentement, avec une expression de gros chat qui a trouvé une souris.

— Pour se servir dans la tête des gens, il faut qu'ils te soient ouverts, qu'ils croient en toi, en tes idées… Pourquoi, à ton avis, ai-je fondé une religion ? Tu ne pourras pas utiliser mes fidèles, ils croient en moi, pas en toi. (Il se rapprocha encore un peu et glissa à son oreille, alors qu'elle tremblait de rage impuissante :) La seule autre manière d'abattre totalement les barrières mentales d'une personne, en dehors de la confiance, de la croyance ou de l'amour, c'est de la faire souffrir, et ça, tu en es incapable.

La nausée la reprit.

— Alors c'est pour ça… Les sacrifices, tous ces gens que tu tues, c'est juste pour ça, pour avoir un peu plus de pouvoir.

— Bien mieux que ça. À chaque fois qu'un sacrifié meurt, je peux tout puiser en lui et accomplir des miracles. Je fais d'une pierre deux coups, j'offre un hérétique en pâture à mes brebis, ça les distrait, ça les rassure, ça les défoule. Elles croient plus en moi et moi, je gagne plus de pouvoir. La boucle est bouclée.

Un monstre, un monstre qui se pavanait ainsi face à elle, sous ce visage aimable et enjôleur, un monstre qui avait fait du meurtre un fonds de commerce.

Des piles…

Il fallait en finir, maintenant. Elle ne le supportait plus, tout lui semblait préférable plutôt que de rester ici à entendre ce dingue se rengorger de ses atrocités. Il continuait, d'ailleurs :

— Tu me juges ?

« N'ouvre pas la bouche, surtout ! »

Refusant de croiser à nouveau son regard, elle se détourna et s'enferma dans le silence, mais ce silence, à lui seul, était un aveu.

— Oui, tu me juges. Bien sûr, avec ta petite morale étriquée, c'est si facile, pas vrai ? Moi, je suis un méchant, et toi, la gentille, la pauvre petite fille innocente.

« Ne réponds pas. »

Mais il poursuivait, de plus en plus près, de plus en plus fort :

— Je n'avais pas le choix ! C'était ça ou mourir, laisser à d'autres le soin de décider de mon sort, de me tuer. Alors oui, je préfère que ce soit eux plutôt que moi. Et tu veux que je te dise ? Je leur rends service. Ils étaient perdus, désespérés. Grâce à moi, ils ont retrouvé l'espoir, ils croient, et c'est tout ce qui compte pour eux. Les gens ne veulent pas réfléchir, ni regarder la vérité en face, c'est trop difficile, ça fait trop mal. Ils veulent des réponses simples à des questions compliquées.

— La ferme ! hurla-t-elle.

Il la dévisagea d'un air outré, tel un acteur coupé en pleine tirade.

— Qu'est-ce que tu as dit ?

— J'ai dit : la ferme !

Elle s'était redressée, cette fois. La peur avait quitté ses yeux, remplacée par la colère.

— J'en ai assez ! Ça suffit ! Tu crois que je les connais pas, les types dans ton genre, qui se pensent au-dessus des autres parce qu'ils en savent plus ? J'en ai rencontré plein, des comme ça. Des donneurs de leçons qui sont les premiers à profiter du système. Des désabusés qui n'ont pas la force ou le cœur de faire changer les choses. Vous êtes les pires !

— Parce que toi, tu crois que tu vas changer les choses ? Moi au moins, j'apporte de l'espoir à ces gens.

— Et la mort aux autres !

— La tienne, par exemple. Je n'ai qu'un mot à dire et ils viennent te chercher pour t'emmener rejoindre ton ami, avec les sacrifiés de demain. Ils l'ont tous vu, tu es une sorcière aux pouvoirs maléfiques, mais je t'ai vaincue. Il me suffira de dire que je n'ai pu te convaincre d'abjurer tes démons et tes fautes…

D'un geste, il désigna la porte de la salle, derrière lui.

Elle n'avait plus peur, plus maintenant qu'elle le voyait tel qu'il était : un garçon lettré, brillant peut-être, possédant un pouvoir effroyable, mais aussi un être aux abois, terrifié, qui, malgré ses dénégations, finissait par croire en ses propres mensonges et trompait sa peur en attisant celle des autres.

— Tu crois que je n'ai pas compris ? Tu tues des innocents parce que, tout au fond de toi, tu veux croire que ces morts te protégeront des pins.

— Tu racontes n'importe quoi !

Il avait tenté de prendre un ton désinvolte mais avait parlé un rien trop vite. Elle avait touché juste. Tel un fauve s'acharnant au défaut de la cuirasse, elle persévéra :

— La Malesève, elle te terrifie. Mais tu penses que si tu contrôles assez de ces malheureux, si tu leur suces la cervelle pour accroître ton pouvoir, si tu sacrifies assez d'innocents, tu seras sauvé…

— Les pins ne me feront pas de mal, ils sont mes amis, ceux de la Déesse !

Il avait craché ces mots comme un gamin poussé dans ses retranchements et rivait sur elle un regard venimeux. Elle éclata d'un rire impitoyable.

— Dans ce cas, va donc les embrasser, puisque tu ne crains rien. N'hésite pas, ils ne sont pas loin. Il te suffit de sortir du centre-ville, tu verras. Ils avancent vite. Ils ont déjà recouvert toutes les zones commerciales et les villas…

— Tais-toi !

Elle sentit sur son crâne, sa bouche, sa poitrine, cette main invisible qui pressait à nouveau, lui coupait le souffle. Alors qu'elle retenait une plainte, consciente que sa mort surviendrait peut-être dans les secondes qui suivraient, il menaça, un rictus hideux sur son visage angélique :

— Je devrais… je devrais te tuer pour ça.

— Alors qu'est-ce que tu attends ? croassa-t-elle.

Il tendit les mains vers elle, ses doigts aussi crispés que des serres.

— Pourquoi me pousses-tu à bout ? Pourquoi ? Tu as tout à y perdre.

— Je vois pas ce que je pourrais perdre, à part la vie.

Elle commençait à manquer d'air, sa vision devenait floue, s'obscurcissait.

— Je pourrais faire de toi mon égale, ma reine ! (Il s'approcha de nouveau, pour ajouter, de sa voix la plus douce, la plus enjôleuse :) Nous sommes beaux, tous les deux, nous avons un pouvoir que les autres ne peuvent même pas concevoir. Tu disais que c'étaient les pins qui en étaient responsables, qu'ils changeaient le corps de la plupart et l'esprit de quelques-uns. Ça se tient quand on y pense. (Il hocha lentement la tête, comme s'il venait d'appréhender une vérité profonde, avant de la fixer, le regard plus hanté et magnétique que jamais.) Tu ne comprends donc pas ? Nous sommes les enfants du futur.

Fanie éclata d'un rire étranglé, tandis que glissaient derrière ses yeux les formes blanches et spectrales des danseurs.

— Tu devrais voir à quoi ils ressemblent, tes enfants du futur. Tu serais moins pressé d'être des leurs.

Mais alors même qu'elle prononçait ces mots, la gorge serrée, une étrange pensée vint la hanter. Car, c'était vrai, il y avait une certaine beauté, dans ces derviches pâles et sanguinaires qui avaient attaqué la caravane de Bruno, celle, redoutable, du prédateur, celle d'une nouvelle humanité accordée à ce monde, pure et impitoyable comme la lame d'un couteau, débarrassée du doute, du remords et des illusions de la moralité. Un instant, elle les envia presque, eux qui, libres et gracieux, dansaient avec le vent et la mort sous les frondaisons vampires de la Malesève, dans les bras de la tempête.

Et le diable souriant qui lui faisait face, sentant son trouble, lui susurrait déjà, serpent sifflant à l'oreille d'Ève :

— Eux ont changé de corps, mais toi et moi sommes d'essence plus noble, puisque c'est notre esprit qui a changé. Nous nous sommes accordés à ce monde. Nous avons évolué pour y survivre.

Il ajouta, insistant, alors qu'elle tentait de se fermer à cette voix tentatrice qui lui disait tout haut ce qu'une part d'elle-même, qu'elle se refusait d'entendre, chuchotait tout bas :

— Nous sommes ce qu'*Homo sapiens* était à Neandertal. Il n'y a que les ignorants pour croire que l'évolution s'est faite lentement, au fil des millénaires. Les dernières études que j'ai lues disaient au contraire qu'elle se fait brutalement, par bonds, en une ou deux générations, peut-être parfois une seule. D'un coup, certains représentants d'une espèce mutent, et cette mutation leur permet de survivre aux changements, de prendre l'ascendant et de dominer leurs prédécesseurs.

— C'est comme ça que tu comptes justifier tes crimes ? railla encore Fanie – mais sa voix, à ses propres oreilles, manquait soudain de conviction.

— Quels crimes ? (Le Gourou écarta les bras.) Les premiers hommes ont chassé les primates qui étaient leurs ancêtres. Certains disent que l'homme de Neandertal a disparu parce qu'il était adapté au climat polaire et n'a pas supporté le réchauffement. (Il gloussa, un son étrange, sinistre.) Foutaises ! S'il a disparu, Neandertal, c'est que nos ancêtres lui ont fait la peau. Peut-être même qu'on a bouffé tous les néandertaliens. (Il s'écarta d'elle pour affirmer, levant une main à la voûte de la nef comme pour prendre le ciel à témoin :) Ça a toujours marché comme ça, depuis l'aube de l'humanité, jusque dans les tribus les plus reculées. Celui qui a inventé les armes en silex écrase celui qui a les armes en bois, avant d'être décimé par celui qui a mis au point les armes en bronze, puis en fer, puis en acier, et encore, et encore… jusqu'aux mitrailleuses, aux lasers et aux bombes atomiques. Le mythe du bon sauvage, c'est du flan. Il n'y a jamais eu de bon sauvage, à part dans l'imagination des Montaigne, Diderot ou Rousseau. L'être humain n'est pas fondamentalement bon, c'est un prédateur, et il le restera, et ses premières proies… ce sont ses frères de race.

Fanie aurait voulu se boucher les oreilles, ne plus entendre cette voix raisonnable, presque précieuse, qui, docte et érudite, la dépouillait de ses dernières illusions, de son ultime bastion d'innocence.

Mais elle ne pouvait pas, fascinée malgré elle. Tel Ulysse attaché à son mât, elle ne pouvait qu'écouter.

Et déjà, parlant seul et pour lui-même, se saoulant de ses propres mots, de son propre intellect, il continuait :

— La nature n'est pas une gentille fée qui récompense ses enfants quand ils ont bien agi et les punit quand ils sont méchants. Regarde les dinosaures, ils étaient parfaitement adaptés, avaient conquis tous les milieux, et ils ne polluaient pas, eux, ils n'avaient rien fait de mal, ils se contentaient de vivre leur vie de dinosaures. Pourtant un jour, boum, une météorite, et hop, passez muscade, plus de dinosaures. Une justice, là-dedans ? Non, aucune, juste le hasard, un gros caillou de dix kilomètres de diamètre qui passait par là, et quatre-vingt-dix pour cent des espèces ont été décimées.

Il marqua encore une pause, avant d'affirmer, tel un professeur faisant la classe :

— La Terre n'est qu'une boule de feu nucléaire sur la croûte de laquelle le hasard a fait germer la vie, une vie qui pourrait disparaître n'importe quand, comme ont disparu les dinosaures. Et, tu veux savoir, la Terre ne s'en porterait ni mieux ni moins bien. Elle continuerait de brûler sa matière et de tourner dans le vide de l'espace, jusqu'à ce que le Soleil, se transformant en étoile géante, quand il arrivera au terme de son existence, dans cinq milliards d'années, explose et la carbonise.

Il s'était rapproché d'elle à nouveau et traquait ses yeux pour mieux les capturer, les subjuguer.

Mais, comme la chèvre blanche de ce conte ancien, plein de soleil et de jour, qu'elle avait lu enfant, elle avait décidé de lutter, lutter jusqu'au bout avant que le loup ne la dévore.

— Je me fous de savoir ce qui se passera dans cinq milliards d'années, c'est maintenant que je vis.

Il secoua la tête, tel un adulte aux propos déraisonnables d'un enfant.

— Toi et moi, imagine ce que nous pourrions faire ensemble. Rien ne nous serait impossible. Nous serions capables de bâtir un empire qui résisterait au Crépuscule, au froid et à la neige. Rien ne pourrait se dresser devant nous, pas même la Malesève, et nos enfants, s'ils héritaient de nos pouvoirs, deviendraient les maîtres de ce monde. (Il ajouta – et elle sentait l'acuité de son regard hypnotique qui plongeait dans le sien, cherchait, trouvait :) Un monde où ta fille grandirait dans l'amour et l'admiration de ses parents, où jamais elle n'aurait à souffrir de l'incompréhension ou du rejet. Un monde où tu serais reine, inégalable, unique, toute-puissante, et où tous t'aduleraient.

Il avait trouvé la faiblesse, la blessure, il s'y engouffrait, grattait là où ça faisait mal…

Oui, être adulée comme une reine, une déesse, être autre chose que la « petite sœur » dévouée et fidèle, autant dire une ombre, autant dire rien. N'avait-elle pas droit, elle aussi, à un peu de lumière ? N'avait-elle pas assez souffert en silence, ces nuits solitaires, pour mériter sa récompense ? N'avait-elle pas bu le calice jusqu'à la lie pour recevoir, maintenant, la reconnaissance, ce regard qu'elle avait cherché toute sa vie ? Celui de son père, celui de Johan, celui d'un autre être humain ?

Après tout, n'avait-il pas raison, ce noir séraphin ? Puisque toute vie se nourrit d'une autre, n'était-il pas juste que prospèrent les enfants choisis par ce nouveau monde alors que s'éteignaient et mouraient ceux de l'ancien ?

Qu'importait le sacrifice de quelques-uns, si c'était pour l'avenir de l'humanité ? Si c'était pour son avenir à elle et celui de ses enfants ?

Mais Khalid, Théo, Johan, et tous ses amis, dans cet odieux partage du monde, entre élus et sacrifiés, où se trouveraient-ils ?

Elle imaginait les yeux de Théo, restés ceux d'un gosse, malgré les épreuves et les années, pleins d'incompréhension et de souffrance, posés sur elle comme une accusation.

Et ceux de Johan… se troubleraient-ils, en la voyant au bras d'un autre ? S'échaufferaient-ils à nouveau d'un début d'émotion, en la découvrant adorée, adulée comme une reine, aux côtés du nouveau monarque, de son corps et de son cœur ? Johan saignerait-il de voir qu'elle se prostituait avec ce que l'humanité comptait de pire, pour enfin le toucher, le blesser, lui faire mal, le faire revenir par la douleur puisqu'elle n'y était pas parvenue par l'amour ?

Et elle, supporterait-elle de voir cette eau sourdre de ces yeux-là, en sentant sur ses hanches, dans ses hanches, peser le poids des mains et de l'enfant de ce monstre à visage d'ange qui la tenait en son pouvoir ?

La réponse jaillit de ses lèvres alors même qu'elle s'imposait à elle, les mots, pressés de sortir, forçant sa gorge comme un renvoi de bile.

— Construis-le tout seul, ton empire.

Elle toussa, une ou deux fois, pour aspirer un peu d'air qui ne vint pas. Ses pensées se troublaient, s'oblitéraient, elle avait l'impression d'avoir le cerveau dans du coton.

— Tu préfères mourir plutôt que d'accepter mon offre ? (Il secoua la tête, incrédule.) Mais pourquoi ? Pourquoi sacrifier ta vie alors que je t'offre un empire ?

— Pour quelque chose que tu ne connaîtras jamais, parvint-elle encore à articuler dans un murmure.

Il se pencha un peu plus près.

— Et c'est…

Elle articula difficilement, mais la conviction, le feu qu'elle mit dans ce simple mot le rendait plus puissant qu'un cri :

— L'amour.

Ses yeux se révulsèrent, la nuit se referma sur elle, comme dans ces vieux films qu'elle regardait enfant, où on abusait du fondu au noir – mais là, c'était plus brutal, et bien plus douloureux.

Elle s'effondra contre le pilier, bras et jambes désarticulés, tête ballante, poupée aux cheveux de nuit dont on aurait tranché les fils. Elle ne réagit pas quand le maître se redressa, avec un grognement de dépit, crachant un « Pauvre idiote ! ». Il appela ses séides qui se hâtèrent d'emporter le corps inerte de Fanie hors de la salle. À peine les malabars étaient-ils sortis que leur gourou, l'ombre fugitive d'un regret s'attardant encore dans ses prunelles, hélait un de ses jeunes acolytes en robe blanche.

Quand le gamin au crâne rasé se présenta devant lui, il ordonna :

— Il y aura sacrifice demain, grand sacrifice, car cette fois, c'est une sorcière que nous lui offrons et pas de simples hérétiques. Va « le » préparer.

À entendre l'intonation qu'il avait mise sur ce « le », on n'avait aucune envie d'en apprendre davantage. Le gamin, en tout cas, fila sans demander son reste, la sueur au front, les mains tremblantes et avec sur le visage, l'expression de celui qu'on envoie rencontrer le diable en personne.

« Demain, il y aura sacrifice ! »

CHAPITRE 18

Les ténèbres, la mort… ou quelque chose qui n'en était guère éloigné. Puis une voix, une voix qu'elle connaissait.

— Fanie ! Oh ! Fanie ! (Un silence puis :) Allah soit loué, elle revient à elle !

Revenir à elle ? Elle était donc encore vivante ?

Oui, elle devait vivre, puisqu'elle souffrait, elle souffrait même atrocement, tout son corps lui semblait n'être qu'un énorme hématome. Elle retint une plainte.

— Ça va, princesse, ça va, j'suis là.

Khalid.

Elle ouvrit les yeux pour découvrir le visage brun et tuméfié du jeune Maghrébin penché sur elle. L'expression soucieuse de son ami lui donna envie de rire, mais la douleur qui monta à l'assaut de ses membres l'en dissuada bien vite.

— Ah ! Le sale t…

Sa phrase s'acheva en gémissement, alors qu'une nouvelle vague montait de sa poitrine suppliciée.

— Merci, moi aussi, je suis content de te revoir.

Cette fois, elle ne put s'empêcher de pouffer et le regretta aussitôt.

— Me fais pas rire, ça fait trop mal.

— Je me retiendrai, lui promit Khalid.

Il ajouta, avec un geste vers ce qui les entourait :

— Mais, je te préviens, ça va être difficile, c'est tellement marrant par ici.

Elle tenta de tourner la tête, mais ce simple mouvement raviva sa douleur. Faute de mieux, elle eut recours à tous ses sens.

La pénombre l'environnait, froide et épaisse, sur laquelle le visage de Khalid se détachait à peine. Elle remarqua ensuite l'odeur, lourde, compacte, déplaisante, celle de corps entassés, de sueurs aigres, celle de la peur, de la déchéance et de la misère, de la privation de liberté. Puis il y eut les bruits, par paliers, un murmure tout d'abord, un fond sonore qui, à mesure que son oreille s'affinait, se diversifiait, se peuplait pour lui peindre, en sons, une réalité qu'elle devinait sordide.

Des plaintes, des gémissements, des pleurs, des chuchotements, furtifs, comme autant de feuilles mortes emportées par le vent. Et partout, partout, la marque de la peur, du deuil et de la souffrance, du désespoir.

Elle n'avait aucune envie d'en découvrir plus, d'ajouter une nouvelle épreuve à celles qu'elle venait de traverser, mais elle ne pouvait pas rester là, sans rien faire, à attendre qu'on vienne la prendre. Non ! Non, elle ne mourrait pas à genoux ou à terre, pas plus qu'elle ne supplierait qu'on l'épargne. Et jamais elle ne laisserait ce monstre qui l'avait tenue en son pouvoir la briser.

Et si Johan venait…

« Idiote ! Qu'est-ce que tu crois ? Il ne viendra pas. Il t'a oubliée, comme il a oublié Khalid et tout le reste, ou alors il s'en moque. C'est Corbeau qui tient les rênes maintenant, et Corbeau n'a pas plus de sentiments qu'un couteau. »

Mais s'il venait, elle ne voulait pas qu'il la voie dans cet état. Elle se mit à rire, sans pouvoir s'arrêter, un rire de dérision à elle seule adressé. Khalid se pencha sur elle.

— Fanie ! Oh, Fanie, arrête, arrête ça, c'est pas drôle. Tu me fous la trouille, là. Arrête !

Mais elle n'y arrivait pas, ça montait de sa poitrine, en spasmes nerveux, en haut-le-cœur.

— Je peux pas, Khalid, c'est tellement idiot, je suis... je suis tellement bête.

Il la saisit par les bras et demanda :

— Non, non, tu n'es pas bête... Pourquoi tu serais bête ?

— Parce que... parce que je croyais... je pensais... Je sais pas. (Elle pouffa à nouveau.) Je sais même pas ce que j'espérais en partant avec vous. Qu'il retrouve Léa, ou qu'elle soit morte pour que je l'aie enfin tout à moi ? D'une manière comme d'une autre, c'est aussi débile.

Il la saisit dans ses bras, alors qu'elle grelottait sans pouvoir s'arrêter.

— Tu es venue. C'est ça, l'important. Tu étais avec nous, pendant toutes ces épreuves, tu n'as jamais lâché.

Ce n'était plus du rire maintenant, mais de vrais sanglots. Elle pleurait dans le cou de Khalid, s'effondrait, déchargeait toute la tension nerveuse qui avait été la sienne pendant son face-à-face avec le gourou.

— Je l'ai perdu, Khalid. Je l'ai perdu, elle l'a emporté avec elle, il ne reviendra plus.

— Tu n'en sais rien.

Elle inspira une fois ou deux, laborieusement, et retrouva un calme apparent.

Ne pas perdre la face. C'était ça, le credo de son père, en digne fils de l'Orient qu'il était. Toujours faire bonne figure, en toutes circonstances, ne jamais laisser se fissurer le masque que vous offrez aux autres.

Oh ! oui, elle savait rentrer ses émotions, ses blessures, sa douleur, elle ne faisait même que ça. Elle était devenue une championne dans sa catégorie. À part cette nuit, quand elle était venue trouver Johan… Johan qui n'était même pas là pour l'écouter, pour l'entendre. Des mots, des mots bruts sortis du cœur, le sang de son âme, versés en vain.

Son père avait peut-être raison, après tout, on ne devrait jamais se livrer, en aucune circonstance, pour ne pas laisser les autres avoir barre sur vous ni leur offrir la possibilité de vous blesser. On se forgeait une armure de silence et de solitude, et on s'y retranchait, pour mieux s'y dessécher, lentement, tranquillement, de l'intérieur, jusqu'à ce qu'enfin il ne demeure plus que cette cuirasse et rien dedans, un tronc sec dont la sève et les entrailles ont disparu, faute d'amour et de tendresse, de complicité, pour les irriguer.

De cela, elle en avait assez.

— Aide-moi à me redresser.

— Tu es sûre que…

— J'ai vraiment l'air si mal en point ?

— Tu vois les boxeurs après neuf rounds ?

— J'suis une fille, tu te rappelles ? Les trucs machos avec de la chique, de la sueur et du sang, c'est pas mon truc.

— Tu veux rire ou quoi ? Même quand on était gosses, t'as jamais joué à la poupée, ou alors seulement pour taper sur les mecs.

— Ils le méritaient !

— Garçon manqué !

— Femmelette !

Ils éclatèrent tous les deux de rire, un vrai rire celui-là, qui s'épancha autour d'eux, filet d'eau limpide dans une mare de boue. Leur hilarité fut de courte durée. Le rire de Fanie s'arrêta d'un coup quand Khalid, après avoir passé un bras sous ses épaules, entreprit de l'aider à se redresser.

Elle eut l'impression que son crâne allait exploser.

— Oh c'est pas vrai ! gémit-elle en portant la main à son front.

— Tu veux que j'arrête ? s'inquiéta Khalid.

— Non, continue. Je savais pas ce que ça voulait dire, KO. Je croyais qu'il y avait que dans les films qu'on tombait comme ça.

— Il n'est jamais trop tard pour bien faire, lui glissa Khalid en la relâchant, maintenant qu'elle se trouvait en position assise.

— Deux fois en une soirée, c'est du vice. Une de plus et…

Il lui posa un doigt sur les lèvres.

— Je veux pas entendre ça.

Elle le fixa avec intensité et hocha la tête. Enfin, elle porta son regard sur ce qui les entourait, pour constater que ses oreilles et son nez ne l'avaient pas trompée.

Tout autour d'elle, dans une pénombre glaciale que seule la clarté avaricieuse d'une torche de résine venait déflorer, s'entassaient, debout, assis ou couchés, des dizaines de corps humains.

Des corps, oui, c'était bien le mot qui convenait. Sales, malodorants, crasseux, vêtus de nippes immondes, ils se ratatinaient là, dans l'ombre, telle une nichée de souris rachitiques qu'on aurait encagées et oublié de nourrir. Des adultes, des adolescents pour la plupart, mais, curieusement, très peu d'enfants. Tous, autant qu'ils étaient, présentaient les mêmes traits hâves, le même regard halluciné, résigné, fixant tout et rien, avec une accusation muette, comme pour prendre l'univers à témoin de leur calvaire. Tous racontaient la même histoire, celle de gens traumatisés par les bouleversements qui frappaient leur monde, ébranlaient leurs certitudes, bouleversaient leur vie, leur avenir, des gens qui, du purgatoire, avaient brusquement basculé en enfer.

Mais cet enfer, où se trouvait-il, d'ailleurs ? Ces murs de béton à la peinture écaillée, aux minuscules fenêtres percées juste sous le plafond, à peine assez grandes pour qu'un enfant puisse s'y glisser, si elles n'avaient été grillagées... tout ça lui rappelait quelque chose...

Khalid la renseigna :

— Ce sont les vestiaires.

— Quoi ?

— Nous sommes dans les vestiaires du stade.

— Les vestiaires du stade ? Mais qu'est-ce que tu...

— Un stade ! Nous sommes sous un stade ! Dans les vestiaires... (Il insista, alors qu'elle le dévisageait sans comprendre :) Le taré qui dirige cette joyeuse congrégation de ramollis du bulbe, là, dehors, il fait des sacrifices.

— Oui, je sais, on a eu une longue conversation, lui et moi.

— Et... ?

— Je veux pas en parler.

— Pourquoi ?

— T'en ferais des cauchemars.

— J'en fais déjà.

— Des pires. Continue.

Elle ne mentait pas, mais ne pouvait non plus lui avouer ce que le « taré » en question lui avait révélé sur ses pouvoirs. Pour l'instant, à tort ou à raison, elle refusait même d'y penser. Comprenant qu'il était inutile d'insister, Khalid poursuivit :

— D'après ce que m'ont dit ces malheureux, c'est dans le stade que ça se passe, une fois par semaine, réglé comme du papier à musique.

Son ton était ironique mais, sous la bravade, Fanie devinait la peur, celle de tous ceux qui les entouraient, muette mais omniprésente, qui s'infiltrait en eux, peu à peu, les infectait.

— Tu comprends, faut que tout le monde voie bien.

— La distraction du dimanche, murmura Fanie, horrifiée.

— Tu veux savoir le plus drôle ? (Khalid eut un reniflement de dérision.) Quand j'étais môme, j'ai jamais aimé le foot ou le rugby. Ma hantise, c'était qu'on me traîne dans un stade… et je vais crever ici. C'est vraiment pas de bol.

— Tu vas pas crever. Je les laisserai pas faire.

Khalid écarta les bras, tenta de se détourner, mais pas assez vite pour qu'elle ne distingue pas les larmes qui luisaient à ses paupières.

— J'suis désolé, princesse, mais là, j'vois vraiment pas comment on pourrait s'en sortir. Même si tu peux faire des trucs déments, ça suffira pas. L'autre, là, il est plus fort que toi.

Elle ouvrait la bouche pour protester mais il la prit de vitesse :

— Même Théo et Johan pourraient rien y faire.

— Théo est soldat…

— Mais pas un superhéros. On n'est pas à Hollywood.

Les épaules de la jeune fille se voûtèrent, la lueur qui s'était un instant allumée dans son œil vacilla. Lentement, elle s'approcha de son ami et appuya son front contre son dos.

— C'est pas juste, Khalid. Toi, tu n'as rien à faire ici.

— Parce que toi, si ? répondit-il sans se retourner.

— Moi, j'ai choisi.

— Moi aussi.

— Mais toi, y a Sarah qui t'attend, ton père, ta mère, tes frères, ta sœur… Moi, y a personne.

Il se retourna.

— Arrête de raconter n'importe quoi.

C'était elle qui fuyait son regard.

— Alors dans ce cas, qui m'attend, moi ? Mon père ? Il en a rien à fiche que je sois partie ou pas. Si ça se trouve, il ne s'en est même pas rendu compte. Ah si, remarque, t'as raison, il s'en fout pas, je lui ai piqué sa motoneige, ça doit le mettre en rogne.

— Fanie, tu…

— Dis-moi que c'est pas vrai. Hein ? Dis-le-moi ! Tu le connais, mon père. Il voulait un fils. La seule chose qu'il ait dite, quand ma mère a accouché et qu'on est venu lui annoncer qu'il avait une fille, c'est : « Merde ! », comme ça, et il est parti noyer son chagrin avec ses potes.

— Et ta mère, alors ?

— Ma mère, elle s'en est toujours voulu de ne pas lui avoir donné de fils ni d'autres enfants. Pour elle, je suis une punition qu'elle voit tous les jours, le rappel de son échec, elle m'en veut. Et puis les filles, c'est que des pleurnicheuses ou des chipies, c'est bien connu.

Il y avait tant d'années de silence, d'amertume, de douleur aussi, dans ces mots, que Khalid la prit dans ses bras et la serra contre lui, alors qu'elle camouflait un sanglot en éternuement.

— Moi, je t'aime, Fanie. Je t'aime comme une sœur, et Théo aussi, il t'aime, et Johan…

Sa voix s'étrangla sur ce dernier nom. Les poings de Fanie se serrèrent dans le dos de son ami, avec une telle force que ses phalanges en blanchirent. Elle aurait dû se taire, mais les mots lui vinrent sans qu'elle puisse les arrêter :

— Pourquoi tu es venu, Khalid ?

— Tu veux dire, pourquoi j'ai accepté d'accompagner Johan dans son expédition de dingue ? C'est ça que tu veux savoir ?

Elle hocha la tête, dans le cou du jeune Maghrébin.

— Tu veux que je te dise pourquoi j'ai décidé de risquer ma vie et mon amour pour cette espèce d'hurluberlu schizophrène ?

Nouveau hochement de tête.

— Ou tu veux plutôt savoir si tu as raison de l'aimer à en crever ?

Cette fois, elle murmura :

— Oui, c'est plutôt ça que je veux savoir.

Un silence, pendant lequel les environna le murmure frémissant de la terreur des autres, de ces fantômes faméliques, les yeux déjà dans l'autre monde.

— Tu sais comment je l'ai rencontré, Johan ?

— Non.

Une petite voix étouffée, qu'on devinait fiévreuse d'entendre la suite, de capturer un peu plus de celui qu'elle aimait.

— Quand j'étais en CM1, y avait une bande dans mon quartier, des petites terreurs, le genre à braquer les gamins pour leur piquer leur fric, ou pour le plaisir de leur faire peur. Ils zonaient toujours dans la même rue, et ça tombait mal, parce que c'était celle où je devais passer pour rentrer chez moi. D'habitude, je faisais un grand crochet, mais cette fois-là, je sais pas, je devais être pressé ou j'avais la tête en l'air… J'ai pris le chemin le plus direct, et c'est tombé sur moi. Ils ont voulu me piquer ce que j'avais, mais j'avais rien. Ça les a énervés. Ils m'ont ordonné d'aller voler une bouteille de bière pour eux dans l'épicerie d'en face. Je voulais pas, mais ils gardaient mon cartable et ils menaçaient de le brûler si je refusais.

— T'es allé la voler, cette bière ?

Un sourire étira les lèvres de Khalid, content de détourner Fanie de ses noires pensées et de se replonger lui-même dans ses souvenirs.

— Ouais, je l'ai volée, pas fier, et vraiment comme un amateur. J'ai jamais eu le don. Étonnant, non, pour un Arabe ?

— Crétin, murmura la jeune fille.

Elle était heureuse qu'il lui raconte cette histoire qui l'entraînait ailleurs, loin d'ici, du Crépuscule, de la Malesève, en un temps où ils étaient encore insouciants, et le monde, pas un purgatoire couleur de sang. Un monde où tout restait à conquérir, même l'amour de Johan.

— L'épicier m'a pincé.

Il marqua un temps, le zeste d'une ancienne terreur encombrant encore sa gorge.

— Il y allait vraiment fort. Il me secouait et hurlait qu'il allait appeler la police et me faire coffrer, comme tous les petits bougnoules de mon espèce. Il se faisait plaisir. Il me traitait de tous les noms, tu vois le genre…

— Oui, je vois.

— Et puis Johan est arrivé. (Il secoua la tête.) Il s'est planté entre le commerçant et moi et lui a dit comme ça, en lui tendant un billet : « Tenez, payez-vous et laissez mon ami tranquille. » L'autre s'est énervé encore plus. Il a commencé à lui gueuler après. Johan n'a pas bougé, même quand il a levé le poing vers nous, et je te jure que c'était un balèze. Moi, j'étais sûr qu'on allait s'en ramasser une chacun dans la seconde qui suivrait. Alors Johan l'a fixé, avec son drôle de regard, tu vois ce que je veux dire ?

Fanie ne répondit pas, mais son expression en disait plus long que tous les discours.

— Le gars, il est devenu tout chose. Il s'est ratatiné. Il a pris le billet de Johan, lui a rendu sa monnaie, sans un mot. Johan l'a remercié poliment.

Un sourire ourla les lèvres de la jeune fille.

— Quand on est sortis, avec cette bouteille de bière dont je savais vraiment pas quoi faire, je lui ai demandé pourquoi il m'avait aidé. Il m'a dit qu'il avait vu les autres me tomber dessus et qu'il avait deviné la suite.

Fanie, les yeux toujours fermés, croyait presque les voir, tous les deux, Khalid, brun et frisé, avec sa bouille ronde d'alors et ses grands yeux toujours étonnés, et Johan, imperturbable, inaccessible déjà.

— Il a juste dit : « Viens, on va récupérer ton cartable. » J'y croyais pas, quand je l'ai vu traverser la rue droit sur les autres tarés. Mais, bon, je pouvais pas le laisser y aller tout seul. Après tout, c'était mon cartable. Pourtant, j'étais sûr qu'on allait prendre la raclée du siècle.

— Et tu avais tort.

Il hocha la tête, avec un nouveau sourire.

— Tu sais comment il est, Johan, il y va jamais par quatre chemins. Il a choisi le plus balèze de la bande et il a foncé dans le tas. Moi, j'ai suivi. Ils ont rien compris à ce qui leur arrivait.

Il en riait encore, oublieux de ce qui les entourait.

— Tu aurais dû voir comment ils ont détalé.

Fanie interrogea, quand les ultimes échos de sa joie se furent éteints :

— C'est pour ça que tu l'as suivi ? Tu estimes lui devoir quelque chose ?

— Non, c'est pour ce qu'il a dit après, quand je lui ai redemandé pourquoi il m'avait aidé, qu'on se connaissait pas, même si on se croisait à l'école.

— Qu'est-ce qu'il t'a dit ?

Il y avait un léger trémolo, dans la voix de Fanie.

— Il m'a dit qu'il avait vu mes peintures affichées dans la salle de dessin, et qu'il aimait ce que j'y mettais dedans. C'est tout. Pour lui, ça réglait la question. Il aimait les dessins, donc il aimait le bonhomme.

— Et pour ça, tu le suivrais jusqu'en enfer ?

— Au cas où t'aurais pas remarqué, princesse, je l'ai déjà suivi jusqu'en enfer. Et, oui, c'est pour ça. Tu vois, Johan y m'a pas demandé si j'étais français ou arabe ou j'sais pas quoi. J'aurais pu être Martien ou lépreux, y serait venu quand même, parce que pour lui, ce qui importait, c'était la personne, pas son pedigree. (Il marqua un temps, puis :) Alors, oui, il est bizarre. Oui, il trimballe des trucs pas communs dans sa caboche. Oui, il me fout la trouille, à moi aussi, quand l'autre prend les commandes. Oui, quand il est comme ça, il m'arrive de le détester, d'avoir envie de l'étrangler ou de le planter là. Mais je vais te dire : mon grand-père…

— … y faisait des babouches… commença Fanie.

— Ouais, des babouches, et des belles… Et mon grand-père, y disait : « Tu peux mettre ce que tu veux dessus, des perles, de la teinture, de l'or, des diamants, ce qui importe, dans les babouches, c'est le cuir dont elles sont faites. »

Il marqua une pause, comme pour apprécier la véracité de ses paroles.

— Johan, il peut bien se planquer derrière Corbeau, je sais de quel cuir il est fait. Je le laisserai pas tomber.

Fanie murmura, d'une voix presque inaudible :

— Et s'il n'y a plus que Corbeau, si Johan est parti, pour toujours ?

— Fanie… (Il attendit que, enfin, elle lève les yeux sur lui.) Il est encore là, je te jure qu'il est encore là.

— Tu ne peux pas savoir.

— Il est là… et il reviendra… j'en suis sûr.

— Pourquoi voudrais-tu qu'il revienne ?

— Pour toi.

Il y avait une telle conviction, dans les yeux du jeune Maghrébin, qu'elle fut tentée de le croire.

Une voix juvénile s'éleva derrière eux :

— Fanie ? Khalid ?

Ils se retournèrent pour découvrir un petit spectre en haillons qui les fixait de ses grands yeux que l'épuisement, la faim et un espoir fou faisaient luire à parts égales. Ce visage angélique de quatorze ou quinze ans, aux traits délicats, auréolé d'un nimbe en désordre de cheveux cendrés, Fanie le connaissait…

— Laure ? Laure, c'est toi ?

La gamine, les yeux embués de larmes, se jeta dans les bras de Fanie et se blottit contre elle, enfouissant la tête dans son cou où elle balbutia des mots confus parmi lesquels Fanie crut reconnaître : « Arrive pas à y croire… ai prié, prié… que vous veniez… Papa, Maman, Léa… les ont tués… »

Laure, la jeune sœur de Léa, la benjamine du groupe, qui, toujours, suivait leurs aventures, sans jamais se laisser distancer, et qui vouait à Théo la même passion qui la consumait, elle, pour Johan. Le grand soldat, bien sûr, n'en avait jamais rien su.

« Pourquoi faut-il toujours que nous aimions celui que nous ne pourrons jamais avoir ? »

Elle entoura les épaules de sa jeune amie et la serra contre elle.

Après quelques secondes, Laure s'écarta pour la fixer de ses grands yeux clairs.

— Théo et Johan ne sont pas avec vous ?

La crainte et l'espoir se partageaient les traits de la jeune fille, ces traits dont Fanie gardait un souvenir plus poupin. Les épreuves les avaient creusés, en avaient extirpé les derniers lambeaux d'enfance. C'était une femme qui se tenait devant elle, une femme qui connaissait le poids du chagrin et de la perte, une femme qui, comme elle, redoutait l'espoir autant qu'elle s'y accrochait.

Fanie secoua la tête.

— Non. (Elle s'empressa d'ajouter :) Je veux dire, ils sont ici… dehors, quelque part.

— Théo et Johan sont ici ?

Fanie ressentit un pincement au cœur, tant elle avait l'impression de se retrouver devant un miroir. Khalid répondit à sa place :

— Bien sûr.

Laure, se tournant vers le jeune Maghrébin, l'étreignit à son tour. Quand elle s'écarta de lui, elle demanda, hésitante :

— Johan sait pour… pour Léa ?

Elle avait même du mal à prononcer le nom de son aînée. Quelques visions redoutables, dont Fanie ne voulait rien savoir, traînaient encore dans sa pupille.

Khalid répondit, sobre :

— Il sait.

— Alors… commença la jeune fille, en les fixant tour à tour.

Leur silence valait tous les discours. Un seul mot franchit encore ses lèvres :

— Corbeau ?

Fanie hocha la tête, les yeux brûlants.

— Ils vont venir, vous croyez ?

Fanie ne voulait pas donner de faux espoirs à son amie, mais se refusait à assassiner le brandon qui vacillait dans son regard. Khalid affirma :

— Bien sûr. (Il répéta, plus fort :) Ils viendront. Mais les autres sont nombreux, très nombreux, et armés…

— Et leur chef, c'est un démon, un vrai démon. Il a des pouvoirs, vous savez, je veux dire de vrais pouvoirs. Il peut faire… des choses…

Fanie coupa court :

— On a vu.

Elle n'ajouta pas que ces pouvoirs, elle les possédait aussi. À vrai dire, elle ne tenait pas à y penser, et encore moins à en parler.

Mais la jeune fille aux cheveux cendrés ne l'écoutait pas.

— Théo va venir. Il nous sortira de là.

Elle avait prononcé ces paroles comme un mantra, et Fanie devinait déjà, à son regard fixe, qu'elle avait dû se les répéter des heures, en silence, ou d'un filet de voix, pour combattre l'horreur, le désespoir et les ténèbres. Elle aurait pu tenter de la raisonner, lui dire que Théo, pas plus que Johan, ne pouvait faire des miracles, qu'il fallait être réaliste, que... À quoi bon ? Qui était-elle, pour lui voler ses derniers rêves, elle qui espérait malgré tout que Johan viendrait la sauver ?

« Idiotes, toutes les deux. Le monde n'a que faire des rêves des fillettes. »

Oui, mais après tout, n'était-ce pas cette capacité à se mentir, à espérer alors que tout était perdu, qui faisait l'essence même de l'humanité ?

— Il faudra qu'ils viennent avant le jour, sinon tout sera perdu.

Ces paroles ramenèrent Fanie à des considérations plus terre à terre.

— Laure ? (Elle tira la manche de la jeune fille au visage d'ange.) Laure, qu'est-ce qui va se passer demain ?

— Demain, c'est Gloireglace, leur grande fête, celle de leur maudite déesse. Il va y avoir des sacrifices.

— Qui ? Qui va être sacrifié ?

Ces mots, Khalid les avait chuchotés, mais ce fut comme si une onde glacée s'étendait autour de lui, moissonnant les paroles, les isolant au beau milieu d'une bulle de silence et de peur. Quand Laure répondit, on aurait pu penser qu'elle se faisait le porte-parole de tous ceux qui se trouvaient là.

— Nous tous…

À peine ces deux mots se plantaient-ils dans les oreilles de Fanie et de Khalid qu'elle poursuivait :

— Ils sont déjà venus et en ont emporté certains. On ne les a jamais revus. Mais demain, ils vont tous nous faire sortir dans le stade, fermer les portes et relâcher leur monstre pour qu'il nous dévore.

Fanie s'était attendue à tout, mais pas à ça.

— Leur monstre ?

Elle sentait, dans le silence de tombe qui les environnait, l'attention des hommes et des femmes qui s'entassaient dans cette pièce, misérables spectres aux visages creusés et aux yeux immenses.

Tous, suspendus aux paroles de Laure, paraissaient retenir leur souffle. La jeune fille ouvrait la bouche pour répondre, mais n'en eut pas le temps… Le cri monta, sépulcral, tout autour d'eux, les enveloppa, les pénétra, jusqu'à faire vibrer leurs entrailles.

C'était une note d'orgue, mais si grave, si profonde, si vaste, qu'elle paraissait échapper à la perception humaine. Le chant de haine et de fureur d'un spectre affamé, voilà ce que leur évoqua ce son alors qu'il résonnait dans les murs, le plancher et jusque dans leurs os. Ce cri, Fanie n'avait aucune idée de la créature qui pouvait le pousser, mais elle fut aussitôt persuadée d'une chose : elle n'avait rien d'humain.

La terreur de tous ceux qui l'entouraient l'embrasa, comme un gaz qu'une simple étincelle suffit à allumer. Redevenue l'enfant qui avait peur du noir, elle se serra contre Laure, alors qu'autour d'eux, telle une corne de brume démoniaque, résonnait l'appel effroyable. Quand Laure répondit enfin, ses paroles arrivaient trop tard :

— Lui… C'est lui, leur monstre.

CHAPITRE 19

La première sentinelle passa dans l'autre monde avant même d'avoir pu amorcer un cri. La seconde leva son fusil et ouvrit la bouche pour hurler. Sa tête se détacha de son cou pour rouler dans la neige. Quand le corps s'abattit au sol, Corbeau avait déjà rangé son sabre, d'un mouvement aérien. Pas un geste inutile, pas de frénésie ni d'excitation. Corbeau se battait et tuait avec une froide efficacité, précis et mortel. Les autres, malgré leurs fusils, n'avaient eu aucune chance. Pour un peu, Théo aurait eu pitié.

Ceux-là s'étaient trouvés au mauvais endroit au mauvais moment.

Les deux frères avaient jusqu'à présent réussi à éviter les patrouilles quadrillant les rues désertes. Bien qu'organisée, cette bande de fanatiques n'était pas une armée de métier. Suivant la piste de leurs agresseurs, Théo et Corbeau avaient progressé de poche d'ombre en poche d'ombre, furtifs et vigilants, aux aguets du moindre mouvement, du moindre bruit éraillant le silence de sépulcre qui enveloppait la cité.

Heureusement pour eux, les hommes du gourou, sûrs de leur puissance, ne s'appliquaient pas à se montrer discrets. On les entendait arriver de loin. Théo n'était pourtant pas tranquille.

« Qu'un de ces groupes ait un chien, et on est faits », ne cessait-il de se répéter, comme pour conjurer la malchance.

Ils débouchaient sur ce qui avait dû être une des grandes artères de la ville et allaient s'y engager, après avoir passé en revue la large saignée blanche ouverte entre les bâtisses aux volets clos, quand Corbeau avait étreint son bras. Retenant son souffle, il avait attendu, inspectant une nouvelle fois la langue de neige qui s'enfonçait entre les bâtiments, en vain.

— Par terre, à deux mètres, regarde, avait soufflé à son oreille la voix de Corbeau.

Il avait obtempéré, découvrant seulement les cristaux de glace qui pailletaient la surface blanche, la faisaient miroiter de mille éclats de cristal dont un… dont un, franc et rouge, parfaitement délimité, glissait au sol et sur les murs telle une luciole sanguine à la recherche d'une proie.

Et cette proie, c'était eux…

Ce point sanglant, précis, c'était celui d'un laser de visée, ce qui signifiait que le tireur ne se trouvait guère loin, à cinq cents mètres tout au plus. Retrouvant ses réflexes de soldat, Théo avait suivi des yeux la danse virevoltante du pointeur qui papillonnait sur le sol gelé, promenant, indolent, son message de mort. Pour qu'il couvre ainsi toute la largeur du boulevard, il fallait que le tireur se soit embusqué dans un lieu élevé.

Son regard avait cherché, parmi les bâtiments voisins, celui qu'il aurait choisi pour y placer un ou plusieurs snipers. Il ne tarda pas à le trouver. Là-bas, à deux cents mètres, dans la direction où s'éloignaient les traces des ravisseurs, une tour s'élevait, le genre qu'on construisait un demi-siècle plus tôt, quand on croyait encore que les hommes finiraient par être trop nombreux sur terre et dévoreraient la planète et ses ressources. On avait casé un maximum de personnes sur un minimum de terrain et, pour ce faire, on avait empilé les habitants.

Le résultat, haute tour de béton et de verre dont la peinture clinquante s'écaillait par plaques, était résolument laid, mais son toit en terrasse, dominant la ville de ses douze étages, formait un perchoir de premier ordre.

Ceux qui tenaient la cité ne s'y étaient pas trompés.

Plissant les yeux et suivant le déplacement de la luciole écarlate, il avait décelé l'origine du faisceau invisible, et, là-haut, tout en haut, avait débusqué deux points fixes d'un vert phosphorescent.

Des lunettes de vision nocturne.

Ceux qui, de ce nid d'aigle, surveillaient les alentours, étaient bien équipés. Il avait sous-estimé l'adversaire et failli les faire prendre. Si Corbeau n'avait pas été là…

Sans un mot, il avait fait signe à son compagnon de reculer dans la ruelle.

— Si on passe par cette avenue, on va se faire tirer comme des lapins.

Corbeau n'avait même pas jugé bon de répondre. Théo avait hésité, tourné et retourné l'idée dans sa tête, pour revenir toujours à la même conclusion :

— On ne peut pas laisser ce type et son fusil, on ne sera jamais tranquilles. Faut le neutraliser.

Neutraliser, jargon militaire. Il avait ajouté, alors que Corbeau, patient, écoutait la suite :

— On fait d'une pierre deux coups. De là-haut, on doit voir toute la ville, on pourra plus facilement établir un plan d'action.

— C'est tout ?

La perspective de monter à l'assaut de ce bâtiment qui, pour ce qu'ils en savaient, pouvait contenir une dizaine de gardes, ne troublait nullement Corbeau. Théo avait précisé :

— Faut qu'on en capture un. Ils doivent savoir, eux, où leurs copains ont emmené Fanie et Khalid et ce qu'on va faire d'eux.

Il avait ajouté, se forçant à scruter les miroirs sans expression des yeux de son frère :

— Pas de vengeance aveugle, c'est compris ?

Corbeau s'était détourné pour se fondre une fois de plus dans les ténèbres de la rue d'où ils avaient surgi. Il l'avait suivi.

En une minute, ils étaient parvenus près de la tour qui s'élevait de l'autre côté de l'avenue. Restait à parcourir trente mètres à découvert, au cours desquels ils seraient aussi immanquables que des mouches dans un verre de lait. Théo avait repéré l'entrée qu'avait dû emprunter le tireur : la porte-fenêtre barricadée d'un balcon surplombant la neige d'une cinquantaine de centimètres. L'entrée principale du bâtiment, elle, se trouvait quelque part, ensevelie sous la neige, deux niveaux plus bas.

— J'y vais.

Théo n'eut que le temps d'entendre ces mots que Corbeau s'élançait déjà.

Jurant et pestant, il l'avait vu traverser la large coulée de matière blanche, tel un fantôme, ses pieds paraissant à peine effleurer le sol. La course n'avait duré que quelques secondes, mais Théo s'attendait, à tout instant, à voir le point rouge se fixer sur le dos ou le crâne de Corbeau, juste avant que ne résonne la détonation fatale.

Chance insolente ou timing diabolique, Corbeau était parvenu de l'autre côté et s'était approché du balcon.

Théo respirait tout juste un peu mieux et maudissait encore son cadet quand la porte s'était ouverte pour livrer passage à deux gardes armés de fusils. Avaient-ils surpris l'approche de Corbeau ? Ou bien le hasard seul avait-il voulu qu'ils sortent du bâtiment à ce moment-là ?

Mais, cette nuit, la mort avait un visage. Celui de Corbeau.

Théo devina un éclat de métal, une virgule d'acier meurtrier qui dansa entre les deux gardes. Il y eut deux cris, deux corps s'effondrèrent. Corbeau rentra la lame dans son fourreau.

Reportant son regard sur la rue, Théo ausculta les façades et la neige pour enfin repérer le point rougeoyant du laser qui glissait, quelque cinquante mètres plus loin, sur le passage blanc. Il esquissa un sourire froid. Toute médaille a son revers. Si le pointeur permettait au tireur de mieux viser, il révélait sa position et l'endroit où se portait son regard. Celui qui, là-haut, s'amusait avec son joujou, était un amateur.

Théo s'élança à son tour et, en quelques foulées, rejoignit Corbeau. Arrivé à côté de lui, il lui saisit le bras.

— Tu étais obligé de les tuer ?

Son compagnon lui dédia un de ses regards insoutenables.

— Il y a d'autres gardes là-haut, si c'est ce qui te chagrine.

Théo serra les poings.

— Ce n'est pas…

— Je ne suis pas venu ici pour jouer les bons petits soldats. J'ai une dette à régler et je la réglerai.

« Et malheur à tous ceux qui se mettront en travers de ton chemin », compléta Théo pour lui-même.

Pas de haine, pas plus que de colère, dans ce visage qu'il croyait connaître, et c'était peut-être ça le plus terrifiant : juste une détermination implacable et glacée. Il affronta le regard mort de Corbeau.

— Là-haut, tu me laisses faire, c'est compris ? Tu ne tues personne sans que je t'en donne l'ordre.

— Je ferai ce qui devra être fait.

— Johan… avait-il commencé.

— Je t'ai déjà dit que Johan était parti. (Corbeau avait enchaîné, avant même qu'il n'ait pu répliquer :) Donne-moi un coup de main, il faut faire disparaître ces deux-là, ou nous aurons rapidement de la visite.

Corbeau avait raison. Quand ils eurent terminé leur peu ragoûtante besogne, ils pénétrèrent dans le bâtiment. Ils traversèrent un appartement à l'abandon où Théo évita d'égarer son regard avant de gagner le couloir, trouvèrent l'ascenseur, bien entendu inutilisable, et les escaliers conduisant aux étages supérieurs. Théo prit la tête.

À chaque palier, il marquait un arrêt et tendait l'oreille pour s'assurer que personne ne descendrait vers eux ou ne surgirait d'en dessous, mais, manifestement, mis à part le tireur embusqué au sommet, l'immeuble était désert.

« On ne peut pas avoir la guigne tout le temps. »

Parvenu au dernier étage, devant la porte donnant accès au toit, Théo lança un regard en direction de Corbeau. Il était bien là, juste derrière lui, ombre parmi les ombres. Ses yeux, dans les ténèbres, luisaient telles des perles noires. Aucun mot ne fut échangé.

La main du militaire serra la crosse de son automatique, l'autre sur la poignée de la porte de fer les séparant encore du toit. Il hésita. Si le battant grinçait, celui ou ceux qui se trouvaient de l'autre côté seraient prévenus de leur arrivée. Il devrait se servir de son arme, au risque de dévoiler leur présence à toute la ville.

Il inspira profondément.

Sa main appuya sur la poignée, lentement, très lentement. Une résistance. Forcer ou repartir en arrière ? Il insista un peu, relâcha la pression, puis recommença, en douceur. Cette fois fut la bonne.

Il poussa le panneau, dévoilant la nuit et le chenal creusé dans la neige pour dégager la porte, puis, plus haut, la silhouette accroupie d'un homme armé. L'ouverture était suffisante pour qu'il se glisse dans l'entrebâillement quand un grincement érailla le silence qui écrasait la ville. Il croyait déjà entendre la détonation qui précéderait l'impact, qu'une voix s'élevait :

— Déjà de retour ? Ça a pas duré longtemps !

Théo ne laissa pas au tireur le temps de réaliser son erreur. Il couvrit d'un bond les trois mètres les séparant et lui assena un bon coup de crosse sur le crâne, en priant pour qu'il soit neutralisé.

Dans les films, ça ne manquait jamais. Un seul coup suffisait à envoyer n'importe qui au pays des songes. L'expérience lui avait appris l'abîme qui sépare la réalité de la fiction. Cette fois pourtant, le tireur s'effondra, et Théo espéra ne pas avoir frappé trop fort. Il se penchait déjà pour s'assurer que l'autre était encore en vie quand il entendit le cliquetis léger, mais reconnaissable entre tous, d'un fusil qu'on armait.

— Lâche ton arme !

Il se figea. Ils étaient deux !

Après tout, ces molosses n'étaient pas si dilettantes qu'il aurait bien voulu le croire. De vrais petits soldats. Et les soldats, il les connaissait bien – et pour cause. Des gens simples, qui aimaient les choses propres et carrées, les buts précis, les ordres clairs et les chefs charismatiques. Des méchants, des gentils, une bénédiction, et ils déchaînaient sans arrière-pensée cette rage meurtrière que les coutures de leurs uniformes avaient tant de mal à contenir. « Pour le pays / le roi / la République / Dieu ! » Barrez les mentions inutiles.

Et quand plus rien de tout cela ne les tenait, que leur énergie, leur besoin de violence qu'on avait si bien aiguisés, entretenus, ne trouvaient plus personne pour les employer, pour les justifier, les canaliser, quand ils étaient livrés à eux-mêmes, c'était pire encore... Ça aussi, Théo le savait.

— Ton arme !

L'autre s'énervait. Théo imaginait le doigt couvert d'épais gants isolants appuyant sur la détente, appuyant jusqu'à ce que...

Il était fait. Et Fanie et Khalid avec lui. À moins que...

Jouant le tout pour le tout, il lâcha son arme qui s'enfonça dans la neige tassée, à ses pieds, avec un petit bruit soyeux.

— Bien. Maintenant, mets tes mains sur la tête et retourne-toi, lentement.

Il obtempéra, prenant son temps. Le type, silhouette anonyme, sous sa parka et ses lunettes, braquait sur lui le canon de son fusil.

À cette distance, même le plus maladroit des amateurs n'aurait pu le rater, et celui qui brandissait cette arme n'en était pas un. Son assurance tranquille, dangereuse... tout en lui indiquait l'homme de métier. Le seul espoir de Théo était qu'il continue de tourner le dos à la porte d'accès au toit et s'avance de quelques mètres avant de tirer.

Une chance sur deux.

Théo le guettait, surveillant la moindre tension, le moindre déplacement du centre de gravité, la moindre crispation de muscle. Imperceptiblement, il repositionna sa jambe gauche. Un pas en arrière, et il basculait pour s'échouer dans la neige, dix étages plus bas.

Entre la peste et le choléra...

L'autre, qui n'avait pas bougé, l'interrogeait déjà :

— D'où tu sors ? T'étais avec la fille et le garçon qu'on a capturés tout à l'heure, c'est ça ? Combien vous êtes ? Réponds ou je te fais sauter la cafetière !

Un ultime coup d'œil derrière lui, vers le rebord en béton, lui dévoila, saillant de la neige, le squelette de métal d'une antenne hérissée de paraboles, une antenne à laquelle devait certainement se raccorder…

Là ! Surgissant de la matière blanche, tels de gros vers noirs, un toron de câbles passait par-dessus le rebord pour dégringoler vers les étages inférieurs.

— T'entends ce que je te dis ? Faut que je te donne de quoi réfléchir !

Théo bondit dans le vide. Les dix étages plongeaient devant lui, jusqu'à la blancheur virginale du sol, et il fut presque tenté, en un élan suicidaire, d'écarter les bras pour mieux accueillir la mort qui se ruait à sa rencontre. Au lieu de quoi il lança les mains, alors que la détonation claquait au-dessus de lui, vers le câble d'antenne qui rampait le long de la façade.

Quelque part, tout au fond de lui, une voix hurla que le métal ne serait jamais assez résistant, que le toron s'arracherait et le précipiterait trente mètres plus bas.

Ses mains se refermèrent sur le câble, l'étreignirent, alors qu'il basculait puis heurtait le béton, avec une violence qui lui coupa le souffle. Il se sentit glisser vers le bas, de plus en plus vite. Ses gants tentaient en vain de trouver une prise sur le plastique qui gainait les fils. Si rien ne l'arrêtait, il allait dégringoler ainsi toute la façade.

À peine cette pensée l'effleurait-elle que ses doigts heurtaient quelque chose, avec une violence douloureuse, et l'enserraient par pur réflexe. Il retint un cri, alors que ses doigts molestés se crispaient douloureusement, avec l'énergie du désespoir, et demeura ainsi, suspendu dans le vide, les jambes battant à plus de vingt mètres au-dessus du sol.

Repoussant tant bien que mal la douleur montant de ses mains et de sa poitrine, Théo leva les yeux. Il découvrit un T de métal saillant de la façade, autour duquel s'enroulaient, en plus du sien, plusieurs câbles électriques.

« Encore une chance qu'il n'y ait plus de courant. » Cette pensée fut aussitôt chassée par une autre : « Maintenant, qu'il se dépêche, je ne vais pas tenir très longtemps. »

Avec un grognement étouffé, il tira sur ses bras pour se hisser un peu plus haut, faillit lâcher prise, mais s'entêta, refusant de regarder vers le bas, vers la neige qui l'attendait, blanche comme un linceul. Dans un effort surhumain, il parvint à passer un bras par-dessus la barre pour assurer sa prise, priant le ciel pour que l'acier usé ne ploie pas sous son poids. Il venait de parvenir à se rétablir quand la voix du tireur, goguenarde, descendait jusqu'à lui :

— Merde, alors ! T'es un vrai morpion, toi !

Il épaula son arme pour la braquer sur lui.

— T'es doué, mais ça suffit pas. On roule pas Ronan comme…

Ronan n'eut jamais l'occasion de finir son petit laïus haineux qui se mua en hurlement de terreur : il fut catapulté par-dessus bord et passa en trombe tout près de Théo. Son cri s'acheva d'un coup.

Théo, baissant les yeux, découvrit sa silhouette désarticulée, enfoncée dans la neige. Conscient qu'il risquait de partager le sort de Ronan à brève échéance, il agrippa son support avec plus de force encore, serrant les dents, quand ses muscles endoloris lui lancèrent de nouveaux messages de détresse.

Le visage de Corbeau se pencha au-dessus de lui, cinq mètres plus haut, pour lui ordonner de saisir à nouveau le câble. Il ne se fit pas prier. Il fallut un certain temps pour le hisser le long de la façade. Quand enfin Théo se retrouva sur le toit, il tourna son regard vers la silhouette sombre de son sauveur.

Ce dernier, étreignant encore le câble qu'il avait pris le soin d'enrouler autour de la grande antenne, reprenait son souffle.

— Je t'en dois une belle, parvint à articuler le rescapé.

Corbeau, égal à lui-même, demeura muet.

— L'autre… commença Théo.

— Encore dans les vapes.

D'un mouvement du menton, Corbeau désigna l'homme gisant dans la neige, à deux mètres d'eux. Son frère se redressa, marqua une pause, renonça à faire le compte de toutes les douleurs qui montaient de ses membres et claudiqua vers celui qu'il avait expédié au pays des songes. Parvenu près de lui, il se baissa, le saisit par le col et le secoua.

Il avait cogné dur. L'homme mit quelques secondes à reprendre conscience. À travers les lunettes, Théo vit les yeux porcins papillonner, puis une secousse parcourut les membres du sniper.

— Ne tente rien de stupide, prévint aussitôt Théo.

L'autre se figea.

— Qu'est-ce que tu veux ? articula-t-il d'une voix pâteuse.

— Des renseignements.

— Va crev…

Théo le secoua, plus fort.

— Tes copains ont capturé une fille et un garçon. Où les ont-ils emmenés ?

Au-dessus de l'écharpe polaire, un rictus moqueur apparut sur les lèvres de l'homme.

— Si c'est que ça… Les ont emmenés au temple.

— Quel temple ?

— Celui de la Mère de glace. (Comme Théo ne comprenait pas et faisait mine de le gifler, il ajouta :) Arrête ça, j'ai mal au crâne. L'église du dieu mort, celui d'avant… C'est là qu'ils les ont emmenés.

— L'église ?

Théo leva un instant les yeux. Depuis leur ascension, il n'avait guère eu l'occasion de profiter de la vue.

La ville s'étendait autour d'eux, les toits succédaient aux toits, séparés par les lignes pâles des rues qui traçaient, sur l'ombre nocturne, un réseau arachnéen, imposaient un semblant d'ordre aux ténèbres. De loin en loin, la lueur de torches ou de feux rythmait l'obscurité, pathétiques îlots de lumière repoussant les assauts de la grande nuit qui recouvrait le monde. Cette nuit, vaste, immense, cernait la petite cité, incarnée par les silhouettes hirsutes des pins fantômes qui, telle une marée de noirceur, colportaient jusqu'ici leur murmure sinistre, s'infiltraient chaque instant un peu plus loin…

Dans six mois, un an, deux au plus, à ce rythme-là, cette ville aurait disparu, avalée par la Malesève, submergée, digérée, comme ces villages qu'ils avaient déjà croisés. Ici aussi, le monde des hommes reculait, à mesure qu'eux-mêmes se dépouillaient de leur humanité et des valeurs qui avaient fait leur grandeur.

Il chercha, chercha, avant que son regard ne bute sur le doigt pointu d'un clocher émergeant du moutonnement de toits alourdis de neige. Là-bas, à cinq cents mètres à vol d'oiseau, moins peut-être…

— Le maître a dû leur proposer de rejoindre nos rangs, ceux des enfants de la déesse. S'ils sont pas trop idiots, ils auront dit oui.

— Et dans le cas contraire ? demanda Théo sans abaisser son regard vers celui qu'il maintenait immobile.

L'autre eut un rire mauvais.

— Ça serait vraiment dommage. La petite Chinetoque, je l'ai vue d'ici avec mes lunettes, elle est plutôt mignonne.

Théo se retint de le frapper.

— Pourquoi ça serait dommage ?

Alors que son prisonnier le fixait, narquois, il répéta, plus fort :

— Réponds !

Il crut que l'autre refuserait de parler, mais un sourire cruel releva le coin de ses lèvres.

— Parce que, demain, c'est Gloireglace.

Théo, qui redoutait déjà la suite, interrogea pourtant :

— Et alors ?

— C'est la fête de la Mère de glace. Et notre mère, c'est pas comme ce dieu tout mou qui nous a abandonnés. Elle, faut lui montrer qu'on l'aime.

Théo sentait une bile brûlante lui remonter dans la gorge.

— Et vous lui montrez comment ?

— Par des sacrifices ! On lui sacrifie les hérétiques, ceux qui veulent pas croire en elle, ceux qui refusent sa bonté, ceux qui ont causé l'Hiver par leurs mauvaises actions. Les gars comme toi, ton pote, là, derrière, ton copain bougnoule et ta petite niakoué, tous des pécheurs, des orgueilleux… Elle est pas rancunière, la déesse, elle leur pardonnera. Une fois que son Léviathan les aura dévorés, elle les accueillera, eux aussi.

Déesse. Sacrifices. Léviathan. Ces mots, ces mots issus d'une autre époque, une époque d'obscurantisme, de barbarie, sortant de cette bouche haineuse, résumaient à eux seuls la fin de tout un monde.

Cette fois, c'en était trop. Car il était bien persuadé, lui, que Fanie avait refusé le marché que leur avait proposé le gourou qui régnait sur la ville. Il aurait aimé se convaincre du contraire, mais il connaissait trop leur princesse kamikaze pour croire qu'elle avait courbé l'échine. Et Khalid, fidèle comme il l'était, ne l'avait pas laissée seule.

Il se baissa, empoigna de nouveau le sniper par le col et le souleva pour approcher son visage à hauteur du sien.

— Où ?

— Où quoi ? éructa l'autre.

— Où ont lieu les sacrifices ?

— Y a pas de secret, mon gars, regarde vers la droite, après la rivière. Tu vois le stade ?

Théo leva les yeux une fois de plus pour passer la ville au peigne fin, glissa sur le long serpent d'argent pétrifié de la rivière, puis au-delà… Corbeau, qui se tenait près d'eux, tendit un bras.

— Là.

Théo suivit la direction qu'il indiquait pour découvrir la forme reconnaissable d'un bâtiment ovale entouré de gradins.

De loin, dans la nuit, il ne le distinguait pas très bien, si ce n'était la large esplanade de neige et de glace. Il lui semblait qu'on avait apporté quelques modifications au bâtiment mais…

Peu importait.

— Ça commence quand ?

Alors que l'autre le fixait, narquois, il répéta, levant le poing :

— Réponds ou je te jure…

— Demain, avec le lever du soleil.

— C'est quoi, ce Léviathan ?

L'autre ricana.

— Quelque chose dont t'as pas idée, hérétique !

À peine avait-il fini de prononcer ces mots qu'un son monta du lointain des ténèbres, se répandit, s'appropria la nuit tout entière. Un cri spectral, immense, puissant, modulé, qu'on aurait dit poussé par quelque créature marine dans les abîmes de l'océan, comme celui des baleines, en beaucoup plus inquiétant, plus affamé, plus tourmenté aussi.

Un frisson parcourut Théo des pieds à la tête, alors que les dernières modulations se perdaient en échos fantomatiques jusqu'au fond de ses entrailles.

— Qu'est-ce que c'est ?

— Le Léviathan, l'enfant de la déesse… C'est lui.

Il y avait une note extatique dans la voix de l'homme.

— Regarde !

Théo reporta ses yeux vers le stade que Corbeau désignait du doigt. Un instant, il ne distingua rien et allait demander des explications à Corbeau quand quelque chose retint son attention.

C'était une trace, un sillage, une onde se déplaçant en cercle, sous la neige recouvrant le stade, comme celle produite par un poisson sous une eau qui dort. Quelque chose de gros, de très gros, une créature colossale, se déplaçait sous la croûte blanche, un monstre énorme qui nageait dans la neige et la glace, tel un requin dans l'océan.

Alors même qu'il observait, une ombre creva la blancheur immaculée du sol, une lame d'obsidienne triangulaire qui accéléra et fonça droit vers le pourtour de l'arène, quand retentit une lointaine détonation.

Le cri s'éleva une fois encore, douloureux et haineux, et s'acheva sur un bruit sourd, celui d'une masse titanesque frappant un mur de béton.

À deux ou trois reprises, Théo vit la vague noire s'écarter, disparaître, puis revenir, effectuer un cercle, à une vitesse folle, pour heurter la paroi, jamais au même endroit, avant que ne claque une nouvelle rafale de détonations. Enfin, sur une ultime pétarade, la chose disparut dans une ouverture.

« Seigneur ! »

Il n'avait deviné qu'une faible portion de la créature, autant dire rien, mais assez pour en déduire sa taille.

« Ça doit facilement mesurer dix mètres, peut-être même quinze. Ça ne fera d'eux qu'une bouchée ! »

Comme les Romains de jadis livrant les chrétiens en pâture aux lions, le dingue qui avait pris le pouvoir dans cette ville jetait ceux qui refusaient d'embrasser sa foi démente à sa créature. Mais quelle sorte de monstre ces illuminés avaient-ils trouvé et enfermé ? Quelle nouvelle abomination avaient-ils capturée pour mieux l'affamer ? Son regard, attiré malgré lui, revint se poser sur la surface blanche de l'arène, chercha, une seconde ou deux, une trace, quelque chose…

En désespoir de cause, Théo reporta son attention sur son prisonnier.

— C'était quoi, cette horreur ?

L'autre, n'en finissant plus de sourire, répondit :

— Je te l'ai dit, mais tu n'écoutes pas. C'est le Léviathan, le fils de la déesse. Demain, tes amis lui seront présentés et, par lui, ils connaîtront la béatitude et le pardon.

— Fanatique ! cracha Théo, hors de lui. Ça n'a rien de surnaturel, c'est juste un monstre de plus à rajouter au musée des horreurs qu'est devenu ce monde !

— Non, c'est le fils de la déesse.

— Tais-toi !

— Au lieu de le secouer pour rien, pose-lui les bonnes questions.

La voix froide et distante de Corbeau le ramena au calme. Leur captif, avec le sens inné des prédateurs, avait flairé le point faible de Théo. Et s'y engouffra.

— Ta p'tite mousmé, il va en faire qu'une bouchée, le Léviathan. Va l'avaler d'un coup et lui faire craquer ses petits os, bien la presser, lentement, pour lui tirer tout son jus, comme une cerise. Crois-moi, si t'es encore là, tu l'entendras hurler d'ici…

Théo articula :

— Combien ils vont être, tes copains, là-bas ? Comment ça va être surveillé ? Tu dois bien le savoir !

L'autre cracha :

— Te fatigue pas ! Tu me fais pas peur. Tu me feras rien. T'es pas taillé dans ce moule, toi.

Théo hésitait, dévoré entre son désir de sauver Fanie et son refus de franchir la ligne, cette ligne qui avait toujours présidé à sa vie, celle de l'honneur, de la droiture. Oui, il pouvait passer outre, sauver ses deux amis et mentir en disant qu'il n'avait pas le choix. Il serait arrivé au bout, il aurait achevé son voyage au sein des ténèbres, ce voyage qu'il avait entrepris en plongeant dans les yeux morts d'une autre jeune fille, celle qu'il n'avait pu sauver et qui hantait encore ses cauchemars, celle qui le fixait, en cent exemplaires, sur le quai du village maudit…

Qui était-il, après tout, ce fanatique qui avait certainement déjà tué il ne savait combien de fois et recommencerait sans pitié ni remords ? Un ogre, un ogre à visage humain, frère des danseurs qu'il avait combattus dans la tempête.

Voilà ce qu'il se disait, en scrutant ce visage narquois aux yeux débordant de ce fiel et de cette assurance que procure le fanatisme.

Oui, cet homme était un monstre, mais agir à sa manière, c'était devenir comme lui. Le propre des monstres, c'est qu'ils contaminent les autres de leur mal.

Une de ses mains lâcha le col de l'individu, saisit le manche de sa dague, commença de tirer celle-ci du fourreau… et la repoussa.

— Je peux pas… je peux pas… murmura-t-il, fermant les yeux.

— Je te l'avais dit ! exulta l'autre. T'as pas le cran qu'y faut pour ça, mon gars. Moi, je m'en fous de ce que tu peux me faire, la déesse me sauvera. Mais toi, si tu veux la sauver, ta petite mousmé, faut que t'ailles là-bas, que tu te prosternes devant le prophète, que tu lui baises les pieds et alors peut-être qu'il acceptera…

La diatribe moqueuse s'acheva sur un gargouillis de mauvais augure. Théo, surpris, rouvrit les paupières pour découvrir un pied botté pesant sur la gorge de l'homme… Celui de Corbeau. Il devait appuyer fort, car les yeux de l'autre, soudain exorbités, commençaient à larmoyer et louchaient vers un point au-dessus de Théo. La voix de Corbeau s'éleva, froide, précise, tranchante comme une lame :

— Alors maintenant, tu vas m'écouter.

Avec une simple poignée de mots, il avait retrouvé toute l'attention de leur fanatique.

— Moi, je ne sais pas ce qui va t'arriver après la mort, mais je peux déjà te dire ce que je vais te faire avant…

Moins de cinq minutes plus tard, le prisonnier se mettait à table, tant et si bien qu'on ne pouvait plus l'arrêter, dans son désir d'échapper à ce que lui promettait un Corbeau qui, pas une fois, n'eut besoin d'élever le ton.

Quand les deux frères quittèrent enfin le toit de l'immeuble, une nouvelle girouette, ficelée à la grande antenne tel un vivant saucisson, continuait de vider son sac en sourdine sous le bâillon qui lui obstruait la bouche. De son perchoir, il vit même Théo et Corbeau, silhouettes furtives et pressées, s'éloigner dans la nuit glaciale, vers la rivière et le stade transformé en arène. À l'orient, les armées de la Malesève paraissaient gagner en substance, se détacher, tels des crocs fantastiques, sur l'encre nocturne.

Dans une heure, deux à peine, l'horizon s'ensanglanterait pour l'avènement d'un nouveau crépuscule.

CHAPITRE 20

La nuit se teintait à peine de rouge, à travers les étroites ouvertures grillagées au sommet des murs, quand on vint les chercher.

Combien de temps étaient-ils restés ici, dans cette pénombre surpeuplée où des corps en sueur, malgré le froid glacial, se serraient les uns contre les autres, partageant l'odeur acide de leur peur, parmi les sanglots étouffés et les prières ? Fanie ne savait plus. Il y avait longtemps qu'elle avait perdu le compte des heures.

Khalid, assis contre un pilier, dormait d'un sommeil léger. Il tressautait parfois, quand un cauchemar plus déplaisant que les autres le traversait. Elle aussi était épuisée – en témoignaient les cernes qui entouraient ses yeux aux pupilles dilatées –, mais elle n'avait pas dormi.

On aurait pu croire que c'était la pensée du sort qu'on leur réservait qui la tenait éveillée. On aurait eu tort. Elle n'avait pas peur, du moins pas de sa mort prochaine. Ils avaient vécu tant de choses, traversé tant d'épreuves, depuis leur départ d'Aurillac, que cette éventualité ne l'effrayait plus. Même le hurlement qu'ils avaient entendu cette nuit, celui qui avait mis les autres prisonniers en un tel émoi, ne l'aurait pas empêchée de trouver le sommeil. Non, c'était autre chose. Les paroles de ce démon à visage humain qui l'avait accueillie dans l'église, les révélations qu'il lui avait faites.

« … s'est tué tout seul, dans son sommeil… son pouvoir, il le maîtrisait pas. Alors, une créature est sortie de lui et l'a dévoré. »

C'était cela, plus que tout le reste, qui la terrifiait, car elle savait qui l'attendrait dans ses cauchemars, qui s'approcherait d'elle pour lui cracher sa déception au visage et serrer sur sa gorge des doigts d'acier…

Elle était donc restée éveillée, songeant, avec un humour féroce, qu'après tout elle aurait bien le temps de se reposer quand le monstre auquel on les destinait l'aurait engloutie. Une fois morte et digérée, ses cauchemars ne pourraient plus l'atteindre.

Laure avait bougé et gémi. Avec une tendresse maternelle, Fanie avait passé une main sur le front de la jeune fille qui reposait contre elle, lui offrant sa chaleur. Une fois encore, elle éprouvait l'étrange réconfort qu'on trouve à s'abstraire de ses souffrances et de ses peurs dans celles des autres.

Elle avait pensé à Johan, bien sûr, avec une intensité douloureuse, avait espéré, une dernière fois, que lui et Théo viendrait les sauver… C'était bien comme ça, non, que ça se passait dans les histoires ?

On ouvrit la porte de leur geôle et les ordres, aboyés par une voix quasi inhumaine, commencèrent à pleuvoir. Khalid se réveilla en sursaut. Laure ouvrit des yeux terrifiés. Les cerbères, là-bas, réitérèrent leurs demandes en hurlant.

Personne, bien sûr, ne se présenta. Les malheureux enfermés ici, qui n'avaient pourtant plus rien à envisager que de pourrir à petit feu, se recroquevillaient au fond de la pièce, le plus loin possible de l'entrée. Des menaces fusèrent. Là-bas, contre le mur, masse de moutons humains bêlante et terrifiée, cloquée de cent yeux écarquillés, on refusait d'avancer, avec un bel ensemble. Du côté de la porte, il y eut une détonation, aussitôt suivie d'un cri de douleur. Un corps s'effondra parmi les prisonniers. Un autre ordre tomba, et Fanie devina, dans ce grognement à peine articulé, qu'on menaçait d'en tuer d'autres si personne ne se présentait spontanément.

Elle prit sa décision.

Se levant malgré les protestations et les suppliques de Laure, elle fit face au gorille au crâne rasé et, ignorant superbement les canons des armes à feu braqués sur elle, fit un pas en avant. Elle entendit la protestation étouffée de Khalid, qui s'acheva en un « Et puis merde ! » résigné, avant de sentir la présence de son ami juste derrière elle.

Une main tremblante prit la sienne. Une voix murmura :

— Je reste avec toi, Fanie. Où que tu ailles.

Elle se tourna un instant pour plonger ses yeux dans ceux de Laure qui, une expression déterminée sur son petit visage d'ange, levait sur elle un regard de pure vénération. La gorge serrée, elle se contenta de hocher la tête. Alors même qu'elle se retournait, la jeune fille prophétisa :

— Ils viendront, Fanie. Tu vas voir, ils viendront.

Ces quelques mots la bouleversèrent à tel point qu'elle faillit laisser couler les larmes qu'elle retenait depuis trop longtemps, mais un seul regard vers les brutes qui attendaient dans l'encadrement de la porte l'en dissuada.

Elle ne leur offrirait pas ça.

Elle s'approcha des geôliers avec un port de reine. Quand le premier fit mine de poser la main sur elle, elle l'arrêta d'un seul regard. Il suspendit son geste. Son rire gras mourut sur ses lèvres. Ils s'écartèrent en silence pour laisser passer les prisonniers qui, résolus mais dignes, marchèrent à sa suite.

On leur fit traverser un long couloir, puis se ranger devant une grande porte de fer rivetée, dans la pénombre enfumée que quelques torches grasses éclaboussaient à peine de leur lueur sale.

« La bouffe pour le Léviathan ? Ça fait une semaine qu'il a rien avalé. Il était presque fou cette nuit, il a failli défoncer la porte. »

La voix, tombée d'une plate-forme en hauteur, résonna dans la pièce sombre, mais personne ne lui répondit. Le gnome aux bras larges comme des troncs d'arbres, au visage de gargouilles, qui venait de s'exprimer ainsi, se replia en grommelant vers une grande roue crantée. Alors que, secondé par deux acolytes ahanant, il s'acharnait sur le lourd mécanisme, la grande plaque d'acier rivetée, hérissée de pointes sur sa face extérieure, glissa de côté dans un concert de couinements horripilants.

La lueur du crépuscule, réverbérée par la grande étendue de neige vierge, se répandit dans la pièce, les éclaboussant de sang.

On les poussa une fois encore vers l'ouverture. Fanie fut la première à sortir. Elle n'avait jamais aimé les stades, ces grands lieux de rassemblement où la foule, chauffée à blanc, pouvait se livrer à tous les débordements. Elle détestait les mouvements de masse où la plus sensée des personnes, métamorphosée par le pouvoir du nombre, perdait ses repères, son intelligence et son jugement, pour redevenir un être grégaire qu'on pouvait manipuler à sa guise.

Aujourd'hui, les spectateurs débordaient des gradins, foule avide de sang, venue recevoir sa ration de souffrance et de mort, celles des autres, en expiation de leurs crimes, de leur petitesse, de leur bassesse. Aujourd'hui, pour mieux s'assurer leur place au Paradis, ces gens combleraient leur soif de sang en châtiant ceux qu'ils jugeaient responsables d'avoir banni le soleil.

Dans sa main, elle sentit celle de Laure trembler.

On leur ordonna d'avancer, sous les quolibets de la foule. Fanie tâchait de ne regarder ni à droite ni à gauche, mais surprenait parfois des visages, d'hommes, de femmes, déformés par la fureur, des regards luisants, déjà, d'une excitation meurtrière.

Là-bas, de l'autre côté de la large étendue blanche, une plate-forme de construction artisanale, toute de bois et de cordes, s'avançait au-dessus du vide, depuis les tribunes. Une plate-forme sur laquelle se dressait une silhouette en robe immaculée qu'elle reconnaissait d'ici.

On les mena dans cette direction. À peine commençait-elle à deviner le visage d'ange déchu du gourou et ses yeux de reptile qu'elle percevait sa voix, murmure détestable, à l'intérieur de son crâne.

— *Es-tu es sûre de ton choix, petite sœur ? Es-tu sûre de ne pas te tromper ? As-tu vraiment mesuré ce à quoi tu renonces ? Et sais-tu ce qui t'attend ?*

Abasourdie de percevoir ainsi, tel un sifflement de vipère, la voix de ce monstre, elle répliqua pourtant, de la même manière, sans ouvrir la bouche :

— *Lâche ta créature. Je n'ai pas toute la journée.*

— *Tu aurais pu devenir ma reine, pas un second rôle dans ta propre histoire, mais le premier. Ensemble, nous aurions pu diriger ce monde, si tu avais voulu. Il est encore temps. Je peux forcer n'importe qui à m'obéir, si je le désire, mais pas toi, et je ne peux te laisser vivre si tu ne te rallies pas à ma cause, tu es trop dangereuse.*

Elle, trop dangereuse ? La belle affaire ! En cet instant, dans cette arène, livrée à ce monstre prêt à être lâché sur eux, elle se sentait tout sauf dangereuse.

Elle répliqua néanmoins :

— *Tu vas voir ce dont je suis capable !*

Était-ce l'ombre de la peur qu'elle vit passer sur le visage de ce séraphin diabolique ?

Il étendit les bras.

Aussitôt, le murmure hargneux de la foule reflua et finit par se taire. Le silence lui succéda, immense, écrasant, alors que la haine de cette multitude se faisait muette, plus terrible, plus aiguë encore. Puis la voix du gourou s'éleva, et Fanie dut bien reconnaître que ce démon avait des talents d'orateur, tant il savait flatter et galvaniser ses fidèles, réveiller leurs plus vieux démons :

— Enfants de l'Hiver !

Il avait du coffre. Sa voix roulait et tonnait de par le stade, comme un grondement d'orage.

— La déesse nous a conviés aujourd'hui pour lui rendre gloire, pour purger notre monde et nos âmes du mal qui les ronge, de ceux qui, par leurs péchés, leur vie dissolue, leurs vices, leur paresse, ont fait un enfer de ce qui aurait dû être le paradis.

Une vague d'assentiment passa sur la foule. La multitude manifestait son approbation.

— Oui, nous extirperons de ce monde ceux qui ont utilisé leur science sacrilège et leurs machines pour s'assurer une vie de plaisirs faciles. Nous montrerons à notre dame Hiver que nous endurons notre calvaire en dignes fils pour mériter le nouveau monde qu'elle nous offrira, quand la Malesève et ses enfants, avec notre aide, auront nettoyé ce pays, cette planète, de toute sa vermine…

Fanie se demandait comment un tel tissu d'inepties, ce salmigondis de croyances médiévales matinées de culpabilité écologique, pouvait bien transporter les foules.

— *Moi, je leur offre des réponses rassurantes*, rétorqua le gourou à la pensée de sa captive.

Tout son pouvoir tenait là, dans ces mensonges que les gens savaient être des mensonges, mais qu'ils gobaient quand même, car il fallait autrement accepter de regarder la réalité en face, accepter sa place dans l'univers, ses propres fautes, ses petitesses, le fait qu'aucun dieu ne nous ait choisi, qu'on était seul maître de son destin et responsable de ses actes, que c'était à soi, et à soi seul, de donner un sens au monde.

Les hurlements et les quolibets fusèrent dans leur direction, vague de haine presque physique, qui les balaya, poussa Laure contre Fanie. Celle-ci la soutint et attendit la suite, opposant son profil de princesse asiatique à la vindicte de la foule.

— *C'est ton tour, petite sœur*, dit-il en pensée. (Puis tout haut :) Cette nuit, mes frères, oui, cette nuit, les forces de ce monde corrompu m'ont envoyé un de leurs émissaires, une sorcière parée d'un visage de fée, aux charmes redoutables, pour que je succombe à son pouvoir... que je tombe sous sa coupe...

À peine Fanie avait-elle compris de qui il parlait que le gourou tendait un doigt accusateur vers elle.

— Elle ! Oui, elle ! Regardez-la ! Regardez-la bien ! Voyez comme elle est belle. Elle est tout ce dont un homme peut rêver. Un fantasme... Un succube !

La haine du public se cristallisait, et Fanie sentait se focaliser sur elle l'attention meurtrière de la bête à mille yeux qui occupait les gradins.

— Deux de mes fidèles anges gardiens ont failli périr par sa faute ! Ils peuvent en témoigner et vous le savez déjà. (La foule grogna.) Et moi-même, moi-même, mes frères, je n'ai dû qu'au pouvoir que m'a conféré notre Déesse de la vaincre et de la réduire à l'impuissance. Et maintenant je vous le demande, mes frères, mes sœurs, que doit-on faire d'elle et de ses séides, ces hérétiques qui l'accompagnent ?

La réponse explosa, assourdissante :

— Le Léviathan !

Une grosse femme semblable à un ballon gonflé de pus hurla :

— Le Léviathan de la Déesse pour le succube ! On verra bien si ses charmes le séduisent !

Son rire mauvais fut le signal.

Fanie baissa la tête, se réfugiant dans sa noire crinière, alors que l'ange déchu la fixait, de son regard de vipère, et que la l'assemblée, déchaînée, hurlait sa vindicte depuis les gradins. Elle sentait ruisseler sur elle, huile noire cherchant à s'infiltrer dans sa chair, dans son cœur, la frustration de ces hommes à qui elle n'appartiendrait jamais, l'hostilité de ces femmes qui la jalousaient, de ceux qui la condamnaient simplement parce qu'elle avait le tort d'être fille, jeune, belle et différente.

Tandis qu'ils déversaient sur elle la sanie de leur âme, elle réalisa soudain qu'elle ne les craignait pas. Des années durant, elle avait redouté le jugement de son père, cherché son approbation, sa reconnaissance, avant de comprendre enfin qu'elle ne l'obtiendrait jamais, quoi qu'elle fasse. Il n'y en avait plus qu'un, maintenant, dont elle redoutait encore le regard, le rejet, un qui pouvait l'anéantir, mais il ne se trouvait pas parmi eux.

Elle redressa la tête et, sans un frisson, sans un geste de recul, balaya la foule des yeux. Les insultes et les quolibets tarirent les uns après les autres, sous la caresse incisive de son regard qui renvoyait toutes et tous à leur insignifiance, leur bassesse, leur médiocrité.

L'autre, là-haut, dut comprendre qu'il devait agir vite, s'il ne voulait pas que sa cérémonie si minutieusement orchestrée ne se termine d'une manière qui ne lui plairait pas. Levant une fois encore les bras, il parvint presque à faire croire que le silence était son œuvre.

— Il est temps, mes amis… temps de libérer le vengeur, celui par qui justice va être rendue. (Se tournant, d'un geste théâtral, il ordonna :) Qu'on relâche l'enfant de la déesse… Qu'on libère le Léviathan !

Ces dernières syllabes résonnèrent dans l'air froid et le silence qui s'était à nouveau emparé de l'arène. Fanie sentit Laure se coller plus étroitement contre elle, serrer sa main et murmurer, d'une voix terrifiée :

— J'ai peur…

Fanie, quittant des yeux le gourou et ses séides, fit face à sa compagne et l'attira dans ses bras pour lui chuchoter :

— Sois forte, Laure… Sois forte.

— Ils ne viendront pas, hein… Théo ne viendra pas… sanglota dans son cou sa protégée.

— Je ne sais pas, Laure, mais quoi qu'il arrive, ne les laisse pas te détruire, résiste, résiste… Ne leur laisse pas ce plaisir, ou ils auront gagné.

Alors que la jeune fille à la chevelure cendrée relevait son visage de martyre pour répondre un « oui » étouffé, le grincement monta, assourdissant, dans ce silence qui lui laissait toutes ses aises.

Khalid s'était rapproché et fixait, lui aussi, la lourde dalle de métal rivetée qui, de l'autre côté de l'arène, se soulevait lentement, dévoilant un rectangle de ténèbres compactes. Il murmura :

— Quelle mise en scène ! J'espère qu'on va pas être déçus.

— Comment tu fais ? demanda Fanie alors que la dalle s'arrêtait enfin et que les ténèbres bâillaient, devant eux, comme une gueule.

— Comment je fais quoi ?

— Plaisanter dans un moment pareil ?

— Y a plus grand-chose d'autre à faire, princesse.

Ils échangèrent un regard, et leur amitié, ancienne, profonde, sincère, leur fit une armure contre la peur et ce qui approchait. Ce qui, dans la pénombre de son repaire, s'agita, tel un fauve tiré du sommeil par une odeur alléchante, dans un bruit soyeux de neige déplacée…

Un instant, tout ne fut que silence et attente. Puis vint le premier cri.

Bref, sec, il n'avait rien en commun avec la longue plainte spectrale qui avait peuplé les ténèbres, cette nuit, et terrifié les malheureux dans leur geôle. Celui-là claquait, comme une détonation, mais presque inaudible, une pulsation puissante qui pénétra leur chair pour rebondir sur leurs os avant de s'éteindre.

Le silence à nouveau, seulement troublé par les sifflements asthmatiques de ceux qui ne parvenaient plus à retenir leur souffle.

Cela revint, plus fort, plus précis, plus inquisiteur, une fois, deux fois, trois fois. Alors que les vibrations rebondissaient autour d'elle, en elle, Fanie comprit. Cet être qui se tapissait là-bas, à l'affût, dans l'ombre, les sondait, les goûtait, à petits coups précis, comme un chien aurait donné de la truffe. Prudent, il anticipait le danger qu'ils pouvaient représenter.

Tout entière tendue en direction de cette gueule d'ombre d'où jaillirait d'un instant à l'autre leur exécuteur, elle se projetait en avant, vers les ténèbres et ce qui les peuplait, cherchait à deviner…

Et soudain, il fut là, sous son crâne, trace infime, mais indéniable, celle d'une autre présence, d'une autre conscience, différente, étrangère. Une conscience pour qui le monde était fait de sons plus que d'images. Une conscience douloureuse, inquiète, tourmentée, affamée. Un être qui sentait lui aussi sa présence…

Et qui allait attaquer. Maintenant.

Elle ouvrait la bouche pour hurler une mise en garde quand, dans un cri de terreur, un des prisonniers brisa les rangs et se mit à courir en direction des gradins.

À peine le malheureux avait-il parcouru la moitié de la distance le séparant de la grille d'acier protégeant les premiers rangs du public que la créature jaillissait de son antre. Ce ne fut tout d'abord qu'une ride à la surface de la neige, rapide, très rapide, filant droit vers le fugitif. Averti par les cris de ses compagnons, ce dernier se retourna alors même que la ride se faisait monticule, se précipitait vers lui, vague solitaire guidée par une volonté prédatrice. Il accéléra encore, prêt à tout, même à s'embrocher sur les piques hérissant ces barrières de métal, pour échapper au monstre.

Plus que trois mètres… La cloque blanche creva, à un mètre du prisonier. Quelque chose en jaillit. C'était noir, énorme, cuirassé de plaques sombres emboîtées les unes dans les autres, fendu d'une gueule rouge hérissée de crocs ivoirins longs comme des doigts, mais bien plus épais, qui se refermèrent sur le condamné d'un seul coup magistral.

Fanie faillit hurler à son tour, quand l'exécuteur, à peine entrevu, disparut sous la neige éclaboussée de rouge. Elle crut entrevoir la forme triangulaire d'une lame noire fendre la surface immaculée avant de disparaître.

« *Colère… Colère… Faim… Faim…* »

Ces mots qui n'en étaient pas – des impressions, des émotions primales, elle en était à présent sûre – fulguraient dans son esprit depuis celui du Léviathan. Comment les percevait-elle et les comprenait-elle ? Elle ne les entendait pas, mais les ressentait. Le monstre était plus que l'incarnation d'un cauchemar, plus que l'instrument d'une déesse improbable. Il avait faim, il avait peur, il avait mal. Comme eux. Comme elle…

Elle tenta de se concentrer, de plonger plus profondément encore, de deviner, de toucher…

La mort de la première victime donna le signal. Ils furent quatre, cette fois, à déserter les rangs, trois hommes et une femme, qui se mirent à courir à leur tour en hurlant des suppliques aussi vaines qu'insensées. Dans les tribunes, la foule n'entendait plus rien, penchée en avant pour mieux assister au repas du Léviathan et à la mise à mort. Le premier sang l'avait mise en appétit, mais l'avait laissée sur sa faim, elle en voulait plus…

Le vrai monstre ne se trouvait pas sous la neige de l'arène, mais sur les gradins, le derrière bien calé sur son banc, à profiter du spectacle qu'on avait soigneusement orchestré pour son plaisir.

Le Léviathan n'était qu'un instrument.

« *Haine… Haine… Peur… Douleur…* »

Non, pas un instrument, comprit Fanie alors que la forme noire, puissante et caparaçonnée, remontée des profondeurs blanches de l'arène, jaillissait derrière un des malheureux pour le happer et l'entraîner avec elle… Pas un instrument : une victime.

Le formidable Léviathan n'était qu'une créature piégée par ces fanatiques, et leur maître, une créature dont ils avaient fait leur exécuteur, par lequel ils terrorisaient leurs ennemis et s'assuraient l'adhésion des leurs. Une victime, comme eux, souffrant à cause des hommes, aveuglée par sa douleur, sa faim dévorante.

Il fallait arrêter ça.

Déjà, une nouvelle vague se reformait. La lame noire d'un aileron d'obsidienne creva la surface de la neige et se dressa à plus de deux mètres du sol, surmontant l'ébauche d'un râble colossal qui fendit la matière blanche droit vers la malheureuse hurlante qui s'écorchait les mains sur les pointes de la muraille.

Une fois encore, la foule se tendait, se penchait, les yeux luisaient, savouraient par anticipation le trépas à venir. Alarmée par ces visages attentifs, ces yeux étincelants concentrés sur elle et le murmure navré de ses anciens compagnons qui, au milieu du stade, se ratatinaient de terreur et de résignation, la condamnée tourna la tête vers son bourreau. Un long cri monta de ses lèvres, alors qu'un crâne énorme, allongé, couvert de plaques noires, hérissé de pointes, avec une gueule capable de l'engloutir d'un coup, s'extirpait de la neige, dans un bouillonnement blanc, à quelques mètres d'elle.

« *Non !* »

Ce mot, Fanie ne le poussa pas avec ses lèvres, mais il jaillit de son esprit, de toute son âme, de tout son être révolté par tant de barbarie, de souffrance et de vilenie, avec tant de force que tous ceux qui se trouvaient dans l'arène, victimes et meurtriers confondus, le reçurent comme un coup.

Tous, jusqu'au Léviathan…

La monstrueuse vague referma le gouffre rouge de sa gueule, dans un claquement sonore, et bifurqua juste devant la malheureuse dont le hurlement s'acheva quand la neige pulvérisée soulevée par le passage de la créature la recouvrit.

De la foule monta une rumeur de déception. Les fauves prêts à la curée s'entre-regardaient, s'interrogeaient, cherchaient à comprendre qui, ou quoi, troublait le bon ordonnancement de leurs festivités.

Mais Fanie n'y prêtait pas attention. Le Léviathan, lui, savait. Lentement, très lentement, il tournait autour d'elle, de Khalid et de Laure. Il passa une fois, deux fois, et ceux qui les suivaient s'écartèrent de son sillage. Il les isolait avant de frapper.

Dans ses entrailles, Fanie sentait résonner, à intervalles réguliers, les pulsations projetées à travers la neige par la créature, alors que le grand aileron triangulaire, deux fois haut comme elle, fendait la matière blanche dans un murmure soyeux.

Il hésitait…

Laure étreignit le bras de Fanie. Khalid se rapprocha d'elles pour leur faire un rempart de son corps.

— Je sais pas comment t'as fait, princesse, mais on dirait que t'as mis les pieds dans le plat.

— Il a pas une histoire de babouches pour ce genre de cas, ton grand-père ? parvint-elle à articuler, tout son esprit tendu vers le Léviathan.

— Mon grand-père, il a jamais eu affaire à ce genre de monstre.

— C'est pas un monstre…

Se détachant de l'étreinte de Laure et contournant Khalid, Fanie s'avança, seule, sur la neige retournée, en direction de la créature. Laure poussa un gémissement, Khalid tendit un bras vers elle.

— Fanie, qu'est-ce que tu fais ? Reviens, bon sang !

Amorçant un geste pour la rattraper, il se figea en plein élan.

Là-bas, le grand aileron s'était immobilisé. Une seconde encore… Fanie s'arrêta, à mi-chemin de la créature et de ses compagnons. La gueule émergea à son tour, noire en diable, massive, cuirassée, tel le crâne de ces poissons gigantesques qui hantaient les premiers océans de la Terre.

Dans ce casque, deux yeux la fixaient, sombres et perçants, luisants d'intelligence.

« *Haine… Haine… Douleur… Douleur… Colère… Faim…* »

La mélopée la frappa comme une vague, une harmonique d'une violence intolérable, celle de la souffrance, du désespoir de la créature, harcelée, torturée, affamée… Elle la devinait qui se retenait de se jeter sur elle, d'assouvir sa faim et son désir de vengeance envers ces petits êtres qui la tourmentaient. Mais, plus profond, plus subtil, elle percevait aussi le conflit qui agitait cet esprit étranger, celui d'un être vivant luttant pour conserver son jugement, son intelligence. Un être troublé par son attitude, qui entrevoyait, peut-être, un brandon d'espoir.

Ce brandon, cette braise, cette question qu'elle lisait dans ces deux globes d'onyx posés sur elle, elle ne voulait pas les laisser s'éteindre. Mais comment, de braise, faire flamme, puis brasier ?

— *Que fais-tu, petite sœur ? Tu veux me gâcher ma fête ? Tu sais que je peux utiliser mes pouvoirs sur toi, si cette bête ne suffit pas.*

Oui, elle savait, comme elle savait qu'elle jouait leur va-tout, leur survie et celle de la créature avec laquelle elle partageait maintenant ses pensées.

« *Peur… Peur… Mal… Peine… Désespoir…* » projeta-t-elle vers le Léviathan qui, immobile, son crâne seul surgissant de la neige, la fixait, attendait. Elle ne formait pas les mots, mais livrait, brutes, ses propres émotions, sans le filtre du langage, sans retenue. Et ces émotions, le Léviathan les comprenait et y répondait.

Des visions la traversèrent, étranges, faites de sons et d'ondes, des images qui ne se peignaient pas en couleurs mais en harmoniques, une symphonie d'émotions, de sensations. La joie, celle de s'ébattre, libre, dans la neige, en compagnie de ses frères et sœurs, de son clan…

Celle de jouer, de rire avec Théo et Johan, dans la cour de l'école, la douleur des premières blessures, quand elle était tombée d'un manège, et Johan qui était là pour la relever...

Les premiers ébats, les courses et les jeux avec ses frères, les parades nuptiales, puis l'étreinte...

Le regard de Johan, ses mains dans les siennes, quelques nuits plus tôt, quand Théo avait soigné sa blessure, ce sentiment qu'elle avait deviné dans ses pupilles, cette lueur qu'elle avait espérée depuis tant d'années, qui la consumait, la dévorait, la tourmentait. Son calvaire, mais un calvaire auquel elle n'aurait renoncé pour rien au monde, qui donnait un prix à sa vie...

L'amour...

Celui d'un frère d'obsidienne, qui lui donnerait un nouvel enfant et fortifierait le clan...

Celui qu'elle nourrissait pour Johan, celui qu'elle conserverait, tel un feu, dans son sein et son ventre, pur, intact, envers et contre tout...

— *Que fais-tu à mon monstre, petite sorcière ?*

Elle sentait, au-dessus d'elle, le gourou écumer de rage.

Là-bas, du crâne noir émergeant de la neige, un cri monta, ample, immense, une modulation, non plus agressive mais apaisante, comme une eau pure lavant une plaie. Elle trouva écho dans l'esprit de Fanie, dans ces pensées qu'elle recevait, et qu'elle renvoyait, à l'unisson.

« *Amour... Amour... Espoir... Liberté... Liberté...* »

Elle tomba à genoux et entendit, plus qu'elle ne vit, l'aileron noir fendre la neige vers elle, s'approcher, lentement, très lentement, pour éviter de la bousculer, de lui faire mal.

Elle ferma les yeux, tendit ses mains qui rencontrèrent une surface dure, cornée et finement nervurée, une carapace. Elle s'y appuya, pressant sa joue contre la cuirasse du Léviathan, la trouvant étonnamment douce, alors que le géant d'obsidienne demeurait immobile. Son souffle ample, puissant, carné, passait sur elle, l'enveloppait, la réchauffait. Elle murmura :

— Tu ne me feras pas de mal, n'est-ce pas ?

Une longue note, douce, rassurante, monta des entrailles de la créature.

« *Amour… Confiance…* »

Blottie contre cette masse titanesque de puissance prédatrice, elle se sentit étrangement apaisée, entourée par le chant spectral du Léviathan, un chant qui, par sa majesté tranquille, lui rappelait maintenant celui des baleines, des cachalots, celui des…

Des épaulards !

Ainsi, tel était le secret du Léviathan.

— Un épaulard, tu es un épaulard !

Eux aussi avaient donc survécu à la glaciation, dans ce monde où la nature changeait à un rythme démentiel, où les espèces, contraintes et forcées, évoluaient ou disparaissaient sans laisser de trace. Les épaulards s'étaient adaptés à leur nouvel environnement, s'étaient couverts d'armures et hérissés de pointes mobiles pour mieux se déplacer dans la glace comme ils le faisaient auparavant dans l'eau.

— *Maudite !*

La décharge de pouvoir la frappa, lui arrachant un hurlement de douleur, alors que des milliers de crochets acérés fouaillaient la chair de son dos. Elle s'effondra en hurlant, mais la torture continua, l'air, changé en lames, en griffes, en hameçons invisibles, la pressa, la blessa.

— Fanie !

Khalid n'eut pas le temps de l'atteindre. Dans un hurlement de rage et de colère surnaturel et dans une éruption de neige et de glace, l'épaulard se dressa hors de son élément, exposant à tous son corps formidable et cuirassé, telle une colonne d'ébène, avant de retomber dans un grondement terrible. Fanie, qui tentait vainement de contrer le pouvoir de l'autre, crut sa dernière heure venue quand la pression s'accentua encore.

— *Meurs, sorcière jaune ! Meurs !*

Une ultime pression, pire que les autres. Ses dernières défenses cédèrent et la douleur la submergea, oblitérant tout.

Elle se recroquevilla sans un cri, comme un animal mourant, suppliant, de ses ultimes lambeaux de conscience écorchée, que vienne la fin…

Et le stade explosa.

CHAPITRE 21

Les cris d'excitation et de haine se muèrent en hurlements quand la première déflagration éparpilla dans un même souffle bancs et spectateurs. Deux autres la suivirent aussitôt. Les cris montèrent, ceux des bourreaux qui comprenaient que le spectacle n'était à présent plus dans l'enceinte du stade, mais dans les tribunes.

L'orque, avec un hurlement spectral, s'enfouit à nouveau sous la couche de neige, comme pour fuir l'effroyable violence des explosions qui se succédaient, pulvérisant les gradins les uns après les autres.

« *Douleur… Bruits… Douleur…* »

Terrifié par la puissance des vibrations, l'épaulard plongeait dans la neige. Tremblante, mais libérée du pouvoir du démon à visage d'ange, Fanie trouva la force de se redresser, quand deux paires de mains, celle de Khalid et de Laure, vinrent la soutenir.

— Viens ! Allez, viens ! hurlait Laure à son oreille.

La fumée se répandait dans l'arène, âcre, piquante, alors que les flammes rongeaient les gradins où la foule des fanatiques hurlait et se compressait pour atteindre les sorties. La cohue infernale s'achevait parfois de manière brusque et meurtrière, quand l'un ou l'autre tirait une arme d'un fourreau ou d'un étui pour se frayer un chemin sanglant à travers ses coreligionnaires.

Du haut de sa plate-forme, le gourou hurlait des ordres couverts par les déflagrations, mais plus personne ne lui prêtait attention. Les assaillants avaient tout prévu. Une explosion souffla littéralement un des accès et le bouchon humain qui s'y pressait, l'envoyant voler dans les airs, en fragments épars. Quelques secondes plus tard, sur les gradins d'en face, une autre suivait, pour le même résultat.

Piégée, hurlante, la foule n'avait pas d'autre choix que de sauter dans l'arène pour tenter de gagner la porte par laquelle on avait introduit les prisonniers.

C'était compter sans l'épaulard, ivre de vengeance.

Fanie avait beau savoir ce qu'avaient fait ces gens, avoir essuyé leur haine et leur petitesse, leur mesquinerie meurtrière, elle détourna les yeux.

— Que se passe-t-il ? Qui a fait ça ? balbutia-t-elle alors que ses compagnons l'entraînaient à leur suite vers les autres prisonniers qui, épargnés par l'orque, refluaient en direction des portes.

Khalid répondit aussitôt :

— J'en sais rien.

— C'est Théo !

Fanie se tourna vers Laure.

— Laure, ce n'est pas…

La jeune fille leva un bras.

— Là !

Fanie, le cœur battant à tout rompre, suivit, sans y croire, la direction indiquée par la jeune fille, pour découvrir, dressée au sommet des gradins, dominant le chaos, une silhouette haute et martiale qu'elle reconnut aussitôt, malgré la parka et les lunettes.

Théo.

Laure y avait toujours cru. Ils étaient venus les sauver.

Une main de glace étreignit son cœur. Johan ? Où était Johan ? Elle chercha en vain. De Johan, nulle trace.

— Où est-il ? cria-t-elle.

— Il ne doit pas être loin. Pour l'instant, il faut sortir de cet enfer ! répliqua aussitôt Khalid.

Il avait raison de parler d'enfer : entre l'épaulard qui poursuivait son massacre de fanatiques, les tribunes transformées en brasier et la fumée qui, descendant le long des murs, commençait à les asphyxier, l'arène se métamorphosait en creuset du diable.

Sortir, oui, mais comment ? La porte par laquelle on les avait fait entrer s'était depuis longtemps refermée et ne leur offrait plus, en guise de salut, qu'une mort hideuse sur les pointes hérissant le battant de fer riveté. Ils ne pouvaient pas non plus songer à s'enfuir par la prison de l'orque…

La réponse ne tarda pas. Là-haut, la silhouette de Théo répéta un geste, deux fois, trois fois. Khalid comprit le premier.

— Couchez-vous ! Vite ! Vite !

Fanie, pas plus que les autres, ne chercha à comprendre et tous imitèrent Khalid quand il se jeta face contre neige. Aussitôt une nouvelle déflagration, plus assourdissante encore que les autres, secoua le stade. L'énorme porte qui leur faisait face se désintégra dans une sphère de feu et un grondement de fin du monde. Des morceaux de métal fusèrent dans toutes les directions, alors qu'un souffle brûlant passait au-dessus d'eux.

Quand Fanie osa enfin relever la tête, ce fut pour découvrir un trou béant et déchiqueté ouvert dans la masse des gradins. Théo les hélait. Elle se releva, soutenue par Khalid, et, donnant l'exemple, se mit à courir vers la grande déchirure. Quelques gardes, alertés par le bruit, tournèrent leur regard vers eux et les mirent en joue.

Suivaient-ils encore les ordres de leur maître ? Ou bien se vengeaient-ils simplement de leur déconfiture sur ceux qu'ils en jugeaient responsables ? Fanie eut juste le temps de voir le canon se braquer sur elle quand la détonation claqua. L'homme bascula sur la neige rougie de l'arène. Fanie, qui se raidissait déjà, sûre de ressentir l'impact de la balle quand elle perforerait ses chairs, comprit aussitôt à qui elle devait ce miracle.

Théo, arme à l'épaule, balayait la foule gesticulante de sa mire. Un autre garde, qui avait eu le malheur de lever son fusil dans sa direction, connut le même sort que son confrère, puis un troisième. Le quatrième s'effondrait à son tour quand Laure hurla :

— Théo, attention !

Mais Théo avait vu. L'ombre qui venait d'escalader le sommet des gradins et se ruait vers lui, une longue lame à la main, se recroquevilla sur elle-même et bascula dans le vide quand le fusil-mitrailleur de leur ami aboya.

— Allez, on y va ! On y va !

Cette fois, plus rien ne les retenait… et Fanie préférait être loin quand la fumée se dissiperait et que le gourou reporterait à nouveau son attention sur elle. Tout plutôt que d'affronter encore ce démon qui d'un seul regard pourrait tous les tuer dans d'abominables souffrances.

Prenant la tête des survivants, Fanie, Khalid et Laure traversèrent les derniers mètres les séparant de la grande salle dans laquelle on les avait fait attendre pour pénétrer dans l'arène. Fanie craignait d'y rencontrer des gardes, mais ceux qui n'étaient pas déjà morts avaient certainement déserté dès les premières explosions.

— Par où, maintenant ? demanda-t-elle à Khalid.

— Ce que j'en sais, moi, y a un couloir, là, derrière, qui dessert les cellules, c'est celui qu'on a pris tout à l'heure. Je suppose qu'il doit bien ouvrir sur l'extérieur, mais…

Il y eut soudain un murmure, sous le crâne de Fanie, un murmure comme un sifflement de reptile, mauvais, venimeux.

— Où te caches-tu, petite sorcière jaune ? Hein ? Tu ne peux pas être bien loin, montre-toi.

Une sueur glacée lui couvrit le corps, alors que le souvenir de la douleur revenait la tourmenter.

— Décide-toi, on peut pas rester là.

— Je te trouverai… Je te trouverai et je te punirai…

Ce n'étaient désormais plus des mots qu'il lui adressait, mais des images, des images odieuses…

Elle en aurait vomi.

Elle allait presser Khalid, mais la question fut tranchée avant qu'elle n'ait pu ouvrir la bouche. Elle sentit s'approcher, dans son dos, une présence pure et noire, tranchante comme une lame.

L'épaulard.

— Écartez-vous ! Écartez-vous !

La dorsale de l'orque, surmontant le râble puissant et caparaçonné, passa à côté d'elle, à une allure folle, traversa la salle et le petit groupe qui s'écarta dans des hoquets de terreur, et percuta le mur du fond, tel un bélier de muscle et de corne. Le choc fut si violent que le béton se fissura, puis se craquela, quand l'épaulard, exécutant un large cercle, revint à la charge, encore et encore, de plus en plus fort. Les coups étaient assourdissants, toute l'arène tremblait, dans un grand bruit de pierre brisée et sous une pluie de poussière et de plâtre, avant que le mur ne se lézarde, ne se fende, pour dévoiler une rue couverte de neige.

La liberté.

L'orque s'engagea aussitôt dans l'ouverture, la franchit et s'éloigna vers l'ouest. Fanie sentit son cœur se serrer, alors que la présence de la grande créature s'arrachait à elle, lui retirait son soutien et sa force. Elle tituba et se retint à l'épaule de Khalid.

D'une passerelle enjambant la salle descendit une voix familière :

— Qu'est-ce que vous attendez pour sortir ? Qu'on déroule le tapis rouge ?

Une silhouette bondit souplement par-dessus la rambarde pour retomber sur ses pieds face à eux, face à Fanie…

Théo.

Tandis qu'il se redressait, il posa sur elle un regard qu'elle ne lui avait jamais connu, un regard qui lui disait son soulagement de la trouver vivante, elle, parmi tous, mais pas seulement…

— Théo !

Un petit missile aux cheveux cendrés s'échappa du groupe et courut vers le grand soldat en hurlant encore son nom.

À peine leur ami eut-il eu le temps de baisser les yeux sur le petit ange qui se ruait vers lui qu'il le recevait dans ses bras.

L'instant magique était passé… et Fanie se persuada qu'elle avait rêvé. Là-bas, Laure étreignait son héros, trempant son plastron de larmes de joie. Il y avait quelque chose de touchant, à voir ce grand militaire, gêné, serrant la jeune fille comme il l'aurait fait d'une petite bombe qui pouvait, à tout instant, lui exploser à la figure. Fanie en souriait presque.

— J'étais sûre que tu viendrais me sauver.

Laure répétait ces mots, encore et encore, et Théo, vaincu, ferma les yeux et tint plus fort sa jeune admiratrice.

On ne peut rester indifférent à l'amour des autres, en particulier celui d'une jeune fille au cœur aussi fougueux et romantique. Théo finit pourtant par desserrer son étreinte et, alors qu'elle demeurait contre lui, se tourna vers Khalid et Fanie, évitant soigneusement, presque avec gêne, le regard de la belle Eurasienne.

— C'était quoi, le truc qui vient de défoncer le mur ?

Khalid répondit :

— Demande à la princesse, moi, j'ai rien compris. Si tu veux savoir, je nous voyais déjà tous bouffés.

Théo fut bien obligé de s'adresser à Fanie.

— Tu es incroyable… Alors c'est quoi ?

Il y avait d'autres mots dans sa gorge, elle en était sûre, comme elle était sûre qu'il ne les prononcerait pas.

— Un épaulard. C'est un épaulard.

Les yeux de Théo s'écarquillèrent.

— Un épaulard… Tu veux dire…

Il demeura un instant silencieux, la fixant comme s'il ne parvenait pas à y croire. L'étincelle d'admiration qui brillait dans ses pupilles claires se teintait d'autre chose, un sentiment plus profond, plus puissant, qu'elle reconnaissait… et qui la bouleversait.

— Et il ne t'a pas dévorée ?

Elle secoua la tête, la gorge nouée.

Était-il possible que, toutes ces années, elle ait été aveugle à ce point, elle aussi ?

— Comment as-tu fait ça ?

Elle parvint à répondre, d'un ton léger :

— Oh ! C'est un truc de fille.

Idiote qu'elle était, elle n'avait rien vu. Elle l'avait fait souffrir, toutes ces années, sans même s'en rendre compte, comme Johan avait été sa douleur.

Johan…

Les mots sortirent de sa bouche avant même qu'elle ait pu les retenir.

— Où est Johan ?

Elle cherchait déjà des yeux la silhouette sombre et silencieuse du cadet des deux frères, mais ne la trouvait pas. De plus en plus désemparée, elle interrogea Théo du regard. Vit-elle seulement son expression tourmentée, partagée entre désespoir et tendresse, juste avant qu'il ne réponde ? Et le grand soldat, lui, le droit, le pur, hésita-t-il, un fugitif instant, avant de murmurer, comme on lui aurait arraché des aveux ?

— Il est là-bas.

Alors que ses lèvres articulaient ces mots, il tendit le bras en direction de l'enfer qui s'ouvrait derrière eux.

Fanie sentit des mâchoires de glace se refermer sur sa poitrine.

— Non… non !

Mais déjà, son regard remontait au-dessus de l'arène jonchée de débris tordus et calcinés qui achevaient de se consumer dans d'âcres panaches de fumée noire, plus haut, toujours plus haut, jusqu'à la passerelle où se dressait encore ce diable à visage humain qui l'avait presque tuée et… une autre silhouette, une silhouette aussi noire que l'autre était pâle, une silhouette qui brandissait, dans son poing, la virgule dangereuse d'une lame nue.

Johan !

— Et tu l'as laissé y aller ? Tu es fou ! Il n'a aucune chance !

Oubliant tout, elle s'élançait en direction de l'escalier que venait de descendre Théo pour gagner les gradins, quand ce dernier lui barra la route.

— Où vas-tu ?

— Je vais l'aider, répondit-elle en tentant de forcer le passage.

— C'est son choix, Fanie ! J'ai tout fait pour le dissuader. (Il répéta, plus fort, une note désespérée dans la gorge :) C'est son choix.

— Et moi, c'est le mien ! répondit-elle en tentant de l'écarter de son chemin. Laisse-moi passer, Théo.

— Non, s'entêta-t-il, la gorge nouée. Il n'aurait pas voulu que tu le rejoignes et tu le sais.

— Tu parles pour lui... ou pour toi ?

— Fanie, tu...

Son assurance se fissurait. Elle le saisit par les épaules et plongea dans le bleu délavé de ses yeux, ces yeux de gosse trop vite poussé en graine, ces yeux qui, à cet instant, la bouleversaient.

— Théo, je t'en prie. Tu ne peux pas nous protéger de nous-mêmes tout le temps... Ni Johan ni moi.

— Alors je viens avec toi.

Elle secoua la tête.

— Non !

Elle désigna Khalid, le groupe misérable, ces pauvres gens trop terrifiés, épuisés, désemparés pour se prendre en charge, et Laure, enfin.

— Il faut... il faut que tu t'occupes d'eux et de Laure. Ils ont besoin... *Elle* a besoin de toi.

Elle vit le regard de Théo passer au-dessus de sa tête, se porter sur ceux qu'elle venait d'évoquer, se voiler, se charger d'un nouveau fardeau.

Elle l'avait piégé.

Quand ses yeux se posèrent à nouveau sur elle, et qu'elle affronta leur souffrance, elle ne put que murmurer :

— Théo, je... je suis désolée. Le monde est mal fait. Je te demande pardon. Pardon pour tout ce que je t'ai fait, et ce que je vais faire...

Sans lui laisser le temps de répondre, elle saisit son visage à deux mains et l'embrassa, insufflant, dans ce baiser, toute sa vie et sa fougue, l'amour qu'elle avait pour lui. Celui d'une amie, d'une sœur... D'un rêve inaccessible.

Quand enfin elle s'arracha à lui et, repoussant son bras, disparut dans les escaliers, Théo demeura immobile, tête baissée, paupières fermées, comme pour retenir, un ultime instant, la fragrance et la douceur de son rêve anéanti.

Khalid, hurlant son prénom, se précipitait déjà à la suite de Fanie. Théo le retint.

— Tu vas pas les laisser...

Le visage du jeune Maghrébin se décomposa.

— Si, ma parole, si, tu vas les laisser seuls contre ce monstre... Mais qu'est-ce...

Théo ouvrit les yeux, ces yeux qui avaient retrouvé leur calme et une sorte de sérénité tragique.

— Tu l'as entendue, Khalid, ils ont choisi, tous les deux.

Vaincu, le cœur déjà en deuil, Khalid tourna un dernier regard vers l'arène et les deux silhouettes qui se dressaient au-dessus de la neige, sur la plate-forme improbable.

La blanche, triomphale, semblait dominer la noire.

Mais une troisième, plus menue, plus féminine, traversait les gradins, dans un panache de nuit et de braise, pour les rejoindre...

Il murmura, avant de se détourner :

— Ramène-le, princesse... ramène-le, et reviens.

CHAPITRE 22

Le dernier garde leva son long coupe-coupe pour le brandir dans sa direction et ouvrir la bouche sur un cri muet, quand le sabre de Johan, avec une précision diabolique, le transperça de part en part. Il demeura debout, pétrifié, alors que le garçon en noir, sans même lui accorder un regard, retirait son arme de son corps, d'un geste vif et économe, et poursuivait son chemin. Le coupe-coupe tomba des mains sans force. L'homme s'effondra, rejoignant, sur les gradins, ses trois acolytes qui avaient cru trouver une proie facile.

Ils avaient hésité, en découvrant ses yeux d'obsidienne qui absorbaient tout mais ne renvoyaient rien. Mais ils étaient quatre, et bien armés. Le nombre donne du courage aux faibles.

Corbeau les avait à peine entrevus. Ils n'étaient rien, des pantins, des ombres, ils ne l'intéressaient pas. En quelques passes, il s'en était débarrassé, esquivant leurs assauts grossiers avec nonchalance, se décalant juste assez pour que les lames sifflent dans le vide, et ripostant sans pitié.

Il n'avait pas de temps à perdre avec des sous-fifres : seul leur chef l'intéressait, celui dont la silhouette blanche, spectrale, se dressait sur la curieuse plate-forme de bois qui s'avançait au-dessus de l'arène. Il avait suivi la fuite de Fanie, de

Khalid et des autres, et les avait aidés, sans se faire remarquer. Éliminant un tireur là, un garde ici, à chaque fois que ces derniers menaçaient d'abattre les fugitifs ou de leur barrer la route. Dans le chaos général, personne ne lui avait prêté attention. Mais alors qu'il était parvenu à quelques mètres à peine de la passerelle menant à la plate-forme, la garde rapprochée du gourou avait remarqué sa présence, lui, le seul à se déplacer en ligne droite, dans un calme terrifiant.

Mais il était déjà trop tard. Corbeau était sur eux et son arme mordait. Plus personne ne se dressait entre lui et sa proie – celui qui, penché vers l'arène, hurlait sa colère, sur le ronflement des incendies et les cris de ses fidèles en déroute, au-dessus de son empire en ruine.

Sa litanie de malédictions et ses promesses de châtiments, plus terribles les uns que les autres, c'est à une fille qu'il les adressait, et Corbeau devinait laquelle…

Johan en aurait perdu son calme, se serait jeté en avant sans plus réfléchir, pour le faire taire. Lui demeura imperturbable, conservant le même pas, la même allure, pour ne pas attirer l'attention du gourou vociférant. S'il parvenait juste derrière lui avant qu'il ne se rende compte de sa présence…

Khalid et le complice du tireur qu'il avait interrogé avec Théo, la nuit dernière, avaient affirmé que sa cible possédait des pouvoirs redoutables. Ayant vu Fanie à l'œuvre, il supposait la chose possible et agissait en conséquence. Dans ce nouveau monde, l'impossible d'hier devenait la réalité d'aujourd'hui. Il frapperait le premier, sans laisser à son ennemi la moindre chance de riposter.

Sa main ne tremblait pas, alors qu'il progressait, pas à pas, telle l'araignée s'approchant de sa proie, vers le gourou qu'il entendit hurler à l'intention d'une troupe armée de quelque importance, en bas, dans l'arène.

— Rattrapez-les ! Rattrapez-les et exterminez-les jusqu'au dernier, sauf la bridée… Je la veux vivante, vous m'entendez ? Vivante ! Si vous touchez à un seul de ses cheveux, vous aurez affaire à moi !

Les troupes, qui à pied, qui en motoneige, se lancèrent sur les traces des fugitifs. Corbeau levait déjà son arme, préparant son coup. Il trancherait la nuque, net et précis. Une mort miséricordieuse, somme toute. Il laissait à d'autres, comme Théo, le soin de se débattre avec la moralité et l'honneur. Quand une bête a la rage, on l'abat, sans états d'âme. Il n'en aurait pas plus en expédiant celui-là qu'un chirurgien opérant une tumeur.

Il n'était plus qu'à deux pas. L'autre n'avait toujours pas remarqué sa présence. Il continuait à hurler ses menaces imbéciles, ses malédictions sordides. Le faire taire serait un soulagement. Il ne l'abattrait pas par vengeance, ni par haine ou dépit, non, simplement par souci d'équité, de rétribution. Cette plaie devait être assainie. Et puis, pour que Théo, Fanie, Khalid et les autres puissent s'enfuir, il fallait bien qu'il meure.

Là s'arrêtaient ses pensées. Si une autre chose, plus profonde, plus douloureuse, motivait ses actes, il ne voulait pas le savoir. Johan avait créé Corbeau, il y avait bien longtemps, pour échapper à un mal intolérable, et Corbeau faisait très bien son travail.

Un coup, un seul coup… Dans le même geste meurtrier, il refermerait à jamais la porte derrière lui, sur Johan et ses souffrances, comme on scelle un puits.

Un coup unique. Ce coup dont l'impulsion ruait déjà dans ses nerfs, à travers son bras qui se détendait, projetait en avant la lame au tranchant mortel… qui s'immobilisa, à un centimètre de la nuque du gourou en cape blanche, comme stoppée par une main invisible.

— Tu croyais vraiment que je ne t'avais pas senti approcher ?

Cette voix était celle d'un reptile à visage humain, un visage qui se tournait vers lui pour le toiser de ses yeux verts où couvait une flamme de démence moqueuse. Quiconque, devinant ce qui luisait dans ces pupilles, aurait battu en retraite ou pris ses jambes à son cou. Pas lui. À cette folie meurtrière, Corbeau opposa le calme implacable de sa volonté, et tenta de dégager son arme. Mais il avait beau déployer toutes ses forces, rien n'y faisait. Le long katana ne bougeait pas d'un pouce.

Et l'autre poursuivait déjà :

— Qui es-tu, toi, misérable petit cloporte, pour venir ici, dans mon fief, tenter de m'assassiner ?

Qu'il parle, qu'il parle, se gonfle de lui-même, de sa victoire présumée, pour mieux lui laisser le temps de...

De sa main gauche, il saisit dans son dos un long poignard... et frappa. La seconde attaque, comme la première, ne porta jamais, immobilisée à quelques centimètres de son adversaire. Ce dernier éclatait d'un rire horripilant, découvrant l'émail carnassier de ses dents, alors que Corbeau comprenait, trop tard, qu'il avait présumé de ses forces.

Il était tombé, cette fois, sur plus redoutable que lui, et il envisageait, avec une effroyable lucidité, l'imminence de sa propre mort.

Ici, seul, loin de Théo, de Khalid... loin de Fanie.

Quelque part, au fond, tout au fond du puits, derrière la porte, quelque chose, une réminiscence, un spectre d'émotion qu'on aurait pu prendre pour un remords, troubla l'onde immobile de sa conscience. Car il avait beau lancer toutes ses ressources dans la bataille, rien n'y faisait. Non seulement ses armes et ses mains ne lui répondaient plus, mais la gangue aux trois quarts invisible qui les enserrait forçait à présent sur elles pour les faire ployer. Centimètre par centimètre, de plus en plus vite, à mesure que le pouvoir du gourou se déployait, écrasant, monstrueux, il voyait ses lames se retourner dans sa direction. Ses muscles, ses os, hurlaient leur supplice, prêts à se déboîter.

— Je t'apprendrai pendant des jours et des jours ce qu'il en coûte d'attenter à ma personne.

Corbeau ne doutait pas que ce monstre à visage d'ange en était capable. Mais déjà, l'autre poursuivait, alors que ses mains revenaient vers lui, poussant devant elles les deux lames étincelantes.

— Car, vois-tu, j'ai une petite sorcière jaune à corriger, qui m'a fait du mal, elle aussi. Ne m'en veux pas, mais j'aurai plus de plaisir à m'occuper d'elle que de toi. En ce qui te concerne, j'ai bien peur que la fête soit déjà terminée.

Corbeau, de toutes ses forces, tenta encore de reprendre le contrôle de son corps, en vain. Dans le métal luisant de ses propres armes retournées contre lui, il apprenait le goût de la défaite et de l'inéluctable, en même temps que l'idée de sa fin prochaine.

— Adieu, imbécile !

Conscient que rien, dorénavant, ne pourrait le sauver, et ne trouvant, après tout, aucune raison de survivre, il ferma les yeux.

Au fond, tout au fond, dans les ténèbres du puits où il l'avait enfermé, quelqu'un tambourinait, hurlait qu'il avait encore au moins une raison de vivre. La mort, après tout, était une solution envisageable, mieux, même, la porte de la sérénité. Se diluer enfin dans les ténèbres, quand les dernières cellules de votre cerveau grillaient leur ultime ration d'oxygène… Il attendait le coup fatal presque comme une délivrance, quand le cri retentit, déchirant, plein d'une vie guerrière et combattante.

— Johan, non !

Dans ces ténèbres qui le happaient déjà, il sentit un brusque remue-ménage, celui qu'aurait pu produire deux corps se heurtant puis s'affrontant. Il ouvrit les yeux pour découvrir une petite silhouette menue, à la tête nimbée de soie noire aux reflets de feu, agrippée au gourou tel un chat furieux, griffant, frappant de ses poings, sans technique mais avec une vigueur, une sauvagerie aussi redoutable que brouillonne.

Il ne connaissait qu'une personne pour se battre ainsi. Fanie ! Que faisait-elle là ? Elle devait, à cet instant, être loin du stade, avec les autres, avec Théo. Quelle impulsion stupide avait bien pu la pousser ?

Mais le gourou, tout au fond, lui hurlait la réponse, cette réponse qui menaçait de fissurer sa belle armure, de libérer ce qu'elle contenait, ce qu'elle protégeait, ce qu'elle enfermait. Le fou, qui prenait deux têtes et au moins une largeur d'épaules à la jeune fille, la jeta contre le bois de la passerelle, qu'elle heurta avec violence, dans un cri de douleur. Corbeau avait à peine fait un pas vers elle que le pouvoir de l'autre, un instant relâché, resserrait son étreinte, le paralysait.

La voix du maître s'éleva une fois encore, habitée d'une jubilation haïssable :

— Oh, je vois ! Notre petite sorcière jaune voulait sauver le prince charmant… Très touchant, très romantique.

Il frappa dans ses mains, avec un gloussement hideux.

— Pourtant, j'ai toujours détesté les *happy ends* et la guimauve, les meilleures histoires, à mon sens, sont celles qui finissent mal.

Mais Fanie n'avait pas dit son dernier mot et se redressait sur les coudes pour darder sur le dément qui la surplombait un regard assassin. Le pouvoir de la jeune fille se déploya, et Corbeau sentit, presque physiquement, le heurt des deux volontés qui s'affrontaient. Un instant, alors que Fanie lançait dans la bataille toutes ses forces, l'étau qui enserrait Corbeau se relâcha un peu. Ses mains retrouvèrent un semblant de liberté. Il crut possible d'échapper à l'emprise de l'homme vêtu de blanc et le frapper de ses armes.

Il se trompait.

Dans un nouvel éclat de rire, accompagné d'un violent geste du bras, l'ange déchu brisa l'assaut de Fanie, dispersa ses forces, avec une telle violence que la tête de la jeune fille partit en arrière, comme sous l'effet d'un coup, et heurta le bois de la passerelle.

C'était le moment de frapper, vite et fort.

Mais à peine Corbeau avait-il amorcé son attaque que les tenailles invisibles se refermaient sur ses bras et ses mains, les tordaient, plus cruellement encore, les dressaient à la verticale, sans même que son tourmenteur ait tourné son visage vers lui.

Il ne s'intéressait qu'à Fanie.

— Pathétique…

Il s'avança, projetant sur elle son ombre pâle, celle de la neige, du froid, de la mort.

— Et tu veux que je te dise pourquoi ?

Alors que la jeune fille le fixait, respirant avec peine, écrasée, que des lames immatérielles entaillaient ses vêtements, dénudaient sa chair, sa gorge, l'autre se pencha un peu plus pour souffler :

— Personne ne croit en toi, pas même toi.

Le sourire qui releva ses lèvres et l'étincelle qui illumina son regard auraient donné au diable des leçons d'interprétation. Quelques coups encore, le sang perla sur la peau de la jeune fille, et Corbeau sentit, sous cet outrage, se fissurer sa sérénité, son indifférence glacée, alors que Fanie, la douleur, la détresse marquant son visage, implorait son aide, mais défiait toujours son bourreau.

— Voilà comment périssent ceux qui ont résisté à la Déesse et à son émissaire : tués par la main même de ceux qu'ils aiment.

Corbeau, comme une marionnette dont on aurait tiré les fils, pivota sur lui-même, s'agenouilla à côté de la jeune fille qui le couvait d'un regard horrifié et dont le sang coulait à présent en fin ruisselet sur sa peau offerte à la morsure du froid.

— Le prince charmant tue la jolie princesse. Poignant dénouement…

Corbeau plongea ses yeux dans ceux de la jeune Eurasienne condamnée qui, en cet ultime instant, étendue dans la soie en désordre de sa chevelure, dans sa chair souffrante, lui offrait, sans fard, sans retenue, la force de son amour, de sa dévotion, de sa beauté, et trouvait même le courage de murmurer :

— Ce n'est pas ta faute, Johan… pas ta faute. Je t'aime. Je t'ai toujours aimé…

Alors que les paroles de Fanie, le ton de sa voix, l'absolue sincérité et la passion de ses mots, de ce qui brûlait dans son regard, dans sa poitrine, dans son ventre, achevaient de briser la résistance de Corbeau, il hurla, un long cri déchirant, et l'être vêtu de noir se délita, se brisa. Les émotions, les sentiments, la souffrance qu'il avait si longtemps contenus, ruèrent en lui, comme l'eau d'un barrage qui se rompt, balayant tout sur leur passage.

— Non !

Dans cette plainte, c'étaient la mort de Léa, la perte de sa mère, l'indifférence de son père, la fin de l'innocence, toutes ces petites et grandes douleurs dont est faite l'existence, qu'il libéra, par la bouche, par les yeux et par le geste. La dague s'abattit et trancha. Le sang jaillit, quand le fil d'acier feuilleté taillada la chair de la main qui tenait le katana et lui fit lâcher prise.

Le sabre touchant le sol, Johan murmura :

— Moi, je crois en toi, Fanie… je crois en toi…

— Tue-la !

Il sentit la main invisible écraser ses doigts sur le manche de la dague et retint un cri, alors que son bras se dressait, une fois encore, juste au-dessus de Fanie, pour darder la lame vers elle. Un instant, luttant de toutes ses forces, il plongea son regard dans celui de son amie, de cette femme magnifique qu'il découvrait vraiment pour la première fois.

Du fond de sa douleur, de son désespoir, il entrevoyait enfin la lumière, la rédemption, le Paradis, tout ce qu'il avait cherché jusqu'au cœur des ténèbres, pour découvrir que l'objet de sa quête se trouvait, depuis toujours, à portée de sa main… Fanie…

Fanie qu'il s'apprêtait à assassiner.

Sa main sacrilège, cette main qu'il aurait voulu couper, trancher de ses dents s'il le fallait, se crispait déjà, son bras se tendait pour extirper la vie de ce petit corps de fée eurasienne, quand un sourire étira les lèvres de la jeune fille. Les yeux dans ceux de Johan, Fanie eut un petit rire qui ressemblait presque à un sanglot et se mordit les lèvres.

La dague s'abattit.

Le pouvoir de l'autre se déchaîna, telle une vague meurtrière qui roula vers Fanie en emportant avec elle la main armée de Johan. Il l'avait presque atteinte quand vint la riposte.

Le pouvoir se déploya, depuis la jeune fille allongée, enveloppa celui du gourou et le contint, avant de le disperser, de le fondre, comme une eau brûlante versée sur la glace. La volonté de Johan fit le reste, celle de la sauver, de l'étreindre dans ses bras, de sentir, dans son cou, son souffle léger, de sécher les larmes qui inondaient ses joues et de laver sa peau du sang de ses blessures, pour que plus jamais rien, même lui, ne la fasse souffrir.

La lame de la dague effleura la gorge de Fanie, abandonna sur sa chair fragile une légère estafilade, infléchit sa course, remonta et s'enracina dans la poitrine du gourou, jusqu'à la garde.

Un instant, ce dernier demeura debout, une expression d'incrédulité douloureuse sur ses traits de séraphin dément.

— Je... je... je ne peux pas mourir, hoqueta-t-il. Je suis... je suis l'oracle... le guide... Déesse... l'enfant de la... de la Mère de glace, je... Mon pouvoir... mes fidèles, je... Impossible...

Il tituba en arrière, fixant Fanie et Johan, tels de vivants sacrilèges. La jeune fille, qui s'était redressée et dardait sur lui les braises vengeresses de son regard, répliqua :

— Moi, l'amour d'un seul être me suffit. Il est plus fort que les prières ou les simagrées de tous les fanatiques du monde.

La vague de puissance qu'elle projeta contre le gourou déchu, brisant ses ultimes défenses, le propulsa hors de la plate-forme. Les deux jeunes gens entendirent distinctement le bruit sourd que fit son corps quand il heurta la neige durcie, dix mètres plus bas.

Libéré, Johan put saisir son amie quand elle s'effondra, à bout de forces, et la serrer contre lui.

— Fanie... Fanie...

Il ne pouvait dire plus, savourant ces deux syllabes comme s'il découvrait le nom même de la vie. Un instant, elle demeura immobile, puis il sentit ses mains se lever, s'agripper à son dos, pour mieux se presser contre lui, et son visage se nicher dans son cou.

— Je dois rêver… je dois rêver, l'entendit-il murmurer. C'est bien Johan qui me tient dans ses bras ? Surtout, surtout qu'on ne me réveille pas.

Un rire s'étrangla dans la poitrine du jeune homme, alors qu'il sentait ce petit prodige de féminité, de beauté, de fragilité et de force se blottir contre lui. Il embrassait la soie nocturne de ses cheveux, ses mains s'étourdissaient au contact de sa nuque. Quand enfin leurs lèvres se cherchèrent, s'effleurèrent, se goûtèrent, il eut l'impression de braver un interdit.

Car derrière l'amie et la sœur de cœur, alors même que leurs chairs s'unissaient, que leurs langues s'apprivoisaient, il découvrait, ivre d'elle, de son goût, de sa fougue et de sa tendre violence, la femme, dans sa beauté et son exaltation, la démesure de sa passion.

Ce feu, qui lui semblait neuf, l'avait toujours tenaillé, mais il l'avait réprimé, jour après jour, année après année, s'interdisant inconsciemment de la regarder, de la désirer, de l'aimer, non comme une amie mais comme la femme qu'elle était.

Il avait aimé Léa, à sa manière, pour mieux la fuir, elle, pour mieux se l'interdire.

Il avait fallu qu'il les entraîne ici, qu'ils affrontent l'enfer glacé qu'était devenu ce monde, qu'ils aillent au bout de la nuit, au bout d'eux-mêmes, pour qu'elle se révèle à lui, pour qu'il fasse le deuil de Léa et brise cette armure, ce carcan qu'il s'était bâti depuis si longtemps, et qui, à force de le protéger, avait fini par l'étouffer, le couper de lui-même et des autres.

Il pleurait, il avait mal, pour tous ceux qu'il avait perdus et sur lesquels il n'avait pas su verser des larmes, mais le remède à tous ses maux, à toutes ses souffrances, grandes ou petites, papillonnait sur ses lèvres, ses joues, son front, ses yeux et murmurait à son oreille :

— Je t'aime, Johan, je t'aime…

Un tremblement violent le parcourut. Saisissant son visage entre ses mains, elle le força à la regarder.

— Johan, qu'y a-t-il ? Si tu veux que je m'éloigne, que…

Elle avait peur à nouveau, peur d'être rejetée, une fois encore, par celui à qui elle avait ouvert son cœur, s'était offerte, corps et âme. Il la retint et secoua la tête.

— Non… surtout pas, je veux te sentir contre moi, je veux sentir ton cœur, ton souffle, entendre ta voix, toujours… Mais j'ai… Je ne sais pas, j'ai mal, Fanie, ma mère, Léa, toi, tout à l'heure, et maintenant, maintenant, c'est tellement de bonheur, de plaisir que je ne sais plus…

Il riait et pleurait en même temps, comme un enfant confronté trop tôt à des émotions d'adulte et ne sachant comment les exprimer, lui qui, depuis si longtemps, se murait dans une armure inexpugnable où les autres ne pouvaient l'atteindre ni le blesser. Mais les yeux de Fanie, le feu de Fanie, celui qui brûlait dans ses pupilles couleur de bois roux, tel un phare dans sa tempête, l'empêchaient de se perdre.

Elle murmura :

— Johan… souffrir, c'est vivre.

— Mais ça fait mal…

— La vie fait mal, Johan, depuis notre première gorgée d'air jusqu'à la dernière… Vivre, c'est souffrir et aimer, connaître le bonheur et la peine, tu ne peux ressentir l'un sans connaître l'autre, c'est ce qui donne du prix aux êtres et aux choses.

Elle se tut un instant pour ajouter, en posant ses lèvres sur son front :

— Tu m'as fait souffrir comme rien ni personne, Johan, depuis des années, sans même le savoir… Et pourtant, je t'aime plus que tout, plus que ma vie même.

— Fanie, je…

Elle posa un doigt sur ses lèvres.

— Chut… Ce n'est pas grave, plus maintenant, je n'en ai que plus de bonheur à te serrer dans mes bras, à te tenir contre moi, à faire toutes ces choses que je n'espérais plus… Se protéger de tout, Johan, c'est renoncer à vivre.

— Tu me pardonnes ?

Un petit rire échappa à la jeune fille, alors que de nouvelles larmes s'écoulaient de ses yeux.

— Il n'y a rien à pardonner. Accepte de souffrir. Prends le risque de vivre, et laisse-moi t'aimer.

Leurs lèvres se frôlaient à nouveau, s'effleuraient, se cherchaient, leurs yeux s'égaraient dans le mystère de l'autre, quand une détonation claqua dans le silence revenu, puis une deuxième, et d'autres encore, plus rapprochées… Le monde qu'ils avaient oublié se rappelait à leur bon souvenir, à sa manière brutale.

— Qu'est-ce que… commença Fanie en redressant la tête pour tendre l'oreille et chercher la provenance des coups de feu.

— Théo… prononça seulement Johan – et à l'expression inquiète de Fanie, il comprit qu'elle était parvenue à la même conclusion que lui.

La trêve que l'univers leur avait accordée était terminée. Quand il se tourna à nouveau vers sa compagne, ce fut pour découvrir qu'elle avait récupéré son katana et le lui tendait.

Dorénavant, il n'était plus seul.

Il referma la main sur la poignée de son arme, la glissa dans son fourreau et s'approcha de la jeune femme pour la serrer dans ses bras et l'embrasser, une fois encore, retournant à ses lèvres, à son souffle, à sa chaleur, pour y puiser sa force. Quand enfin ils se séparèrent, Fanie, le geste sûr, s'approcha d'un des gorilles qu'il avait abattus et, sans hésiter, le dépouilla de son automatique qu'elle arma d'un coup sec avant de le glisser dans une de ses poches.

— Je suis prête.

Il hocha la tête et, tout au fond de ses yeux, quelque chose, un rien de Corbeau et de son implacable détermination, fulgura. Main dans la main, d'un même pas, investis d'une force nouvelle, celle de l'autre, ils quittèrent la plateforme, puis les gradins, et enfin l'arène que les flammes grignotaient encore.

Pas une fois ils ne se retournèrent pour lancer un ultime regard vers la forme blanche et brisée gisant sur la neige rougie, tel un archange foudroyé.

CHAPITRE 23

Se mettre sur les traces de Théo, Khalid et des autres fugitifs ne fut guère difficile : il leur suffit pour cela de se laisser guider par les détonations. Les rejoindre se révéla plus compliqué. Il semblait que la ville n'en finissait plus de vomir son lot de fanatiques dans les rues endeuillées de neige.

Alors que le garçon en noir et la jeune Eurasienne se faufilaient entre les façades sinistres aux volets clos, des hommes en armes, équipés qui d'un fusil, qui d'un sabre rouillé, voire d'un simple couteau de cuisine, passaient en courant devant eux, vociférant et s'interpellant d'un coin de rue à l'autre.

La plupart ignoraient la mort de leur gourou, ce qui n'était guère étonnant, car il n'y avait plus personne dans l'arène quand Fanie et Johan avaient affronté et vaincu ce diable à visage humain. Ou bien ses lieutenants, désireux de conserver leur autorité et sa légitimité, avaient imaginé quelque fable pour expliquer son absence et prendre sa place au pied levé. La seule chose que savait la valetaille fanatique, alors qu'elle se précipitait, les yeux luisant d'une flamme mauvaise, à travers la ville, c'était que la cérémonie avait été gâchée et que des infidèles s'étaient échappés.

Johan avait espéré que, comme au cinéma, tout s'achève avec la mort du méchant… Il s'était trompé.

Tant que ceux-là croiraient leur chef vivant et que les seconds de ce dernier les tiendraient sous leur coupe, ils poursuivraient leur vindicte sanguinaire. Leur haine attisée par l'attaque de l'arène, frustrés de leur lot de sang, ils n'en seraient que plus enragés.

— J'aurai dû prendre sa tête, maugréa-t-il pour lui-même.

Oui, comme dans ces vieux films japonais où le héros, après avoir triomphé du chef adverse, décapitait son ennemi pour exhiber la preuve de sa mort à ses troupes. Foin des longs discours et des explications inutiles… Les Japonais avaient toujours eu l'art d'économiser les mots.

Corbeau l'aurait fait, sans l'ombre d'une hésitation. Pas Johan. Il ne restait plus qu'à suivre le mouvement en essayant de se faire le plus discret possible, en courant, vers Théo, Khalid et les fugitifs.

Car il était évident, pour les deux jeunes gens, que ceux dont ils singeaient l'allure farouche et le pas pressé convergeaient vers leurs amis.

Ils avaient entendu le gourou hurler à ses fidèles de les capturer (en particulier la sorcière jaune) et se tenaient sur leurs gardes. Fanie courbait la tête sous sa capuche. Si nécessaire, elle se battrait jusqu'à la mort plutôt que de se laisser prendre.

Ils parvinrent sans encombre à l'endroit d'où provenaient les détonations. Là, les groupes de fanatiques s'agglutinaient, fusionnaient, devenaient foule, animal grondant et grognant, créature de haine collective que chaque nouvel esprit renforçait d'autant.

Nul doute que les meneurs, qui galvanisaient leurs troupes à grand renfort de promesses de rédemption au prix de la mort de l'hérétique, auraient bien lancé l'assaut séance tenante, mais le feu nourri des défenseurs les en dissuadait. Ces derniers, retranchés au bout de la rue, mouchaient impitoyablement ceux qui osaient s'approcher à moins d'un pâté de maisons. Les silhouettes inanimées qui jonchaient la neige, sur le *no man's land* séparant les deux camps, attestaient de leur redoutable efficacité.

Maintenant, restait à rejoindre Théo, Khalid et les autres.

Plus facile à dire qu'à faire.

Tout en se frayant un chemin vers la tête du bataillon, dans la foule hurlante, agrippant ferme la main de Fanie, Johan passait leurs options en revue. Contourner la position de Théo ? Il ne fallait pas y compter. Son frère, en militaire avisé, avait certainement posté un ou deux tireurs. Il devait bien se trouver, au rang des fugitifs, au moins deux ou trois personnes susceptibles de manier un fusil. Celles-là tireraient à vue avant qu'ils n'aient pu se faire connaître.

Ne restait donc que la ligne droite, en espérant avoir affaire à Théo. Cinquante mètres… cinquante mètres avec autant de chances de se faire abattre par son propre frère que par les fous de derrière qui finiraient par comprendre que quelque chose clochait. Ils étaient presque parvenus à la tête de la troupe, poussés à hue, tirés à dia, par ceux qui les entouraient, agités, tels ces chiens enragés qui tournent et grognent, la fureur attisée par la peur.

Alors même qu'ils se faisaient une place entre une mégère échevelée, aux yeux injectés de haine et d'alcool, et son pendant masculin, deux fanatiques, plus impatients que les autres, se détachèrent du groupe. Enhardis par les encouragements de la meute, ils se mirent à courir, brandissant de massifs fusils de chasse, courbés en deux et zigzaguant d'une façade à l'autre. Johan se força au calme, tandis que la foule scandait, dans un même élan, encouragements et malédictions.

Dix mètres… Pas de riposte. Les deux exaltés couraient toujours. Les hurlements de la meute montèrent d'un cran. Dix de plus… Ils se firent hystériques.

Johan, lui, savait…

Dix mètres encore, toujours rien, à croire que les défenseurs avaient déserté la place et rejoint les rangs des derniers fugitifs qui détalaient, là-bas, au fond de la rue, et qu'on aurait tôt fait de reprendre pour leur infliger un juste châtiment. Enhardis par le succès de leurs prédécesseurs, d'autres se détachaient déjà du groupe principal.

Hésitante, Fanie interrogea Johan du regard.

La première détonation claqua. Le plus rapide des deux exaltés exécuta un étrange saut périlleux avant de rouler dans la neige et de s'y immobiliser, les membres en désordre. La rumeur de la foule se tut, comme on aurait coupé le son d'un poste de télévision, pour ne conserver que l'image, figée en pleine action.

Plus un mouvement, mis à part celui du second assaillant dont le compagnon venait de se faire faucher. Il s'arrêta lui aussi, tituba, son fusil de chasse au poing. Ses yeux traqués se fixèrent sur le corps de son acolyte, puis vers l'arrière, la meute, pour quémander un soutien, un encouragement.

Pan !

Il s'effondra à son tour.

Instantanément, la petite dizaine d'enragés qui les poursuivait reflua en désordre pour se fondre à nouveau dans la masse de ses congénères et retrouver ce qui leur tenait lieu de courage.

— Maintenant !

Il n'y aurait pas de meilleur moment.

Ils s'élancèrent.

Les meneurs durent louer leur audace, car Johan les entendit vociférer de plus belle quelques imprécations belliqueuses. Ils exhortaient les autres à les imiter.

Combien de temps avant qu'ils comprennent la vérité ? Et qu'allait faire Théo ? À chaque foulée, Johan redoutait d'entendre la détonation fatale, celle qui emporterait Fanie.

L'aurait-il pu qu'il se serait interposé entre sa compagne et le danger, mais le péril était aussi grand devant que derrière.

Dix mètres… Plus de la moitié du chemin était parcourue. Fanie et lui étreignaient toujours leur arme, pour faire illusion, mais évitaient de les brandir trop ostensiblement. Johan sentait son cœur pomper à pleine poitrine la mesure de sa peur, son battement assourdissant résonner à ses tempes.

Plus que quelques secondes, scandaient les semelles de leurs bottes s'enfonçant dans la neige collante qui les ralentissait à chaque foulée, paraissant vouloir leur happer les jambes pour mieux les retenir.

« Moi… moi, pas elle », se répétait-il alors qu'ils parvenaient à hauteur des premiers corps étendus dans la neige souillée.

La mort pouvait à présent les faucher à tout moment.

Il fallait que Théo les reconnaisse… Il le fallait !

Alors qu'il croyait deviner, au bout de la rue, à l'angle d'une façade, l'éclat métallique d'un canon de fusil, il rabattit sa capuche et releva ses lunettes polaires pour dévoiler son visage. Il se tourna vers Fanie pour lui hurler de l'imiter, mais la jeune fille ne pouvait l'entendre. Le panache sombre de sa chevelure, libéré, flotta derrière elle tel un étendard. Le fusil se releva alors même que les premières détonations claquaient derrière eux. Les autres les avaient percés à jour.

Plus que vingt mètres, une bagatelle... et vingt occasions de mourir. Mais cette fois, Johan savait d'où venait le danger.

Sans perdre un instant, il dévia sa course et ralentit l'allure de manière à venir se placer derrière Fanie.

Celle-ci ne fut pas longue à comprendre.

— Johan, arrête tes idioties !

Une nouvelle détonation, devant cette fois, suivie d'un cri, derrière. Théo calmait les ardeurs de leurs poursuivants, même si Johan sentit, près de la tempe droite, le frôler le fil d'acier mortel d'une balle.

Théo dut y revenir deux fois, avant que se calme la pétarade. Fanie la première, ils passèrent l'angle du bâtiment derrière lequel s'était retranché son frère et stoppèrent enfin leur course à côté de lui, pliés en deux pour reprendre leur souffle. Il y eut trois nouveaux aboiements, en rafale, juste à côté d'eux, aussitôt suivis de deux cris. Théo passait à la cadence supérieure. Les autres, là-bas, devaient se montrer plus entêtés que prévu.

— C'est pas vrai, ils lâcheront pas le morceau ! (Encore un tir.) Je croyais que tu ratais jamais ton coup, Corbeau ?

— Si c'est de ce dingue de gourou dont tu parles, alors il est bien mort. Mais moi, c'est Johan, pas Corbeau.

Il y eut un frémissement, dans les épaules du grand militaire, comme s'il avait entendu la voix d'un spectre. Un long silence vigilant, puis :

— Alors tu as réussi, princesse ?

Il y avait de l'admiration, du soulagement et de la joie dans ces mots, mais aussi un autre sentiment que Théo cherchait à réprimer, sans tout à fait y parvenir. Ses yeux, quand il se tourna brièvement vers eux, reflétaient à parts égales bonheur et résignation. À peine Johan avait-il surpris l'éclat coupable du regard de son frère et l'expression confuse de Fanie qu'une voix s'élevait à côté de lui :

— Johan !

— Laure ?

Il répéta, alors que la jeune fille au visage d'elfe lui souriait :

— Laure, mais…

Fanie prit les devants, autant pour couper court à des explications fastidieuses que pour éviter des souffrances inutiles.

— Nous avons retrouvé Laure dans les geôles de ces dégénérés.

Elle ajouta, avec un regard de connivence vers son amie :

— Elle nous a remonté le moral. Elle était sûre que vous viendriez nous sauver.

Johan étreignit la jeune sœur de Léa et posa un baiser sur son front, mais son regard, lui, demeura attaché à Fanie.

— Et toi ?

— Quoi, moi ?

— Toi, tu en doutais ?

Il y eut un long silence. La belle Eurasienne aux cheveux de nuit et de feu baissa les yeux.

— Je ne savais plus, Johan… Sincèrement, je ne savais plus. Tu étais…

Elle ne put continuer. Laure prit le relais :

— Moi, j'étais sûre que Théo viendrait. J'ai prié… Tous les jours, j'ai prié pour qu'il vienne et qu'il m'emmène…

Elle acheva, avec une simplicité désarmante et un regard vers l'aîné des frères qui avait repris sa veille et leur tournait le dos :

— … et il est venu.

Cette foi enfantine avait quelque chose de touchant. Johan, lui, n'avait d'yeux que pour Fanie.

— Pardonne-moi, articula-t-il en silence, écrasé par le remords.

Fanie répondit de la même manière, formant les syllabes sur ses lèvres, sans leur prêter souffle. Elles n'en avaient nul besoin.

— *Je t'aime.*

Une exclamation vint mettre un terme à leur monologue silencieux et les ramena de force à ce monde et ses épreuves.

— Théo ! Théo ! (Un temps, puis :) Oh ! Vous êtes là ? Allah soit loué !

Johan reconnut immédiatement la silhouette postée au coin d'une autre rue, vingt mètres plus loin, un automatique à la main. Khalid ! Malgré son bonheur de les retrouver en vie, le jeune Marocain semblait inquiet.

— Ça s'agite, là-bas. On dirait qu'ils ont décidé de nous prendre en tenailles. Ils sont peut-être pas si débiles qu'on le pensait.

Une autre voix s'éleva d'une troisième ruelle, sur leur droite :

— Pareil pour moi. Ils se rassemblent. On ferait mieux de pas traîner. On pourra pas les retenir éternellement.

Le fugitif qui avait parlé, un de ceux à qui Théo avait confié une arme pour le seconder, se pencha au coin de son mur pour tirer une brève rafale. À peine se repliait-il que l'impact de plusieurs balles arrachait de petits geysers de pierre pulvérisée à l'arête de la bâtisse, le manquant d'un cheveu. Les autres prenaient de l'assurance. La menace des fusils ne les retiendrait plus très longtemps. Chauffés à blanc par les meneurs, qui n'avaient pas cessé de les haranguer, ils finiraient par se lancer à l'assaut, au mépris du danger.

Théo interrogea, sans se retourner :

— Où en sont les autres ?

Johan, après avoir jeté un regard vers le bout de la rue qui s'ouvrait sur les quais et la rivière glacée dans le lit de laquelle disparaissaient à sa vue les derniers fugitifs, signala :

— Sur la rivière…

— Alors on se replie jusque là-bas et on reprend position. Si on se débrouille bien, on arrivera à les retenir le temps que les autres soient hors d'atteinte.

Le militaire reprenait le dessus. Johan saisit le bras de son aîné.

— Qu'est-ce que tu me fais, là ? Fort Alamo ? Camerone ? On s'en va, maintenant.

— Je ne vais pas abandonner ces pauvres gens ici, à la merci de ces monstres, juste pour sauver ma peau.

Quelque chose, dans le ton de Théo, alarma Johan.

— Mais qu'est-ce que tu racontes ?

— Tu m'as entendu.

— Attention !

Les deux frères, surpris, pivotèrent d'un bloc pour découvrir deux silhouettes aux prises dans une lutte sans merci, la première, petite et menue, s'accrochant à l'arme de la seconde, haute et massive, surgie de nulle part. Le combat était trop inégal. À peine les compagnons avaient-ils découvert la scène que le coup partait. La première s'effondra au sol dans un cri étouffé.

Le meurtrier relevait déjà le canon de son arme pour le braquer sur les deux frères. Le fusil de chasse, qui avait connu des jours meilleurs, n'avait plus qu'un coup. L'assassin hésita une seconde sur sa prochaine cible… Une seconde de trop.

À peine s'effondrait-il dans la neige que Théo, repoussant son arme dans son dos, se ruait vers la jeune fille gisant au sol et s'agenouillait près d'elle.

— Laure ! Laure !

Il hésitait, ses mains s'ouvrant et se fermant à quelques millimètres du petit corps prostré autour duquel, telles les pétales d'une fleur tragique, se diffusait déjà une auréole écarlate. Elle répondit, d'une voix d'enfant blessée :

— Théo…

— Je suis là, petite, je suis là, balbutia-t-il.

Il n'osait la toucher, comme s'il craignait qu'elle ne se brise ou ne disparaisse au moindre contact.

— M'appelle pas « petite ». Je suis une femme, maintenant…

— Chut ! Ne parle pas… Garde tes forces. Ça va aller…

Johan, qui ne savait plus que faire ni que dire, voyait, sur le visage de son frère, se peindre une émotion, une souffrance insoutenable, celle d'un gosse découvrant soudain la cruauté de ce monde dans la mort d'un être aimé. Cette expression, il l'avait déjà vue sur ces traits-là et se souvenait très bien où et quand : dans un couloir d'hôpital, quand Théo, sortant de la chambre où leur mère était morte sous ses yeux, lui avait annoncé la nouvelle. Le jour précis où Corbeau était né.

Johan s'était forgé une armure, un double derrière lequel il s'était réfugié, froid et distant, inaccessible au chagrin ou à la douleur comme aux autres émotions, plus machine qu'homme. Tel était le prix pour ne plus souffrir. Théo, lui, avait enduré pour deux, supporté, seul, dans sa poitrine d'enfant, cette peine et ce deuil que son frère refusait de partager.

Aujourd'hui, c'était pire encore.

— Il faut… il faut… bégayait l'aîné. Laisse-moi regarder. Ça ne peut pas être si grave… On va te soigner…

Johan, incapable de faire un geste, voyait le nimbe rouge s'élargir autour de la jeune fille et devinait déjà une issue plus tragique.

Avec mille précautions, Théo retourna la petite blessée sur le dos, lui arrachant un ténu mais poignant gémissement, souleva sa parka de ses mains tremblantes pour dévoiler la chair pâle et douce de son ventre... et se figea. Johan ne vit pas ce qu'avait découvert son frère, mais la manière dont il rajusta le vêtement, comme il aurait rabattu un suaire, valait tous les mots, autant que les larmes qui perlaient à ses paupières et les sanglots silencieux qui secouaient sa poitrine.

— T'inquiète pas. Ça ira... C'est pas grand-chose... l'entendit-il affirmer, avec presque assez de conviction pour qu'on le croie.

La neige crissa. Une main légère se posa sur son bras, s'y agrippa. Fanie était là, silencieuse, impuissante. Que pouvaient-ils faire, ou dire, pour soulager la souffrance de la jeune fille et celle de Théo ? Ne pouvait-on, pour une fois, remonter le temps, comme dans les rêves, quand tout tourne mal, pour recommencer et prendre le bon aiguillage ?

Tels les spectateurs d'une tragédie, connaissant déjà la conclusion mais incapables d'en changer le cours, ils fixaient la silhouette du grand soldat au regard d'enfant martyre et celle de la jeune mourante. Ils le virent frémir, quand le petit corps qu'il étreignait s'anima, quand le visage d'ange souffrant, sous les mèches cendrées, se tourna vers lui, que les lèvres pâles de Laure articulèrent, avec un sourire bouleversant :

— Tu mens mal, Chevalier, mon Chevalier...

Sous les longs cils tremblants, ses prunelles aux pupilles dilatées, immenses, buvaient Théo. La jeune fille, au seuil de l'autre monde, semblait vouloir graver dans ses yeux et son cœur le visage de l'être aimé.

Ses paupières finirent pourtant par s'abaisser, quand un élancement la parcourut tout entière, la bandant comme un arc dans les bras de Théo qui la retint avec une énergie farouche.

— Laure ! Laure reste avec moi… reste…

Les yeux de la jeune blessée s'ouvrirent à nouveau, dans son beau visage en sueur. Elle leva une main, la posa sur la joue de son protecteur.

— Je sais… je sais bien que tu aimes quelqu'un d'autre… Pour toi, je ne suis qu'une gamine, la petite sœur de… de Léa… Et je sais… je sais qui tu aimes, pourtant…

Théo aurait pu lui dire de ne pas parler, d'économiser ses forces, mais il était trop tard pour mentir. On n'économise pas la vie quand on est sur le point de la perdre. En ses derniers instants, une jeune fille, à qui on enlève tous ses rêves et tous ses espoirs, n'a-t-elle pas le droit de s'exprimer enfin librement ?

Le grand soldat demeura silencieux pour mieux se pencher vers elle, percevoir son murmure, sentir son souffle chaud caresser son visage.

— Ce n'est pas grave, puisque tu es là. Tu me tiens dans tes bras. Tu me vois… tu me vois vraiment, tu m'entends…

Il y eut un silence, un très long silence.

— Je t'aime, Théo… Je t'ai toujours aimé…

— Je ne te laisserai plus, plus jamais, je te le promets.

Ces mots semblèrent apaiser la jeune fille. Elle ferma les yeux, posa sa tête contre son torse. Sa poitrine se soulevait doucement. N'eût été le pourpre profond qui imbibait sa parka, on l'aurait crue assoupie. Aucun d'entre eux n'osa le moindre geste, comme par crainte de réveiller une princesse endormie. La voix lointaine de Khalid, qui ne s'était aperçu de rien, les tira de leur immobilité :

— Faut déquiller, et fissa.

Johan se pencha vers son frère pour le secouer.

— Théo, viens !

— Je reste ici.

— Rester ? Ça va pas non ?

Fanie, se laissant tomber dans la neige à côté de Théo, renchérit aussitôt :

— C'est à cause de moi, c'est ça ? C'est à cause de moi que…

Il ne la laissa pas aller plus loin :

— Non… non…

Il leva les yeux vers elle.

— Il faut que tu arrêtes de croire que tout est de ta faute, princesse.

Il leva une main pour recueillir sur sa joue une gouttelette cristalline qui, déjà, se métamorphosait en glace.

— Tu n'as rien à te reprocher. Johan et toi, vous vous êtes enfin trouvés tous les deux, et je suis heureux pour vous.

Mais Fanie ne voulait pas en démordre.

— J'étais stupide. Je t'ai fait souffrir…

— Tu étais amoureuse, et tu l'es toujours. Ce n'est pas un crime.

Il se tut un instant avant de reprendre, les couvant tous les deux de son regard de gosse :

— Je veux que vous viviez votre amour, pleinement. Profitez l'un de l'autre, à tous les instants. Ne laissez rien ni personne vous séparer, s'immiscer entre vous et gâcher votre bonheur. Si vous me devez quelque chose, que ce soit ça…

Johan secoua la tête.

— Arrête de raconter n'importe quoi ! On va rentrer. On va tous rentrer…

Théo le coupa, de sa voix calme et posée :

— Non, écoute. Tu vas partir… vous allez partir, et moi, je vais rester.

Johan s'entêta :

— Moi, je pars et je te laisse ? (Sa voix se brisait.) Non, ça... ça, c'est pas possible. Tu ne peux pas... tu ne peux pas me demander ça.

Les mots s'embrouillaient, se mélangeaient, s'accrochaient dans sa gorge, en graviers de souffrance. Johan essayait d'envisager la vie sans son frère et n'y parvenait pas.

D'aussi loin qu'il se souvienne, Théo avait toujours été là, prêt à le relever, le consoler et le rafistoler quand il s'écorchait aux aspérités de la vie, avec une patience jamais prise en défaut. Depuis la mort de leur mère, le vieux avait abdiqué son rôle. Théo les avait remplacés, tous les deux.

Johan sans Théo, c'était comme l'ombre sans la lumière, la lune sans le soleil : ça n'existait pas.

Il tira sur la manche du grand soldat, d'une main sans force.

— Tu rentres avec nous... On ne peut pas... Je ne peux pas...

— Vous pouvez tout, répliqua paisiblement Théo. Maintenant que vous êtes tous les deux, vous pouvez tout. Vous n'avez plus besoin de moi, ni l'un ni l'autre, il faut grandir, maintenant.

— Si, on a besoin de toi, tous les deux ! explosa Fanie.

Il secoua la tête.

— Vous êtes deux. C'est l'équation la plus vieille de toute l'humanité, et moi, je n'y ai plus ma place. (Voyant que Fanie ouvrait la bouche, il la devança :) Fanie, ton choix, c'était de rejoindre Johan pour le sauver, et je l'ai respecté. Le mien, c'est de rester ici, avec elle.

Il serra un peu plus fort la jeune mourante, belle au bois dormant à laquelle il allait offrir son dernier souffle.

— Quand j'ai décidé de venir, personne ne m'a forcé, et personne n'aurait pu m'en empêcher. Cette fois, c'est pareil.

— Pourquoi ? croassa Johan.

— C'est comme ça, petit frère. Me demande pas mes raisons, elles ne regardent que moi. J'ai suivi mon chemin, sans jamais dévier. Si j'ai fait des erreurs, je les assume, et je paie mes dettes. Cette fois, je vais au bout. Pour moi, pour elle. Je ne dois plus rien à personne, j'ai fait ma part, alors je peux m'asseoir, rester là et me reposer. Je suis fatigué, petit frère, si fatigué... Je vais me reposer, avec elle.

— Ce n'est pas te reposer, que tu veux, c'est mourir ! Pourquoi ? Hein ! Pourquoi ? Maman d'abord, Léa après, et toi maintenant !

Alors même qu'il hurlait, Johan sentait, au fond de sa poitrine, s'ouvrir certaines portes qu'il croyait définitivement fermées, et un autre manifester sa présence.

Ce changement, Théo dut le percevoir.

— Johan ! (Il répéta, un ton plus haut :) Johan, écoute-moi. Tu vas devoir être fort... Tu ne peux pas toujours te dérober, te cacher derrière un masque pour éviter de souffrir. Tu vas devoir apprendre.

— Pourquoi ? répéta Johan, retenant ses larmes.

— Parce c'est aussi ça, être humain.

— Je ne veux pas... Je veux que tu viennes...

Corbeau, déjà, se glissait sous les mots, altérait sa voix, la faisait plus distante, plus plate.

— Tu ne voulais pas non plus que Léa meure, mais c'est pourtant arrivé... La vie ne nous demande pas notre avis, Johan. Il faut l'accepter et profiter de ce qu'elle nous offre, quand elle nous l'offre, de chaque instant, comme si c'était le dernier. Si tu veux Fanie, si tu veux vivre, tu dois accepter la douleur et renoncer à Corbeau.

Un instant, un terrible instant, l'autre monta en lui, regarda par ses yeux, tenta, une fois encore, de considérer froidement, avec un regard d'entomologiste, ceux qui lui faisaient face.

Aimer ? Aimer pour souffrir et finalement mourir dans un sacrifice vain et ridicule ? Si c'était ça, le prix de l'humanité, il y renonçait sans hésitation. Mais dans ce cas, pourquoi évitait-il de porter son regard sur cette fine silhouette agenouillée, ce visage de petite déesse orientale levée vers lui, tout de misère et de crainte ? Pourquoi Johan forçait-il ainsi sa tête à se tourner, ses yeux à se poser sur elle, à affronter les siens, à puiser, dans le brasier humide de ses pupilles, la force qui lui manquait, celle nécessaire à le repousser, à le bannir, à accepter son humanité ?

« Imbécile ! Tu te condamnes à la souffrance !

— Non, je vais vivre. »

Il n'y eut pas un cri, pas un hurlement, même au plus profond de son être, quand Corbeau s'en alla, le laissant seul, vulnérable, et que les larmes, ces larmes qu'il n'avait pu verser pour sa mère, ni pour Léa, ruisselaient enfin sur ses joues, le baptisaient dans sa condition d'homme.

Avec une tendresse infinie, Théo saisit sa main et la guida vers celle de Fanie, comme un prêtre à une cérémonie et ses yeux bleus leur disaient combien il les aimait et goûtait cet instant.

— Partez maintenant, et emportez Khalid avec vous. Vous lui expliquerez plus tard, vous lui direz… (Il haussa les épaules.) Bah ! Tout ce que j'aurais voulu lui dire. Ah si… Que si je croise son grand-père, là-haut, je lui demanderai de me fabriquer une belle paire de babouches.

Ses doigts se desserrèrent, les libérant tous les deux.

— Partez, et ne vous retournez pas.

Il ajouta, après un silence, lui que les effusions avaient toujours mis mal à l'aise :

— Je vous aime.

Dans ces trois mots, c'étaient toute son âme, tout son cœur, qu'il avait glissés. Ni Johan ni Fanie ne purent lui répondre, muselés par l'émotion. Déjà, alarmé par une faible plainte, Théo se retournait vers le petit ange mourant qu'il serrait dans ses bras. À gestes lents, il balaya les mèches cendrées, emperlées de sueur, qui zébraient son front.

— Ne t'inquiète pas, je suis là... je suis là.

— J'ai... j'ai froid... souffla une voix fragile.

— Je suis avec toi, Laure... C'est moi, c'est Théo

Un pas en arrière, puis deux, puis trois, soutenu par Fanie, Johan tituba, encore et encore, pour enfin se détourner.

La douleur était là, elle montait, grandissait, le dévorait, à chaque foulée un peu plus, jaillissait de ses yeux pour geler sur ses joues en diamants acérés.

Cette fois, Corbeau n'était pas là pour les lui voler.

Ils attrapèrent Khalid au passage, l'arrachant de force à son poste, l'entraînant à leur suite, avant qu'il n'ait pu comprendre ce qui se passait.

— Mais Théo, il... commença-t-il.

— Viens, le coupa Johan, le visage fermé.

— Pas question ! (Il fit mine de se dégager.) On peut pas le laisser tout seul, il va se faire...

Non, ce n'était pas Corbeau, car le regard qu'il posa sur lui était loin d'être vide et indéchiffrable. La douleur y couvait, profonde, intolérable. Corbeau ne souffrait pas, Corbeau n'avait pas mal... Johan, si.

— C'est mon frère, Khalid, mon frère, et c'est parce que c'est mon frère que je m'en vais...

— Pourquoi ?

— Parce que je le respecte.

— Mais enfin, on peut...

Il s'arrêta, alors que, des rues adjacentes, montait la clameur guerrière de leurs poursuivants.

— Rester avec lui pour toujours ? Si c'est ce que tu veux…

Johan avait frappé où ça faisait mal. Le regard de Khalid se troubla, s'embua de larmes, alors qu'il fixait la silhouette agenouillée de son ami et de celle qu'il avait décidé de suivre dans la mort.

— Mais il… il est…

Il les fixa tour à tour avant de murmurer, comme une oraison dernière :

— Théo…

Johan l'attira vers lui, entoura ses épaules de son bras et l'entraîna.

Sur ses joues, les larmes avaient sculpté des veines de cristal que le froid avait pétrifiées, mais sur ses traits trop calmes couvait une douleur que ni les mots ni les sanglots ne pouvaient exprimer. Se soutenant mutuellement, les trois jeunes gens s'éloignèrent, jetant de fréquents regards en arrière, dans la rue que le blanc et le rouge revendiquaient à parts égales.

L'autre guetteur avait depuis longtemps déserté son poste et courait, loin devant eux, pour rejoindre le reste du groupe. Leurs poursuivants salissaient le crépuscule de leurs cris, molosses à forme humaine lâchés sur leurs proies. Des molosses dont ne les séparait plus qu'un seul rempart…

Théo.

*

Théo les suivit des yeux, alors qu'ils disparaissaient là où la rue débouchait sur les quais. Un sourire retroussa ses lèvres gercées que le gel colonisait déjà.

— Tu y arriveras, petit frère, et toi aussi, princesse. Soyez heureux tous les deux.

Il leur en donnerait la possibilité, ou, à tout le moins, un peu d'avance sur leurs poursuivants. Il espérait que cela suffirait.

Il regrettait de ne pas avoir pu faire ses adieux à Khalid, mais il n'en avait ni le temps ni le courage. Il souffrait, bien sûr, d'abandonner ainsi ceux qu'il aimait, Johan, Fanie, Khalid, et là-bas, à Aurillac, Sarah et le vieux, à qui il n'avait pu dire…

Mais il devait offrir à Johan et Fanie une chance de vivre leur amour, de prouver qu'en ce monde de sauvagerie et d'épreuves, où les lois, les institutions, les valeurs, les dogmes, toutes ces choses trop bien construites, s'effondraient sous les assauts de la Malesève et du Crépuscule, le meilleur de l'homme pouvait toujours triompher. Pas de regrets, pas de remords, pas plus que d'amertume, leur amour le réchauffait lui aussi de sa flamme, même après leur départ.

Et puis… il y avait cette tête légère posée au creux de son cou, ce petit corps de fille contre le sien, cette poitrine menue qui se soulevait à un rythme plus rapide. Il se souvenait d'elle, gamine au minois mutin qui le suivait partout, l'adulait en toutes circonstances. À l'époque, ça l'exaspérait plus que ça ne l'amusait.

La gamine était devenue une superbe adolescente, une fleur fauchée avant même que d'avoir pu éclore.

Mais cette fois, il ne la laisserait pas seule. Cette fois, il ne manquerait pas à sa parole. En contemplant le profil de Laure, qu'un rien d'enfance rehaussait encore de sa pureté, un autre visage vint se superposer au sien, subtilement différent, celui d'un autre ange, là-haut, plus au Nord, loin d'ici, qu'il n'avait pu sauver.

Sa blessure, son péché.

Il n'avait rien dit à personne, pas même à Johan, des circonstances de son départ de l'armée.

Chevalier, l'avait appelé Laure, son surnom, celui qu'il avait essayé de mériter, depuis son enfance.

Nourrissez un enfant de légendes arthuriennes, bercez-le de *La Chanson de Roland*, des exploits de Bayard, d'*Ivanhoé* et laissez-le se saouler jusqu'à l'ivresse des vers de *Cyrano*, inondez-le de livres, décorez sa chambre de châteaux peuplés de soldats et de paladins, agitez bien le tout et vous obtiendrez quelqu'un comme lui.

Oh ! Bien sûr, en grandissant, il avait découvert le fossé qui sépare le mythe de la réalité. Il se doutait que ceux qui avaient été ses modèles n'avaient probablement rien de recommandable, qu'on avait enjolivé leur bravoure, après leur mort, que la plupart étaient certainement des égoïstes meurtriers avides de gloire et de richesse.

Mais qu'importait ? Les vrais chevaliers n'avaient jamais existé ? Il était donc temps de les créer, de donner corps aux légendes. Il faut un but à tout homme. Celui-là, au moins, ne manquait pas de panache !

Il était donc entré dans l'armée et avait essayé d'y vivre selon le code qui était le sien, celui que les chevaliers de jadis étaient censés respecter et qu'il appliquait, lui, à la lettre.

Honnir le mensonge, servir Dieu, son pays et son seigneur, être courtois, en toutes circonstances, protéger les faibles et les innocents…

Les faibles et les innocents. Des règles simples et justes, auxquelles tout homme aurait dû se plier. Lui restait à apprendre qu'honneur et devoir ne font parfois pas bon ménage et que, pour protéger l'innocent, il faut parfois désobéir.

Quelques semaines plus tôt, quand la dernière illusion de gouvernement s'était effondrée et que l'armée s'était retrouvée livrée à elle-même, les officiers de certaines bases militaires parmi les plus prestigieuses, comme la sienne, avaient pris en main le devenir de leurs soldats.

Théo, fidèle à ses convictions, avait naturellement suivi son général et l'avait soutenu contre les autres prétendants. Du sang avait été versé, celui de camarades parfois, de frères devenus ennemis. Il avait souffert de ces combats, mais on ne pouvait laisser les troupes se déliter, il fallait les unir sous une seule bannière, pour le bien commun. Une fois son autorité assise, le supérieur avait décidé d'envoyer un contingent à la ville pour y prélever la nourriture et la main-d'œuvre nécessaires à l'établissement des défenses, et inciter les citadins à rejoindre leurs rangs et à amener avec eux leurs femmes et leurs enfants.

Ensemble, avait-il affirmé, ils fonderaient une nouvelle société, une société capable de survivre au Crépuscule, à la Malesève et à ses monstres… Une société dont, bien sûr, il leur reviendrait d'être les protecteurs et les garants.

Il aurait dû comprendre, à ce moment-là, mais, séduit par ce fantasme d'idéal chevaleresque qui était le fondement même de sa personne, il avait approuvé et s'était porté volontaire.

Pauvre naïf !

L'illusion s'était brisée à l'instant même où les camions et les blindés avaient lâché sur la ville et ses habitants leurs meutes de loups verts. Alors seulement il avait mesuré l'abîme ouvert entre les beaux discours et la réalité la plus sordide. Ce n'était pas une opération de ravitaillement… C'était une razzia.

Au début, alors que les « incidents » se multipliaient, il avait refusé de voir, de comprendre, mais l'escalade continuait, des scènes odieuses se déroulaient sous ses yeux, et les officiers laissaient faire, participaient même parfois.

Quand les cris étaient montés d'une maison proche, il n'avait pu continuer de faire semblant et s'était rué à l'intérieur, arme au poing. Une fois les loups verts foudroyés, il s'était approché de la damoiselle en larmes qui se recroquevillait dans un coin de la pièce... Une damoiselle au visage d'ange, si semblable à celui de Laure. Il l'avait apaisée, rassurée puis, quand enfin elle lui avait accordé sa confiance et s'était blottie contre lui, lui avait ordonné de se cacher dans une autre pièce et d'attendre son retour.

Elle avait protesté, avait tenté de le retenir. Il avait dû promettre, encore et encore, qu'il reviendrait la chercher, avec un véhicule, pour l'emmener loin de cette ville et des autres soldats qui se déchaînaient dehors. À force de prévenance, de douceur et de sincérité, il avait fini par la convaincre. Elle l'avait lâché et avait promis de l'attendre, dissimulée dans la cave, derrière la chaudière à bois.

Il était parti, ne regardant ni à droite ni à gauche, dans les rues de la ville.

À chaque pas, il se maudissait, serrait les poings, se retenait de hurler, de prendre son arme et de tirer. C'est là, durant ce calvaire, que lui, le seul loup à ne pas être retourné à l'animalité, avait compris...

L'ennemi, ce n'était pas le Crépuscule, ni même la Malesève ou les créatures qui la hantaient, non, eux n'étaient que le révélateur. L'ennemi, le véritable ennemi, c'était celui qui se cachait sous le masque de l'humanité, celui pour lequel les lois, les règles, les sanctions étaient faites, pour contrôler ses désirs de violence et de puissance.

À ce moment maudit, dans cette ville, il réalisait toute la mesure de sa laideur. Aucune société ne sortirait de ça, ou alors une qu'il ne voulait pas connaître. Il goûtait l'amertume de l'impuissance, et celle du choix. Non, il ne les sauverait pas tous... Il n'était pas assez fort pour cela. Mais elle, au moins, il la sauverait. Non pas parce qu'elle était jeune et belle, mais simplement parce qu'elle avait été là, à cet instant.

Un homme, découvrait-il dans la douleur, ne peut lutter seul contre la sauvagerie de toute une espèce, mais il peut contribuer, à son niveau, avec ses moyens, à sauver ce qui peut encore l'être, par ses actes, par ses choix.

Portant secours à autant de personnes qu'il le pouvait en chemin, il était retourné aux blindés. Profitant du chaos, il avait fait ses provisions et, après l'avoir chargée, s'était mis aux commandes d'une motoneige.

Il lançait à peine le moteur que le général le surprenait et l'interrogeait sur ses intentions. Pour la première fois de sa vie, il avait menti, mal, très mal. Le général avait sorti son arme, l'avait braquée sur lui. Théo, plus rapide, avait constaté que les médailles n'étaient pas à l'épreuve des balles. Abandonnant dans la neige le cadavre du général et enfourchant le ski-doo, il avait regagné la rue et la maison et s'y était engouffré en criant son nom.

Céline.

Elle était encore dans la cave… Mais les autres loups l'avaient trouvée avant son retour et l'avaient dévorée. Il avait échoué, avait failli à sa promesse. Dans la pénombre du sous-sol, les grands yeux de celle qu'il avait juré de protéger, figés dans la mort, l'accusaient en silence sous ses beaux cheveux bouclés.

Quand il avait assez hurlé et pleuré, sur elle, sur lui, cette vie volée, cette innocence assassinée, il avait quitté la maison. La ville était déserte, le crime consommé. Un silence mortuaire figeait toute chose, comme si le temps lui-même s'était arrêté.

Céline.

C'était elle, bien sûr, dont il n'avait connu que le prénom et les larmes, qu'il avait retrouvée dans ce village maudit.

C'était elle, toujours elle, dont il avait fui le regard, le visage d'ange martyrisé, s'enfonçant toujours plus profondément au cœur de ses ténèbres et de celles de ce monde, pour la retrouver enfin… sous les traits de Laure.

Laure qui se mourait dans ses bras. Laure qu'il n'avait pu protéger.

Mais cette fois, il ne la laisserait pas seule pour affronter ce qui se trouvait de l'autre côté de la nuit. Cette fois, il resterait à ses côtés.

Il avait essayé de mener sa vie en accord avec ses principes, du mieux qu'il pouvait, avait aimé et souffert, tenté de faire le bien autour de lui, modestement, à sa mesure, celle d'un homme.

De quelque part, très loin, monta vers lui un murmure malfaisant, qui enfla, se fit plus pressant, plus proche aussi, plus menaçant, celui d'une foule en colère. Sa main descendit à sa ceinture et se referma sur un petit objet de métal froid, compact, lourd de mort en devenir, sur lequel saillait un poussoir : le déclencheur des détonateurs qu'il avait enfoncés dans les pains de C4 que contenait le sac posé à côté de lui.

De quoi allumer un fameux feu d'artifice.

En renonçant à Fanie, en les réunissant, elle et Johan, il avait soigné une des blessures de ce monde et allumé un brandon d'espoir. Il leur appartenait d'en faire un brasier, un phare dans la grande nuit qui descendait sur cette Terre.

Il était en paix.

Lentement, il amena sa main au-dessus de Laure. Ses gestes étaient précis, dénués du moindre tremblement. Avait-il été trop vif ? Ou le poids de sa main, alourdie par le détonateur, avait-il suffi à ramener Laure à la conscience ?

Les paupières de la jeune fille s'ouvrirent, ses yeux aux pupilles dilatées se posèrent sur le funeste objet, puis sur lui. Elle ouvrit la bouche, mais aucun son n'en sortit.

Il se pencha, doucement, alors que la main de la jeune fille recouvrait la sienne, étreignant elle aussi l'objet mortel contre sa poitrine.

Loin, très loin, les cris de la foule montèrent d'un cran, devinrent assourdissants, la rumeur de pas précipités parvint jusqu'à lui…

L'attaque commençait.

Était-ce une détonation qu'il entendit ? Et ce bourdonnement, ce choc douloureux dans son bras, cette piqure, brûlante… Il l'ignora.

Contre lui, la poitrine menue de sa compagne se souleva à un rythme plus ample, leurs chairs se soudèrent plus étroitement encore autour de l'objet de métal.

Son doigt caressa le détonateur.

La chevelure de Laure, contre ses lèvres, avait un goût de miel, doux et sucré, comme ces fleurs des champs et des murets dont, gosse, il savourait le nectar, alourdi d'une note plus carnée, plus métallique… celle du sang.

Ce fut la dernière sensation qu'il emporta de ce monde avant de se muer en étoile.

CHAPITRE 24

Ils couraient, sur le large ruban glacé saupoudré de neige séparant les deux berges bornées de pierre grise, quand l'explosion déchira la quiétude hypocrite du crépuscule.

Fanie ne put résister et, comme elle aurait gratté une plaie, se retourna pour porter son regard vers l'arrière et ceux qu'ils avaient abandonnés.

Là-bas, au-dessus des toits en couette blanche, s'élevaient, sur un sombre panache de cendres, les flammes d'un brasier.

Un volcan était entré en éruption en plein cœur de la ville.

Des fragments de maçonnerie et de bois, de choses plus ou moins identifiables, retombaient en pluie autour d'eux, achevant de se consumer sur la neige.

Théo avait soigné sa sortie.

Théo…

Une plainte inarticulée filtra de ses lèvres, qu'elle n'essaya pas de retenir. À côté d'elle, Johan augmenta sa vitesse, ses traits figés en un masque inexpressif, les lèvres réduites à une ligne, pâle et dure. Elle serra sa main dans la sienne, autant pour lui offrir le réconfort de sa présence que pour oublier sa propre détresse. Khalid pleurait sans retenue sous ses lunettes.

Aucun d'entre eux ne cessa sa course. S'arrêter, ne serait-ce qu'un instant, c'était perdre du terrain et laisser le temps à leur cerveau de mesurer la profondeur de leur détresse, de leur douleur, de la perte.

Alors ils couraient, les poumons en feu, le souffle court, les muscles se tétanisant un peu plus à chaque foulée. Quelques centaines de mètres devant eux, les autres fugitifs les devançaient, silhouettes pathétiques et pressées se diluant déjà dans le demi-jour écarlate. Eux aussi, présuma Fanie, avaient entendu la déflagration et vu le nuage de cendres. Certains, plus inconscients ou curieux que les autres, s'arrêtaient pour fixer le noir panache qui s'étalait maintenant dans le crépuscule.

Épuisée, brisée par le chagrin, elle ralentit la cadence. Son hésitation ne tarda pas à se communiquer à ses deux compagnons. Khalid s'arrêta le premier, se pliant en deux pour tousser à s'en déchirer la poitrine. Johan, lui, progressa encore de quelques mètres avant de stopper, debout, automate dont on aurait retiré la clef, le regard perdu. Comme si son corps n'avait attendu que ce signal pour la trahir, Fanie s'effondra, les bras serrés autour du torse, se balançant d'avant en arrière.

Elle ne voulait plus penser, plus sentir… Oublier, rien qu'un instant. Elle aurait voulu fermer les yeux et les rouvrir sous un soleil radieux, dans un champ de fleurs bordé par le moutonnement vert et exubérant d'une forêt, entendre le murmure d'un ruisseau.

Elle se voyait, jupe relevée, de l'eau claire jusqu'aux genoux, asperger les deux frères puis s'effondrer entre eux, sur la berge soyeuse d'un gazon émeraude. Caressée par le souffle tiède d'une brise d'été, les yeux perdus dans l'au-delà d'un feuillage, sur l'azur du ciel, elle sentait peser sur son ventre les têtes de Johan et de Théo, dans l'innocence de l'enfance.

L'innocence, la chaleur… On leur avait arraché l'une et l'autre, il y avait bien longtemps.

Aujourd'hui, on leur prenait Théo. De trois, ils devenaient deux. Elle se tourna vers Johan, chercha ses yeux.

Deux, c'était suffisant pour faire un monde.

Ce monde, elle le créerait pour lui, avec lui, lui offrirait une seconde chance, un second soleil, une nouvelle chaleur, celle de son cœur, de ses entrailles, de leur amour, celle de leur enfant. Oui, elle voulait croire au futur, au futur avec lui, de toutes ses forces, de toute son âme.

Elle tendait la main vers Johan quand le bruit vint agacer ses oreilles.

Ce n'était qu'un murmure, insignifiant comparé au grondement d'apocalypse qui résonnait encore dans son crâne. Pour un peu, elle aurait pu croire que ses tympans, malmenés par la détonation, lui jouaient des tours. Le regard que lui lança Johan la détrompa.

Et déjà, le son augmentait, de murmure se faisait bourdonnement. Elle en identifia l'origine une seconde avant de les voir…

Des motoneiges !

Elle se retourna au même instant que Johan et Khalid.

Là-bas, à quelque cinq cents mètres, derrière les arches de plusieurs ponts, la morne platitude du chenal de glace et de neige s'animait d'un bouillonnement furieux ponctué de plusieurs points sombres. Les façades bordant les quais s'en renvoyaient l'écho, rugissement mécanique de moteurs lancés à plein régime. Plus proche, toujours plus proche, comme une vague, l'écume blanche passait sous un premier pont, le dépassait, les points se muaient en noires machines aux allures d'insectes géants.

Fanie sentit les doigts de Johan étreindre les siens.

Le rugissement s'amplifiait jusqu'à devenir assourdissant. Johan se tourna vers Khalid.

— Va-t'en, on va les retenir aussi longtemps que possible.

Mais déjà, le jeune Maghrébin levait son arme, alors que la tempête s'engouffrait sous le deuxième pont, précédée par ses noirs cavaliers dont les trois jeunes gens devinaient à présent les montures mécaniques.

— Fais pas l'imbécile ! Pense à Sarah !

Khalid épaula calmement.

— Mon grand-père, il faisait des babouches…

— Khalid !

De plus en plus fort, de plus en plus près… Fanie distinguait maintenant les silhouettes des tireurs assis derrière les pilotes. Combien étaient-ils ? songea-t-elle en épaulant à son tour. Quinze ? Vingt ? Trop en tout cas. Ils n'avaient pas la moindre chance.

— Et mon grand-père, il disait toujours…

— Khalid, tire-toi !

Elle voyait maintenant clairement ce qui luisait sur les calandres noires, ornements barbares et archaïques apposés sur le composite sombre…

Des crânes humains !

— Ah, mince ! Mon grand-père, il aurait jamais été assez bête pour se fourrer dans une situation pareille, mais s'il était à ma place aujourd'hui, il te dirait : « Je préférerais bouffer mes babouches que d'abandonner un autre de mes amis. »

Fanie, pas plus que Johan, n'eut le temps de répondre. Les premiers tirs claquaient, et la jeune fille sentait, autour d'eux, siffler les balles d'acier qui tissaient leur toile de mort. Khalid et Johan répliquèrent.

Sur une des motoneiges, un tireur bascula avec un cri étouffé, roula sur le lit glacé de la rivière avant de s'immobiliser. Il ne se releva pas.

Une victoire, mais insuffisante. Autour d'eux, les projectiles d'acier sifflaient toujours, et c'était un miracle qu'aucun d'eux n'ait encore été touché. La vitesse des engins, autant que la chance, expliquait l'imprécision des tireurs, mais elle ne serait que provisoire : plus ils se rapprochaient, plus grandes étaient leurs chances de les abattre.

Plus que quelques secondes et...

Non ! Ça ne pouvait finir ainsi ! Pas après tout ce qu'ils avaient traversé et enduré, pas après le sacrifice de Théo !

La colère, la rage envers l'injustice de ce monde, de ce sort qui semblait toujours faire le jeu des salauds, montèrent en Fanie pour se condenser dans sa poitrine, lave bouillonnant dans le creuset d'un volcan. Autour d'elle, sans même qu'elle s'en rende compte, l'air commença de s'altérer, se coaguler, ébauchant des formes cauchemardesques, dentues et griffues, aux trois quarts invisibles.

Cet effroyable grouillement, elle le lança vers la motoneige le plus proche, comme elle aurait lâché la bride à un molosse infernal. Elle eut juste le temps de voir le tireur dressé au-dessus du siège braquer son canon sur elle, déjà la nuée carnivore enveloppait le scooter et ses deux passagers. Le meurtrier eut soudain beaucoup plus pressé à faire que tenter de l'assassiner. Il y eut deux cris, hideux, quand les choses commencèrent leur œuvre... La motoneige fit une embardée, se mit en travers, pour enfin sauter en l'air en tournoyant sur elle-même, expulsant ceux qui la chevauchaient, tels de vulgaires pantins, avant d'exploser.

Fanie, petite déesse vengeresse grisée par ce pouvoir terrible dont elle commençait à deviner l'étendue, oubliant temporairement son horreur et son dégoût, se tourna vers un autre scooter. La nuée anthropophage se rua vers ses nouvelles proies et reprit son funeste labeur.

Combien en aurait-elle ainsi massacrés, Némésis impitoyable exerçant ses représailles ? Tous peut-être, tant les choses semblaient gagner en puissance à chaque nouvelle victime, se faire plus sanguinaires, plus visibles…

Le tireur du troisième scooter avait compris, lui, qui, des trois, était le plus à craindre. Prémonition ou sixième sens, Fanie tourna la tête et porta son attention redoutable vers lui, alors même qu'il appuyait sur la détente.

La balle et la nuée infernale se croisèrent… La balle fit mouche la première. La douleur explosa dans la cuisse de Fanie, au moment même où le pilote de l'engin se mettait à hurler. Brusquement ramenée de la condition de déesse à celle de simple mortelle, elle s'effondra, sur un cri ravalé, sa jambe se dérobant sous elle alors que la souffrance montait à l'assaut de son cerveau. La vague meurtrière qu'elle avait suscitée se délita aussitôt, s'effilochant en un brouillard rouge et inoffensif, mais pas avant que la motoneige ne s'envole à son tour, éparpillant ses passagers sur des mètres à la ronde.

Elle ne se rendit même pas compte de cette nouvelle victoire. Elle était touchée. La balle avait traversé sa cuisse, elle ressentait la brûlure de son passage, au plus profond de sa chair et tentait en vain de rassembler ses esprits, d'oublier sa souffrance pour reprendre le combat. Mais elle n'était pas une machine, ni la maîtresse de quelque art martial oublié, seulement une jeune fille fatiguée, à bout de forces, une jeune fille qui, pourtant, du fond de sa détresse, de sa douleur, voulait encore croire.

Le rugissement d'un moteur l'obligea à se retourner. Une motoneige se ruait sur elle. Le pilote, optant pour une méthode plus directe, avait décidé de se servir de son engin comme instrument de mort, de la faucher au passage, l'écraser sous ses chenilles. Sur la calandre noire, le crâne blanchi lui souriait.

Elle crut sa dernière heure venue mais refusa de fermer les yeux.

Une silhouette sombre et nerveuse bondit au-dessus de l'engin lancé à plein régime. Un arc de métal meurtrier rencontra la silhouette du conducteur, la traversa, lui emporta la tête.

Fanie roula de côté, n'évitant que de justesse la masse folle de l'engin qui, sans dévier sa course, passa à moins d'un mètre d'elle, avant d'infléchir brusquement sa trajectoire, alors que le tireur tentait de reprendre les commandes par-dessus son compagnon décapité. Bataillant avec le guidon, il ne vit pas la carcasse de l'autre scooter en feu que l'engin fou percuta avec une violence incroyable, avant de s'embraser à son tour.

— Fanie ! Fanie, tu es blessée ?

Johan s'était laissé tomber à genoux auprès d'elle. Du fond de son calvaire, les sentiments du jeune homme, ceux qu'elle avait si longtemps espérés, lui firent presque oublier sa souffrance. Il était penché sur elle, la crainte de la perdre gravée sur ses traits.

Elle lui dédia un pâle sourire.

Il tendait une main vers sa blessure, dont la douleur, anesthésiée par le froid, s'estompait déjà ; elle la saisit au passage et la porta à ses lèvres.

— Je t'aime, Johan… Je t'aime à en crever.

— Dis pas ça ! Dis surtout pas ça !

Un nouveau sourire, un peu triste, étira les lèvres pleines de la jeune fille.

— Je sais qu'on est très forts, mais…

— Il y a un moyen… Il y a sûrement un moyen !

Ce fut à cet instant précis qu'elle réalisa : les tireurs avaient cessé le feu. Même le grondement des moteurs avait décru, sans devenir moins inquiétant pour autant, ronronnements de fauves sur le point de bondir. Cette rémission n'augurait rien de bon.

Le regard de Johan, plongé dans le sien, reflétait la même certitude et, si près de la mort, lui livrait, sans retenue, son amour et son désir, tout ce qu'il n'aurait pas le temps de lui offrir : ces heures dans les bras et la chaleur de l'autre, à ne rien faire qu'écouter leur cœur rythmant à l'unisson le pouls de la nuit, ces mots usés par des millions de langues, et qui, pourtant, brûlent sur les lèvres de l'être aimé comme si on venait de les forger…

Il lui disait ces instants de complicité où les paroles sont tues pour mieux laisser aux sentiments la liberté de s'exprimer par d'autres messagers.

Mais il y avait plus encore…

— Fanie… Johan…

Khalid, son arme encore levée, sans conviction, tournait lentement sur lui-même.

— Ça sent vraiment pas bon…

Ses compagnons s'arrachèrent à regret l'un à l'autre. Les bourreaux s'étaient mis en place pour l'exécution. Rangées en arc de cercle, sur la neige recouvrant la rivière prise par la glace, les motoneiges leur faisaient face.

N'en demeuraient plus que six, les autres achevant de flamber un peu plus loin. Mais six, c'était déjà suffisant pour les anéantir tous trois. Dans le silence qui les écrasait, Khalid trouva la force de demander :

— Fanie… t'aurais pas encore… ? Enfin, tu sais… ton truc, là…

La jeune Eurasienne hésita, interrogea Johan du regard et trouva, au fond de ses yeux, la réponse qu'elle attendait.

— Non. Non, je ne peux plus.

— Ah !

— Khalid, s'excusa Johan. Je suis désolé de t'avoir entraîné là-dedans. Je n'aurais pas dû. J'ai été égoïste.

— Mon grand-père, y faisait des babouches, tu te souviens ?

— Khalid, je suis sérieux, je voudrais vraiment…

— Et mon grand-père, y disait toujours : « Tu peux forcer quelqu'un à enfiler des babouches qui lui plaisent pas, mais jamais y marchera avec. »

— Qu'est-ce que tu racontes ?

Johan souriait presque.

— Personne m'a forcé à venir, mon ami. Si ta babouche, elle m'allait pas, je t'aurais pas suivi jusqu'ici. On est allés aussi loin qu'on a pu, on a fait des choses dont on se serait jamais cru capables. On a fait le bien, je pense, à chaque fois qu'on a pu… Et pour ma part, j'ai trouvé la réponse aux questions que je me posais en partant.

— Quelles questions ? demanda Fanie.

— Savoir qui j'étais, ce que j'étais. Un Arabe ? Un Berbère ? Un Français ? Un beur ? Un Français issu de l'immigration ? Un musulman ? Un gris ? Un bougnoule ?

— Et ta réponse, c'est quoi ?

— Un homme.

Khalid ajouta, en les fixant tour à tour de ses grands yeux sombres où s'était glissée l'humanité tout entière, dans ce qu'elle avait de plus beau, de plus noble :

— Celui de Sarah.

— Et notre ami, ajouta Johan.

— Le plus cher, le plus précieux des amis, précisa Fanie.

— Et drôlement fier de l'être, répondit Khalid, la gorge nouée.

Là-bas, un des tireurs, celui qui semblait guider la meute, leva un bras.

Fanie murmura :

— Ce n'est pas fini. Je n'ai pas dit mon dernier mot.

— Mais tu as dit que… commença Khalid.

— Je ne veux plus utiliser ce pouvoir pour tuer ou faire souffrir. Je vaux mieux que ce malade qui dirigeait ces dégénérés…

Alors qu'elle parlait, elle se redressait, s'asseyait, repoussant sa douleur, tentait de se lever. Johan, sans un mot, l'aida à se mettre debout. Appuyée sur son épaule, ses yeux plongés dans les siens, elle poursuivit, les yeux luisants :

— Je vaux mieux que ce que pensait mon père, Bruno ou ce dingue de gourou. Je suis une femme, oui, comme celles qui leur ont donné le jour, et moi aussi, j'ai le pouvoir de créer, et celui d'aimer, de t'aimer, toi, Johan, et les autres, tous les autres à travers toi… Et moi à travers tes yeux, tu m'en as donné la force, tu m'as réconciliée avec moi-même. Moi aussi, je sais qui je suis maintenant, et ce dont je suis capable.

— Fanie… murmura Johan.

Mais la jeune fille ne l'écoutait plus, tendue vers la rivière, vers cette mort que brandissaient les cavaliers aux calandres ornées de trophées barbares. Six gueules de fusils pointaient sur eux, prêtes à vomir leur grêle de plomb.

— Mes amis viennent à mon secours, souffla-t-elle avec des accents de prophétesse.

Johan et Khalid la fixèrent sans comprendre. Là-bas, les doigts de leurs bourreaux caressaient déjà la détente de leurs instruments de mort. Le temps semblait suspendu aux canons de ces armes, à ce silence lourd précédant l'orage, le tonnerre, la grêle de fer et le choc des balles pénétrant dans la chair.

Même le vent froid, qui trimballait quelques spectres de neige sur le chenal glacé éclaboussé de rouge, avait perdu son souffle.

« Oui, Papa, je suis une femme… malgré toi… et tu vas voir ce dont je suis capable. »

Le monde ne se résumait plus qu'à des mains, celles de Johan étreignant la sienne avec une force presque douloureuse, celles qui, là-bas, se crispaient sur les détentes des fusils.

— Fanie…

— Ce n'est pas fini.

— Fanie, je…

— Aie confiance.

Johan n'insista pas.

« Toi aussi, mon amour, je vais t'étonner. »

La main de l'exécuteur amorça son geste…

— Quand je crie, vous… commença Johan.

Le chant monta, lointain, tout d'abord, presque inaudible, mélodie spectrale, venue de partout et de nulle part, s'épanchant dans la grande hémorragie du crépuscule pour le conquérir tout entier.

Les yeux de Johan s'écarquillèrent, de résignés se firent incrédules, alors que le sourire de Fanie s'élargissait, qu'elle le dévisageait avec une expression de doux triomphe. Le chant prit de l'ampleur, puissant, grandiose et étranger.

Là-bas, le bras levé hésita. Les canons des fusils tremblèrent, vacillèrent. Leurs bourreaux, eux aussi, avaient entendu. Ce son ne leur était pas inconnu… et il les terrifiait.

— Fanie, qu'est-ce que… demanda Khalid.

Il n'eut pas le temps d'en dire plus.

Sous la motoneige d'un des chasseurs d'hommes, la glace entra en éruption, soulevée, brisée par une poussée formidable, pour livrer passage à une masse noire, colossale, qui se fendit d'une double rangée de lames d'ivoire.

Le scooter et ses deux occupants furent projetés dans les airs, juste avant que la mâchoire énorme ne se referme sur eux et ne les broie, concassant indifféremment chair et métal. Les hurlements des passagers ne durèrent pas longtemps. La chose qui venait de les anéantir disparaissait déjà sous la glace, comme elle était venue. Sous les regards incrédules des deux jeunes hommes, et celui, confiant, de Fanie, les pilotes des autres motoneiges tentèrent de s'enfuir.

Les moteurs rugirent, les engins s'élancèrent, dans des panaches de neige furieux. Trop tard. La créature jaillit du lit glacé de la rivière, en un bond oblique, exposant aux regards son corps puissant et caparaçonné, aux nageoires aussi tranchantes que des lames, à la gueule gigantesque. Elle retomba sur un autre scooter et ses occupants, dans un grand jaillissement de neige, les gobant avant de disparaître à nouveau dans la matière gelée comme si elle eût été de l'eau.

Khalid, qui suivait la scène avec une incrédulité teintée de crainte, balbutia :

— Des épaulards… Mais…

— Mon amie a retrouvé ses frères et sœurs et les a ramenés… et il n'aime pas qu'on me fasse du mal.

— Ton amie ? répéta Johan.

— Elle !

Fanie tendit la main et, sans hésiter, désigna une dorsale deux fois plus haute qu'un homme qui éventrait la glace, à trois mètres à peine derrière une motoneige lancée à plein régime.

Seul le conducteur demeurait encore sur l'engin, le tireur ayant dû tomber au démarrage ou durant quelque manœuvre d'esquive trop audacieuse – ou peut-être son compagnon s'était-il débarrassé de lui pour augmenter ses propres chances de survie. Le scooter passa à moins de cinq pas, dans un rugissement assourdissant, la cinglant au passage de glace pulvérisée.

Un autre épaulard le suivait de près, et la jeune fille ne put retenir un léger frisson quand la haute nageoire d'obsidienne fendit la neige et la glace dans un soupir soyeux, presque à portée de sa main, et que l'ombre de l'orque glissa sous ses pieds… avant de disparaître.

Quand le pilote se retourna pour jeter derrière lui un coup d'œil inquiet, la dorsale avait disparu, ainsi que sa propriétaire, retournée dans les profondeurs glacées de la rivière.

L'homme se crut-il un instant sauvé ? Poussa-t-il un éphémère soupir de soulagement ? Il n'avait pas parcouru dix mètres que la neige explosait une fois encore, en un geyser d'une violence inouïe, sous un coup de queue d'une puissance formidable qui projeta le fuyard et son engin dans les airs, plus haut encore que les immeubles environnants. Le cri du pilote cessa d'un coup, quand sa silhouette tourbillonnante percuta l'arche d'un pont avant de choir dans la neige.

L'orque l'engloutit au passage.

Quand Fanie reporta son regard vers les autres acteurs de cette terrifiante partie de chasse, ce fut pour découvrir que le spectacle était déjà terminé. Une seule motoneige, celle du meneur, plus chanceux ou talentueux que ses acolytes, slalomait encore pour éviter les attaques des épaulards.

Fanie eut presque pitié, alors que les gigantesques cétacés jouaient avec le fugitif, comme des chats avec une souris, surgissant d'un côté pour lui barrer la route, puis de l'autre, pour l'obliger à conserver le cap et l'empêcher de gagner les berges où il aurait pu trouver abri. Les dorsales fendaient la neige, se croisaient, tout autour de lui, le forçant à briser le rythme, à rétrograder.

Chance insolente ou erreur tactique des prédateurs colossaux, le fuyard parvint à franchir le cercle mortel, passant entre deux dorsales et ouvrant grands les gaz pour obliquer vers une rampe conduisant aux quais.

Filant de toute la puissance des chenilles de son véhicule, sur un panache de neige blanche, il commença de gravir la montée en pente raide, hors de portée…

Du moins Fanie le crut-elle jusqu'à ce que, dans une nouvelle explosion de matière cristalline pulvérisée, un des épaulards jaillit du cours d'eau gelé, cuirassé, énorme, s'éleva plus haut, toujours plus haut, telle une colonne de jais, et retomba sur la rampe pour refermer ses mâchoires sur le dernier fuyard. Sa proie hurlante dans la gueule, le monstre aquatique se tortilla de curieuse manière avant de basculer à nouveau vers le lit de la rivière où il plongea aussitôt dans la neige, emportant sa victime avec lui. Alors, un grand calme s'abattit sur la Dordogne pétrifiée.

— Allah miséricordieux ! murmura Khalid.

Johan, lui, se montra plus prosaïque :

— Et maintenant ?

Fanie devinait la crainte qu'il dissimulait derrière son calme trompeur, comme elle en devinait l'objet. Il avait peur pour elle, et non pour lui. Elle pressa de nouveau sa main.

— Fais-moi confiance.

— Fanie, tu as vu ce que tes « amis » ont fait à ces types ?

— Nous ne sommes pas ces types.

— Pour elles, nous ne sommes que des en-cas. Tu te souviens, j'étais là dans l'arène, j'ai vu ton amie à l'œuvre.

— Elle était affamée. Ils l'avaient torturée. Tu aurais fait quoi, à sa place ?

— Fanie, ce ne sont que des…

Qu'allait-il dire ? Fanie ne le sut jamais, car à l'instant même, dans un ensemble parfait, neuf orques jaillirent de la neige, en un saut prodigieux, se dressèrent de toute leur taille, leur carapace sombre et annelée luisant de sanglants reflets.

Comme affranchis des lois de la gravité, les cétacés offrirent à leurs regards leur grâce carnassière, avant de se courber pour replonger dans leur élément. L'instant suivant, les neuf dorsales fendaient la neige pour converger dans leur direction.

Khalid s'inquiéta.

— P… princesse, je voudrais pas te paraître rabat-joie, là, mais tes nouveaux copains, ils foutent un peu la trouille.

— N'aie pas peur, le rassura-t-elle.

— T'en as de bonnes, toi !

À moins de cinq mètres d'eux, les hautes dorsales avaient cessé leur avance. Seule la plus haute s'approcha. La main de Johan resserra son étreinte sur celle de Fanie. À cinq pas à peine, la lame d'onyx s'arrêta.

Le silence, encore, puis la gueule de l'orque surgit en pleine lumière, pour lancer un nouveau chant qui, entrecoupé de « clic » et de « clac », n'en conservait pas moins sa beauté irréelle. Puis, le silence.

L'orque les fixait, tous les trois, Fanie en particulier, de son regard pénétrant dans lequel on devinait une intelligence acérée. Elle attendait.

— Qu'est-ce… qu'est-ce qu'ils veulent ? murmura Khalid, comme s'il craignait de déclencher, chez les épaulards, quelque effroyable réaction.

— Nous connaître, répondit simplement Fanie sans même se retourner, les yeux fixés sur l'orque qui poussait toujours doucement son chant hypnotique, ce chant qui appelait, questionnait, attendait, espérait…

Elle fit un pas.

— Fanie ?

Johan, lui aussi, avait assisté à l'effroyable démonstration.

— Fanie, que fais-tu ?

Elle tira sur sa main et lui dédia un sourire d'encouragement.

— Viens.

— C'est de la démence !

Il tentait de la retenir. Elle lui fit comprendre d'un regard qu'il n'aurait pas gain de cause.

— Tu crois en moi ?

— Je crois en toi.

— Tu crois en nous ?

Il hésita, chercha, dans le roux embrasé des yeux de Fanie, la force qui lui manquait, et la trouva. Il n'avait pas fait ce chemin, traversé ces épreuves, perdu Léa et son frère, ne l'avait pas trouvée, elle, pour renoncer maintenant.

Car dans les yeux de Fanie brûlait une foi inébranlable.

Il secoua la tête, un sourire aux lèvres.

— Tu es incroyable, princesse.

Elle lui rendit son sourire, et jamais il ne l'avait trouvée si belle, si rayonnante.

— Je suis pas princesse.

Elle avait tort. Ses longs cheveux de nuit, aux reflets de flammes, ses grands yeux d'acajou où couvait le feu, un feu doux et ardent tout à la fois, à lui seul réservé, tout en elle clamait sa majesté.

Il la saisit par la taille et l'attira à lui.

— Tu étais notre princesse…

Un silence, pour laisser aux spectres le temps de passer entre eux.

— … maintenant, tu es ma reine.

Ils s'embrassèrent, unissant leurs lèvres et leurs souffles, partageant leur chaleur et ces mots que leurs gorges n'auraient su former, ces mots qui, pour tout alphabet, ne connaissent que chair et désir… Quand enfin ils se séparèrent, la jeune fille le tira de nouveau par la main.

— Viens… Ils attendent.

Il fit un premier pas, puis un deuxième, vers les puissants cétacés dont les gueules et les dorsales sombres émergeaient de la neige. Deux pas encore… Ils s'arrêtèrent.

Khalid, immobile au milieu de la rivière gelée, les regardait s'éloigner. Ils tendirent leurs mains vers lui.

Le jeune Maghrébin hésita, portant son regard des visages de ses amis aux noires présences des orques.

Les énormes mammifères attendaient, immobiles, leurs évents crachant parfois dans l'air froid du crépuscule un panache de buée blanche.

Un premier pas…

— Mon grand-père, y faisait des babouches…

Un deuxième…

— Et mon grand-père, y disait toujours…

Le troisième, guère plus assuré. Il tendit les mains.

— … « Les babouches, c'est comme les gens, dans ta vie, t'en auras plein : des bonnes, des mauvaises, des belles, des laides, des trop raides, des trop molles, des trop petites, des trop grandes, des qui donnent des ampoules, des plus ou moins confortables. Et si t'as de la chance, tu trouveras celles qu'Allah a faites pour toi… »

Alors que Fanie et Johan attrapaient ses mains et l'encourageaient du regard, il acheva :

— « Alors enfile tes babouches, mets-les l'une devant l'autre, et tu verras bien où elles te mèneront… »

Et sous la grande marée écarlate du crépuscule, où le soleil, au zénith, diffusait sa lumière voilée, les trois amis, main dans la main, ambassadeurs de l'humanité, s'avancèrent vers les épaulards.

Aurillac, France.
Samedi 19 juillet 2036,
11 h 15
– 33 °C

Je sais que tu ne liras pas ces lignes avant bien des années, mais ça n'a pas d'importance, j'ai envie de te les écrire, de te parler.

Un an s'est écoulé depuis notre retour.

Cela me paraît déjà lointain, et si proche à la fois. En fermant les yeux, je vois encore, comme si c'était hier, le dernier regard de Théo, sa grande silhouette penchée sur Laure...

Mon frère... mon ami... tu me manques.

Le retour fut bien plus facile que l'aller. Nos scooters avaient rendu l'âme, c'est vrai, mais nous n'en avions plus besoin. Les épaulards nous ont ramenés.

Je garde de cette première chevauchée, accroché à la dorsale de Kraikh'Kha, la matriarche, « l'amie » de Fanie, un émerveillement intact. Filer ainsi sur la neige, juché sur le dos d'une des plus puissantes créatures que le monde ait enfantées... Je serais incapable de le traduire en mots.

Et quand ils bondissent hors de la neige, il faut avoir le coeur bien accroché !

Les enfants en sont fous, et nos nouveaux amis en cuirasse noire semblent y prendre autant de plaisir qu'eux. Un jour, tu essaieras, toi aussi, et il me tarde déjà de voir ton expression à ce moment-là.

Je m'égare.

Les orques nous ont ramenés, Fanie, Khalid, moi et les autres fugitifs qui ont préféré nous suivre plutôt que de rester à Bergerac.

Beaucoup avaient perdu des êtres chers et tout ce qu'ils avaient. Ils craignaient d'être à nouveau la proie des pillards, d'autres fanatiques, ou désiraient simplement oublier.

En chemin, nous avons retrouvé Gabrielle et ses voyageurs. Nous leur avons fait une belle frayeur en arrivant, et les choses auraient pu mal finir si elle n'avait vu à temps les signes que nous lui adressions et n'avait empêché les siens de tirer. Elle avait pris la tête de la petite communauté et s'employait à retisser les liens que Bruno et ses délires survivalistes avaient brisés. Elle nous a impressionnés par son charisme, ses qualités de meneuse et le respect que les siens, hommes ou femmes, lui témoignaient. Elle a paru très affectée quand nous lui avons annoncé la mort de Théo, et je ne sais dans quelle mesure cela a influé sur sa décision de ne pas nous accompagner.

Elle nous a dit qu'elle tenterait de gagner Bergerac et essaierait d'y fonder un foyer pour les siens.

Aux dernières nouvelles, elle a réussi.

Il est rassurant de se dire que là-bas, quelque part, au-delà de la Malesève et de ses légions d'aiguilles et d'écorce, de ses armées d'arbres carnivores, nous avons des amis, des frères humains, et que d'autres ont résisté à l'Hiver.

Mais nous ne sommes pas seuls, plus maintenant.

Je me rends compte que, depuis le début de ce texte, j'ai souvent parlé des épaulards, et ça n'a rien d'étonnant.

Depuis ce crépuscule, celui où Théo et Laure sont morts, celui où Fanie, Khalid et moi sommes allés vers eux, sur cette rivière gelée, les épaulards font partie de nos vies. Ils nous ont escortés, portés jusqu'ici, jusqu'à notre foyer, notre demeure, qui est la leur maintenant, puisqu'ils sont restés avec nous, eux, les éternels voyageurs.

Oh, ils vagabondent toujours, c'est dans leur nature, certains partent, plus ou moins longtemps, mais finissent toujours par revenir et ramènent parfois d'autres de leurs frères et sœurs. Je me souviens encore de la peur de ceux qui nous ont vus arriver à Aurillac sur le dos des épaulards.

Les débuts n'ont pas été faciles, mais quand le général de Montfort et sa légion maudite sont venus ici pour piller, tuer et instaurer leur règne de terreur, comme ils l'avaient fait dans chaque ville qu'ils avaient traversées, c'est grâce aux orques que nous avons pu vaincre.

Après, tout a changé.

De sujets de méfiance, d'inquiétude, de peur, les épaulards sont devenus des bienfaiteurs, des sauveurs, les mascottes de toute la ville. Fanie nous a ouvert la voie. Elle a été la première à les entendre, à voir en eux plus que des bêtes, à tenter de les comprendre, de leur parler.

Les orques ne sont pas des animaux, ou alors pas plus que nous.

« Ils ne construisent rien ! » me diront certains, et je répondrai : « Oui, car ils n'en ont pas besoin, l'évolution les a merveilleusement outillés, a fait d'eux les seigneurs de la chaîne alimentaire. Mis à part l'homme et ses armes, ils ne craignent rien ni personne. »

Et pourtant, nos frères à cuirasse noire nous aident, nous protègent, partagent notre vie, non par obligation mais par choix. La barrière de la langue nous sépare encore, et cela me frustre, mais elle devient de plus en plus ténue et j'ai bon espoir qu'elle disparaisse bientôt.

Fanie et Kraikh'Kha font des progrès tous les crépuscules et passent des heures à tenter de trouver des compromis, des équivalences entre la parole ou la pensée des hommes et le chant des épaulards, entre notre langue et les « clic » sonars.

« C'est une histoire de filles », me dit souvent Fanie pour me faire enrager.

Tricheuse ! Elle possède un don à nul autre pareil, et j'envie parfois son pouvoir, presque autant que je l'admire, moi qui, à côté d'elle, me sens sourd et obtus. Ce don, elle n'est pas la seule à le posséder. Depuis quelque temps, nous avons découvert que nombre de jeunes adolescents ou d'enfants le partagent. Certains « entendent » juste les pensées des autres (du moins celles qu'on formule avec assez de force), d'autres, comme Fanie et ce maudit gourou, à Bergerac, peuvent s'approprier la matière et la plier à leur volonté.

Ils sont encore peu nombreux, mais se déclarent tous les mois de nouveaux cas. Il est de notre devoir de les déceler au plus tôt pour leur porter secours, les éduquer (surtout les plus jeunes) et leur apprendre à domestiquer leur pouvoir, avant qu'il ne se retourne contre eux.

Fanie a consacré énormément de temps et d'énergie afin de créer une structure, une école où accueillir et aider au mieux ces enfants, cette nouvelle humanité capable de prodiges.

Je lui fais confiance, elle a un vrai talent pour transmettre son savoir. Les premiers qu'elle a formés prennent déjà le relais et poursuivent ce qu'elle a initié.

Grâce à ces enfants extraordinaires et à l'amitié des orques, nous n'avons plus à craindre les pillards.

Le froid et la Malesève sont encore là, et les arbres vampires murmurent à nos portes leur chant de neige et de sang, comme ils nous enserrent dans leur étau d'écorce, mais le front s'est stabilisé autour de la plaine blanche qui entoure les murailles d'Aurillac. En certains lieux, il a même reculé et libéré des villages jusqu'alors isolés. Des villes repliées sur elles-mêmes ont repris avec nous leurs communications.

Chaque crépuscule nous apporte une nouvelle raison d'espérer.

Nous nous étions trompés, depuis le début. Notre erreur était de croire que le monde resterait toujours tel que nous l'avions connu, que rien ne pourrait jamais le modifier et que nous arriverions, d'une manière ou d'une autre, à le contrôler, le dominer...

Arrogants que nous étions !

L'univers, et ce monde en particulier, se moque de nous et de notre existence, de nos espoirs et de nos souffrances. Nous ne sommes que des parasites insignifiants installés sur le râble d'un géant qui pourrait nous anéantir sans même s'en rendre compte, et le fera peut-être... Mais pas encore, pas avant bien longtemps.

Car nous ne nous contentons pas de naître, de manger, de dormir, de tuer et de mourir, nous espérons, nous aimons.

Oui, l'homme est un parasite, un destructeur, un ravageur et que sais-je encore. Il est capable du meilleur comme du pire, mais c'est bien dans ses chants, ses poèmes, ses peintures, ses œuvres, et dans le rire de ses enfants, que s'exprime le mieux toute la beauté du monde.

L'univers nous a donné une leçon d'humilité, nous a remis à notre place. Nous ne sommes pas les seigneurs de la Création, les élus de quelque dieu fumeux, nous ne l'avons jamais été. Nous ne sommes que des locataires, des passagers que d'autres remplaceront. C'est à nous de nous adapter, et non au monde de se plier à notre bon vouloir...

Nous nous adapterons, nous évoluerons, nous survivrons... toutefois pas à n'importe quel prix, pas en sacrifiant notre âme.

Une nouvelle chance, un nouveau départ, une nouvelle humanité... la tienne.

Pour moi, cette nouvelle chance, elle a un visage, un visage de fée eurasienne au sourire espiègle, au caractère volcanique, aux yeux de braise, au corps de dryade...

Mon rêve, mon espoir, ma reine, mon paradis... Fanie.

Je n'essaierai pas de te dire ce que je ressens pour elle, j'en serais incapable. Sache seulement que, quand elle ouvre les yeux le matin, et qu'elle me sourit, c'est mon monde tout entier qui retrouve ses couleurs. Quand elle dort contre moi, son souffle sur mon cou, nos peaux qui s'épousent donnent sens à tout ce que je fais, ce que je suis.

J'étais un aveugle, un imbécile, toutes ces années... Les hommes, tous les hommes, et moi en particulier, possèdent une extraordinaire capacité à se mentir et à ne pas voir l'essentiel, surtout quand il se trouve juste sous leurs yeux.

Fanie...

Je voyais en toi une amie, une soeur, une confidente...

J'ai aimé Léa, comme on aime une icône, une femme idéale, et ce d'autant plus que je l'avais perdue. J'avais fait d'elle une héroïne de conte de fées, parfaite et sans saveur... J'étais un gosse, un gosse qui ne savait pas ce qu'est une femme, pas plus qu'il ne savait ce qu'est l'amour.

Tout cela, tu me l'as appris, et tu me l'apprends encore.

Car, avant toute chose, avant même d'être femme, tu es un être humain, avec ses forces et ses faiblesses, ses désirs et ses contradictions qui sont ta richesse, qui te rendent unique.

Mon amie la plus proche, la plus chère, avec qui je peux rire et discuter des jours entiers, sans jamais me lasser, et que je retrouve, chaque nuit, comme la première fois.

Tu as guéri mes blessures, ainsi que j'ai guéri les tiennes.

Je ne veux pas croire au destin, je m'y refuse.

De la naissance à la mort, nos vies sont autant de parcours semés d'embûches. Nous ne pouvons les prévoir toutes, mais il nous appartient, à nous et à nous seuls, de donner un sens à ce périple, de savoir saisir la chance quand elle frappe à notre porte...

Le Paradis ne se trouve pas dans les discours des chefs d'État, les vociférations d'un dictateur, ou les élucubrations d'un gourou, quel qu'il soit. Le Paradis n'a besoin ni de sang ni de simagrées.

J'ai traversé le Crépuscule, jusqu'au bout de ma nuit, au cœur de mes ténèbres, celles de mon âme, de mon cœur, et je peux vous dire ce que j'ai trouvé au-delà...

Le Paradis se cache dans les yeux et le cœur de l'autre, celui qu'on aime et dont on est aimé, sans limites ni raison... Théo l'avait compris, c'est pour ça qu'il est resté là-bas, avec Laure.

Parfois, j'ai l'impression qu'ils nous observent, lui, Laure et Léa, et qu'ils nous sourient, quand je serre Fanie dans mes bras, surtout depuis que son corps de petite déesse s'est embelli de nouvelles rondeurs.

Ma belle est enceinte.

Elle porte dans son ventre le fruit de notre amour. L'union de nos deux êtres, notre cadeau à ce monde, notre acte de foi, celui en l'avenir, sous un ciel de sang... Toi.

Il y a encore tellement à dire, mais tu es encore si petit... Nous aurons tout le temps.

Les pins peuvent bien chanter et agiter leurs branches griffues, les danseurs des tempêtes tourbillonner et siffler dans les bras du blizzard quand il frappe nos remparts, j'ai confiance en demain.

Je ne savais pas, avant, à qui j'adressais mes mots, quand je les couchais sur le papier. Ils se perdaient, secs et solitaires, comme des feuilles dans le vent.

Je le sais, maintenant.

La seule vraie raison, celle qui me pousse à écrire ces lignes, celle qui me fait dire que l'humanité survivra à l'hiver, qui me réchauffe même au coeur de la plus glaciale des nuits, tient en peu de mots :

Je vous aime.

CE ROMAN VOUS A PLU ?

DONNEZ VOTRE AVIS ET
RETROUVEZ L'AGENDA BLACK MOON
SUR LE SITE

www.Lecture-Academy.com

Si l'amour conduit à la folie,
alors je veux perdre la raison.
Si l'amour est une maladie,
alors je veux être contaminée.
Si l'amour est la vérité,
alors je préfère une seule seconde de cette vie
qu'une éternité de mensonges.

DELIRIUM

de Lauren Oliver

(déjà disponible)

PLUS D'INFOS SUR CE TITRE
DÈS MAINTENANT SUR LE SITE

www.Lecture-Academy.com

« Bientôt. Bientôt, ce sera terminé. »

Je prends une profonde inspiration et franchis la porte bleue.

La lumière est encore plus éclatante dans le labo, aveuglante même, si bien que la première image que les Évaluateurs auront de moi sera celle de quelqu'un qui recule, les paupières plissées, une main placée en visière sur le front. Quatre ombres sur un canoë flottent devant moi. Puis mes yeux s'habituent et celles-ci se précisent, devenant quatre Évaluateurs assis derrière une longue table basse. La pièce est immense et totalement vide, à l'exception des examinateurs et d'une table d'opération en acier repoussée contre un mur. Une double rangée de plafonniers abat sa lumière puissante sur moi, et je remarque la hauteur de plafond : il y a au moins dix mètres. J'éprouve soudain le besoin irrépressible de croiser les bras sur ma poitrine afin de me dissimuler aux regards. Ma bouche est sèche, et mon esprit aussi brûlant, vide et blanc que les ampoules. J'ai oublie ce qu'on attend de moi.

Heureusement, un des Évaluateurs, une femme, prend la parole :

— Vous avez votre questionnaire ?

Son ton est amical, mais cela ne parvient pas à desserrer le poing qui s'est refermé sur mon ventre et me comprime les intestins. « Oh, non ! Je vais faire pipi. Je vais faire pipi devant eux. » J'essaie d'imaginer ce que Hana me dira quand tout sera terminé, quand nous ressortirons à l'air libre, humant le parfum du sel et du bitume chauffé par les rayons du soleil. « La vache ! Tu parles d'une perte de temps, lancera-t-elle. On aurait dit quatre grenouilles avachies sur un bout de bois et occupées à nous dévisager. »

— Euh… oui, dis-je en m'avançant.

J'ai l'impression que l'air s'est solidifié, qu'il me résiste. Lorsque je ne suis plus qu'à quelques pas de la table, je tends mon questionnaire aux Évaluateurs. Il y a trois hommes et une femme, mais je suis incapable de me concentrer très longtemps sur leurs traits. Mon regard glisse rapidement sur leurs visages, puis je recule, n'ayant réussi à distinguer que des nez, des yeux foncés et une paire de lunettes sur laquelle la lumière se réfléchit.

Mon formulaire circule entre leurs mains. Je laisse mes bras ballants le long du corps et tente d'affecter une expression détendue. Dans mon dos, à environ six mètres du sol, un observatoire occupe toute la largeur du mur du fond. On y accède par une petite porte rouge, ouvrant derrière les rangées de sièges blancs disposées en gradins, prévues pour accueillir des étudiants, des médecins, des internes et de jeunes chercheurs. Non seulement les scientifiques effectuent le Protocole, mais encore ils se chargent des visites de contrôle et soignent souvent les cas complexes d'autres maladies.

Je me rends soudain compte que l'opération doit avoir lieu dans cette même pièce, ce qui expliquerait la présence de la table chirurgicale. L'angoisse m'étreint à nouveau. Pour une raison que je ne m'explique pas, alors que je me suis souvent imaginé ce que j'éprouverais une fois guérie, je ne me suis jamais représenté le Protocole lui-même : le métal froid, les lumières aveuglantes, les tubes, les fils, la douleur.

— Magdalena Haloway ?

— Oui, c'est moi.

— Très bien. Pourquoi ne commenceriez-vous pas par nous parler un peu de vous ?

L'Évaluateur à lunettes se penche en avant en écartant les mains et en souriant. Il a de grandes dents carrées qui me rappellent les carreaux de la salle de bains. Le reflet sur ses verres m'empêche de voir ses yeux, et je prie en silence pour qu'il retire ses lunettes…

— Parlez-nous de ce que vous aimez faire, insiste-t-il. Quels sont vos centres d'intérêt, vos loisirs, vos matières préférées ?

Je me lance dans l'expose que j'ai préparé, sur la photographie, la course à pied et mes amies, sans parvenir toutefois à me concentrer. Je vois les Évaluateurs opiner en prenant des notes et des sourires se dessiner sur leurs lèvres, signalant qu'ils se détendent : je m'en tire bien, même si je n'entends pas les mots qui sortent de ma bouche. Je suis obnubilée par la table d'opération, je lui jette régulièrement des coups d'œil : la lumière joue sur sa surface comme sur la lame d'un couteau.

Soudain, je me retrouve à penser à ma mère. Elle n'a pas pu être guérie en dépit de trois opérations, et la maladie l'a dévorée, la grignotant de l'intérieur, creusant ses yeux, décolorant ses joues, prenant possession de ses pieds pour la conduire, centimètre après centimètre, jusqu'à cette falaise, puis pour la jeter dans l'abîme de lumière en dessous.

C'est en tout cas ce qu'on m'a raconté. J'avais six ans à l'époque. Je me rappelle seulement la chaude caresse de ses doigts sur mon visage la nuit et des derniers mots qu'elle m'a susurrés : « Je t'aime. Souviens-toi. Ils ne peuvent pas nous enlever ca. »

Je ferme aussitôt les yeux, submergée par l'image de ma mère se convulsant sous le regard d'une dizaine de scientifiques en blouse, qui consignaient impassiblement leurs commentaires. À trois reprises, elle a été sanglée sur une table métallique, à trois reprises, elle a été détaillée par une foule d'observateurs depuis leur poste en hauteur, notant chacune de ses réactions tandis que les aiguilles puis les rayons laser lui transperçaient la peau. En temps normal, les patients sont anesthésies pendant le Protocole et ne sentent rien, mais il a un jour échappé a ma tante qu'ils avaient refusé d'endormir ma mère la troisième fois, de crainte que cela n'interfère avec les stimuli de son cerveau.

— Voulez-vous un peu d'eau ?

La femme m'indique une bouteille et un verre sur la table. Elle a remarqué que j'avais flanché pendant quelques secondes, mais ce n'est pas grave. J'ai terminé ma présentation et, à la façon dont les Évaluateurs me considèrent – avec satisfaction et fierté, comme s'ils étaient face à un petit enfant qui vient de réussir à faire coïncider des formes géométriques avec les découpes sur un plateau en bois –, je sais que je les ai convaincus.

Je me sers et avale quelques gorgées d'eau, profitant de cette pause bienvenue. Je sens la sueur perler sous mes bras, sur mon crâne et sur ma nuque, et je prie pour qu'ils n'en voient rien. Je m'efforce de garder les yeux rivés sur eux, mais du coin de l'œil j'aperçois toujours cette maudite table qui me nargue.

— Très bien, Lena, maintenant, nous allons vous poser quelques questions. Nous attendons des réponses honnêtes. Rappelez-vous, notre but est d'apprendre à vous connaître en tant que personne.

Je ne peux pas m'empêcher de me demander : « Par opposition a quoi ? Moi en tant qu'animal ? » J'inspire profondément et me force à acquiescer en souriant.

— Entendu.

— Quels sont vos livres préférés ?

— *Amour, guerre et intrusions,* de Christopher Malley, réponds-je du tac au tac. *Frontière,* de Philippa Harolde.

Inutile d'essayer de repousser les images mentales qui déferlent à présent sur moi. Un mot ne cesse de s'écrire dans mon esprit comme pour s'y graver à tout jamais. *Douleur.* Ils voulaient imposer à ma mère un quatrième Protocole. Ils sont venus la chercher la nuit de sa mort, pour l'emmener aux laboratoires. Mais elle s'est enfuie dans l'obscurité, puis elle s'est envolée. Et avant, elle m'avait réveillée en me susurrant ces mots – « Je t'aime. Souviens-toi. Ils ne peuvent pas nous enlever ca » –, et le vent m'en a rapporté l'écho longtemps après son départ, écho répercuté par les arbres secs et les feuilles, qui toussaient et chuchotaient dans l'aube grise et froide.

— Et *Romeo et Juliette,* de William Shakespeare, conclus-je.

Les Évaluateurs opinent du chef en notant mes réponses. Tous les élèves de troisième étudient la pièce de Shakespeare en cours de santé.

— Et pourquoi ? s'enquiert le troisième Évaluateur.

« Parce que c'est terrifiant » : c'est ce que je suis censée répondre. Il s'agit d'une histoire édifiante nous mettant en garde contre les dangers du vieux monde, avant le remède. Mais j'ai l'impression que ma gorge a enflé, que les mots ne peuvent plus se frayer un chemin, ils y restent accrochés telles les ronces qui se prennent dans mes vêtements lorsque je cours dans les champs. J'ai soudain l'impression d'entendre le grondement sourd de l'océan, son chuchotis distant et insistant, et j'imagine ce qu'a dû ressentir ma mère lorsque l'eau, aussi pesante qu'une chape de béton, s'est refermée sur elle. Voilà pourquoi la réponse qui m'échappe est la suivante :

— Parce que c'est beau.

Aussitôt, les quatre visages se redressent pour m'observer, comme des marionnettes reliées par un même fil.

— Beau ? répète l'Évaluatrice en fronçant le nez.

Il y a une tension à couper au couteau dans la pièce, et je me rends compte que j'ai commis une très, très grosse erreur. L'Évaluateur à lunettes se penche en avant.

— Le choix de ce terme est intéressant. Très intéressant.

Cette fois, lorsque ses lèvres découvrent ses dents, celles-ci m'évoquent davantage les canines courbes d'un chien.

— Peut-être trouvez-vous une forme de beauté à la souffrance ? Peut-être appréciez-vous la violence ?

— Non. Non, pas du tout.

J'essaie de me concentrer, mais le grondement de l'océan envahit ma tête. Il est plus fort de seconde en seconde. À présent, il me semble même entendre des hurlements, plus faibles, comme si l'écho de ceux de ma mère me parvenait après toutes ces années.

— Je voulais simplement dire… C'est tellement triste d'une certaine façon…

Je me débats pour me maintenir à la surface, mais je sombre maintenant, engloutie par la lumière blanche et le bourdonnement… Le sacrifice. J'aimerais leur parler de la beauté du sacrifice, mais les mots ne sortent pas.

— Avançons, reprend froidement l'Évaluatrice, qui s'est départie du ton amical avec lequel elle m'avait proposé à boire. Nous allons vous poser une question simple. Quelle est votre couleur préférée ?

Une partie de mon cerveau, celle ou siègent la rationalité, l'instruction et la logique, me hurle : « Bleu ! Réponds bleu ! » Mais cette autre partie de moi, plus ancienne, que me rapportent les vagues assourdissantes, l'emporte.

— Gris, bredouille-je.

— Gris ? s'exclame le quatrième Évaluateur.

Mon estomac se décroche. Je sais que je m'enfonce, je peux pour ainsi dire voir mes notes dégringoler sous mes yeux. Mais il est trop tard. Je suis fichue, à cause de ce grondement, qui s'amplifie encore et encore, de ce piétinement sourd qui m'interdit toute concentration. Je bafouille malgré tout une explication :

— Pas vraiment gris. Juste avant le lever du soleil, il y a un moment où le ciel est de cette couleur pâle indéfinissable, une sorte de gris, ou de blanc, et je l'ai toujours aimée parce qu'elle me fait penser à ce qu'on éprouve en attendant un événement heureux.

Ils ne m'écoutent plus. Ils ont tous le regard rivé sur un point derrière moi, le cou dévissé, l'air déconcerté, comme pour tenter d'isoler un mot familier au milieu d'un discours tenu dans une langue étrangère. Puis soudain le grondement et les hurlements éclatent, et je me rends compte qu'ils n'ont jamais été le fruit de mon imagination. Des gens sont vraiment en train de crier, et il y a un bruit de roulement, ou de tambourinement, évoquant mille pieds se déplaçant en rythme. Je distingue un troisième son, moins puissant que les deux autres : un mugissement qui n'a rien d'humain.

Dans ma confusion, je ne parviens pas à réunir les différentes pièces du puzzle. L'Évaluatrice se lève à demi de son fauteuil en lançant :

— Qu'est-ce qui…

Au même moment, Lunettes s'écrie :

— Ne bouge pas, Helen, je vais voir ce qui se trame.

Mais à cet instant précis, la porte bleue s'ouvre à la volée et un troupeau de vaches – des bêtes en chair et en os, meuglant et transpirant – déboule en désordre dans le laboratoire.

« Il s'agissait bien d'un piétinement ! » L'espace d'une seconde, avec un détachement étrange, j'éprouve de la fierté à avoir correctement analysé le bruit. Puis, juste après, je réalise qu'une bande de ruminants fond sur moi, et que je suis à deux doigts de finir écrasée sous leurs sabots.

Je me réfugie aussitôt derrière la table chirurgicale, qui me protège du troupeau paniqué, en sortant juste la tête pour voir ce qui se passe. Les Évaluateurs sont montés sur la table basse, tandis qu'un mur de pelages pie se déploie autour d'eux. L'Évaluatrice hurle à pleins poumons, et Lunettes tente de la raisonner – « Calme-toi ! calme-toi ! » –, alors qu'il s'agrippe à elle comme s'il risquait de se noyer et qu'elle était un canot de sauvetage.

Des perruques sont accrochées aux cornes de certaines vaches, et d'autres sont à moitié emmaillotées dans des blouses semblables à la mienne. Pendant un moment, face à cette vision délirante, je suis persuadée de dormir les yeux ouverts. Peut-être que cette journée entière n'est qu'un rêve et que je découvrirai en me réveillant que je suis toujours à la maison, dans mon lit, le matin précédant mon Évaluation. Mais je repère alors le slogan sur le flanc des vaches : LE PROTOCOLE NE SAUVE PAS, IL TUE. Les mots ont été tracés sans soin, juste au-dessus des numéros au fer rouge indiquant que les bêtes sont destinées à l'abattoir.

Un petit frisson me remonte le long de la colonne vertébrale, et les pièces du puzzle commencent à se mettre en place. Tous les deux ans, les Invalides – on appelle ainsi ceux qui vivent dans la Nature, cette partie du territoire s'étendant entre les villes connues – s'introduisent dans Portland pour organiser une manifestation. Une année, ils sont venus, de nuit, peindre des têtes de mort rouges sur toutes les maisons des scientifiques célèbres. Une autre fois, ils ont pénétré par effraction dans le commissariat central, qui se charge de coordonner les patrouilles et les postes de surveillance de la ville, et ils ont transporté les meubles sur le toit, y compris les machines à café. Ce qui était à la fois amusant et impressionnant : on s'attendrait à ce que le commissariat soit l'un des endroits les mieux gardés de Portland. Les gens qui vivent dans la Nature ne tiennent pas l'amour pour une maladie et ne croient pas au traitement. Ils l'assimilent même a une forme de cruauté. D'ou leur slogan.

Maintenant, je comprends : les vaches sont habillées comme si elles allaient passer leur Évaluation, elles sont censées nous représenter. Montrer que nous recevons le même traitement que du bétail.

Elles se calment progressivement, ne chargeant plus personne et évoluant d'un pas traînant dans le laboratoire. L'Évaluatrice, munie d'une chemise en carton, l'agite devant elle lorsque les bêtes s'approchent de la table pour manger les papiers qui y sont éparpillés – je comprends soudain qu'il s'agit des notes des Évaluateurs. Dieu merci ! Si les vaches les détruisent toutes, les Évaluateurs oublieront peut-être que j'étais en train de sombrer. À présent que je suis, en grande partie du moins, cachée par la table qui me protège des sabots puissants, force m'est de reconnaître que la situation est hilarante.

Soudain, je l'entends. Par-dessus les piétinements, les meuglements et les hurlements, un rire s'élève, discret et mélodieux, telles quelques notes de piano.

L'observatoire : un garçon se tient là-haut et contemple le chaos à ses pieds. En riant.

J'ai à peine levé les yeux vers lui qu'il accroche mon regard. J'en ai le souffle coupé, et la scène se fige une seconde, comme si je l'observais à travers l'objectif de mon appareil photo, zoomé au maximum, et que le monde entier se suspendait le temps que l'obturateur s'ouvre et se referme.

Il a les cheveux châtain doré, de la couleur des feuilles au début de l'automne, et les yeux ambre clair. À l'instant où je l'aperçois, je saisis qu'il a joué un rôle dans la scène à laquelle je viens d'assister. J'en déduis qu'il doit vivre dans la Nature, qu'il doit s'agir d'un Invalide. La peur me tord le ventre, et j'ouvre la bouche pour crier quelque chose – j'ignore quoi, exactement –, mais, au même moment, il secoue très légèrement la tête et je me retrouve frappée de mutisme. Puis il fait quelque chose d'absolument, de positivement inconcevable. Il m'adresse un clin d'œil.

L'alarme se déclenche enfin. Elle est si puissante que je suis contrainte de me couvrir les oreilles. Je tourne la tête pour voir si les Évaluateurs ont remarqué le garçon, mais ils sont trop occupés à danser sur leur table pour ça et, lorsque je regarde à nouveau dans sa direction, il a disparu.

Composition Nord Compo

Cet ouvrage a été imprimé en France
par CPI Bussière
à Saint-Amand-Montrond (Cher)
en septembre 2011

« Pour l'éditeur, le principe est d'utiliser des papiers composés de fibres naturelles, renouvelables, recyclables et fabriquées à partir de bois issus de forêts qui adoptent un système d'aménagement durable. En outre, l'éditeur attend de ses fournisseurs de papier qu'ils s'inscrivent dans une démarche de certification environnementale reconnue. »

20.19.2351.3/01 – ISBN 978-2-01-202351-2
Dépôt légal : octobre 2011
N° d'impression : 112301/4

Loi n° 49-956 du 16 juillet 1949 sur les publications destinées à la jeunesse.